일러스트 DK

일러스트 DK

내·나무 2

정경윤 장편소설

내·나무 2

You are my lovely tree

가하)

내·나무 2

지은이 정경윤
펴낸이 이형기
펴낸곳 도서출판 가하

초판인쇄 2015년 9월 15일
초판발행 2015년 9월 22일
출판등록 2008년 10월 15일 제 318-2008-00100호

주소 서울 영등포구 양평로 67, 1209 (당산동5가, 한강포스빌)
전화 02-2631-2846 **팩스** 02-2631-1846

www.ixbook.co.kr

ISBN 979-11-295-8480-9 04810
      979-11-295-8478-6 04810(set)

값 12,000원

16

/

사람은 자기가 보고 싶은 것만 보는 법

문제의 발단은 아주 사소한 것이었다.

학교 앞 길거리 좌판에서 팔던 헤어핀 하나.

점심을 먹으러 나가던 길, 서연은 썩 마음에 드는 호피 무늬 리본 핀을 발견했다.

서연이 계산을 하려던 찰나 우진이 불쑥 끼어들더니 지갑에서 돈을 꺼내 값을 치러버렸다.

놀란 서연은 극구 사양했지만 우진은 막무가내였다. 무슨 바람이 불었는지 알 수가 없었다.

"호피라."

"응. 호피 좋지? 와일드하고."

"와일드한 거 좋아하는구나."

"뭐래."

신호대기 중인 차 안엔 빗소리가 경쾌한 퍼커션 소리처럼 울리고 있었고, 카오디오에선 저녁뉴스가 흘러나오고 있었다.

– 다음 뉴스입니다. 여야 원내지도부는 오늘 긴급 회동을 가지고…….

꽤나 중대해 보이는 뉴스 내용과는 달리, 정치계 소식을 전하는 아나운서의 어조는 침착하고 무덤덤하게 느껴졌다.

지금 운전대 앞에서 오늘 산 헤어핀을 '검사'하고 있는 준호의 기분도 똑같이 침착하고 무덤덤하기를 바라며 서연은 슬금슬금 그의 눈치를 살폈다.

"어때?"

"예쁘네. 잘 어울리겠어."

"으응. 그치, 그치?"

최근 산 액세서리 중 이만큼이나 만족스러운 반응을 끌어낸 아이템이 있었던가 하고 생각하며 서연은 저도 모르게 손뼉을 쳤다.

그리고 모처럼 기분이 좋아진 나머지 덧붙이지 말았어야 할 말을 덧붙이고 말았다.

"으으. 그런데 선배가 막무가내로 돈을 내버려서……."

뽀각.

제법 튼튼해 보였던 헤어핀은 준호의 손아귀에서 속절없이 딱 반으로 분리되어버렸다.

"히이익!"

놀란 서연이 눈을 동그랗게 뜨고서 숨넘어가는 소리를 냈지만 준호는 이제야 그녀의 바람대로 침착하고 무덤덤하게 내뱉었다.

"아, 실수."

실수는 무슨 얼어 죽을 실수.

"약해서 못쓰겠네, 이거. 왜 이렇게 약하게 만들었지?"

약하긴 개뿔이 약해!

집게 핀의 입을 양쪽으로 나누어 잡고 그렇게 야무지게 잡아 벌렸는데, 제아무리 튼튼한 프레임이라 해도 접합부가 안 부러지고 배길 수가 있나.

아니, 애초에 헤어핀이 무슨 나무젓가락도 아니고, 왜 그렇게 잡아 벌리는데? 그 손길에 배어 있던 의도가 다분히 노골적이지 않았나!

참혹하게 망가진 핀을 건네받고서 울상을 지은 서연은 더 이상은 참지 못해 버럭 화를 냈다.

"이 나쁜 놈아! 무슨 짓이야, 이게! 모처럼 마음에 드는 핀이었는데!"

"아아, 그렇게 소리 지르지 마. 귀 울려."

키득거리며 아무렇지도 않게 말하는 준호의 목소리에 날씨예보가 겹쳤다.

– 서울 경기 지역부터 시작된 이번 비는 내일쯤 전국 대부분 지역으로 확대되어 한동안은 맑은 하늘을 보기 어려울 예정입니다.

못내 억울했던 서연은 한숨을 길게 내쉬더니 조수석 등받이에다 몸을 기대고 위를 올려다봤다.

네모진 선루프에는 제법 굵은 빗방울들이 계속해서 떨어지고 있었다.

"비는 싫어. 특히 밤에 내리는 비."

"왜?"

"모르겠어. 이런 빗소리는 괜찮은데, 그 뭐라고 하지? 발코니 바깥 쪽 난간? 내 방 창문 밖에 왜, 이렇게, 이렇게 생긴 철제난간 있잖아?"

서연은 제스처까지 열심히 취해가며 아무 의미도 없는 설명을 계속해서 이어갔다.

"그래. 알아."

"빗물이 지붕에 고여 있다가 거기에 떨어지면 되게 소름 끼치는 소리가 나. 잠자리에 창밖에서 그 소리가 불규칙하게 들리면 이상하게 신경 쓰여서 잠을 못 자겠어. 왜 그럴까?"

"흐음. 어쩌면 박자가 안 맞아서 그러는 걸지도."

"그럴까?"

"불규칙한 건 다음이 전혀 예측이 안 되니까 불안할 수밖에."

"아아, 듣고 보니 그러네."

"누군가가 스크랴빈 에튀드를 초견으로 치는 모습을 상상해봐."

그 소리에 서연은 좀 전까지의 의기소침한 모습과는 반대로 까르르 웃음을 터뜨리고서 고개를 끄덕였다.

"제대로 이해되네. 완전 불안하다."

"그럼 오늘 밤부터 당장 대입해보든지. 지금 창밖에서 진짜 못 치는 애가 피아노 연습을 하고 있구나, 하고. 그러면 불안감은 사라지고 오히려 안쓰러워질걸."

10

"차라리 안쓰러워지면 다행인데, 의외로 동병상련의 정이나 자괴감 같은 게 느껴질지도 모르지."

"으음. 그건 또 다른 문제네."

정신 차려보니 어느새 준호 역시 그 아무 의미도 없고 쓸데도 없는 이야기 한가운데에 함께 들어와 있었다.

서연은 제법 심각해 보이는 준호의 옆얼굴을 바라보며 생각에 잠겼다.

뭔들 좋지 않겠느냐마는, 서연은 함께 있는 시간 동안 이렇게 오롯이 자신에게 신경써주고 같이 고민해주며 해결방법을 찾아주는 준호의 살뜰함이 참 좋았다.

「내 눈에는 왜 서연이 네가 어리광 부리는 걸로 보이는지 모르겠다.」

나미의 말을 떠올리자 명치끝이 콕콕 쑤셨다. 요즘 나미만 생각하면 계속해서 이 상태였다.

서연은 저도 모르게 인상을 찌푸리고 한숨을 내쉬었다.

준호는 서연의 표정만으로도 벌써 불편한 걸 알아차렸는지, 예민한 어조로 물었다.

"왜 그래? 어디 아파?"

"아니. 아무것도 아니야."

그래. 뭐, 어리광이면 또 어떤가.

11

준호는 엄연히 서연의 남자인데 그녀가 뭘 어떻게 하든 나미와는 상관없는 문제 아닌가?

평소엔 좋기만 한 나미가 불편하게 느껴졌던 이유는 바로 거기에 있는 것 같았다.

한없이 좋기만 하다가도 준호의 이야기만 나오면 그 불규칙한 빗방울 소리처럼 예측하기가 힘들어지는 것 말이다.

마치 '준호에 대해선 내가 너보다 훨씬 더 잘 알거든.' 하고 으스대는 느낌이 싫었다. 그게 꼭 준호에게서 서연을 밀어내고 떨어뜨리려고 하는 것처럼 느껴졌다. 만약 그게 사실이 아니라 하라도, 그런 의심을 하게 만드는 것조차 싫었다.

생각해보니 그 상대가 굳이 나미여서 기분 나쁜 건 아닌 듯했다. 그저 누군가가 준호와의 가까운 거리를 자랑하는 게 싫었던 건지도 모르지.

"저기, 오빠."

"응."

"나, 뭐 하나 물어봐도 돼?"

"얼마든지."

한참이나 주먹을 쥐었다 폈다 하며 고민하던 서연은 조심스럽게 질문을 내놓았다.

"예전에 혹시…… 나미 언니랑 사귀었었어?"

준호는 조금의 주저함도 없이 단호하게 답했다.

"아니."

"헉."

그간의 고민이나 갈등 같은 게 다 아무 필요도 없는 시간낭비였다는 것을 깨닫게 하는 답이었다. 잘못 들은 게 아닐까 싶을 정도로 너무 단칼이랄까.

"그런 적 없어. 누가 그래?"

너무 아무렇지도 않은 대답에 서연은 오히려 억울해서 미칠 것만 같았다.

이 문제에 대해 조만간 나미와 진지하게 얘기를 좀 나눠봐야겠다는 생각이 들었다.

"아니, 누가 그런 건 아니고, 그냥 그렇지 않았나 싶어서. 아, 특별히 뭐, 사귀었었다고 해도 다 지난 일이니까 나는 괜찮다고 생각해."

"흐음. 의외로 오픈마인드구나. 그렇게 안 봤는데 좀 실망인데."

준호의 말에 서연은 기계적으로 고개를 끄덕이다 동작을 딱 멈추고 그를 돌아보았다.

"잠깐. 그건 또 무슨 소리야?"

"뭐가?"

"의외로 오픈마인드? 그렇게 안 봤는데? 오픈마인드라 실망? 나 어디서 화내야 하는 거야? 하도 많아서 도통 포인트를 못 잡겠네?"

서연이 발끈하자 준호는 크게 웃음을 터뜨렸다.

그게 또 묘하게 약 올라 서연은 한 번 더 버럭버럭 성질을 냈고,

준호는 손을 내젓고 그녀의 화를 가라앉히려 애쓰며 말했다.

"헤어핀 망가뜨려서 미안하니까, 가자."

"응? 어딜?"

어느새 준호의 차는 백화점 주차장 진입로에 들어서 있었다.

"와, 고객님 워낙 날씬하고 예쁘셔서 다 잘 어울리시네요. 아까 입어보신 것도 괜찮긴 했는데 지금 이건 사이즈가 다 빠지고 없어요. 다른 매장에서도 구할 수 없으니까 이걸로 하세요."

서연이 우물쭈물하며 대답을 하지 못하자 직원은 뒤에 서 있는 준호를 쳐다봤다.

피팅룸의 거울에 비친 준호는 커다란 꽃이 프린트된 원피스를 입고 있는 서연을 쭉 훑어보더니 부드럽게 미소 지으며 말했다.

"둘 다 주세요."

"오빠!"

준호는 서연을 깡그리 무시한 채 지갑에서 신용카드를 꺼내 직원에게 건네며 덧붙였다.

"선물포장 부탁합니다."

훤칠한 데다 매너 좋고 자상한 준호의 모습에 여성의류 매장 직원은 부러운 눈길로 서연을 힐끗 바라봤다.

"네, 고객님."

커다란 쇼핑백을 짊어지고서 매장을 나서는 준호의 포켓 안쪽 휴대전화에서 제법 큰 금액의 신용카드 결제 알림음이 났다.

서연은 부담 반 고마움 반으로 어쩔 줄을 몰라 했지만 준호는 아무렇지도 않게 말을 이었다.

"헤어핀 망가뜨려서 정말 미안해."

"아니, 정말 이럴 필요 없다니까. 그렇게 좋은 것도 아니었고, 내가 산 것도 아니……."

말이 다 끝나기도 전, 준호의 눈썹이 눈에 띄게 꿈틀거렸다.

"자아, 모처럼 예쁜 원피스도 샀으니 거기에 맞춰 신을 구두도 있어야지."

"으응?"

그리고 잠시 후.

서연은 또 한 번 1층 명품 매장 입구 앞에 멍하니 서 있는 자신을 발견했다.

준호의 팔에는 어김없이 커다란 쇼핑백 한 개가 더 매달려 있었다.

"헤어핀 망가뜨려서 정말 미안해."

이건 무슨 신종 고문인가 싶었던 서연은 그의 소매를 붙잡고서 진지하게 물었다.

"혹시 화났어? 내가 뭔가 잘못한 거야?"

"아니. 화 안 났는데."

"거짓말하지 마. 우진 선배가 핀 사준 것 때문에 이러는 거 아니야?"

"내가 그렇게 속 좁은 놈으로 보여?"

'응!' 하고 대답하려고 했지만, 싱글싱글 웃는 그의 얼굴을 올려다보고 있으니 그렇게 대답해선 안 될 것 같은 느낌이 진하게 들었다.

준호는 또 어떤 걸로 괴롭히려는 건지, 사방을 둘러보며 뭔가를 찾고 있었다.

서연은 마침내 울상을 하고서 물었다.

"정말 고마우니까, 나 진짜 오빠 마음 알았으니까, 이제 그만하면 안 돼?"

준호는 가만히 서연을 내려다보고 있다가 나직이 말했다.

"딱 이것까지만."

"아, 정말! 또 뭔데!"

준호는 아무 대답도 하지 않은 채 서연의 손을 붙잡고 성큼성큼 걸어가더니 이번엔 주얼리 매장으로 들어갔다.

"여긴 왜……?"

서연이 눈을 휘둥그레 뜨며 소곤소곤 물었지만 준호는 여전히 묵묵부답이었다.

"어서 오십시오."

찾는 제품이 있는지 묻는 매장 직원을 향해, 준호는 담담하지만 아주 단호한 어조로 말했다.

"반지 좀 보려고 하는데요."

그 말에 서연의 양 볼이 터질 듯 새빨갛게 달아올랐다.

반지라니, 반지라니! 옷이나 구두와는 느낌이 또 다른 선물이 부담스럽기 짝이 없었다.

"저기……!"

서연이 당장 거절하기 위해 입을 떼는 순간, 준호는 기다렸다는 듯 덧붙였다.

"커플링으로요."

"흐압."

준호가 서연을 돌아보며 다정하게 물었다.

"방금 뭐라고?"

"아, 으음, 아무것도 아니야."

커플링이란다, 커플링. 어떻게 그걸 거절할 수 있겠나.

서연은 못 이기는 척 고개를 푹 숙인 채 이후로 쭉 얌전히 앉아 있었다. 속 보이게도.

어둑어둑해질 무렵 집 근처의 골목 한쪽에 차를 댄 준호는 말없이 서연을 돌아봤다.

자신과 같은 디자인의 심플한 링을 끼고 있는 준호의 손가락을 바라보며 샐쭉 웃은 서연은 들뜬 어조로 말했다.

"실은 나, 전부터 커플링 낀 사람들 엄청 부러웠었어."

"진작 말하지 그랬어?"

"그러게 말이야."

손가락을 쫙 펴보며 반짝이는 링을 한참이나 바라보던 서연이 덧붙여 물었다.

17

"자랑해도 되지?"

"그러라고 사준 건데."

얼굴을 붉히는 서연을 물끄러미 바라보며, 준호는 조금 전과는 달리 어딘지 모르게 싸늘하게까지 느껴지는 목소리로 말을 이었다.

"내일 김우진을 만나거든 헤어핀을 내가 부쉈다고 얘기해. 사과의 뜻으로 술 한잔 살 테니까 시간 날 때 나한테 연락하라고도 전하고."

아아, 결국 그거였잖아.

서연이 아무 말도 하지 않은 채 고개를 끄덕이자 준호는 담담하게 말을 이었다.

"네가 이 이상 틈 내보이지 말았으면 좋겠어."

"그런 거 아니야, 정말."

"그건 너한테나 아닌 거고."

"나는 솔직히…… 오빠가 우진 선배를 왜 그렇게 신경 쓰는지 모르겠어."

준호가 아무 대꾸도 하지 않자 서연은 한숨을 내쉬고 고개를 끄덕였다.

"알았어. 그냥 내가 조심할게."

"카페 아르바이트는 계속할 생각이야?"

"갑자기 왜?"

"별로 의미 없지 않나?"

"의미가 없진 않지. 월급 받아서 쓸 데가 있거든."

서연의 말에 준호는 의아한 눈으로 그녀를 건너다봤다.

"뭔데?"

"비밀."

부모님에게서 받은 용돈이 아닌, 자기 힘으로 번 돈으로 준호에게 향수를 선물하겠다는 계획은 여전히 진행 중이었다. 그러니 쉽게 그만두고 싶지 않았다.

준호는 서연의 눈을 가만히 들여다보다 이내 뭔가를 눈치 챈 듯 의미심장한 미소를 지었다.

"고마워."

"어머머, 뭐래? 뭐가 고마워? 착각하지 마, 오빠 줄 거 아니거든."

서연이 정색을 하고 손을 내젓자 준호는 못 말린다는 듯 키득거렸다.

그녀가 보기 좋은 그의 미소를 한참이나 바라보는 동안 빗줄기는 점점 더 굵어졌다.

선루프로 맹렬히 떨어지는 빗소리에 가만히 귀를 기울이고 있던 서연은 담담하게 말했다.

"덕분에 오늘은 빗소리 나도 깊이 잘 잘 수 있을 것 같아. 고마워."

"별말씀을."

차 주변에 사람이 없는 것을 확인한 서연은 천천히 몸을 기울여 준호의 뺨에다 가볍게 입을 맞췄다.

물러나려는 순간, 그의 손이 그녀의 뒷목을 부드럽게 휘감아 다시 자기 쪽으로 끌어당겼다.

와이퍼 레버를 올려버리자 앞 차창은 즉시 빗물로 흐릿해졌고, 두 사람은 누구에게도 방해받지 않고서 깊고 진한 키스를 즐겼다. 아주 오래도록.

입술이 떨어지자 서연은 들릴 듯 말 듯 조그만 목소리로 말했다. 아쉬움이 잔뜩 밴 목소리였다.

"들어갈게."

"그래."

"오빠는? 바로 집으로 들어가?"

"형님이 잠깐 보자고 해서 가보려고."

"그렇구나."

서연은 갑자기 가방에서 뭔가를 주섬주섬 꺼내 건넸다.

"아까 보니까 트렁크에 우산 없는 것 같던데, 이거 써. 비 맞지 말고. 청승맞아 보인단 말이야."

깜찍한 도트 무늬의 삼단우산을 내려다보던 준호는 뭔가에 얻어맞은 사람처럼 한참이나 멍하니 멈춰 있었다.

"내리지 마. 이따 밤에 전화할게!"

차에서 뛰어내린 서연은 쇼핑백들을 들고서 재빨리 집으로 뛰어가 눈앞에서 사라져버렸다.

그 후로도 한참이나 더 미동도 없이 우산을 내려다보고 있던 준호는 이내 실성한 사람처럼 웃음을 흘려댔다.

"아아. 정말이지, 은서연. 하나도 안 변했네."

준호는 반지 낀 왼손으로 턱을 괴고서 빗속을 바라보다 중얼거렸다.

"너는 그런 점이 제일 매력이라고."

사방이 통유리로 되어 있는 고층빌딩의 스카이라운지는 야경이 무척 멋진 곳이었다. 그러나 오늘은 누군가가 위에서 양동이로 물을 들이붓기라도 하는 듯, 흘러내리는 빗물로 아무것도 보이질 않았다.

흐릿한 창문을 바라보며 걷는 동안 준호는 비만 오면 섬뜩한 소리를 냈던 서연의 방 창문 난간을 떠올렸다. 오늘 밤은 그녀가 부디 이 빗소리를 잊고 편안히 잠들 수 있기를.

음울한 재즈 선율이 가득 차 있는 실내는 몹시 어두웠다. 사방을 둘러보며 현성을 찾던 준호는 한참 만에야 그를 발견할 수 있었다.

뚜벅뚜벅 발걸음을 옮기던 중, 준호는 현성의 맞은편에 누가 앉아 있다는 것을 뒤늦게 알아차렸다.

준호가 잠시 고민하는 사이, 현성이 먼저 그를 발견하고서 깜짝 놀랐다.

"어어? 너……? 갑자기 일 생겨서 못 온다면서!"

아까 서연과 헤어지고 곧장 현성을 만나러 가려던 길, 준호는 일 관계로 급한 요청을 받는 바람에 현성에게 양해를 구하고 약속을 취소했었다. 그랬던 준호가 갑자기 나타났으니 당황한 것도 무리는 아닐 터였다.

현성이 지금 신경 쓰고 있는 게 뭔지 알 것 같았던 준호는 씁쓸하게 웃으며 대꾸했다.

"일은 끝났는데, 청승맞게 혼자서 마시게 둘 순 없어서요."

"으음, 마음 써줘서 고맙긴 하다만 너 원래 그런 캐릭터 아니었잖아."

"그러게요. 이럴 줄 알았으면 올 필요 없었는데 말이에요."

"으아니, 이게 누구야아? 우리 비싼 준호. 아니 최준호 씨잖아? 대대손손 가문의 영광입니다! 사인 좀 해주세요오오."

언뜻 보기에도 나미는 꽤 많이 취해 있었다.

"앉아, 앉아. 안 그래도 내가 너 진짜 많이 보고 싶었는데, 어떻게 내 맘을 알았니? 우리, 오랜만에 같이 한잔 찐하게 하자."

나미가 손짓으로 부르며 자기 옆 의자를 탁탁 때렸지만 준호는 부드럽게 웃으며 현성의 옆자리로 가 앉았다.

"너 안 온다기에 나미랑 얘기나 좀 할까 하고 불러냈는데, 애가 술이 많이 고팠는지 쫄쫄 잘 따라 마시더니 결국 저 지경이 됐네."

변명처럼 들리는 현성의 말에 준호는 아무 대꾸도 하지 않은 채 나미를 건너다봤다.

조금 전까지만 해도 주절주절 말도 안 되는 이야기를 늘어놓던 나미는 그 짧은 사이에 팔짱을 끼고 의자에 등을 기댄 채 꾸벅꾸벅 졸고 있었다.

"아아, 하늘에 구멍이라도 난 건가. 장마도 아닌데 뭐가 이렇게 끝도 없이 퍼붓지?"

비만 오면 늘 편두통에 시달리던 현성은 인상을 찌푸리며 관자놀이를 문질렀다.

"며칠 더 내릴 모양이던데요."

"아아. 골치 아프군."

테이블 건너편의 나미를 바라본 현성은 길게 한숨을 내쉬며 중얼거렸다.

"슬슬 나미 들여보내야겠다."

"그러게요. 많이 취했네요."

준호가 말을 맺기도 전, 나미가 툭 내뱉었다.

"나 안 취했어. 그냥, 오랜만에 달려서 좀 피곤할 뿐."

"그러게 천천히 마시라니까. 잘 마시지도 못하는 술을 왜 그렇게 급하게 마셨어?"

현성의 핀잔에 나미는 눈을 게슴츠레 뜨고서 준호를 건너다봤다.

아무렇지도 않은 듯 웃고 있는 준호의 얼굴은 여전히 매력적이었고, 그게 오늘따라 더욱더 야속했다.

"그거 알아? 너 지이이인짜 많이 변했어. 최준호."

나미가 묘한 분위기를 풍기기 시작하자 준호보다 오히려 현성이 더 불편한 기색을 보였다.

　"시간이 많이 늦었다. 일어나자, 나미야."

　현성이 말렸지만 나미는 아랑곳 않고서 계속해서 준호에게 말을 건넸다. 마치 도발이라도 하려는 사람처럼 말이다.

　"너 지금 안 맞는 옷 얻어 입은 사람처럼 웃긴 거, 알아? 그것도 군데군데 얼룩진, 되게 이상한 옷."

　"무슨 소리예요, 그게?"

　웃으면서 되묻는 준호의 말 안에 숨길 수 없는 적대감이 드러나 있었다.

　"준호야. 얘 취했어. 내일 맑은 정신으로 얘기해라."

　현성은 술에 취해 말이 안 통하는 듯한 나미 대신 준호를 저지하려 했지만, 그 노력도 이어진 말에 나온 이름 하나로 무산되고 말았다.

　"그 어설픈 코스프레가 만약 은서연 때문이라면, 그거 다시 생각해보는 게 좋을걸."

　"코스프레?"

　"애써 밝은 척 마음 넓은 척, 사랑하는 척하는 거 말이야. 난 네가 어떤 사람인지 잘 알아."

　"내가 어떤데요?"

　여전히 미소 띤 얼굴이었지만 준호의 얼굴은 가면을 쓰고 있는 것처럼 부자연스러웠다.

"네가 원하는 건 어리고 예쁘고 사랑스러운 여자친구가 아니지. 너는 다른 사람 아닌 바로 너한테만 매달리고 네 안에만 속할 사람이 필요한 거야. 내 말이 맞지?"

준호의 얼굴에서 마침내 웃음기가 가셨다.

"자, 자, 그만. 우리 내일 다시 얘기하기로 하고, 얼음물 한 잔씩 마시고 머리 식히자. 어어, 정나미, 이제 그만 마시라니까!"

현성이 끼어들어 다시 한 번 정리하려 했으나 나미는 술 한 잔을 더 따라 마시고서 독한 어조로 내뱉었다.

"준호야. 지금이야 어떤지 몰라도, 내년, 내후년, 10년 후에도 계속해서 서연이가 지금처럼 너만 바라보고 있을 것 같아?"

"나미야."

참다못한 현성이 짐짓 엄한 어조로 나미를 말렸지만, 그녀는 맘속에 있는 말들을 여과 없이 뱉어내 버렸다.

"언제든지 돌아설 수 있는 게 여자야. 특히 걔처럼 어리고 예쁘고 주변에 알아서 남자들 모여드는 애들일수록 더 그럴 확률이 높지. 장담하건대 서연이는 언젠가 네 본모습에 놀라고 질려서 너한테서 등 돌리게 될 거야. 그럼 넌 또다시 외톨이가 되겠지. 전보다 더 망가질걸."

현성은 더는 못 말리겠다는 듯 두 손을 들고서 뒤로 물러나버렸다.

"아아, 이제 난 모르겠다. 두 분이서 알아서 해결하십시오."

준호는 한동안 아무 말도 하지 않은 채 흥미로운 표정으로 나미를 바라보고만 있다 물었다.

"그러니까 요점이 뭐죠? 언젠가 떠날 여자니 미리부터 버려라?"

나미는 준호의 질문에는 대답하지 않은 채 저 하고 싶은 말만 이어갔다.

"네가 아무리 숨기려고 해도 이미 다 드러났을 거야. 멀리 갈 것도 없어. 밝고 건강하고 어둠 한 점 없는 녀석이 지척에 있으니 차이는 확연하지. 시간이 지나면 지날수록 서연인 너 때문에 숨이 막힐 거야. 그럴 때 그 녀석이 숨구멍이 되어주겠지? 그럼, 뭐, 어떻게 될지는 빤하지 않아?"

"김우진 얘기로군요."

준호는 테이블 위의 장식초를 내려다봤다. 심지를 태우고 있는 불은 테이블에다 검은 그림자를 만들어내고 있었다.

"내 말이 무슨 말인지 곧 너도 알게 될 거야. 하지만 난 계속해서 네게 열려 있으니까 힘들 땐 언제라도 나한테 와. 나는 준호 네가 생각하는 것보다 훨씬 더 널 생각하고 항상 널 걱정해. 비록 너는 한 번도 나를 돌아봐주지 않았지만, 그래도 괜찮아. 언젠간 이런 내 맘이 네게도 가 닿을 걸 아니까."

준호가 아무런 반응도 보이지 않자, 나미는 한숨을 내쉬며 조용히 덧붙였다.

"내가 늘 아픈 말만 골라 하지? 그래도 다 너 생각해서 하는 말이니까……, 으음……."

26

술기운을 이기지 못하겠던지, 나미는 그 말을 끝으로 머리를 감싸 쥐고서 테이블 위로 쓰러졌다.

술잔이 엎어지며 술이 테이블 위에 쏟아지자 현성은 난감한 표정으로 냅킨을 들어 거기에다 던지고 길게 한숨을 내쉬었다.

"하아. 어째 너희들은 변하질 않고 그렇게 한결같이 고집스러운지 모르겠다."

"그래서 될 수 있으면 안 마주치려고 하잖아요."

준호가 툭 내던진 말에 현성은 한동안 생각에 잠겨 있다 조심스럽게 말했다.

"그렇지만 나미 말이 다 틀린 말도 아니지. 다 너 좋아해서 이러는 거니까 너무 미워하지는 말아라."

"이 사람이 정말로 나를 좋아해서 이러는 것 같아요?"

"뭐?"

대답을 피한 채, 준호는 말을 이었다.

"그리고 한 번도 미워한 적은 없어요."

어둠 속을 꿰뚫어 보려는 듯 가만히 촛불 그림자만 바라보고만 있던 준호는 손가락에 끼워진 반지를 습관적으로 돌리며 내뱉었다.

"언제 관심이라도 둬봤어야 미워하죠."

준호는 고개를 돌려 다시 비 내리는 하늘을 바라봤다.

「지금이야 어떤지 몰라도, 내년, 내후년, 10년 후에도 계속해서 서연이가 지금처럼 너만 바라보고 있을 것 같아? 장담하건대 서연이는 언젠가 네 본모습에 놀라고 질려서 너한테서 등 돌리게 될 거야.」

쓸쓸한 표정으로 어금니를 사리무는 준호의 얼굴에 짙은 그늘이 드리워졌다.

아무나 소화하기 힘들어 보이는 꽃무늬 원피스에 발레리나 슈즈를 신은 서연은 얄미울 정도로 예뻤다.
"언니, 언니, 오늘 서연이 너무 예쁘죠?"
"어어, 그러네."
잡티 하나 없는 하얀 피부도, 작은 체구에도 길쭉길쭉 비율 좋은 팔다리도, 보호본능 일으키는 여린 몸매도 모두 나미와는 정반대다.
평소 그저 예쁘게만 보였던 서연의 모습들이 오늘따라 왠지 눈에 거슬리는 것은 어제 마신 술이 덜 깼기 때문이었을까.
나미는 관자놀이를 꾹꾹 누르며 길게 한숨을 내쉬었다.
"언니, 어디 아파요?"
나미의 안색을 확인한 서연이 물었다.
"아아, 숙취."

"어제 술 마셨어요?"

"응."

"많이 마셨나 봐요. 되게 힘들어 보여요, 언니."

술기운에 머릿속이 흐려진 탓이었을까. 걱정스럽게 건너다보는 서연의 눈동자를 마주한 나미는 갑자기 심통이 났다.

"아아, 오랜만에 반가운 사람이랑 한잔 했더니 너무 달려버렸네."

"반가운 사람이요?"

"어? 준호가 얘기 안 하던?"

나미가 되묻는 말에 서연이 움찔했다. 순진하게 바라보던 표정이 살짝 일그러지는 것을 보고 있으니 나미는 왠지 마음속 한구석이 찔리면서도 머리가 맑아지는 것 같았다.

그때 신희가 불쑥 끼어들었다.

"아아, 저, 아저씨한테서 들었어요. 어제 언니 진짜 많이 마셔서 장난 아니었다던데요. 이사님 오자마자 쓰러져서 되게 난감했다고 그러시더라고요. 이사님은 도망가버리고 결국 아저씨 혼자서 언니 집까지 데려다 준다고 엄청 고생했대요."

쓸데없이 디테일한 신희의 설명이 누구를 위한 것인지, 서연은 알 것 같았다.

그렇다는 것은 지금 이 상황이 불편하게 느껴지는 사람이 서연뿐이 아니라는 뜻이었다.

나미는 멋쩍게 웃으며 대꾸했다.

"어우, 현성이 걔 계집애도 아니고 그런 시시콜콜한 걸 왜 얘기하고 다닌대?"

신희와 마주 보고서 한참이나 웃던 나미는 또 한 번 밀려오는 두통에 인상을 찡그렸다.

"꿀물이라도 좀 마셔보면 어때요?"

"아, 그래야겠네."

서연의 조언에 나미는 카운터 자리에서 일어나 주방으로 향하며 물었다.

"서연이 오늘 무슨 일 있어?"

"아니요, 왜요?"

"아니, 오늘따라 되게 예쁘게 입고 왔기에 무슨 일 있나 싶어서."

"아무 일도 없어요."

수줍게 웃는 서연 대신 신희가 들뜬 어조로 답했다.

"이 옷이랑 구두, 이사님이 사준 거래요."

주방 커튼 사이로 보이던 나미의 손이 멈칫했다.

그러나 입을 뗀 쪽은 나미가 아니라 우진이었다.

"뭐? 왜? 어제 무슨 기념일이었어?"

"아아, 그런 게 아니고, 실은 어제 선배가 사준 머리핀을 오빠가 실수……? 으음, 아무튼 망가뜨려서 미안하다는 뜻으로 사준 거예요."

우진의 시선이 곧장 서연의 머리부터 발끝까지를 훑었다.

왠지 몹시 불편한 기분이 된 서연은 입을 다물어버렸고, 그녀의 예상을 한 치도 벗어나지 않은 일들이 곧 펼쳐졌다.

"으음. 이것들 되게 비싸 보이는데, 좀 그렇지 않나?"

"뭐가요?"

"아니 머리핀, 거 얼마나 한다고 이런 걸 막 덥석덥석 사주고 그래? 돈 좀 있다고 자랑하는 건가? 기분이 좀 그러네."

우진의 말에 신희가 피식 웃으며 핀잔을 주었다.

"이사님이 자기 여친 선물 사주는 거 가지고 왜 선배가 기분이 좀 그래요? 오지랖이 태평양을 뒤덮네."

평소 같으면 맞받아치며 웃어넘겼을 우진이었지만, 오늘은 유독 분위기가 달랐다. 그는 심각한 표정과 어조로 서연을 나무랐다.

"그리고 너도 그렇지, 이렇게 부담스러운 걸 아무렇지도 않게 받았어?"

"몇 번 거절했어요. 그래도 사서 안기는 걸 어떡해요?"

"그러면 인마, 나중에라도 가서 반품을 하든지 해야지."

"선물한 사람 성의가 있지, 그걸 어떻게 반품해요? 아니, 그건 그렇고 선배는 자기 일도 아닌 내 일에 왜 그렇게 흥분하는 거예요?"

서연이 발끈하자 우진은 한참이나 입을 뻐끔거리다 더듬더듬 대꾸했다.

"어, 그, 그러네."

우진이 인상을 찌푸리고 입을 다물어버리자 서연은 몹시 불편해졌다.

"오빠가 핀 망가뜨려 미안하다고, 언제 술 한잔 살 테니까 연락하라고 했어요."

"나한테?"

"네."

믿을 수 없다는 듯 되물은 우진은 이내 오기 가득한 표정으로 고개를 끄덕이며 답했다.

"알았어."

깊은 생각에 잠긴 채 걸음을 옮긴 우진은 카페 한쪽에 놓아둔 자기 가방에서 다이어리를 꺼내 시간표를 확인했다. 그런 후 다시 가방을 싸 어깨에 짊어지더니 뒤도 돌아보지 않고 카페를 나가버렸다.

"나 먼저 간다. 내일 보자."

"선배!"

그때 주방에서 나미가 컵을 들고 나왔다.

"어? 우진이 가? 왜 벌써?"

"모르겠어요. 삐친 것 같은데, 왜지?"

공기 밀도는 언제부턴가 묘하게 달라져 있었다.

창밖으로 계단을 내려가는 우진의 뒷모습이 보였다.

'Jealousy'가 반복 프린트되어 있는 사이로 잔뜩 경직된 우진의 어깨를 바라보며, 나미는 담담하게 중얼거렸다.

"너희들 참 눈치 없다."

"네?"

"쟤 서연이 좋아하잖아."

"누가요?"

신희가 눈을 동그랗게 뜨고서 되묻자 나미는 귀여워 죽겠다는 표정으로 답했다.

"누구긴 누구야. 김우진이지."

신희는 눈을 동그랗게 뜨고서 서연을 돌아봤다.

희미하게나마 눈치 채고 있었던 서연은 아무 말도 하지 않은 채 고개를 돌려버렸다.

흘러내린 머리카락을 귀 뒤로 넘기는 서연의 손가락 사이로 뭔가가 반짝였다.

꿀물 한 모금을 마시며 서연의 손을 덥석 잡아 자기 눈앞으로 가져온 나미는 저도 모르게 미간을 찌푸리고 말았다.

어제 이것과 같은 디자인의 반지를 준호의 손가락에서 본 것 같은 기분이 들었다.

"혹시 커플링?"

"네."

우진이 불편하게 구는 건 서연에게 있어선 별문제가 아니었다. 적어도 그는 평소와 다른 태도를 보이진 않으니까.

준호와 관련된 일에 있어선 나미는 완전히 다른 사람이 되었다. 언제부터인지 몰라도 그건 불편한 수준을 이미 넘어 불쾌하기까지 했다.

더 이상 물러설 수 없었던 서연은 나미와 얘기를 좀 해야겠다는 생각을 지금 실행하기로 했다.

"오빠가 어제 해준 거예요."

"아아, 그렇구나. 아는 언니가 전에 이 반지 낀 거 봤는데 되게 예쁘더라. 나도 하나 해볼까 했더니, 너희가 커플링으로 껴버렸으니 안 되겠네. 에이. 내가 먼저 해버릴걸."

뭔가 어려운 대화가 시작될 줄 알았더니, 나미가 키득거리며 오히려 아무렇지도 않게 넘겨버리자 서연은 긴장이 탁 풀렸다.

"아……, 으음."

"좀 보여줄래?"

서연이 손을 내밀자 나미는 양해도 구하지 않은 채 그녀의 손가락에서 반지를 빼 자기 손가락에다 쏙 껴보았다.

상식 밖의 일에 서연은 당황해서 입을 다물어버렸고 신희는 반대로 입을 딱 벌렸다.

"어머, 나한텐 좀 작네. 새끼손가락에 겨우 들어간다."

"반지 돌려주세요."

서연이 예민한 태도로 손을 내밀자 나미는 환하게 웃으며 다시 반지를 돌려주었다.

"어머, 애 좀 봐. 누가 뺏어가는 줄 알겠다."

서연이 여전히 경계하는 눈빛을 거두지 않자 나미는 부드러운 눈으로 그녀를 마주 보며 물었다.

"곧 준호 부모님 잠깐 들어오신다더라. 소식 들었니?"

"네……?"

"어머, 준호가 아직 말 안 했구나. 흐음. 왜 그랬을까?"

서연의 낯빛이 어두워지는 것을 똑바로 내려다보며, 나미는 자기 스스로도 자신에게 놀랐다.

이게 무슨 유치하고 비겁한 짓인지 알 수가 없었다. 그런데도 어쩐지 멈출 수가 없었다.

순진하고 아무 잘못도 없는 서연을 더는 이렇게 놀리고 약 올리지 말아야겠다고, 사과해야겠다고 생각하는 순간이었다.

서연 역시 눈을 똑바로 뜨고서 나미를 바라보며 말했다.

"오빠한테 물어보니까 전에 언니랑 아무 사이도 아니었다고 하던데, 이렇게까지 관심 쏟아주셔서 고맙게 생각하고 있어요."

순진한 줄만 알았는데, 제법 깜찍한 도발이지 않나.

나미는 서연의 맑은 눈동자를 들여다보며 싸늘하게 물었다.

"요즘도 키스할 때 시체처럼 가만히 앉아만 있니? 준호 말이야."

크게 벌어진 서연의 동공에는 평소의 모습을 찾아볼 수 없을 정도로 비틀린 나미의 얼굴이 비쳐 있었다.

17
/
긴 밤

저녁 무렵, 끊임없이 이어지는 빗소리 사이로 어김없이 빗방울이 난간에 부딪치는 소리가 끼어들었다.

어제 서연은 이 불규칙적이고 소름 끼치는 소리를 이겨낼 기술을 준호에게서 전수받았지만, 안타깝게도 전혀 먹히질 않았다.

바로 몇 시간 전 나미와의 대화 때문이었다.

「요즘도 키스할 때 시체처럼 가만히 앉아만 있니? 준호 말이야.」

요즘도 키스할 때 시체처럼. 요즘도 키스할 때 시체처럼.

머릿속을 계속해서 맴돌던 나미의 말들이 마침내 쭈욱 늘어나더니 실타래처럼 마구 엉켜들었다.

"아아, 말도 안 돼. 언니는 도대체 나한테 왜 이러는 거야? 싫어. 진짜 싫다. 너무 싫어, 싫어⋯⋯."

서연은 머리카락을 마구 헝클어뜨리며 일부러 소리 내어 중얼거렸지만 그래도 싫은 기분은 가시질 않았다.

　기분 나쁜 그 말들 중 어디가 가장 기분 나쁜 건지 짚어내지 못할 정도였다. 전부 다 끔찍하기 짝이 없었다.

　뭐라고 맞받아쳐야 할지 몰라서 서연이 우물쭈물하는 사이 나미는 너무 심했다는 걸 깨달았던지 뒤늦게 한마디를 덧붙였다.

「정말 미안해, 서연아. 아아, 내가 왜 그랬을까? 나도 모르게 그만…….」

　그 말을 하는 순간만큼 나미에게선 확실히 진심이 느껴졌다. 자기도 모르게 실수한 것인 듯 그녀는 무척이나 미안한 눈을 하고 있었다.

　그러나 아이러니하게도 사과를 들으니 더 화가 났다.

　차라리 싸우자고 하는 거라면 후련하게 그러기라도 하겠는데 이게 뭐란 말인가.

　서연은 계속해서 인상을 찡그리느라 아프기까지 한 미간을 손가락으로 문지르며 길게 한숨을 내쉬었다.

　휴대전화를 집어 들고서 한참이나 액정화면을 들여다보던 서연은 준호에게 전화를 걸었다.

　그는 평소보다 꽤 긴 대기음 끝에 전화를 받았다.

　- 응.

　바깥인지, 감이 멀고 주변에서 웅성거리는 소리가 묻어났다.

"밖이야?"

– 일 관계로 잠깐 나와 있어.

"아아, 그렇구나."

한참이나 말이 이어지지 않았다. 노골적으로 부자연스러운 분위기.

"누구 같이 있는 중이야? 혹시 통화하기 곤란해?"

– 아니, 괜찮아. 말해.

나중에 만나서 얘기할까 어쩔까, 서연은 한참이나 고민했다. 그러나 지금이 아니면 용기가 나지 않을 것 같았다.

"나는……, 나는, 정말로 상관 안 해. 신경 안 써. 진짜야."

– 뭘?

"지나간 문제의 선택지 같은 거라고 생각하거든. 그때 그 문제의 선택지 안에 내가 없었으니까. 답은 내야 하는데 내가 없어서 다른 사람을 선택했던 거니까. 그러니까 거기에 대해서 서운한 감정 갖거나 떼를 쓰거나 하진 않아."

– 좋은 말이네. 무슨 뜻인지를 모르겠어서 그렇지.

전화 저편에서 나직이 웃음소리가 울리자 서연은 목구멍에 가시라도 걸린 듯 껄끄러워졌다.

그녀는 경직된 어조로 다시 한 번 풀어서 말했다.

"오빠랑 나미 언니랑 과거에 무슨 일이 있었든지, 나는…… 그 일로 오빠한테 투정부리지 않는다는 뜻이야. 지난 일은 어쩔 수 없는 거잖아. 안 그래?"

– '무슨 일'이라니?

"나는 어린애가 아니니까."

– 단 한 번도 널 어린애로 본 적 없어. 그리고 전에 아무 일도 없었다니까 계속해서 무슨 오해를 하는 거야?

그 소리에 전화기를 붙잡은 서연의 손아귀에 힘이 들어갔다.

"그런데, 있지. 아무리 어쩔 수 없는 거라고 해도…… 서운한 게 뭔 줄 알아?"

– 서연아.

"오빠네 부모님 곧 들어오신다며?"

이번엔 전화 저편에서 몹시 불편한 분위기가 이어졌다.

의미를 알 수 없는 준호의 침묵에 서연의 미간은 조금 더 좁아졌다.

"어렸을 때는 할아버지 댁에서 살았어? 어릴 땐 지금처럼 웃는 얼굴이 아니었다면서? 영국 유학 가서는 피아노 치고 공부하는 시간 빼곤 계속해서 잠만 잤다고 하고, 또 뭐더라? 아아! 자주 들르던 카페가 있었는데 거기 주인이 키우던 개 이름이 처칠이라고 했지, 아마?"

말이 계속해서 이어질수록 서연의 목소리 톤은 서서히 높아졌다.

화가 났다는 것을 서연 스스로 깨달아갈 때 즈음 준호가 그녀의 말을 가로막아버렸다.

– 변죽 울리지 말고 요점만 말해줬으면 좋겠는데.

"나……, 대체 왜 그런 걸 남한테서 들어야 하지? 꼭 구걸하는 것처럼 말이야. 나는 오빠한테 어떤 존재야? 나는 도대체 뭐야?"

뭔가를 말하려던 준호가 답답한 듯 한숨을 내쉬더니 다정한 목소리로 서연을 달랬다.

– 서연아, 일단 자. 늦었으니 내일 만나서 길게 얘기하자.

또다시 벽에 가로막힌 기분이 들자 서연은 머리끝까지 화가 나 사납게 목소리를 높였다.

"항상 그렇지! 나한테 아무것도 얘기해주질 않잖아! 이런 상태에서 예전 키스 버릇 같은 것까지 들은 내 기분이 어땠을 것 같아?"

– 서……!

"아아, 정말 끔찍해!"

답도 듣지 않은 채 전화를 끊고 전원까지 꺼버린 서연은 엎드린 채 베개에다 얼굴을 파묻고 마구 소리를 질러댔다.

가슴이 후련해질 때까지 악을 쓰고 나니 그제야 마음이 좀 풀렸다.

어느 정도 마음이 풀리고 보니 뒤늦게 준호에게 미안해지기도 했다.

"후……, 이게 아닌데."

이거야 원, 나미에게 당한 분풀이를 애꿎은 준호에게 한 것이나 마찬가지가 아닌가.

「정말이야. 나는 신경 안 써.」

과연 그럴까? 아무 신경도 안 쓰고 있는 걸까?

서연은 준호에게서 받은 목걸이를 풀어 베개에다 올려놓고서 한참이나 그걸 들여다봤다.

아무리 봐도 그냥 어린아이 반지다. 그 안에 어떤 의미가 있는지, 그리고 왜 서연에게 주었는지 본인이 얘기하지 않으면 사연을 전혀 알 수 없는 반지.

"물건에 담긴 기억을 읽어내는 초능력이 있다던데……, 그거 되게 부럽네."

만약 그런 게 있다면 이런 유치한 화풀이 같은 건 하지 않아도 됐을 텐데 말이다.

엎드린 채 멍하니 쓸데없는 생각에 잠겨 있던 때, 노크 소리가 들렸다.

"서연아. 들어가도 되니?"

"네, 엄마."

살며시 열린 문 사이로 한 여사가 고개를 들이밀었다.

"우리 지금 나가려고 하는데……."

"아아, 벌써요?"

"응. 내일 아침에 출발하려고 했는데 일정이 좀 바뀌었어."

지방에서 부부동반 모임이 있어 은 사장 내외는 주말 내내 집을 비울 예정이었다.

입주 가정부도 아들 결혼식으로 이번 주말까지 휴가라 서연 혼자서 집을 지켜야 했으니 한 여사의 걱정은 이만저만이 아니었다.

"서연아, 엄마 가지 말까?"

한 여사가 조심스럽게 묻는 말에 서연은 손을 내저으며 펄쩍 뛰었다.

"어린애도 아니고, 걱정 말고 편히 다녀오세요."

"그래도……."

"저 바빠요. 내일 카페 알바도 있고 신희랑 약속도 있어서 저녁까지 먹고 들어올 거예요."

애써 명랑하게 말하는 서연의 얼굴을 가만히 들여다보던 한 여사는 고개를 끄덕이며 답했다.

"그래, 일요일 저녁시간 전엔 돌아올게."

"재밌게 놀다 오세요. 아빠 술 너무 많이 못 드시게 옆에서 잘 잡으시고요."

"그래야지."

부드럽게 미소 지으며 방을 나서던 한 여사가 걱정스러운 눈으로 돌아보더니 뜬금없는 소릴 했다.

"혹시…… 싸웠니?"

"네?"

"그 멋진 남자친구랑 말이야."

서연의 얼굴이 확 달아올랐다.

"무, 무슨 남자친구요?"

서연은 얼마 전 우진이 집 앞에서 한 여사에게 인사드린 일을 뒤늦게 상기하고서 펄쩍 뛰었다.

"엄마! 저희 그런 사이 아니라니까요!"

서연이 정색을 하고 부인했지만 한 여사는 의미심장한 웃음을 보이며 말을 이었다.

"비록 스치듯이 한 번밖에 보진 못했지만, 충분히 네가 반할 만했어. 정말 멋진 청년이더라."

"아, 아니라니까요!"

아무래도 한 여사는 조금 전의 통화 내용을 들은 모양이었다.

당황한 서연은 어쩔 줄을 몰라 했지만 한 여사는 아무렇지도 않은 듯 담담하게 조언했다.

"문마다 열리는 속도가 다 다르지 않겠니? 마트나 편의점 문처럼 가까이 다가가기만 해도 자동으로 열리는 문이 있는 반면, 오랫동안 두드리고도 안에서 열어줄 때까지 기다려야 하는 문도 있기 마련이지. 늦게 열리는 문은 그저 열리는 속도가 늦는 것일 뿐, 고장 나거나 잘못된 건 아니잖아."

뜻하지 않은 깨달음에 서연은 갑자기 찬물을 뒤집어쓴 것 같았다. 남자친구가 없다고 둘러대는 것조차 잊고 있었다.

"인생은 길단다. 그러니 지금 당장 눈앞에 보이지 않는다고 해서 안달하지 말았으면 좋겠어. 조금의 긴장은 관계에 도움이 되겠지만, 너무 지나치면 서로 예민해지기 마련이니까."

"엄마……."

"무슨 일인지는 몰라도, 오늘까진 실컷 애태우게 하고 내일 아침 정도엔 모르는 척 연락해서 풀어주렴."

한 여사가 짓궂은 표정으로 내놓은 말에 서연은 저도 모르게 웃음을 터뜨리고 말았다.

흐릿했던 머릿속도 어느덧 서서히 맑아지고 있었다.

- 나는 오빠한테 어떤 존재야? 나는 도대체 뭐야?

전화 저편의 서연의 목소리에 날이 바짝 서 있었다. 무엇 때문에 저렇게 화가 났는지 알 것 같았다.

서연의 학교 앞 민속주점은 몹시 붐볐다.

인테리어와 하나도 어울리지 않는 빠른 비트의 음악이 시끄럽게 울리고, 과모임을 하고 있는 듯한 대학생들이 마구 떠드는 통에 사방은 혼란스러웠다. 말 그대로 정신이 하나도 없었다.

어둑하고 어지러운 실내를 멍하니 둘러보던 준호는 담배를 피우기 위해 잠시 자리를 떴다가 다시 자리로 돌아오고 있는 김우진을 발견하고 말했다.

"일단 자. 늦었으니 내일 만나서 길게 얘기하자."

전화 저편에서 잠시 불편한 기색이 이어졌고, 이어진 서연의 말에 준호의 얼굴에선 마침내 웃음기가 가셨다.

- 이런 상태에서 오빠 예전 키스 버릇 같은 것까지 들은 내 기분

44

이 어땠을 것 같아?

속절없이 끊어진 전화를 싸늘한 눈으로 내려다보던 준호는 서연에게 다시 전화를 걸었지만 그녀의 전화는 이미 전원이 꺼져 있었다. 단단히 삐친 모양이었다.

준호도 갑자기 화가 머리끝까지 치밀었다.

아무것도 모르는 주제에 자신만만한 태도로 앉아 당당하게 마주 보고 있는 김우진의 얼굴을 보고 있자니 불쾌감이 더했다.

"서연입니까? 더 길게 통화하시지 왜 벌써 끊으셨대요?"

커프스를 밀어올리고 손목시계를 힐끗 내려다본 준호가 싸늘하게 내뱉었다.

"예정에 없던 일이 하나 더 생겨서 말이죠. 이 자리 슬슬 마무리하고, 가는 길에 한 군데 더 들러야 할 것 같아요."

"어디 가시게요?"

"알 거 있나요?"

준호의 얼굴에 다시 미소가 자리 잡았지만, 이전까지와는 완전히 다른 미소였다.

도무지 무슨 생각을 하고 있는지 모르겠던 평소와는 달리, 지금의 그에게선 노골적인 적개심이 비쳤다.

"본론으로 들어가지. 김우진 학생은 원래 그렇게 남 일에 관심이 많은 스타일이야? 여기선 그런 사람을 두고 오지라퍼라고 한다지?"

지금껏 꼬박꼬박 존대해주던 준호였는데 갑자기 말이 짧아졌다.

우진은 흥미로운 눈으로 준호를 마주 보며 답했다.

"아뇨. 그렇진 않습니다. 저 그렇게 엉덩이 가벼운 놈은 아니거 든요."

"그럼 서연이 근처에서 그 무겁다는 엉덩이 풀썩거리지 말아줬 으면 하는데."

"아, 그건 좀 힘들겠는데요."

그 순간 준호가 똑바로 노려보는 시선이 어찌나 오싹하던지, 우 진은 저도 모르게 움찔하며 뒤로 물러나고 말았다.

"이유는?"

"서연이를 위해서요."

준호가 눈을 가늘게 뜨기만 할 뿐 아무 말도 하지 않자 우진은 동동주 한 사발을 쭉 들이켜더니 한숨을 내쉬고 단호하게 덧붙였 다.

"서연이한테는 좀 더 밝고 뚜렷한 남자가 어울린다고 생각합니 다. 이사님처럼 알 수 없는 스타일보다."

"왜 그렇게 생각하지?"

"저보다 더 잘 아시겠지만, 서연이한테는 파이팅이 필요해요. 나약하게 자꾸만 물러나고 움츠러들지 않으려거든 저처럼 에너지 넘치는 사람이 곁에 있어주는 게 훨씬 더 낫겠죠."

"아아, 그러니까 우진 학생이 서연이를 바라보는 시선은 뜨거운 인간애 그 이상도 이하도 아니다?"

준호가 내놓은 뼈 있는 말에 우진은 잠시 고민하다 솔직히 털어놓았다.

"뭐, 물론 제가 서연이한테서 여성적 매력을 느끼는 건 사실이지만 기본은 그거죠. 보고 있으면 가엾고 안쓰러우니까요."

준호는 깍지 낀 손으로 턱을 괴고서 지그시 우진의 눈을 들여다봤다.

속을 꿰뚫어 보는 듯한 눈길에 우진은 오랫동안 버틸 수가 없어 어색하게 시선을 피해버렸다.

이윽고 준호의 입술 사이로 피식 웃음이 새어나왔다.

"좋아한다는 말 한마디도 제대로 못할 정도로 소심한 주제에 상대방을 발아래 두고서 가엾다는 둥, 안쓰럽다는 둥, 널 위해서라는 둥."

우진의 눈동자가 격하게 흔들리는 동안에도 준호의 눈은 똑바로 그를 향해 있었다.

"당사자 마음은 생각해본 적도 없겠지. 단 한 번도."

"그렇지 않아요, 저는……!"

준호는 빙그레 웃으며 우진의 말허리를 잘라버렸다.

"나는 너 같은 인간 부류들이 제일 싫어. 경멸해. 남들이 우러러보는 시선에, 또는 자기 스스로의 정의감에 도취해 있지만 정작 타인에 대한 배려라곤 눈곱만치도 없는 인간들. 이런 비겁한 인간들이 도처에 널려 있다는 것만으로도 소름이 끼치거든."

"말씀이 너무 심하지 않습니까!"

"일부러 나서서 가엾게 바라보나 안쓰럽게 생각해주지 않아도 돼. 서연이 그런 애 아니니까."

"이사님……!"

당황한 우진이 항변하려고 했지만, 준호는 전혀 들을 가치도 없다는 듯한 표정으로 그 말마저 막아버렸다.

"말해봐. 네가 그 애에 대해 아는 게 뭐야? 뭘 얼마나 알아서 그런 시선으로 보는 거지? 아아. 공황장애? 집단따돌림? 거꾸로 말하자면, 그런 걸 빼고서 네가 서연이에 대해 아는 게 전혀 없다는 뜻 아닌가?"

도무지 반박할 수가 없자 우진은 몹시 당황했다. 자기 스스로도 그런 줄 모르고 있었던 게 가장 충격이었다.

"저는……."

"나쁜 마음이 아니었다는 거 잘 알아. 그리고 그 패기도 인정하겠어. 하지만, 스태미나를 아껴. 좀 더 의미 있는 일에 쓰라고. 나도 어쩌다 보니 구구절절 말이 길어지긴 했는데 결국 요(要)는……."

천천히 자리에서 일어난 준호는 싸늘한 눈으로 우진을 내려다보다 한마디를 덧붙이고 자리를 떴다.

"그게 누가 됐든, 내 여자 옆에서 얼쩡거리면서 귀찮게 하는 건 딱 질색이라서."

얼음도 넣지 않은 온더록스 잔에다 위스키를 가득 따라 물처럼 꿀꺽꿀꺽 마시자 식도가 타들어가는 것만 같았다.

이미 3분의 1도 남아 있지 않은 술병을 멀뚱히 들여다보던 나미는 알코올 기운 섞인 한숨을 길게 내쉬었다.

"내가 미쳤지……. 미쳤어."

왜 그랬을까, 왜.

경악한 서연이 아무 말도 하지 못한 채 부들부들 떨고 있던 모습을 떠올리니 죄책감은 더했다.

「언니, 그렇게 안 봤는데 정말 실망이에요.」

신희에게서 굳이 그런 말을 듣지 않았어도 이미 충분히 스스로에게 실망하고 있던 중이었다.

차라리 후련하게 욕이나 먹고 말았으면 지금 이 시간까지 괴롭진 않을 텐데, 서연은 아무 대꾸도 하지 않은 채 그냥 자리를 떠버렸다.

죄책감에 더해 자괴감마저 들었다.

어쨌든 지금 준호를 차지한 건 서연이니까. 뭘 어떻게 해도 이길 수 없다는 걸 아니까.

"하아."

한 잔을 더 따라 마시고 숨을 고르고 있을 무렵, 출입구의 자동문이 열리는 소리가 들렸다.

"죄송합니다, 오늘 영업은……."

문 안에 들어와 있는 사람은 준호였다. 이 시간까지 딱딱한 슈트 차림인 걸로 봐선 퇴근 후 어딘가에 들렀다 왔나 보다.

"안녕."

나미는 손을 흔들어 보이며 반갑게 인사를 건넸지만 준호는 무표정한 얼굴로 인사를 무시해버린 채 다가와 카운터 맞은편에 앉았다.

나미는 씩 웃으며 어깨를 으쓱해 보였다.

"아아, 혼나겠네. 서연이 지금도 울어?"

이런 일이 생길 걸 나미는 충분히 예상하고 있었다. 언젠가는 준호가 서연의 일로 찾아올 거란 것을 말이다.

"울리기까지 했어요?"

준호가 인상을 찌푸리며 되묻자 나미는 빈 잔 하나를 들고 와 그의 앞에 놔주며 천연덕스럽게 대꾸했다.

"아니, 분명 나 없는 데서 울었을 것 같아서."

"안 울던데요."

"그래? 보기보다 강심장이네."

"뭐, 어떻게 볼지는 자기 마음이죠. 그나저나, 곧 들어오신다고요?"

단어를 생략하거나 애매한 단어로 가리거나 하는 등, 나미는 지금껏 준호가 살갑게 부모님을 지칭하는 걸 본 적이 없었다.

"부모님 오신다는 거 몰랐니?"

"조금 전 서연이한테서 처음 들었어요."

나미는 길게 한숨을 내쉬고 준호를 나무랐다.

"너 또 선생님 편지 안 보고 버렸구나. 그러지 좀 마."

"언제 오신대요?"

"모르겠어. 조만간 잠시 들르신다고 하는데 빈말 같지는 않았어."

나미가 따라주는 술을 한쪽으로 밀어내버린 준호는 잠시 생각에 잠겼다가 담담한 어조로 말했다.

"이제 그만 좀 들쑤셔요. 그만큼 했으면 됐잖아요."

"뭘 들쑤셔?"

"그걸 정말 몰라서 물어요?"

준호가 지그시 건너다보자 나미의 얼굴이 일그러졌다.

감정이라곤 전혀 깃들어 있지 않은 준호의 눈빛은 예나 지금이나 똑같이 차갑기만 했다.

그걸 보니 갑자기 속이 뒤틀린 나미는 술기운을 빌려 맘속에 남은 말들을 닥치는 대로 뱉어냈다.

"넌 나랑 오랜 세월 동안 알고 지냈던 그 시간들보다 얼마 만나지도 않은 새파란 계집애랑 연애한 그 짧은 시간이 더 소중했니? 너 그렇게 안 봤는데 진짜 이기적이구나. 내가 그동안 널 어떻게 대했는지, 어떤 눈으로 바라보고 있었는지 잘 알면서 어쩜 나한테 이래?"

"세월이 지나도 전혀 변하지 않는 사람이 있긴 하네요."

51

조소 어린 말에 욱한 나미가 이를 갈며 사납게 덧붙였다.

"나는 자기 부모한테 정이라곤 십 원 한 장 어치도 없던 너 대신 자식 노릇까지 했어."

"내가 해달라고 부탁한 것도 아니고, 스스로 좋아서 한 일이 아니었던가요?"

"그런 식으로 쉽게 말하지 마. 나고 자란 곳 떠나 이역만리 타향에서 지내는 게 어떤 기분인지 너도 알잖아. 하물며 그렇게 척박하고 힘든 곳에서 어려운 사람들 도우며 사는 거, 쉬운 일 아니야."

"그래서요?"

"뭐?"

"나한테 도대체 어쩌라는 겁니까?"

준호가 마침내 불편한 심기를 드러냈다.

나미는 물끄러미 준호를 건너다봤고, 그는 똑바로 그녀의 시선을 받아넘기며 말을 이었다.

"당신이 사람을 질리게 만드는 게 뭔지 알아요? 바로 그런 눈빛이에요. 한결같이 우습게 보는 시선."

"뭐?"

"말해봐요. 네가 좋다, 오랫동안 바라봤다, 그렇게 말하긴 하지만 사실 속으로는 다른 생각 하죠?"

"무슨……?"

"'쟤는 병신이니까.' 하는 생각."

"주, 준호야, 갑자기 무슨 소리야? 그런 적…….”

"내가 아무리 힘들고 괴로워도 나는 쟤보단 나으니까 괜찮아. 그렇게 봐왔잖아요. 안 그래요?"

"말도 안 돼! 나는 너를……!”

문득, 나미의 눈앞에 아주 오래전 기억들이 스쳐갔다.

「나미야, 네 아빤 사람도 아니야.」

「자식 놔두고 바람피우고 돌아다닌 여편네 주제에 뭘 잘했다고 큰소리야, 큰소리가!」

「바람은 나만 피웠어? 사업 핑계 대고 밤낮없이 계집년들 끼고 노는 건 잘한 일이야?」

「시끄러워! 애는 내가 키울 테니 도장 찍자고!」

「미쳤다고 당신한테 애를 맡겨? 나미는 내가 데려갈 거야!」

「소송 걸든지! 애는 절대 못 줘!」

이윽고 어김없이 울리는 물건 깨지는 소리와 끔찍한 고함들.

참을 수가 없어 귀를 막고 밖으로 뛰쳐나가 정처 없이 골목을 쏘다니면 두 번 중 한 번은 그 녀석을 꼭 마주쳤다. 어마어마한 규모의 벽돌 담장으로 둘러싸인 저택 대문 앞에서 멍하니 쭈그리고 앉아 허공만 바라보고 있는 음침한 녀석 말이다.

「야. 울 엄마 아빠 또 싸운다.」

「왜?」

「몰라. 엄마는 아빠가 나쁜 사람이라고 하고 아빠는 엄마가 엄마 자격도 없는 사람이라는데 누구 말이 맞는지 모르겠어. 어쩌면 이혼할지도 몰라.」

「아줌마랑 아저씨가 이혼하면 누나는 어떻게 돼?」

「몰라. 둘 중 한 명 따라가야지. 둘이 서로 데려가려고 해서 아빠 따라가야 할지 엄마 따라가야 할지 잘 모르겠어.」

그땐 철이 안 들어서 그게 심각한 일인지 아닌지 구분도 잘 없던 시절이었다.

그러나 당시 준호의 눈빛이 정상이 아니라는 것만큼은 확실히 구분해낼 수 있었다.

준호의 눈동자 안에는 연민도 불안도 아닌, 노골적인 동경의 빛이 드러나 있었다.

그걸 보니 얼마 전 어른들이 수군거리는 말을 들었던 게 떠올랐다. 아무리 환경이 좋으면 뭐하냐고. 준호는 곧 부모한테 버림받은 거나 마찬가지인 신세가 될 거라고.

그때였던 것 같다, 아마도.

'아, 나는 적어도 얘보단 낫구나. 진짜 불쌍하네.' 하는 생각이 든 것은.

친구라곤 하나도 없다는 준호를 데려가 현성에게 소개시키고 함께 노는 그룹에 끼워주며 챙기기 시작한 것도 그 무렵이었다.

준호가 곁에 있으면 거짓말처럼 마음이 편했다. 부모님의 싸움이 점점 더 길고 격해져도 전처럼 잠이 안 오거나 하지는 않았다.

얼마 후, 준호의 부모가 마침내 한국을 떠났다.

출국 날 그들을 따라가겠다고 고집을 부리던 준호는 결국 사람들 몰래 집을 빠져나가는 데 성공했다. 겨우 7세 소년의 가출은 온 집안을 발칵 뒤집어놓았고, 주변에 파다하게 소문이 났을 정도로 큰 이슈가 되었다.

수색 다섯 시간 만에 경찰이 준호를 발견했을 때 그 앤 왕복 8차선 도로 한복판에 위태롭게 서 있었다고 했다. 쉬지 않고 비를 맞으며 만신창이가 되면서까지 도달한 곳이었지만, 거긴 할아버지인 최 회장의 집에서 겨우 2킬로미터도 떨어지지 않은 곳이었다.

그날 맞은 비로 준호는 결국 심한 폐렴에 걸려 병원에 입원했다. 고열이 계속되어 하마터면 목숨이 위험할 뻔했다고도 했다.

나미의 부모님이 마침내 긴 싸움을 끝내고 이혼 합의에 이른 것은 준호가 입원한 바로 이튿날의 일이었다.

가슴이 덜컥 내려앉은 나미는 다짜고짜로 준호가 입원한 병원에 찾아갔다.

축 처진 채 죽은 듯 잠들어 있는 준호의 얼굴을 내려다보니 아이러니하게도 또 한 번 마음이 편해졌다.

'그래. 이 애는 나보다 더 불쌍한 애니까. 나는 괜찮아. 내가 애를 돌봐줘야 해.'

그런 생각을 하면서 힘든 시기를 극복할 수 있었다.

사춘기를 지나 철이 들고 성인이 된 후로도 마찬가지였다.

어린 시절 문제는 문제도 아닐 정도로, 사는 건 그리 호락호락하지 않았다.

수많은 인간관계에서 끊임없이 쓴맛을 보고 절망할 때마다 나미는 어김없이 준호를 찾아갔다. 그리고 자신보다 훨씬 더 비틀리고 훨씬 더 망가진 것처럼 보이는 준호를 달래 제대로 일으켜 세우려 노력했었다.

그래. 이제 와 돌아보니 전혀 부인할 수가 없었다.

나미는 그간 준호의 우울함을 통해 계속해서 마음의 위안을 얻었던 것이었다.

"맞아요. 김우진은 밝고 에너지 넘쳐요. 착하고 좋은 녀석이더군요. 서연이만 아니었다면 제법 가까이 지내고 싶다는 생각이 들 정도로. 그런데 그 좋은 녀석이 서연이 곁에서 얼쩡대는 게 싫은 이유, 아세요?"

뜬금없이 우진의 얘기가 나오자 나미는 의아한 눈으로 준호를 건너다봤다.

"바로 그 녀석이 당신하고 똑같은, 아주 소름 끼치는 생각을 가졌기 때문이에요."

"준호야……."

충격을 받은 나미는 아무 말도 잇지 못한 채 입만 벌리고 있었지만 준호는 그녀를 달래거나 좋은 말로 마무리를 하는 대신 더욱더 싸늘한 태도로 덧붙였다.

"내가 지금까지 아무 말도 안 하고 내버려둔 건 당신 말이 다 맞아서도, 당신이 좋아서도 아니었어요. 말 그대로 귀찮은 언쟁을

할 필요가 없어서. 당신 혼자서 무슨 생각을 하든지 말든지, 그건 나하곤 아무런 상관도 없었기 때문에."

그 말에 나미의 표정이 안쓰러울 정도로 일그러졌다.

"너, 아무리 그래도 그렇지, 어떻게 그런 말을……."

"하지만 지금은 다르죠."

준호는 장대비가 쏟아져 내리는 창밖으로 시선을 돌려 아련한 눈으로 어딘가를 바라봤다. 마치 거기에 누군가가 서 있기라도 한 듯했다.

「저기요, 그렇게 비 맞으면 감기 걸려요. 이거 쓰세요.」

"서연이와 내 관계는 평범한 연애라든지 사랑이라든지, 그런 차원의 문제가 아니에요. 그러니, 아무 상관도 없는 사람들이 무슨 소릴 하고 어떤 짓을 해도 변할 리 없어요."

"준호야."

"오늘 이후로 한 번만 더 서연이 건드리면 그땐 나도 가만히 안 있을 겁니다."

협박처럼 들리는 말에 나미는 믿을 수 없다는 표정으로 눈을 크게 떴다.

"뭐?"

"전처럼 얌전히 당하고만 있진 않겠다는 소리예요. 무슨 뜻인지 알죠?"

속뜻을 알아챈 나미의 얼굴이 새빨갛게 달아올랐다.

"너…… 미쳤구나?"

자리에서 벌떡 일어난 준호는 한마디를 더 내뱉고서 카페를 나가버렸다.

"이미 알고 있었잖아요?"

희미한 빛이 새어 들어오는 창문을 바라보며, 서연은 긴 한숨을 내쉬었다.

아니나 다를까. 빗소리 때문에 잠을 이룰 수가 없었다.

아무도 없는 집에서 혼자 잠 못 이루고 뒤척거리고 있자니 강원도 별장에서 혼자 갇혀 지냈던 때가 떠오르며 점점 더 정신이 맑아졌다.

"아아, 미치겠네."

자리에서 벌떡 일어난 서연은 사이드테이블에 올려둔 휴대전화를 집어 들었다.

한 여사의 말대로 내일 아침까지 실컷 애태우게 한 후 풀어주려고 했지만, 도리어 서연의 애가 탔다. 준호는 어쩌면 아무렇지도 않게 생각하고 있을지도 모르는데 말이다.

"자고 있으려나?"

오랫동안 고민하던 서연은 눈을 질끈 감고서 휴대전화의 전원을 켰다.

전원이 켜진 후로도 한참이나 더 주저하던 그녀는 준호의 전화번호를 터치했다.

신호음이 규칙적으로 울리기 시작하자 문득 심란해졌다.

'뭐라고 하지? 무슨 말부터 해야 하지? 아까 그렇게 화를 내고 끊었는데 갑자기 살갑게 굴 수도 없고……, 으음.'

그때 신호음이 끊겼다.

"오빠."

평소처럼 '응.' 하는 대답을 기다렸지만, 아무 답도 건너오지 않았다.

게다가 전화 저편에서 울리는 거친 호흡에서 왠지 모르게 위화감이 들었다.

스피커에 귀를 기울인 서연의 얼굴에서 단번에 핏기가 사라졌다.

준호가 떠난 후 얼마의 시간이 흘렀을까.

썰렁한 카페에 혼자 남겨진 나미는 아직도 비만 오면 욱신거리는 오른손 주먹마디를 내려다봤다.

"나쁜 새끼……, 나쁜 새끼, 진짜 나쁜 새끼……! 흑. 나한테 어떻게 이럴 수가 있어……."

술을 잔에 따르지도 않은 채 병째 꿀꺽꿀꺽 마셔댄 나미는 밭은 기침을 내뱉으며 담배를 찾았다.

카운터 위의 담뱃갑을 집어 든 순간, 어디선가 휴대전화 진동 소리가 울렸다.

나미의 전화는 아니었다. 벨은 카운터 바깥쪽에서 울리고 있었다.

술기운에 휘청거리며 자리에서 일어난 나미는 카운터를 돌아 손님 테이블 쪽으로 가려다 발걸음을 멈추었다.

진동은 손님 테이블 쪽이 아니라 분명 카운터 쪽에서 나고 있었다.

"으음……?"

술기운에 어질어질한 머리를 좌우로 흔들며 카운터 바깥쪽으로 다가간 나미는 조금 전 준호가 앉아 있던 바체어를 붙잡고 섰다.

바체어의 등받이와 좌석 쿠션 사이에 검은색 휴대전화가 끼어 있었다. 휴대전화 케이스를 보니 준호의 것이었다.

"후우……, 똑똑한 척은 다 하시더니 전화기 놔두고 갔네."

휘청거리며 전화기를 집어 든 나미는 아직도 몸을 떨고 있는 전화기의 액정을 내려다봤다.

바탕화면에 선명하게 떠 있는 서연의 이름을 본 나미의 몸이 전화기처럼 박자 맞춰 부들부들 떨렸다.

언제부턴가 준호와의 관계는 나미의 마음대로 이어지질 않았다.

그 시작이 연민이든 다른 어떤 것에 있었든, 어느덧 준호에 대한 마음은 자기도 컨트롤할 수 없을 정도로 깊어지기 시작했다. 비록

속은 허무하지만 점점 더 남자답고 매력적인 모습으로 변모해가는 그가 너무나 멋졌다. 준호의 모든 것을 모두 소유하고 싶었다. 온전한 준호의 여자가 되어 그의 품에 안기고 싶었다.

그러나 껍데기만 남은 것처럼 보이는 그의 영혼을 채워주기 위해 노력할수록 나미는 점점 더 절망했다. 어떻게 해도 준호는 자신을 봐주지 않았던 것이다. 눈이 마주쳐도 언제나 그는 다른 곳만 보고 있었다. 결국은 자기 자리를 요만큼도 내주지 않은 채 계속 껍데기인 채 그대로였다.

그런 걸 만난 지 얼마 되지도 않은 이 애송이 계집애가 간단히 해낼 수 있을 리 없었다.

이대로 가면 준호는 전보다 더 망가질 게 뻔했다. 이 깜찍한 계집애 때문에!

준호는 틀렸다. 그는 나미를 다 모르기 때문에 완전히 오해하고 있는 것이다.

"그래. 처음엔 네 불행을 보며 위안 받았을지도 모르지. 하지만……, 지금은 아니야. 그리고 앞으로도. 최준호 넌 어떤지 몰라도, 이 세상에서 누구보다도 너를 생각하는 사람은 이 애가 아니라 나, 정나미니까."

술기운인지 아니면 다른 어떤 이유 때문이었는지 알 수 없었다. 갑자기 너무나 서럽고 화가 나 참을 수가 없었다.

― 오빠.

서연의 목소리를 확인하고서 분노로 이성을 잃은 나미는 일부러 거친 숨을 몰아쉬며 거짓을 연기했다.

"하……, 하아. 준호야……, 이제 그만."

스피커 너머에선 아무 소리도 들리지 않았지만 느낌으로 알 수 있었다. 서연은 지금 아무 말도 안 하는 게 아니라 못하는 거라고.

그녀의 표정이 지금 어떨지는 보지 않아도 눈에 선했다.

거기까지 생각이 닿자, 갑자기 몹시 부끄럽고 후회됐다.

아무리 술기운이라지만, 이건 정말 아니지 않나.

나미는 자기가 지금 무슨 끔찍한 짓을 했는지 뒤늦게 깨닫고서 변명하려 했다. 그러나 이어진 서연의 말에 말문이 꽉 막혀버렸다.

– 언니. 나 가끔, 언니 같은 친언니가 있었으면 하고 생각했었어요. 언니도 알다시피 줄곧 내 주위에 아무도 없었잖아요. 올해 신희랑 우진 선배랑 언니 만나서 내가 얼마나 좋았는지…… 언니는 모를 거예요. 나, 언니 믿었는데, 정말 믿었는데……, 나한테 왜 이래요?

"아아……."

– 대체 내가 뭘 잘못했어요? 언니 정말 좋아했는데……, 흑, 내가 뭔가 잘못한 거면 고칠 수 있게 말이라도 해주지. 나한테 왜 이러는 거예요……, 흐흑!

"서연아, 나는……."

전화 저편의 흐느낌 소리가 좀 더 격해졌다. 뭔가 얘기하려던 나미는 서연의 앙칼진 목소리에 입을 다물어버렸다.

– 언니는 몰라도, 준호 오빠가 나한테 이렇게 할 리가 없잖아요. 오빠 지금 옆에 없죠? 그렇죠?

당황한 나미는 우물쭈물하며 어쩔 줄을 몰라 하다 아무 대답도 하지 않은 채 그대로 전화를 끊어버렸다.

"아아, 어떡하지? 내가 미쳤나 봐!"

뒤늦게 이 모든 상황이 다 두렵고 혼란스러워지며 갑자기 속이 울렁거렸다.

나미는 준호의 전화기를 그대로 가슴에 안은 채 다급하게 화장실로 달려갔다.

"하아, 하아……, 어떡해, 어떡해……."

알코올 기운 섞인 숨을 계속해서 몰아쉬던 중, 다시 한 번 진동이 울렸다. 발신자가 서연이라는 것은 굳이 확인해볼 필요도 없었다.

계속해서 집요하게 울리는 벨로 잔뜩 두려움에 질린 나미는 눈을 질끈 감고서 준호의 전화기를 변기에다 던져 넣어버렸다.

완전히 침수된 전화기는 더 이상 미동도 하지 않았다.

사방은 마침내 고요해졌지만, 나미의 마음도 똑같이 고요해지지는 않았다.

18
/
마주 보기

준호와 헤어진 후 우진은 답답한 마음에 혼자서 소주 한잔 기울이고 있었다. 그러던 중, 나미에게서 전화가 걸려왔다. 나미는 아무 말도 하지 않은 채 계속해서 흐느끼기만 했다.

놀라서 급하게 택시를 잡아타고 나미의 카페로 간 우진은 계단을 허겁지겁 뛰어올라 안으로 뛰어들었다.

"무슨 일이에요?"

혼자서 카운터에 엎드려 있던 나미는 펑펑 울고 있었다.

사방에 술 냄새가 진동을 해 돌아보니 위스키 한 병이 완전히 바닥을 드러낸 채 뒹굴고 있었다.

"누나!"

"우진아……."

눈물로 얼룩진 나미의 얼굴은 완전히 다른 사람을 보는 것처럼 생소했다. 평소의 쾌활하고 씩씩한 그녀가 아니었다.

"왜 그래요? 무슨 일 있었어요?"

"우진아, 우진아……."

"어쩌다가 혼자 이렇게 취했어요? 정신 좀 차려요, 누나."

"너…… 서연이 좋아하잖아, 응? 걔한텐 네가 필요해. 이대로 더 가기 전에 네가 붙잡아라, 부탁이야. 서연이 더 힘들지 않게 네가 딱 붙들어 세워줘."

"갑자기 무슨 소리예요?"

"이대로 두면 언젠가 서연이가 준호를 완전히 망가뜨릴 거야. 그러기 전에 네가……."

아아, 하고 싶은 말은 결국 그쪽이었나.

나미가 전에 좋아했던 남자가 준호일 거라고 희미하게 의심은 하고 있었다. 우진은 그녀가 이렇게 인사불성 되기까지 대충 어떤 일이 있었을지 대충은 유추할 수 있었다.

"방금 왔다 간 거죠?"

"흐흑! 준호가 나한테 어떻게 이럴 수가 있니, 어떻게, 흑……."

"하소연할 사람이 없어서 날 부른 거라면 번지수 잘 찾았네요. 있잖아요, 누나."

우진이 진지하게 불렀지만 나미는 아무 대꾸도 하지 않은 채 그저 울기만 하며 고개를 숙이고 있었다.

"나 어렸을 때, 정말 갖고 싶었던 장난감을 사려고 줄을 섰는데 딱 내 앞에서 물건이 동난 거예요. 줄을 그렇게나 오래 서 있었는데 세상에나, 완전 거짓말처럼 딱 내 앞에서 끝났다니까요! 이런 게 어딨어? 그래서 화가 난 아버지는 돈은 얼마든 줄 테니까 어떻게든 구해달라고 소리쳤지만, 한번 끝난 건……."

두 손을 활짝 펴서 공중에 들어 보인 우진이 허탈하게 덧붙였다.

"그냥 거기서 그대로 끝이더라고요."

나미는 손등으로 눈물을 훔치며 우진의 말을 가만히 듣고만 있었다.

"서러워서 그때 얼마나 울었는지 몰라요. 돈으로 살 수 있는 것도 그럴진대, 하물며 어떻게 해도 못 가지는 사람 마음은 어떻겠어요? 당연히 서운하죠. 미치도록 서럽죠. 알아요. 누나 맘 나도 알아요. 진짜 잘 알아요."

"우진아……."

"그런데 누나. 인정할 건 그냥 인정하고 편해져요. 지금 이러는 거는 진짜 못 가진 것에 대한 화풀이밖에 안 되잖아요. 스스로에 대한 자만이기도 하고. 나도 그랬어요. 서연이 생각해주고 챙겨주는 것 같아도, 결국은 내 만족이었더라고요."

아무런 반응이 없자 우진은 다시 한 번 못 박았다. 나미뿐 아니라 자기 자신에게 하는 말이기도 했다.

"아무리 울고 매달리고 발광을 해도 나한테는 안 온단 말이에요."

"나는……, 나는……, 흑!"

나미가 갑자기 울음을 터뜨렸다.

"뒤집어 생각하면, 이사님이랑 서연이 입장에선 얼마나 황당했겠어요? 알아서 잘 사귀고 있는데 괜히 옆에서 열폭하면서 끼어든

66

거잖아요. 깨지라고 저주하는 거나 마찬가지였다고요. 어라, 근데…… 잘 생각해보니까 이거 진짜 웃기네? 뭐냐, 이 꼬라지. 흐흐흐."

자기 생각에도 우스운지 우진이 헛웃음을 흘리며 고개를 젓자 나미는 한참이나 흐느끼다 중얼거렸다.

"그래. 맞아. 겉으론 언니인 척, 누나인 척, 생각해주는 척……, 그렇지만 실제론 내가 제일 애송이고 내가 제일 병신이었지. 내가……."

"누나……."

"우진아."

뒤늦게 제법 정신이 돌아왔던지, 고개를 든 나미는 눈물을 뚝뚝 흘리며 우진의 옷자락을 붙들고 말했다.

"내가…… 방금 서연이한테 몹쓸 짓을 했어. 제정신이 아니었거든. 걔가 준호를 나한테서 뺏어간 것 같아서 견딜 수가 없었어."

"네? 무슨 소리예요, 그게?"

나미는 우진이 건넨 티슈박스에서 티슈 몇 장을 뽑아 얼굴을 가리고 훌쩍거리며 조금 전에 자신이 저질렀던 짓을 솔직히 고백했다.

술기운인지, 주어가 군데군데 생략되고 다소 횡설수설하는 면은 있었지만, 사태는 확실히 파악할 수 있었다.

우진은 믿을 수 없다는 듯 우스꽝스럽게 손을 내저으며 몇 번이나 되물었다.

"으에엑, 진짜요? 진짜? 안 어울리게 뭔 유치한 짓이에요? 꼴사나워라!"

"그래. 추한 거 나도 알아. 질투였겠지, 아마도. 그리고 네 말대로 나 자신에 대해 자만하고 있었던 것도 맞고. 혼은 나중에 날 테니까 지금은……."

우진은 그제야 나미가 자신을 불러낸 이유를 알 것 같았다.

너무나 부끄럽고 미안한 나머지 자기가 저지른 짓을 직접 수습할 수가 없었던 것이다. 우진이 지금 이 순간 가장 상처받고 놀랐을 서연에게 가서 사실을 해명해주길 바란 것이다.

오랫동안 좋아했던 남자한테 거부당하고 새파랗게 어린애에게 질투할 정도로 제정신이 아닌 상황에서 뒤늦게라도 이런 생각이 들었다는 건, 나미가 그렇게 뼛속까지 구제불능은 아니란 뜻이었다.

"일단 집으로 가요. 데려다 줄게요."

"아니야. 사무실에 간이침대 있어서 나는 여기서 그냥 자면 돼. 아무 말 말고 서연이한테 가봐."

잠시 고민하던 우진은 고개를 끄덕이고 뒤로 물러섰다.

"알았어요. 내일 다시 만나서 얘기해요. 서연이 일은 걱정 마세요. 내가 다 알아서 할 테니까."

울다 지쳐 더 이상 아무 말도 하지 못하는 나미를 남겨둔 채 우진은 발걸음을 돌렸다.

아직도 장대비가 쏟아지는 밖으로 나온 우진은 잠시 하늘을 올려다보다 휴대전화를 꺼냈다.

　서연에게 전화를 걸려던 순간, 귓가에 준호의 목소리가 울렸다.

「일부러 나서서 가엾게 바라보나 안쓰럽게 생각해주지 않아도
돼. 서연이 그런 애 아니니까.」

　길게 한숨을 내쉬고 다시 한 번 번호를 터치하는 순간 이번엔 목
소리가 좀 더 생생하게 울렸다.

「그게 누가 됐든, 내 여자 옆에서 얼쩡거리면서 귀찮게 하는 거
딱 질색이라서.」

　순간 속에서 뭔가가 뒤틀리면서 욱하고 올라왔다.
　"아, 그럼 제대로 관리를 좀 하시든지!"
　벨소리가 계속해서 이어졌지만 서연은 전화를 받지 않았다.
　화가 머리끝까지 났거나 반대로 멘탈이 산산조각 났거나 둘 중
하나일 게 분명한데도 서연이 전화기의 전원을 끄지 않았다는 건,
그녀가 지금 누군가의 전화를 기다리고 있다는 뜻일 터.
　그리고 그녀가 지금 전화를 받지 않는 건 기다리고 있는 누군가
가 우진은 아니라는 말이었다.
　그 생각을 하니 갑자기 속에서 울컥 화가 치밀었다.
　시작도 못해보고 장렬하게 차인 첫사랑이라니.

"아아, 잔인하구만. 알았다고, 알았으니까 전화 좀 받아! 바보야!"

간절한 마음으로 몇 번이고 계속해서 전화를 건 끝에 드디어 서연과의 통화가 이어졌다.

"야, 너 전화를 왜 이렇게 늦게 받아?"

우진은 일부러 과장되고 명랑한 어조로 툭 던졌지만 전화 저편에서는 아무런 소리도 들리지 않았다.

전화기 반대편 귓구멍을 꽉 틀어막고 스피커에 귀를 기울이자 희미한 빗소리가 들렸다.

"어? 너 지금 어디야? 왜 이 시각에 밖을 돌아다니고 그래?"

여전히 침묵이 이어지자 우진은 답답한 마음에 크게 소리를 질렀다.

"아, 어디냐고, 짜식아!"

─ 못하겠어요…….

"뭐? 못하긴 뭘 못해?"

─ 안에 못 들어가겠어. 차는 여기 있는데……, 흑! 어떡해요.

"너 혹시 최 이사네 집?"

─ 진짜로 나미 언니랑 같이 있는 거면 어쩌지? 나 이제 어떡하지, 어떡해……, 으허엉!

서연이 어린애처럼 왁 울음을 터뜨리며 혼잣말만 하자 더 이상 말이 이어지질 않았다. 이런 상황에 사정을 설명해도 전달이 잘 될 리가 없었다.

"으아아아이고, 이 인간들이 정말 가지가지 하네에에! 내가 동네북이냐? 다들 나한테 대체 왜 이러는 건데!"

머리를 벅벅 긁으며 버럭 화를 낸 우진이 전화기에다 대고 고함을 질렀다.

"너! 절대 어디 가지 말고! 꼼짝도 말고! 딱 거기서 기다리고 있어라! 알았지?"

전화를 끊은 우진은 깊은 생각에 잠긴 채 빗속을 뚫어져라 노려보다 마침 그곳을 지나던 택시를 발견하고 번쩍 손을 들었다.

담장 높은 집은 온통 어둠에 잠겨 있었다.

굵은 빗줄기 사이로 불이 꺼진 2층 창문을 말없이 올려다보기를 얼마쯤.

다리가 아프다는 것을 깨달은 순간 준호는 문득 담배 생각이 절실해졌다.

아무 생각 없이 재킷 안 포켓을 뒤지며 담배케이스를 찾던 그는 담배케이스 대신 들어 있던 작은 종이박스를 꺼냈다.

의문의 종이박스가 금연보조제 껌이라는 것을 뒤늦게 알아차린 준호의 입술 사이로 피식, 웃음이 새어나왔다.

생각, 생활패턴, 그리고 시작이 언제인지조차 기억나지 않는 오랜 습관까지.

당사자는 전혀 모를 것이다. 그녀를 만난 이후로 지금까지 준호가 얼마나 많이 변했는지.

잠시 고민에 잠겼던 준호는 들고 있던 우산을 반대쪽 어깨로 옮기고 휴대전화를 찾기 시작했다.

"으음……?"

없다.

휴대전화를 어디서 마지막으로 사용했는지 떠올려봤지만 어쩐지 기억이 가물가물했다. 술을 그다지 많이 마신 것도 아닌데 말이다.

하긴. 많은 일들이 일어난, 평소보다 훨씬 더 긴 밤이었으니 무리는 아니었다.

'그 녀석하고 같이 있던 때였나. 그때 분명히 통화 끝내고 넣었던 것 같은데…….'

거기까지 생각이 닿은 순간이었다.

골목으로 택시 한 대가 진입했다.

택시는 비상깜박이를 켜더니 준호가 서 있는 곳에서 멀지 않은 곳에 정차했다.

"기사님! 여기서 좀 기다려주세요!"

소리치며 뒷문을 열고 뛰쳐나온 사람은 전혀 의외의 인물이었다.

"김우진……?"

준호가 저도 모르게 인상을 찌푸리는 사이 우진은 거침없이 그

72

의 앞으로 달려왔다.

우진의 첫마디는 또 한 번 예상을 뛰어넘는 것이었다.

"그렇지, 엇갈렸을 것 같더라. 아무래도 여기 있을 것 같아서 무작정 달려왔어요."

"뭐?"

"넘보지 못하게 하려거든 좀 더 확실히 믿게끔 만들든지! 이게 뭡니까?"

영문을 모른 채 준호가 사나운 눈으로 노려보자 우진은 한숨을 쉬며 말을 이었다.

"아까 나미 누나네 카페 갔었죠? 거기다가 전화기 흘렸나 봐요. 술 취한 나미 누나가 그 전화기를 가지고 초대형 삽질을 하셨는데, 어느 땅을 어떻게 파 뒤집었을지는 뭐, 나보다 더 잘 아실 테고……."

그 순간 뭔가를 깨달았던지 준호의 눈에서 불꽃이 탁 튀었다.

사태를 파악하고서 힐끗 서연의 방을 곁눈질한 준호는 정차해 있는 택시를 향해 급하게 걸음을 옮겼다.

"카페 아니에요! 지금 형님네 집 앞에서 울고 있어요! 거기서 꼼짝 말고 기다리라고 했으니까 얼른 가서 달래주세요!"

등 뒤에서 들려온 우진의 말에 준호는 잠시 발걸음을 멈추고 그를 돌아봤다.

"처음엔 그냥 내가 가서 데려와버릴까 생각도 했어요. 그렇지만, 서연이 본인이 형님만 기다리는 것 같은데 어쩌겠습니까. 고

73

백하기도 전에 차인 놈은 닥치고 짜져야지."

끊임없이 이어지는 빗소리 사이로 택시의 엔진 소리와 와이퍼 움직이는 소리만이 간간히 이어졌다.

말없이 한동안 서로를 바라보고만 있던 둘 중 먼저 입을 연 사람은 준호였다.

"누가 멋대로 형님이라고 부르래?"

전혀 예상치 못했던 준호의 반응에 우진은 어깨를 으쓱하더니 너털웃음을 흘렸다.

"의외로 수줍음이 많은 성격이시네요, 형. 님."

"어디 사는 누구처럼 낯짝이 두껍질 못해서 말이지."

주거니 받거니 한마디씩을 던진 두 사람은 마지막으로 눈빛을 교환한 후 헤어졌다.

우진이 타고 온 택시에 오른 준호는 그대로 그 자리를 떠났다.

어두컴컴한 골목 안에 홀로 남은 우진은 담배를 꺼내 물었다.

젖은 담배엔 불도 붙지 않았다.

씁쓸하고 허탈한 미소를 지은 우진은 어두컴컴한 골목을 바라보다 이내 짓궂게 중얼거렸다.

"앗싸. 택시비 굳었다."

정신없이 달려왔다. 어떻게 왔는지조차 전혀 기억나지 않을 정도로 서연은 아무 생각도 없었다.

아닐 거라고 생각했기 때문에, 의심하지 않았기 때문에 곧장 준호의 집으로 온 것이었다.

그러나 막상 도착해서는 확신을 할 수가 없었다.

제자리에 얌전히 주차되어 있는 준호의 차를 보니 지금까지 애써 꾹꾹 눌러놓았던 것들이 일제히 쏟아져 나온 것이다. 마치 물풍선에 구멍이 뚫린 듯 펑 하고 터져버렸다.

성인이 된 지 얼마 되지 않은 서연과 달리 준호와 나미는 훨씬 더 전에 어른이 된 사람들이었다. 알아온 세월도 오래였고.

지금까지 이미 지난 일이니 신경 쓰지 말자고 애써 다짐하고 되뇌었지만, 그건 그저 말뿐이었지 실제로 신경이 안 쓰일 수가 없었다.

문을 열고 들어갔을 때 마주칠 현실이 두려웠다.

만약 지금 준호가 혼자 있는 게 아니라면 어떻게 해야 할지 알 수가 없었다.

준호의 집 대문이 뭔가가 안에서 잔뜩 도사리고 있는 상자의 뚜껑처럼 느껴졌다. 겁이 난 나머지 손을 댈 수조차 없었다.

지금 이 순간 서연이 할 수 있는 거라곤 내리는 비를 철철 맞으며 그저 어린애처럼 우는 것뿐이었다.

차가운 빗줄기에 얼음장처럼 싸늘해진 뺨 위로 뜨거운 눈물이 쉴 새 없이 흘러내렸다.

가슴속엔 자기 문제에 골몰하느라 그간 준호에게 아무런 도움도 위안도 되어주지 못했던 자신에 대한 후회와 아쉬움만이 가득했다.

"너 지금 뭐 하는 거야!"

멀리서 준호의 목소리가 들려왔다. 빗소리 때문에 잘못 들은 줄 알았지만, 목소리는 점점 더 가까워지고 있었다.

"왜 비를 맞고 있어! 감기 걸리면 어쩌려고!"

처음 들어보는, 화가 잔뜩 밴 목소리였다.

한달음에 다가와 팔뚝을 낚아챈 준호의 손길은 타버릴 것처럼 뜨거웠다.

"오빠……!"

"서연아!"

그의 얼굴을 올려다보는 순간, 서연은 긴장이 풀린 나머지 저도 모르게 속엣말을 전부 토해내고 말았다.

"흑! 나 실은……, 전혀 상관없지 않아. 신경 쓰고 있었어! 줄곧, 아주 많이!"

"알았으니까 들어가서 얘기하자."

"흑흑, 지금도 과거도, 아니 전생에도, 오빠가 나 말고 다른 여자한테 눈길 주는 것조차 싫어! 그러니까 나미 언니한테 가지 마! 나……, 나 이제 오빠한테 매달리지도 기대지도 않을 테니까, 제발, 나……, 으허엉!"

서연은 다짜고짜 준호의 재킷 자락을 쥐고서 품으로 파고들며 마구 소리를 질렀다. 앙금 하나 남지 않을 정도로 바닥에서부터 긁어낸 목소리였다.

준호는 들고 있던 우산까지 던져버리고 서연을 가뿐하게 안아 올린 후 다급하게 집 안으로 뛰어 들어가 욕실로 향했다.

곧장 샤워부스로 가 온수를 세게 튼 그는 여전히 훌쩍이고 있는 서연과 조심스럽게 시선을 맞추고 말했다.

"일단 몸부터 데워."

얼마나 오랫동안 거기서 비를 맞았던지 온몸이 얼음장이 된 서연을 안으로 밀어 넣으려 했지만 그녀는 준호의 옷자락을 꼭 쥔 채 멍하니 서서 부들부들 떨기만 할 뿐이었다. 잠시라도 떨어지고 싶지 않은 모양이었다.

그런 서연을 가만히 품에 안은 준호는 안경을 벗어 선반에 올려둔 후 천천히 뒤로 물러나더니 주저 없이 샤워기에서 떨어져 내리는 물줄기로 들어섰다.

뜨거운 물이 준호의 몸을 타고 서연에게로 가 맹렬히 흘러내리기 시작했다.

자신의 품 안에서 점점 원래의 체온을 되찾아가는 서연을 보며, 준호는 문득 편안한 기분이 들었다. 그리고 오랫동안 등 돌린 채 외면해왔던 자신을 똑바로 마주할 수 있었다.

"우리……, 옛날 얘기 좀 할까?"

준호는 젖은 머리카락에서 흘러내린 물이 눈에 들어가지 않도록 손으로 계속해서 서연의 이마를 어루만져주며 말을 이었다.

"너는 주변 얘기만 듣고 내가 널 부담스러워할 거고 생각하는 모양이지만, 전에도 말했다시피 나는 네가 좀 더 확실히 나한테 기대고, 매달리고, 더욱더 집착해주길 바라. 왜냐하면…….”

준호는 어느 것으로도 가려지지 않은, 날것 그대로의 눈으로 똑바로 서연의 눈동자를 들여다보며 덧붙였다.

“너니까. 그리고 너는 그래도 되기 때문이야.”

서연이 의아한 표정을 하자 준호는 희미한 미소를 지으며 담담히 고백하기 시작했다.

“누구에게 들어서든 느낌으로든, 너도 어느 정도 눈치는 챘겠지. 맞아. 예전의 나는 조금 엉망이었어. 엄밀히 말하자면 조금이 아니라 아주 많이.”

“오빠…….”

불안함을 애써 억누르려는 듯 서연은 준호의 옷자락을 쥐고 있던 손을 놓고서 그의 손을 살며시 잡아 보았다.

“내 자리랄까, 그런 게…… 없었어. 세상 어딜 가도 겉도는 것 같은 기분. 왜 그랬는지 모르겠어. 아니, 실은 알면서도 외면했던 거겠지.”

준호의 시선이 서연을 떠나 허공 어딘가를 맴돌았다.

「미안하다, 준호야.」

아버지는 그 말 한마디를 남겼고 어머니는 끝까지 아무 말도 하지 않았다. 우느라.

할아버지는 너희가 제정신이냐며 고래고래 소리를 지르다 뒤로 넘어갔다. 나가라고, 당장 눈앞에서 꺼지라고 마구 삿대질을 하자 할아버지의 수행비서가 준호의 부모를 데리고 서둘러 방을 나갔다.

응접실의 거대한 소파에 마침내 덩그러니 혼자 남게 된 준호는 아무런 생각도 들지 않았다. 뭐가 뭔지 도무지 알 수가 없었다.

할아버지는 준호의 아버지를 언제나 '얼빠진 놈'이라고 불렀었다. 준호의 어머니를 지칭하는 말은 따로 없었다. 최 회장에게 있어서 큰며느리는 처음부터 눈엣가시였으니까.

다른 자식들보다 월등히 총명하고 뭐든지 잘하는 장남에 대한 기대가 각별했던 최 회장은 준호의 아버지가 장차 수성그룹의 경영권을 물려받길 원했다.

그렇지만, 아들의 생각은 전혀 달랐다. 준호의 아버지는 재벌가 장남의 인생이 전혀 맞지 않는 사람이었다. 그는 자유분방하고 무척 정의로운 영혼의 소유자였다.

최 회장이 정해준 길을 따를 생각이 전혀 없었던 그는 부친의 뒤통수를 치고 몰래 의대에 진학했다.

노발대발한 최 회장은 아들에 대한 경제적 지원을 끊는 특단의 조치까지 내렸지만, 장학금 받고 생활비 벌어 쓰며 공부하는 아들을 도무지 이겨낼 수가 없었다.

역경을 딛고 무사히 의사가 된 준호의 아버지는 어느 날 해외 봉사활동을 나갔다 만났다며 여자 한 명을 집에 데려왔다.

장관 딸과의 혼담이 오가던 중에 맞닥뜨린 일에 최 회장은 또 한 번 억장이 무너졌다.

같은 의사라던 아가씨는 예쁘장하긴 했지만 최 회장의 눈에는 전혀 차지 않았다. 해외입양아 출신인 것도, 다소곳한 면 없이 너무 밝고 아들보다 더 자유분방한 것도 싫었다.

최 회장의 반대를 정통으로 맞닥뜨린 준호의 아버지는 고집을 꺾기는커녕 멋대로 비밀결혼식을 올리고 그길로 작별인사도 없이 아프리카로 떠나버렸다.

장남의 계속되는 기행에 집안은 발칵 뒤집혔다.

그리고 욕심이 남달랐던 그 밑의 형제들은 그때부터 어떻게든 최 회장의 눈에 들어 경영권을 물려받고자 아귀다툼을 하기 시작했다.

그 사달을 내고서 홀연히 떠났던 준호의 아버지가 만삭의 아내를 대동하고 돌아온 것은 이듬해였다.

그게 뜻하지 않은 임신이었든, 과거에 무슨 일이 있었든, 건강하고 잘생긴 장손을 품에 안은 최 회장의 마음은 금세 풀어졌다. 어떻게든 그들을 받아들이고 다시 자신의 울타리 안에 넣어주고자 노력했다.

그러나 그 노력도 그리 오래가진 못했다.

그때 태어난 장손인 준호가 어느 정도 성장하자, 준호의 부모는 다시 아프리카로 돌아가겠다고 선언했다. 거기에 있는 사람들을 그대로 내버려둘 수 없다고, 그래선 안 된다고 했다.

도무지 이해할 수 없는 아들 부부의 행동에 최 회장은 결국 화병으로 쓰러져 병원에 입원하기까지 했지만 그들의 고집은 끝까지 꺾을 수가 없었다.

　그쯤 되니 장남에 대한 일은 거의 포기상태나 마찬가지가 되었고, 지루한 공방전 끝에 최 회장은 결국 다시 백기를 들 수밖에 없었다.

　다만 조건이 하나 있었다.

　장손인 준호만큼은 여기에 두고 가는 것.

　교육, 문화, 환경, 그리고 황금빛 보장된 미래까지. 모든 것이 열악한 그곳과는 비교할 수 없었기에 준호의 부모는 결국 고심 끝에 아들을 두고 가기로 결정을 내렸다.

　부모 된 입장에서 그것이 백번 옳은 결정이었다는 걸 준호는 누구보다도 더 잘 알고 있었다. 철이 든 이후로 그 일에 대해 서운하게 여긴 적도 없었다. 좋은 일을 하러 가신 거니까, 존경스러운 분들이니까 그저 누군가는 참아야 한다고 생각했었다.

　"몇 살 때였어?"

　"내가 일곱 살 때."

　서연은 얼마 전에 언뜻 보았던 준호의 까만 악보를 떠올렸다.

　엄마의 악보에다 크레파스로 새까맣게 분풀이를 하는 그의 어린 시절 모습을 상상하니 갑자기 가슴 한구석이 통째로 베어져나가는 느낌이었다.

뭐라고 말해야 할지 몰라 서연은 그저 입술을 깨물고 준호의 말을 듣고만 있었다.

남겨진 준호는 한동안 할아버지인 최 회장의 사랑을 독차지했다.

부모의 부재로 잠시 방황하긴 했지만, 타고난 총명함과 영민함으로 주변인들의 이목을 끌어 모자란 애정을 제 스스로 채워가고 있었다.

그러나 그것도 그리 쉽지만은 않은 일이었다.

준호가 뭐든지 잘하려고 노력할수록 주변의 시선은 점점 더 곱지 않아졌다.

친척들은 늘 바쁜 최 회장이 보지 않는 곳에서 집요하게 준호를 괴롭혀댔다.

「독한 놈. 정말 꼴 보기 싫어.」

「적당히 하지 그러니, 어린 녀석이 벌써부터 이렇게 영악하다니. 징그럽구나.」

「네 면상 좀 안 보고 살았으면 원이 없겠다.」

「너만 없으면 우리 애가 훨씬 더 주목받을 텐데. 어머, 놀랐니? 농담이야. 호호호. 아유, 그런데 어쩜 어린 녀석 눈빛이 이렇게 독하다니? 구석구석 마음에 안 들어 죽겠네. 어머, 이것도 농담이니 그렇게 정색하지 말렴.」

「너는 뭐 때문에 그렇게 악착같은 거냐? 콩만 한 게 벌써부터 회사 경영권 넘보는 거야? 정말 소름 끼친다, 너란 놈. 나는 네가 제일 꼴 보기 싫어. 너만 아니면…….」

듣고 사는 이야기라곤 온통 그런 것들뿐이었다. 너만 아니라면. 너만 없었다면. 가만히 있어라. 아무것도 하지 마라. 그러다 나중엔 농담을 빗대 숨도 쉬지 말란 소리까지 나왔다.

갓 태어나 들판에 내던져진 어린 짐승처럼, 준호는 쉴 새 없이 물어뜯기고 찢어발겨졌다.

손가락을 뺏기고 팔다리를 내주고 그렇게 조금씩 그들에게 의해 먹혀갔다.

그리고 어느 순간 돌아보니, 남아 있는 게 하나도 없었다.

말에도 영혼이 있다고 하던가. '너만 없었다면'을 하도 오래 듣고 살았더니 투명인간이 돼버린 것만 같았다.

초등학교 졸업 즈음 더 이상 숨을 못 쉴 것 같다는 기분이 들었을 때, 준호는 최 회장 몰래 어렵사리 부모에게 연락을 했다. 할아버지의 집사를 조르고 졸라 간신히 알아낸 아프리카의 주소로 편지를 띄웠다.

답장은 정확히 두 달 만에 돌아왔다.

"뭐라고 쓰여 있었어?"

서연이 조심스럽게 묻자 준호는 그녀의 젖은 귓불을 만지작거리며 담담한 어조로 답했다.

"미안하다. 차라리 그때 너를 낳지 않았더라면 지금 네가 그 고생을 하진 않을 텐데."

"뭐……라고?"

충격을 받은 서연은 말을 잇지 못한 채 준호를 올려다봤다.

"그런 얘길 들으려고 했던 건 아니었어. 그저……."

최후의 보루라고 생각했었다. 세상 어딘가에 나를, 나만을 생각하는 사람이 있다는 걸 확인하고 싶었다. 내게도 몸을 비빌 자리가 이만큼이라도 있다는 걸 증명하고 싶었다. 그런데…….

끝내 그러질 못했다.

"너무해. 정말…… 서운하다, 너무너무."

서연이 몹시 안타까운 듯 울먹거리며 중얼거리는 말에 준호는 어깨를 으쓱하고서 말을 이었다.

"음. 난 솔직히 아무 느낌도 없었어."

서연은 그게 어떤 기분인지 도무지 상상도 되지 않았다.

"나는 누구에게도 필요 없는 존재라는 걸 그때 확실히 깨달았지. 그리고 궁금해졌어. 그럼 나는 대체 왜 태어난 걸까."

"오빠……."

"유학 핑계를 대고 한국을 떠났어. 밖으로 나가면 좀 나을까 싶어서. 그런데, 어딜 가도 결국 마찬가지더군. 여전히 혼자일 뿐 변한 건 아무것도 없었지."

잠시 숨을 멈춘 준호는 서연을 내려다보고 한참이나 망설이다 덧붙였다.

"철든 이후 세 번. 아니, 술에 취해서 기억 못하는 게 있을 수도 있으니…… 어쩌면 그보다 더 했을지도."

"뭘?"

"차디찬 병원 침대에서 혼자 눈을 뜰 때마다…… 머릿속에는 다음번엔 몇 알을 더 모아서 먹어야 하나, 하는 생각만 들었어."

"아아! 그런……!"

서연은 저도 모르게 준호의 손을 놓고서 자기 입을 꼭 틀어막았다. 그래도 입술 사이로 새어나오는 신음 소리를 막을 수가 없었다.

"할아버지는 내가 그런 상태인 줄은 꿈에도 모르고 줄기차게 날 불러댔지. 그 등쌀에 못 이기고 몇 번 정도 서울에 들어왔는데, 5년 전, 고모부와 한번 큰 마찰이 있었어. 다들 괴롭혀대지, 들어와 있는 동안 비는 단 한 번도 안 멈춘 채 지긋지긋하게 내리지, 정말이지 더는 못 견디겠더라. 그때, 내가 잠시 머물던 호텔방 테라스가 개방되어 있다는 게 떠올랐어."

"무슨!"

"17층이니 한 걸음만 내디디면 아주 쉬운 일이었지. 막을 사람도 잡아줄 사람도 없었으니까."

"오빠아, 안 돼!"

서연은 마치 그날 그 자리에 있기라도 한 듯 발을 동동 굴렀다.

"만약 그날 오후 그 일이 아니었다면, 지금 난 여기 없을 거야.

정말로."

"그 일……?"

"재단 주최 콩쿠르가 있던 날이었어. 이후 겪은 큰일 때문에 너
는 그날 일을 전혀 기억 못 하는 것 같지만."

"나……?"

서연이 눈을 동그랗게 뜨고 기억을 더듬는 사이 준호는 부드럽
게 눈웃음을 지으며 담담하게 말을 이어갔다.

"아무 생각 없는 것 같았는데도, 막상 호텔로 돌아가기 위해 밖
으로 나가니 갈피를 잡을 수가 없었어. 어쩌면 누군가가 잡아주길
바란 건지도 모르지. 하지만 퍼붓는 빗줄기 사이를 아무리 돌아봐
도 여전히 나는 혼자였어. 그때……."

「저기요, 그렇게 비 맞으면 감기 걸려요. 이거 쓰세요.」

"살다 보면 정말 별것도 아닌 일인데, 당사자에게 있어선 그냥
스쳐가고 잊어버릴 정도로 정말로 아무것도 아닌 일인데. 그럼에
도 인생에 걸쳐 큰 변화를 가져오는 일들이 있잖아? 나한테 있어
서는 그날 그 순간이 그랬어. 그게 꼭…… 벼랑 끝에 서 있는 날 붙
들어주는 것처럼 느껴졌어."

나는 영락없이 투명인간이라고 생각했는데, 존재하지 않는다고
생각했는데. 이 애한테는 내가 보이는구나.

아아, 나는 지금 여기 있구나. 그래. 이 순간 누구 한 사람이라

86

도 나를 보고 있었다는 게 그 증거다.

그런 생각들을 하며, 준호는 저도 모르게 포켓 안의 호텔 키를 놓아버렸다.

우산을 건네받았을 때 스친 손길이 너무도 따스했다.

위안을 주는 그 온기에 눈물이 날 것만 같았다. 얼마나 따뜻하던지, 얼음장처럼 차가운 빗줄기들도 한순간에 말려버릴 것만 같았다.

"넌 지금껏 전혀 모르고 살아왔겠지. 그때 네가 내게 건네준 건, 한낱 비를 가릴 우산만이 아니었다는 걸. 서연아."

준호는 가라앉은 목소리로 다시 한 번 그녀의 이름을 한 자 한 자 또박또박 불러보았다.

"은서연."

이제야 기억이 났는지 서연의 눈동자가 한껏 벌어졌다.

얼마 전 꿈에서 보았던, 혼자서 비를 철철 맞고 서 있던 남자의 뒷모습이 지금 준호의 모습 위로 떠올라 완전히 겹쳐졌다.

"아아, 맞아. 그때……, 꿈이 아니었어?"

그녀는 여전히 입을 틀어막은 채로 한참이나 말을 잇지 못했다.

"그날, 내리는 비 사이로 비치던 네 말간 얼굴이 얼마나 예뻤는지. 너는 정말로……."

준호는 촉감이 느껴질 정도로 생생한 눈빛으로 서연의 눈을 들여다보더니 나직이 읊조렸다.

"할 수만 있다면 통째로 널 입에다 넣고 꿀꺽 삼켜버리고 싶을

87

정도였어."

귓불을 어루만지던 손을 내린 준호는 입을 가리고 있는 서연의 손을 떼어내고 그녀의 뺨을 쓰다듬었다.

손바닥에 선명하게 와 닿는 감촉을 음미하며, 그는 나직이 말을 이었다.

"그날 죽지만 못했을 뿐 사실 돌아간 이후로도 별반 다를 것 없이 살았어. 그러다가 도저히 더는 할아버지 등쌀을 견딜 수가 없어져 작년 말에 완전히 귀국했고, 신년회에 참석하기 위해 강원도 별장으로 올라가던 길, 거기서 널 다시 만났지. 너라는 걸 알아보고서 얼마나 기뻤는지 몰라."

"세상에……, 나는, 오빠……!"

"다시 만난 네 눈빛이 완전히 변했다는 걸 알아챘을 때, 나는 왜 태어났을까 하는 그 오랜 의문의 답을 너무도 간단히 찾을 수 있었어. 나는……,"

천천히 고개를 숙인 준호는 서연의 입술에다 가볍게 키스하며 속삭였다.

"나는 너를 일으켜 세우기 위해 태어난 거야."

"오빠…….."

"오직 너만을 위해서."

커다래진 서연의 눈 속, 흔들리던 눈동자가 아련한 빛을 띠더니 이내 말갛게 부풀어 올랐다.

"너는 나를 있게 하는, 내 전부야."

마침내 왈칵 터진 서연의 눈물이 뜨거운 물줄기와 한데 섞여 흘러내렸다.

그녀는 손을 들어 눈물을 닦을 생각도 하지 못한 채 준호의 허리를 끌어안고 그의 가슴에다 마구 얼굴을 비벼댔다.

"나는…… 제일 힘들었을 때조차 죽겠다는 생각 같은 거 해본 적 없어. 난 어떻게든 다시 원래 자리로 돌아가서 잘 살고 싶다는 생각밖에 없었다고. 그래서 나, 그때의 오빠 마음이 얼마만큼이나 힘들었는지 전혀 모르겠어, 어떡해! 흐흑! 나……."

"서연아."

서연은 준호의 가슴에다 얼굴을 묻고 오열하며 소리쳤다.

"미안해! 미안해, 오빠! 흐어엉! 오빠가 그랬던 것도 모르고……, 내가 아무것도 몰라줘서 미안해. 그동안 아픈 거 나눠주지 못했던 거 너무 미안해. 만날 어리광 부리기나 하고 아무런 도움도 주지 못해서……! 미안해, 정말 미안해……! 으흐흑!"

어린애처럼 엉엉 소리 높여 우는 서연의 머리카락을 어루만지며, 준호는 여전히 담담하게 고백했다.

"그런 말 하지 마. 네게 아무것도 얘기해주지 않았던 건, 지금은 다 괜찮아진 내 지난 문제들을 너한테까지 지워주고 싶지 않아서였어. 네가 이렇게 걱정하고 마음 아파할 걸 잘 알고 있었으니까."

"그치만, 흐흑!"

"그리고 한 가지 더. 네가 나로 인해 발을 동동 구를 때마다 나는 내가 살아 있는 걸 실감하거든. 솔직히……, 아주 솔직히 고백하자면, 조금은 즐기고 있었어. 미안."

"야, 이 변태야! 으허엉!"

조그맣게 키득거리던 준호는 이내 진지하게 덧붙였다.

"그리고 어쩌면 정나미 씨 말이 맞을지도 몰라. 나도 모르게 무의식적으로 생각하고 있었던 건지도. 언젠가 네가 이런 내게 질려서 떠날지도 모른다고, 날 싫어하게 될지도 모른다고."

"그게 무슨 소리야?"

"김우진처럼 그저 밝고 유쾌하고 정신 건강한 남자가 곁에 있으면 나 같은 건⋯⋯."

"오빠는! 제발 말도 안 되는 소리 좀 하지 마! 흑!"

서연이 울면서 소리를 지르자 준호의 어깨가 움찔했다.

"아직도 그렇게 날 몰라? 내가 오빠를 싫어할 수 있을 리가 없잖아!"

준호의 허리를 끌어안은 서연의 팔에 잔뜩 힘이 들어갔다.

"나는⋯⋯, 나한테는 오빠밖에 없는걸!"

그 소리에 준호의 입술 사이로 천천히 숨이 빠져나왔다. 아주 길게.

잔뜩 긴장한 가슴속에 담겨 있던 감정들은 묵직한 숨결에 묻어 빠져나온 후 흔적도 없이 공중으로 흩어져버렸다.

"그럼, 이제 화는 다 풀린 거지?"

"내가 언제 화났다고 했어?"

"잔뜩 화났었잖아. 나한테 끔찍하다고까지 소리쳤는데."

"아니야! 그건 오빠한테 한 말이 아니라…… 그 상황이 끔찍하다는 뜻이었지!"

"흐음. 거짓말."

"아니, 아니, 정말이라니까!"

서연이 울음을 추스르며 정색을 하고 펄펄 뛰자 준호는 저도 모르게 웃음을 흘리고 말았다.

어느새 물 온도만큼이나 뜨겁게 데워진 체온 덕이었을까.

모든 것을 다 내려놓고서 문득 잠이 올 것처럼 나른해진 준호는 고개를 숙여 서연의 어깨에 머리를 기댔다.

그리고 들릴 듯 말 듯 낮은 목소리로 속삭여 물었다.

"자고 갈래?"

19
/
Je te veux

팔과 다리를 타고 흐르는 거품에서 나는 향기가 무척 익숙했다. 준호의 머리카락에서 나던 샴푸 향기였다.

서연은 머리를 감다 말고 손을 멈춘 채 얼굴을 붉히고 말았다.

준호의 욕실에서 다른 것도 아니고 샤워라니.

이쯤 되고 보니 정나미가 방해자인지 큐피드인지 구분하기가 모호해졌다.

사람이 이렇게나 간사하다. 아까까지만 해도 나미에 대한 서운함과 원망, 온갖 좋지 않은 감정들로 괴로웠는데 이젠 아무래도 좋을 것 같았다.

저도 모르게 실소를 흘린 서연은 뜨거운 물에다 아주 오랫동안 몸을 씻고서 샤워부스를 나섰다.

물기를 닦아낸 서연은 욕실 한쪽에 걸려 있던 배스가운을 집어 들었다.

맨몸에 걸쳐 입은 준호의 가운은 아주 크고 헐렁했다. 온몸이 그에게 감싸인 것 같아 기분이 묘했다.

거울 속의 자기 얼굴을 오랫동안 들여다보던 서연은 다짐이라도 하듯 고개를 끄덕이고 욕실 밖으로 나왔다.

문 앞엔 준호의 남색 파자마 한 벌이 얌전히 개켜져 있었다.

옷을 갈아입을까 잠시 고민하던 그녀는 그냥 그대로 파자마를 지나쳐버렸다.

서연이 입고 있던 젖은 옷은 벌써 주방의 드럼세탁기 안에서 빙글빙글 돌고 있었다.

세탁기의 바로 옆, 준호는 서연을 등진 채 조리대에서 뭔가를 하느라 여념이 없었다.

"컨디션은 좀 어때? 감기 걸리면 큰일……."

뒤를 돌아본 준호는 가운 한 장 차림인 서연의 모습을 보고 놀랐던지 말을 잇지 못했다. 아무것도 마시지 않았는데도 그의 목울대가 크게 한번 오르내렸다.

조금 부끄러워진 서연은 어색하게 답했다.

"괜찮아."

한동안 서연을 물끄러미 바라보고만 있던 준호가 물었다.

"문 앞에 갈아입을 옷 놔뒀는데 못 봤어?"

"으응, 보긴 했는데……."

서연이 말끝을 흐려버리자 준호는 다 알겠다는 듯 더 이상 묻지 않고서 말을 돌렸다.

"따뜻한 우유라도 한잔 줄까?"

"아니. 나 애플티."

"잠 안 올 텐데 괜찮겠어?"

"어차피 지금 바로 잘 거 아니니까."

"그래."

부드럽게 미소 지은 그는 머리 위 수납장을 열고 포숑의 애플티를 꺼냈다.

준호가 차를 준비하는 동안 가만히 선 채 그를 구경하고 있던 서연은 조심스럽게 물었다.

"지금은 정말 괜찮아진 거지?"

"뭐가?"

"이전의 그런…… 거 말이야."

무선주전자 안의 물이 끓기 시작했다.

부글부글 소리를 내다 전원이 꺼지는 주전자를 가만히 바라보고 있던 준호가 씩 웃더니 뜬금없는 소릴 했다.

"사실, 런던에서 그 사람이랑 아주 아무 일도 없었던 건 아니었어."

"그 사람이라니? 혹시 나미 언니?"

무슨 얘기가 나올지 몰라 서연은 잔뜩 긴장한 채 그를 올려다봤다.

"내가 예전에 한번 얘기했었지?"

"응? 뭘?"

"영국까지 따라와서 고백하고서 안 받아주면 죽겠다고 했다던

94

사람 말이야."

"아, 대놓고 그러라고 했더니 새 안경 망가뜨렸다고 했던?"

"그래."

뭔가를 눈치 챈 서연의 눈이 휘둥그레졌다.

"어어? 설마!"

"주먹이 꽤 맵더라. 거기 오기 전에 복싱을 했었대."

"세상에!"

놀란 서연이 입을 가리고 어쩔 줄을 몰라 하는 가운데, 준호는 담담하게 말을 이었다.

"실은, 조금 전 너 만나기 전에 그 사람 카페에 갔었어. 경고하려고."

"무슨 경고?"

"더는 너 들쑤시지 말라는."

"아……."

"만약 그 여자가 오늘 이후로 한 번만 더 너 건드리면, 그땐 가만히 보고만 있진 않을 생각이야."

"보고만 있지 않는다니, 어쩔 생각인데?"

향긋한 애플티를 잔에 따라 건넨 준호는 서연이 차 한 모금을 마시는 것을 물끄러미 바라보고 있다 조용히 답했다.

"눈에는 눈, 이에는 이."

"뭐어?"

준호가 짓궂은 표정으로 주먹을 쥐어 보이자 서연은 잔을 내려놓고 그의 팔뚝을 찰싹 때리며 핀잔을 주었다.

"말 같지도 않은 소리 하네."

"왜, 내가 못할 것 같아?"

아무리 괴짜라 해도 그런 일이 가능할 리가 없었다. 그리고……

"저기, 오빠. 이제는 정말로 내가 알아서 할게."

"응?"

"뭐랄까. 내 거라고 확인하고 인정받고 싶은 그런 마음이었던 것 같아. 이제 다 알았으니까, 그러니까 나미 언니랑 일들은 내가 풀 거야. 오빤 그냥 가만있어줘."

"네가 원한다면."

"그리고 어쩌면……"

쭈뼛거리다 차 한 모금을 더 마신 서연은 얼굴을 붉히며 고백했다.

"어쩌면 나, 오빠가 내 것이라고 생각하고 나도 모르게 조금 우쭐해했었는지도 몰라. 어쨌든 오랫동안 짝사랑했었던 사람 앞에서 할 짓은 아니잖아. 약 올리는 것처럼 보일 수도 있었을 거야."

가만히 듣고 있던 준호가 의아한 표정으로 대꾸했다.

"넌 정말이지, 신기하다니까."

"뭐가?"

"절대 그렇게 안 보이는데 한없이 여리고 착한 거."

"으음? 나 좀 기분 나빠지려고 하는데, 왜 이러지?"

"기분 탓이야. 그리고……."

서연이 미간을 찌푸리며 벌레 씹은 상을 하자 준호는 나직이 덧붙였다.

"계속 우쭐해도 괜찮아."

한참이나 준호의 얼굴을 마주 보고 서 있던 서연은 찻잔을 내려놓고서 한숨을 내쉬었다.

"아아, 바보 같아."

도대체 뭐가 그렇게 무서웠을까.

처음부터 지금까지 준호는 한결같았다. 서연을 불안하게 만들었던 건 준호가 아니라 결국 또 한 번 스스로였던 것이다.

긴장이 풀리니 저도 모르게 계속해서 웃음이 터져 나왔다.

"풋. 푸흐흐."

서연이 손으로 입을 가릴 생각도 하지 못한 채 헛웃음을 흘리고 있자, 준호 역시 가만히 그녀를 건너다보고 있다가 나직이 말했다.

"이제야 웃는구나."

준호의 얼굴에도 미소가 떠올랐다.

"아아, 따뜻해."

홍차의 온기가 서연의 가슴으로부터 온몸까지 빠르게 퍼지고 있었다.

"몸 풀리라고 브랜디 한 스푼 넣었어."

"어쩐지 좀 다르더라니. 맛있다아."

별것도 아닌 일에 서연은 잔을 이리저리 살피며 좋아했다. 그 모습이 꼭 소풍을 앞두고 들뜬 아이처럼 보였다.

"머리 말려. 감기 걸릴라."

잠시 생각에 잠겨 있던 서연이 별안간 얼굴을 붉혔다.

무슨 얘길 하려고 그러는지 몰라 준호가 의아한 눈으로 건너다 보자 서연은 그의 시선을 피하며 수줍게 말했다.

"오빠가 해줘."

"뭐?"

"어리광 부려도 된다며. 내가 그럴 때마다 살아 있는 걸 느낀다며."

"몸종처럼 부려먹으란 소린 안 한 것 같은데."

"겨우 머리 말리는 걸로 무슨 몸종 소리까지 나와?"

서연이 핀잔을 주자 준호는 크게 웃음을 터뜨렸다. 아주 오랜만에 보는 유쾌한 웃음이었다.

준호는 드라이어를 가지러 곧장 욕실로 향했고, 서연은 두 손으로 잔을 감싸 쥐고서 그의 뒷모습을 바라봤다.

긴장이 풀린 후 마신 따뜻한 차, 아니면 그 안에 섞인 알코올의 덕분이었을까. 기분 좋은 나른함이 느껴졌다.

「나는 너를 일으켜 세우기 위해 태어난 거야.」

준호가 그런 눈으로 자신을 보고 있었을 거란 생각은 해본 적도 없었다.

늘 흐린 회색으로, 희미한 실루엣으로 서 있던 그의 뒷모습은 어느새 많이 선명해져 있었다.

"편히 앉아."

서연이 거실 스툴에 자리를 잡고 앉자 준호는 그녀의 등 뒤에 서서 드라이어의 버튼을 밀어 올리고 온도를 확인했다.

"뜨거우면 얘기하고."

괜한 긴장으로 서연의 어깨가 저도 모르게 움츠러들었다.

"응."

준호의 길고 섬세한 손가락이 서연의 가느다란 뒷목덜미를 타고 올라가더니 머리카락 밑으로 부드럽게 파고들었다.

"아……."

가닥가닥, 그의 손가락이 머리카락 사이를 스쳐 지나갈 때마다 서연은 말할 수 없이 편안해졌다. 잠이 올 정도로 느긋한 기분.

"왠지 졸려진다."

"자도 괜찮아."

"자고 일어나 보면 머리카락 다 타고 하나도 안 남아 있는 거 아니야?"

"어떻게 알았지?"

편안한 기분은 그리 오래 지속되진 못했다. 짓궂은 말장난 때문만은 아니었다.

두피를 어루만지던 준호의 손가락이 슬쩍 자리를 옮기더니 서연의 귓바퀴를 부드럽게 스쳤다.

기다렸다는 듯 짜릿한 느낌이 등줄기를 타고 쭈욱 흘러내렸다.

서연은 반사적으로 어깨를 더욱더 움츠리고 더듬거리며 말했다.

"이, 이제 그만해도 괜찮을 것 같은데."

"안 돼. 아직도 이렇게나 많이 젖어 있는데."

준호가 살며시 머리카락을 그러쥐자 말할 수 없이 야릇한 기분이 되었다. 서연은 하마터면 이상한 소리를 낼 뻔한 자기 입을 손으로 틀어막고서 우물거렸다.

"그럼 내가 할 테니까……."

손을 뒤로 내밀고서 드라이어를 달라는 시늉을 했지만 준호는 전혀 아랑곳하지 않은 채, 하던 일에 집중하고 있을 뿐이었다.

"드라이어 이리 달라니까. 남은 건 내가 할게!"

준호의 고개가 깊은 각도로 숙여졌다.

서연의 귀 옆에다 입술을 바짝 붙인 그가 은밀하게 속삭였다.

"쉽게 뺏길 줄 알고?"

"무슨……!"

시끄러운 소리에 묻혀 들리지 않을까 봐 그런 줄 알았는데, 아니었다. 목소리에 잔뜩 묻은 음흉함이 그걸 증명하고 있었다.

"아주 오랜만에 마음에 쏙 드는 취미를 발견했으니 방해 말아줬으면 하는데."

"이 변태가!"

서연의 말은 준호가 목덜미에다 짓궂게 키스하는 바람에 거기서 딱 끊기고 말았다.

"꺅!"

"물기 하나 안 남도록 바싹 말려야 감기 안 걸리지."

말은 그렇게 하면서, 준호는 머리카락을 말리는 데 전혀 집중하지 않았다. 그가 서연의 목덜미에다 잔잔한 키스를 이어나가는 동안 드라이어 바람은 머리카락 쪽이 아닌 허공으로 몇 번이나 빗나갔다.

"그러니까 내가……! 아악, 간지러워!"

서연이 펄쩍 뛰는데도 준호는 전혀 그만둘 생각이 없어 보였다.

목덜미를 타고 올라온 준호의 입술이 턱을 지나 뺨에까지 와 닿자, 서연은 불쑥 몸을 돌려 그를 마주 보았다.

그녀가 갑작스럽게 뒤로 도는 바람에 그는 몸을 일으키다 드라이어를 손에서 놓치고 말았다.

낙하한 드라이어는 묵직한 소리를 내며 바닥에 떨어졌다. 더운 바람을 계속해서 뿜어내면서.

의자 등받이를 팔로 끌어안고서 올려다보는 서연의 얼굴은 잔뜩 상기되어 있었다.

"그날 있잖아. 왜 키스 안 했었어?"

"어느 날?"

"우리 강원도 별장에서 만났던 때 말이야."

"아아."

묘하게 색기 흐르는 서연의 얼굴을 물끄러미 들여다보며 한동안 뜸을 들이던 준호는 대답 대신 엉뚱한 소릴 늘어놓기 시작했다.

"언제였더라? 생일이었는데 지인에게서 정말 예쁘게 생긴 케이크를 선물 받은 적이 있었어. 커다랗고 풍성한 핑크색 꽃이 올라 있는."

"아아! 나 그거 알 것 같아."

반가운 듯 눈을 빛내던 서연이 물었다.

"그런데 그 케이크가 왜?"

"남자인 내가 봐도 꽃이 너무 탐스럽고 예쁘더라. 그런데 꽃잎이 너무 연약해서, 손대면 바로 부서지거나 녹아버릴 것 같았어."

"응, 맞아. 나도 그거 보면서 저 꽃은 어떻게 하나 싶었는데."

"그래. 도무지 어떻게 할 수가 없어서 스푼으로 케이크 몸통 부분만 살살 덜어 먹었지. 꽃은 아끼고 아꼈다가 맨 마지막에 먹었는데."

"아……."

"그건, 정말이지 믿을 수 없을 정도로 맛있었어. 어금니가 찡하고 머리 전체가 울릴 정도로 달콤했지."

뒤늦게 준호의 말뜻을 희미하게 알아차린 서연은 또 한 번 얼굴을 붉히고서 물었다.

"그래서, 지금 무슨 말을 하고 싶은 거야?"

102

준호는 의자 등받이의 양쪽 끝을 두 손으로 짚고서 천천히 허리를 숙였다.

　"역시……."

　서로의 코끝이 닿는 거리에서 멈춘 그가 들릴 듯 말 듯 낮은 목소리로 속삭였다.

　"참고 참으면서 아껴 먹는 디저트가 달콤한 법 아니겠어?"

　"아아, 어쩜 이렇게 음흉할까."

　서연이 못 말린다는 듯 한숨을 내쉬자 준호는 피식 웃음을 터뜨렸다.

　얇은 안경렌즈 아래에서 부드럽게 휘는 그의 눈매가 더없이 보기 좋았다. 짙고 긴 속눈썹도, 깊은 갈색 눈동자도, 오뚝한 콧날도, 벌어진 사이로 향긋한 애플티 향기를 풍기는 저 섹시한 입술도.

　천천히 손을 내민 서연은 준호의 얼굴에서 안경을 벗겨냈다.

　준호는 한동안 가만히 눈을 감고서 미동도 하지 않았다. 마치 뭔가를 기다리는 사람처럼 말이다.

　안경을 내려둔 후 손으로 그의 뺨을 감싸고서 몸을 쭉 뻗은 서연은 얇은 눈꺼풀에다 조심스럽게 입을 맞춰주었다.

　살며시 눈을 뜬 준호가 서연의 눈동자를 똑바로 들여다보며 중얼거렸다.

　"나는 남자야."

　"알아."

준호의 미간이 눈에 띄게 좁아졌다.

"그래서…… 문득문득 참기 힘들어질 때도 있어."

"그동안 혹시 계속 참고 있었던 거야?"

"그래."

"지금도?"

준호에게선 끝내 답이 돌아오지 않았다.

얼마나 그러고 있었을까.

뜨거운 바람을 쉴 새 없이 내뿜고 있던 드라이어가 과열로 작동을 멈추었다.

드라이어의 소음이 사라지자 사방은 시간을 딱 잘라 멈추게 한 듯 갑작스럽게 고요해졌다.

천천히 눈을 감은 서연은 몸 안에서 피어오르는 생소한 감각을 음미했다.

그의 숨소리에 박자를 맞추기라도 하려는 듯 귓가에서 두근두근 맥박이 뛰는 게 느껴졌다.

조금 더 준호를 가까이 느끼고 싶었다. 결코 충동이 아닌 순수한 의지로, 그와 가장 비밀스러운 마음까지 나누고 싶어졌다.

일방적으로 보호받고 보살핌 받는 존재가 아닌, 함께 사랑을 느끼는 '최준호의 여자'가 되고 싶었다.

아니, 그런 거창한 것들 따위 핑계에 불과할지도 몰랐다.

지금 이 순간, 그를 갖고 싶었다. 그렇게 예쁘다던 꽃을 아끼고, 아끼고 계속해서 아끼고 있는 이 남자를.

"아끼지 마. 미련하게 참지도 마."

여전히 눈을 감고 있는 서연의 뺨으로 준호의 한숨이 진한 향기를 풍기며 쏟아졌다.

"나도 오빠 원하니까."

뜨겁게 달아오른 준호의 손길이 서연의 콧날과 인중, 입술을 지나 천천히 목덜미로 미끄러져 내려갔다.

서투른 그녀를 배려해 언제나 거기서 멈추었던 손길은, 더 이상 주저하지 않고 쇄골을 지나 아래로, 더 아래로 내려갔다.

살짝 벌어진 배스가운 앞섶을 가른 준호의 손이 허리끈까지 내려가 닿자 서연의 어깨가 움찔했다.

"아앗."

"싫어?"

얼굴을 새빨갛게 물들인 채 아무 대답도 하지 못하던 서연은 제 스스로 허리끈의 매듭을 풀어버리는 것으로 대답을 대신했다.

벌어진 옷깃 사이로 들이닥친 썰렁함에 서연이 몸서리를 치자 준호는 천천히 그녀를 안아 올려 침대로 향했다.

서연의 몸이 푹신한 침대에 안착하는 순간, 아슬아슬하게 걸쳐져 있던 가운이 마침내 그녀의 몸에서 벗겨졌다.

부끄러운 서연이 몸을 동그랗게 움츠리며 돌아누우려 하자 준호는 그녀의 양 손목을 쥐고 벌려 다시 똑바로 눕히며 속삭였다.

"예뻐. 무슨 말로도 표현할 수 없을 만큼."

"다행이다. 실망하면 어쩌나 걱정했거든."

"그럴 리가 없잖아."

침대 끝에 걸터앉아 사이드테이블의 조명을 낮춘 준호는 서연을 돌아보더니 담담하게 말을 이었다.

"혹시 이런 상황이 부끄럽거나 불편하면 눈 감아도 돼."

"응."

어째야 할지 몰랐던 서연은 그 말이 떨어지자마자 편안하게 눈을 감았다.

아주 가까이에서 사락거리는 소리가 들렸다.

준호가 옷을 벗고 있는 소리라는 걸 깨닫자 서연의 얼굴은 속절없이 붉어졌다.

이윽고, 준호의 맨살이 서연의 몸 위로 부드럽게 겹쳐져 왔다.

생소한 느낌에 서연이 몸을 떠는 순간, 따스한 준호의 손이 그녀의 얼굴선을 따라 이동하더니 어깨를 지나서 아래로 내려가 가슴 위로 살며시 올랐다.

봉긋한 둔덕을 어루만지는 손길은 실크처럼 부드러웠다.

"으음."

준호의 손가락이 예민한 돌기 끝을 살짝살짝 스칠 때마다 서연은 말할 수 없이 간지러운 느낌에 목이 바짝 말랐다.

그의 뜨거운 숨결과 입술이 마침내 그 위로 덮쳐온 순간, 그녀는 깜짝 놀라 반사적으로 온몸을 움츠리고 말았다.

"아앗! 그만!"

사방에 정적이 내려앉았다.

그 말에 준호가 정말로 동작을 딱 멈추었기 때문이었다.

언제부터 이렇게 말을 잘 들었지? 얄미워. 이렇게 얄미울 수가!

"어떻게 해줄까?"

"몰라."

"정말 멈추기를 바라는 게 아니라면, 그만하라는 말은 하지 마."

여전히 눈을 질끈 감은 서연이 대답 없이 얼굴을 가려버리자 준호는 그녀의 손목을 잡아끌어다 촘촘히 입을 맞추었다.

그의 손과 입술이 손목부터 시작해 팔꿈치 안쪽, 앙가슴을 따라 쭈욱 아래로 내려오는 동안 그녀의 호흡은 점점 더 가빠졌다. 생소한 희열에 저도 모르게 온몸이 꿈틀거렸다.

하지만, 처음 느껴보는 이런 은밀하고도 자극적인 행위에 왠지 모르게 불안하기도 했다.

하지만 그 불안감도 그리 오래가지는 않았다.

살며시 눈을 뜬 서연은 자신에게로 똑바로 향해 있는 준호의 까맣고 맑은 눈동자를 마주하고서 안도의 한숨을 내쉬었다.

이후로도 준호의 애무는 끊임없이 계속되었다.

온몸 구석구석 봄비처럼 젖어드는 키스에 서연은 저도 모르게 몸부림을 쳤다. 참을 수 없는 쾌락에 허리가 꿈틀거리는 걸 막을 수가 없었다. 그의 입술과 혀가 그녀를 자꾸만 이상하게 만들고 있었다.

"으응……."

목구멍 아래에서 웅크리고 있던 이상한 소리가 결국은 입 밖으로 뛰쳐나오자 서연은 얼굴이 새빨개졌고, 준호는 좀 더 대담해졌다. 이런 부끄러운 소리가 나면 눈치껏 좀 자제해줄 순 없는 건지, 야속할 정도였다.

"소리 내도 괜찮아."

그 순간, 준호의 손길이 서연의 허벅지 안쪽에 다다랐다.

더 이상 아무 일도 없어서 살며시 눈을 뜬 서연은 벌어진 다리 사이에 앉아 조용히 그녀를 내려다보고 있는 준호를 발견하고서 경악했다.

"아앗! 자, 잠깐만!"

민망함에 그녀는 재빨리 무릎을 붙이려고 했지만, 그의 팔 힘이 너무 세서 그럴 수도 없었다.

"예뻐."

"말도 안 돼! 몰라아아! 창피하단 말이야!"

서연이 울상을 하고서 앙탈을 부리자 준호는 인상을 찡그리며 물었다.

"네가 그렇게 창피해하면 난 정말 변태가 돼버리는데, 그래도 괜찮아?"

말문이 막힌 서연이 다시 얌전히 눕자, 준호는 만족스러운 표정으로 명령했다.

"다시 눈 감아."

그의 명령에 눈을 질끈 감는 순간.

태어난 이래 처음 마주한 신비로운 감각이 서연의 온몸을 휘감았다.

가장 소중하게 숨겨왔던 비밀스러운 곳에 준호가 입 맞추는 순간, 서연은 구름 위를 걷고 있는 듯 폭신하고 물속을 유영하는 것처럼 신비한 감각에 전율했다.

"으음, 아아……!"

참으려 했지만 서연의 온몸이 제멋대로 긴장했다. 놀라운 쾌락에 부끄러움 같은 건 이미 잊은 뒤였다.

서연이 입술을 한껏 벌리고 받은 숨과 신음성을 토해내는 동안, 준호는 더없이 정성스럽고 소중한 몸짓으로 그녀를 쾌락의 산으로 안내했다.

"아앗, 안 돼! 잠깐……, 기분이 이상해……, 제발!"

서연의 애원에도 준호는 전혀 아랑곳 않았다.

부끄럽고 생소해서 그만뒀으면, 그러면서도 미칠 것처럼 좋아서 계속 해줬으면 하는 갈등에 몸서리치는 순간, 갑자기 그녀의 몸이 이성을 벗어나 제멋대로 요동치기 시작했다.

강렬한 쾌락을 동반한 수축에 눈앞이 캄캄해졌다.

격렬한 신음을 토해내며 어쩔 줄을 몰라 하는 그녀의 손끝에 구명줄이 와 닿았다. 준호의 손이었다.

"이리 와."

준호가 손을 꼭 잡아주자 서연은 온몸을 격하게 떨며 황급히 그의 품으로 파고들었다.

그는 작은 새처럼 떨고 있는 그녀를 뜨겁게, 숨이 막히도록 꽉 안아주었다.

긴 키스 끝에 서연의 위로 몸을 겹쳐온 준호는 그녀의 귓가에다 입술을 바싹 들이대고서 나직이 속삭였다.

"네가 안 아프도록 최대한 노력할 거야."

"응."

"미안……."

손가락으로 준호의 입술을 막은 서연은 그의 눈동자를 들여다보며 핀잔을 주었다.

"그런 말 하지 마. 그럼 정말 변태가 돼버린다니까."

그 말에 준호의 얼굴에 희미한 미소가 떠올랐다.

조용히 눈을 감는 서연의 위로 준호의 몸무게가 온전히 실려 왔다.

허벅지 안쪽에 생소한 뜨거움이 느껴졌다. 그가 조심스럽게 몸을 움직이며 그녀의 안으로 들어오려 하고 있었다.

"긴장 풀어."

준호의 리드에 따라 힘을 빼고서 그의 목을 꽉 안은 서연은 짧은 신음을 흘렸고, 준호는 숨을 참으며 그녀의 어깨에다 얼굴을 묻었다.

완전히 하나가 되는 일은 생각했던 것처럼 고통스럽진 않았다. 오히려 서로의 맥박을 가장 가까이에서 느낄 수 있어 신기하고 가슴 벅차기까지 했다.

준호가 낮은 한숨을 토해내며 서서히 몸을 움직이기 시작했다.

그가 내쉬는 숨결에 서연의 머리카락이 멋대로 날아다니며 춤을 췄다.

"아아."

또 한 번 꿈을 꾸고 있는 것처럼 서연의 눈앞이 아득해졌다.

귓가에 감기는 그의 숨소리, 온몸에 와 닿는 그의 뜨거운 체온과, 그리고 퍼즐 조각처럼 딱 맞아 온전히 하나가 되어 움직이고 있는 '우리'가 계속해서 그녀를 미치게 만들고 있었다.

"하아……, 서연아."

"오빠…….."

초점이 완전히 사라진 준호의 눈을 보는 건 꽤나 생소하고 즐거운 일이었다.

내가 이 남자를 이렇게 만들었나. 그 똑똑하고 능력 있고 매력 있던, 어른스러운 남자를 이렇게 흐릿한 눈을 하게 만든 사람이 나인가.

왠지 기분이 묘해지더니, 서연의 몸 안에서도 좀 전과는 또 다른 쾌감이 번져나갔다.

서로의 가장 깊숙한 곳에서 은밀하고도 가장 달콤한 교감이 이루어지기를 기다리며, 두 사람은 손을 꼭 맞잡아 있는 힘껏 깍지를 꼈다.

어느새 창밖의 빗줄기는 더 굵어졌다.

봄비로 흠뻑 젖은 가로수에선 짙푸른 잎사귀들이 수줍은 기지

개를 켜고 있었다.

20
/
다시 봄(春)

새하얀 눈 말곤 아무것도 보이지 않던 그 싸늘하고 고요한 곳에서 그는 그녀를 내려다보며 말했다.

「아아, 여기 있었구나.」

그 담담한 말 한마디에 담겨 있었던 절박함과 그리움이라니.
그때는 몰랐던 것을 이제야 깨달을 수 있었다.
하고 싶은 말이 생겼다. 꼭 전해줘야 하는 말이 생겨났다.
손을 내밀며 그를 부르던 순간, 눈앞이 하얗게 밝아졌다.

삐. 삐.
전화기 알람이 울리고 있다는 것을 깨달았지만 서연은 쉽사리 잠이 깨질 않았다.
피곤에 지친 몸 여기저기가 욱신거리고 무거웠다.
"으음……."

서연을 꿈에서 현실로 불러낸 알람 소리는 저절로 멈추었다.

아니, 엄밀히 말하자면 저절로는 아니었다.

"끄응."

서연의 등 뒤에서 준호는 잠에서 덜 깬 듯 무거운 한숨을 내쉬며 그녀의 휴대전화를 조작하고 있었다.

"미안해, 오빠. 미리 *끄고* 잘걸."

간신히 정신을 차린 서연이 우는소릴 했지만 준호는 아랑곳 않고서 고개를 저으며 말했다.

"괜찮아. 그런데, 토요일에도 이렇게 일찍 일어나는구나."

"응. 점심 때 나미 언니네 카페 알바 있으니까."

말해놓고서 괜히 좋은 분위기 깬 것 아닌지 아차 싶었지만 준호는 전혀 신경 쓰지 않는 듯 도로 자리에 누웠다.

갑자기 서연의 고개 밑으로 준호의 팔이 쑤욱 들어왔다.

만날 변태라고 놀리긴 했어도, 서연은 준호와의 스킨십이 참 좋았다.

기분 좋은 키스도, 간절하면서도 조심스러운 손길도 좋았지만, 무엇보다도 가장 좋은 것은 이렇게 뒤에서 안기는 것이었다.

그의 품에 안겨 있으면 아무 이유 없이 눈물이 날 정도로 나른하고 편안했다. 오랫동안 헤매다 마침내 쉴 자리를 발견한 것 같은 기분, 세상에 오롯이 둘만 있는 것 같은 기분이 들어서 각별했다.

그랬던 백허그가 오늘은 한층 더 유난히 더 각별하게 느껴졌다.

등에 딱 닿아 있는 맨살의 체온이 새삼스러웠기 때문이다. 아무

것으로도 가로막히지 않은, 진짜 체온.

준호는 서연의 뒷목에다 살며시 이마를 맞대고 물었다.

"몸은 좀 어때?"

"괜찮아."

또 한 번 부끄러워진 서연은 얼굴을 붉히며 몸을 움츠려버렸고, 준호는 소리 없이 웃으며 이불을 끌어다 그녀의 어깨를 덮어주었다.

"잘 잤어?"

준호의 입술 끝에서 전해진 나직한 진동이 목덜미와 척추를 타고 온몸을 쭉 내달렸다.

자는 동안 굳어 있던 몸에 따뜻한 피가 돌기 시작하자 서연은 그제야 스스로가 살아 있음을 실감했다.

"되게 잘 잤어. 오빠?"

"으음. 늘 그렇게 이불 걷어차고 자?"

"뭐?"

"덮어주면 걷어차고 덮어주면 또 걷어차고."

"아⋯⋯, 정말? 미안해서 어떡하지? 그냥 놔두지, 괜찮은데."

당황한 서연이 뒤를 돌아보려 했지만 준호의 동작이 더 빨랐다.

그는 그녀를 품에다 완전히 가둔 채 가녀린 몸을 으스러져라 껴안고서 속삭였다.

"그럴 수야 있나. 감기 안 걸리게 늑대이불이라도 덮어줘야지."

"못 살아."

준호가 키득거리는 서연의 어깨에다 쪽 소리가 나도록 키스하자 그녀의 웃음소리가 한 톤 높아졌다.

"간지러워. 하지 마."

"하지 말라면 더 하고 싶어진다고 했잖아."

"아아, 정말 이 변태가!"

얇은 홑이불 아래로 한참이나 투덕거림이 계속되었다.

샤워를 마치고 물기를 닦던 중, 욕실벤치에 올려둔 서연의 휴대전화가 문자메시지 도착 알림음을 울렸다.

액정화면에는 부친인 은 사장의 문자메시지가 선명히 떠 있었다.

[우리 딸 일어났니?]

그제야 머리 한쪽 구석으로 전부 밀어놓았던 일들이 한꺼번에 제자리로 돌아왔다.

외박한 걸 부모님이 혹시라도 알게 되면 어떤 반응을 보일지 걱정이었다. 아마도 난리가 나겠지.

거울 속의 자기 얼굴을 가만히 들여다보며 서연은 생각을 정리했다.

지금까지 그녀는 그들에게 준호와의 관계를 굳이 알리지 않았다.

사실 특별한 이유가 있어서는 아니었다. 사귀는 사람이 있는 걸 눈치 챈 한 여사가 몇 번 물어왔던 적이 있었지만 털어놓을 타이밍을 놓친 게 가장 컸다.

　만약 알리면 어떻게 될까.

　고지식한 성격의 은 사장은 딸의 연애를 달가워하지 않을 것 같았다. 게다가 그는 이전에 준호에 대해 좋지 않은 인상을 받았던 전적이 있어 더욱더 불안했다.

　"으으, 어떻게 해야 하지……."

　젖은 머리카락을 쓸어 넘기며 한참이나 고민하던 서연은 주저하다 한 여사에게 전화를 걸었다.

　"엄마."

　― 서연이, 일어났구나? 혹시 아빠가 깨운 건 아니겠지? 나중에 연락하시라니까 하여튼 성질도 급해요.

　전화 저편에서 은 사장이 '아니, 내가 뭘 어쨌다고 그래!' 하며 툴툴거리는 게 그대로 전해져 왔다. 분위기로 보아 별일은 없는 것 같았다.

　"아까 일어났어요. 이제 씻었고요."

　― 아아, 그래?

　혹시 집에 없다는 것을 알아챈 건 아닌지, 서연은 한 여사의 눈치를 살피며 다음 말을 기다렸다.

　― 아침은 먹었니?

　"지금 먹으려고요."

서연은 최대한 말을 아끼고 있었다. 혹시라도 실수할까 봐 온 정신을 집중하며.

　— 국 데워서 밥 꼭 챙겨 먹고, 냉장고 안에 과일이랑 썰어서 담아놓고 왔으니까 다 먹어야 한다. 끼니 거르면 안 돼, 알겠지?

　한 여사는 늘 서연의 밥에 집착했다. 엉망이었던 시절, 혼자 틀어박혀 곡기를 끊고 미라처럼 빼빼 말라가는 딸을 곁에서 지켜보고만 있어야 했으니 그 마음을 이해 못하는 바는 아니었다.

　"챙겨 먹을게요. 걱정 마세요. 저 그리고 요즘 많이 먹어서 살 엄청 쪘어요. 아시잖아요."

　— 무슨 소리야? 더 쪄야지.

　거울 속, 뼈마디가 앙상하던 몸에 차오른 살을 물끄러미 바라보던 서연의 눈매가 돌연 가늘어졌다.

　'어……?'

　— 여긴 참 좋구나. 꽃가루가 날려서 아빠가 좀 고생인 것만 빼면.

　'어라……? 이게 뭐지?'

　쇄골 안쪽 오목한 피부에 작은 얼룩이 하나 있었다.

　거울로 바싹 다가간 서연은 몸을 숙이고 자기 목에 난 얼룩을 자세히 관찰했다.

　— 우리, 내일 저녁엔 같이 외식할까? 아빠가 너 먹고 싶은 거 있는지 물어보……

　의문의 얼룩에 정신이 팔려 이미 한 여사의 말은 들리지 않은 지

118

오래였다.

손에다 침을 묻혀 문질러도 보고 긁어도 보며 지워보려 했지만, 자국은 전혀 엷어지지 않고 오히려 피부가 벌겋게 성이 나기 시작했다.

'어어, 잠깐! 이거, 이거 그거 아니야? 그거! 그거잖아!'

"에에, 저 아무거나 먹을게요."

– 그런 게 어딨어. 메뉴를 정해야지. 아빠가 끝까지 쏜다는데.

"엄마, 정말 아무 데나 괜찮아요."

쇄골에 선명하게 남은 키스마크로 절망한 서연은 발을 동동 구르며 울상을 했다. 지금 내일 저녁 메뉴가 문제가 아니었다. 어서 욕실을 나가 이 사태에 대해 확실하게 항의해야 했다.

"내일 몇 시쯤 도착하시는데요?"

– 으음. 한 6시쯤?

"그럼 그때까지는 집에 들어갈게요."

평소 같으면 전화를 끊을 타이밍이었으나, 스피커 저편의 분위기가 어째 좀 어색했다.

"엄마?"

– 우리 서연이, 지금…… 집 맞지?

'헉!'

눈치가 무서울 정도였다. 서연은 화들짝 놀라 한 톤 높은 목소리로 항변했다.

"이, 이, 이 시간에 제가 집 말고 어디 있겠어요? 엄마도 참! 저

머리 말려야 해요, 추워 죽겠어요."

― 호호호, 그렇지. 그냥 해본 말이야. 그럼 이따 보자꾸나.

서둘러 전화를 끊은 서연은 몹시 당황한 표정으로 머리를 쥐어뜯으며 절규했다.

아아, '호호호.'라니! 이건 확실했다. 한 여사가 뭔가를 알아챘다는 뜻이었다.

"아아, 나도 모르겠다, 이제."

서연은 커다란 파자마 셔츠를 원피스처럼 걸쳐 입고서 욕실을 나가 곧장 주방으로 향했다.

준호는 한 손엔 커피가 담긴 머그잔, 다른 한 손엔 책을 들고서 조리대에 비스듬히 기대서 있었다.

작은 주방 창문을 통해 쏟아져 들어온 햇살이 그의 어깨에서 부서지고 있었다.

그 모습이 꼭 영화의 한 장면을 화면으로 보고 있는 듯했다. 현실감 없이 근사한 분위기인 동시에, 아니, 내가 어쩌다 저런 남자를 만났을까 황송해질 정도로 매력적인 모습이기도 했다.

뭔가 격한 기분으로 달려오긴 했으나 시각적 자극에 정신이 팔린 서연은 아무 말도 하지 못한 채 우두커니 서서 그를 바라보고만 있었다.

"뭐 해?"

준호가 마침내 눈을 들고 똑바로 쳐다보자 서연의 얼굴이 화끈 달아올랐다.

만나면 줄기차게 눈을 맞추는 건 준호의 버릇이었다. 그런데도 오늘따라 왜 이렇게 부끄러운 건지. 붉어진 뺨이 아프기까지 할 정도였다.

"빵이랑 커피 줄까?"

"으응?"

"밥이 없네. 미안. 혹시 아침엔 죽어도 밥이어야 하면 나가서 먹자."

그가 내놓는 말도, 그 말투도 평소와 전혀 다를 바 없었다. 그런데도 서연은 수줍어 견딜 수가 없었다.

울림 좋은 낮은 목소리도 책을 내려놓는 동작의 우아함도, 부드럽게 미소 짓는 얼굴도 이상하게 새삼스러웠다.

흘러내린 안경을 밀어 올리는 그의 길고 섬세한 손가락을 보는 순간 이상한 기분은 최고조에 이르렀다.

서연은 여전히 아무 말도 하지 못한 채 저도 모르게 얼굴을 가리고 고개를 숙여버리고 말았다.

"왜 그래?"

뒤늦게 이상함을 깨달은 준호가 다가와 손을 내밀자 서연은 긴장으로 온몸의 피부가 다 땅겼다. 어젯밤의 일이 머릿속에 파노라마처럼 펼쳐졌다.

"아니! 자, 잠깐만!"

하마터면 이 인간에게 말려 까맣게 잊어버릴 뻔했잖아!

서연이 거칠게 준호를 밀어내자 그는 의아한 눈으로 그녀를 내려다봤다.

"왜?"

"우리 진지하게 얘기 좀 해. 이게 뭐야?"

서연이 손가락으로 가리킨 목덜미를 가만히 관찰한 준호는 어깨를 으쓱하더니 별 반응 없이 다시 조리대로 향했다.

아무 대답이 없자 답답해진 서연은 쪼르르 그를 따라가 등 뒤에서 다시 쏘아붙였다.

"말 좀 해보라니까."

"어떻게 해줄까? 서니사이드? 스크램블?"

"지금 달걀이 문제가 아니잖아. 이게…….."

프라이팬을 달구던 중, 준호는 서연의 항의에 어쩔 수 없다는 듯 대답했다.

그러나 그가 내놓은 답은 그녀가 원하는 종류의 답이 아니었다.

"말했잖아. 부모님이 주고 가신 거라고."

"아…….."

서연은 뒤늦게 밑을 내려다봤다. 목의 얼룩 대신, 그 아래, 체인 끝에 펜던트처럼 매달려 있는 반지가 그제야 눈에 들어왔다.

준호는 팬이 달구어졌는지 보기 위해 손을 가까이 대보며 담담하게 말을 이었다.

"별 의미는 없는 반지였을 거야. 그저, 뭔가 해주고 싶어서 주고 가지 않았을까?"

"아, 으음, 그렇구나."

어떤 반응을 보여야 할지 몰라 서연이 고개만 끄덕이고 있자 준호는 짓궂게 웃으며 말을 이었다.

"실은, 그거 전에 한번 버렸었다. 스무 살 때였나."

"버렸다고?"

"그래. 이까짓 게 뭐기에, 하고 쓰레기통에 홱 집어 던져버렸지."

서연이 의아한 눈으로 올려다보자 준호는 달걀 두 개를 집어 들고서 흔들어 보이며 재차 물었다.

"어떻게 해줄까?"

"스크램블."

준호가 가볍게 달걀을 깨 팬 위로 쏟아내자 치익 하고 경쾌한 소리가 났다.

"버렸다면서. 그럼 이건 뭐야?"

서연의 질문에 준호는 씁쓸하게 웃으며 말을 이었다.

"이틀쯤 후에 갑자기 떠오르더라. 그래서 버리려고 내놓은 쓰레기봉투를 다시 들고 들어와서 미친 사람처럼 거실 바닥에다 전부 풀어헤쳤어. 꽤 오랫동안 뒤진 끝에야 간신히 다시 찾을 수 있었고, 나중에 둘러보니 사방이 쓰레기장이었어."

키득키득 웃는 준호를 보면서도 서연은 웃음이 나오질 않았다.

주변이 쓰레기 천지가 되는 것도 모른 채 절박하게 반지를 찾는 그의 모습을 떠올리니 가슴 깊은 곳이 칼로 도려낸 듯 욱신거렸다. 왜 그랬었는지 알 것 같아서 더 아팠다.

"그 후론 어떻게 해도 안 버려지더라고. 어디다 처박아두고서 잊어버려도 나중에 계속해서 다시 나타나는 거야. 신기하게도."

준호에게 그 반지를 주었던 때, 그의 부모는 다른 누구도 아닌 준호만 생각했을 것이다. 준호는 그걸 놓을 수가 없었던 것이다.

그 끈을 놔버리면, 그제야말로 정말 혼자니까.

반지는 어쩌면 그에게 있어선 절박한 토템이었을지도 몰랐다. 그럼에도 그가 이 반지를 서연에게 선뜻 건넨 이유는 뭐였을까.

"그렇게 귀한 걸 왜 나한테 줬어?"

반쯤 익은 달걀을 부드럽게 풀어헤치며, 준호는 살며시 몸을 숙여 서연의 뺨에 입을 맞추고 속삭였다.

"이젠 필요 없으니까."

담백한 말 한마디였지만 그 안엔 깊은 의미가 깃들어 있었다.

키스마크를 낸 게 실수인지 의도인지를 물으려 했었지만, 그런 것 따위 이젠 아무래도 좋을 것 같았다.

"오빠. 내가 전에 말했었지?"

"뭘?"

"이젠 내가 있으니까……, 그러니까……, 으음, 무슨 말이냐면."

하고 싶은 말이 아주 많은 것 같은데 무슨 말인지, 막상 입을 열어도 말문이 터지질 않았다.

"알아."

준호의 나직한 대답에 서연은 스르르 눈을 감고서 가만히 그의 허리를 끌어안았다.

말로 표현할 수 없는 안도감과 만족감이 느껴졌다.

"아아, 정말 좋다."

품으로 파고드는 서연의 어깨를 어루만지며, 준호는 나직이 답했다.

"나도."

─ 우진 선배한테서 들었어. 어제 나미 언니랑 트러블 있었다면서?

"으음……, 그런 걸 트러블이라고 해야 하나."

바로 어제의 일이었지만 너무 크고 많은 일들이 생긴 바람에 실감이 잘 나질 않았다. 서연은 일이 터진 지 겨우 하루도 지나지 않았다는 사실을 자기 스스로도 믿을 수가 없었다.

서연이 말을 얼버무려버리자 전화 저편의 신희는 무척 걱정스러운 어조로 되물었다.

─ 무슨 일이야, 서연아?

잠시 걸음을 멈추고 생각을 정리한 서연은 담담하게 말했다.

"싸운 건 아니고, 언니가 술을 좀 과하게 마셨는지 나한테 실수를 좀 했어."

─ 무슨 실수? 혹시 이사님 일?

서연이 아무 대답도 하지 않자 신희는 그럴 줄 알았다는 듯 한숨을 내쉬고서 질문을 이었다.

─ 괜찮은 거야, 너?

눈앞의 자극적인 이슈보다도 서연의 안부를 먼저 묻는 신희의 마음이 너무나 고마웠다.

서연은 신희가 늘 각별했던 이유를 이제야 알 것 같았다.

나미나 우진과는 달리 신희는 늘 서연을 존중했었다. 그녀는 서연을 있는 그대로 받아들여주고 언제나 이야기를 들어주며 공감해주는 유일한 친구였다.

뒤늦게 밀려든 고맙고도 미안한 마음에 서연은 코끝이 시큰해졌다.

─ 안 되겠다. 지금 어디야? 내가 그리로 갈게.

"너 수업 곧 시작할 시간 아니야?"

─ 내가 지금 수업이 문제니? 어디냐고!

매주 토요일에 있는 원어민 독일어 과외는 신희의 후원자인 현성이 직접 지인에게 부탁한 것이었다. 한 번이라도 빠지면 아저씨의 얼굴에 정통으로 먹칠하는 거라며, 언제나 수업시간 30분 전부터 군기 바짝 들어 대기하는 신희였다.

"나 괜찮아, 신희야. 안 와도 돼."

─ 아니, 그래도!

"정말이야. 오빠랑은 아무 문제도 없고, 진짜 괜찮아. 그리고 나, 지금 언니 카페 앞이야."

– 뭐어? 네가 거긴 또 왜 가는데?

"내가 맡은 일이잖아. 그만두긴 할 거지만 다음 사람 구할 때까지 해야지."

– 그래도 그렇지! 내가 바로 그쪽으로 갈 테니까 절대로 너 혼자선 들어가지 마!

"신희야."

신희의 마음을 이해하지 못하는 바는 아니었다. 그리고 고마움에 몸 둘 바를 모르겠는 것도 사실이었다. 그렇지만 남이 끼어든다고 해서 쉽고 원만하게 해결될 문제는 아니었다.

"정말 고마워. 하지만 내가 해결할게."

– 아아, 어떡하지…….

그 말을 듣고도 신희는 전화 저편에서 한참이나 주저하고 있었다. 그런 마음씀씀이도 너무나 좋았다. 이 애만큼은 어떤 상황이 닥쳐도 내 친구, 진짜 내 편이구나, 하는 기분이 들어 마음이 든든했다.

– 그럼, 나중에 어떻게 됐는지 바로 전화해줘.

"응."

– 꼭이야. 걱정된다. 그리고 처음에 거기 너 데려가서 같이 일하게 한 거 너무 후회돼. 토요일 스케줄 안 맞을 때 바로 맘 접었어야 했는데.

"그런 말 하지 마. 네 덕분에 아르바이트도 하고 많이 배우기도 했는걸. 그리고 지금 나랑 좀 문제가 있어서 그렇지, 나미 언니⋯⋯."

'좋은 사람이잖아.' 소리까지는 차마 나오질 않았다.

보편적인 시선에서 봤을 때 나미가 좋은 사람인 건 사실이었다. 그러나 서연은 일련의 사건들로 그 보편적인 시선을 이미 잃었기 때문에 더 이상 그녀에 대한 좋은 인상을 간직할 수가 없었다.

– 무리해서 말 안 해도 돼. 무슨 말하는 건지 아니까.

"응."

– 들어가봐. 중간에라도 혹시 무슨 일 생기면 연락하고.

어디서 만날 당하고 다녔을 것처럼 순하기만 한 주제에 신희는 제법 단호했다.

"고마워."

– 얘가 또 뭐래? 친구끼리는 그런 말 하는 거 아니라니까.

신희가 평소 말버릇처럼 하던 말을 끝으로 전화는 끊겼다.

서연은 휴대전화를 내려다보며 웃다 한참 만에야 고개를 들어 카페를 올려다봤다.

독특한 디자인의 돌출간판에 적힌 'Jealousy'라는 문구를 가만히 바라보며, 서연은 많은 생각을 했다.

'나도' 갖고 싶은 게 아니다. 가진 네가 미우며, 그런 너를 제치고 오직 '나만' 갖고 싶은 것. 질투.

직접 지은 게 아니라지만 어쩌면 이렇게 나미의 마음을 잘 대변한 상호명인지.

긴장 섞인 한숨을 내쉬며, 서연은 무거운 발걸음을 옮겼다.

잠에서 깬 지 오래지만 나미는 쉽사리 자리에서 일어날 수가 없었다.

사방이 빙글빙글 돌고 머리가 깨질 듯 아팠다. 우진이 간 후로도 얼마나 더 마셨는지 전혀 기억나질 않았다.

"후……"

어떻게 됐을까.

어제 나미가 부린 추태로 준호는 머리끝까지 화가 났을 것이다. 그리고 이제야 말로 일말의 정까지도 다 뗐겠지.

오랜 무관심의 끝에 생겨난 감정이 겨우 증오라니, 끔찍하지 않나. 아니, 사실 나미에게 와 닿는 것에 있어선 그 둘에 별반 차이도 없었다.

"서연이는 어쩌고 있으려나……"

나미의 입술 사이로 독한 알코올 기운 스민 한숨이 길게 새어나왔다.

서연을 생각하니 아픈 가슴이 무너져 내리는 것만 같았다.

무슨 죄란 말인가.

아무것도 모른 채, 그저 잘해주는 언니라고 따랐던 서연이었다. 서투르고 어색하긴 했어도 무슨 일이 있으면 걱정해주기도 하고 보이지 않게 신경 써주던 착한 아이.

그렇지 않아도 사람과의 관계를 두려워하던 서연이었으니 이 일로 그녀는 아마 돌이킬 수 없는 상처를 받았을 것이다. 어쩌면 앞으로 살아가는 동안 이번 일이 많은 영향을 끼칠지도 몰랐다. 심하게 말하면 이 일로 나미가 서연의 인생을 바꿔놓은 건지도 모른다는 말이었다.

"아아, 내가 무슨 짓을 한 거야, 정말!"

간이침대에서 몸을 일으킨 나미는 머리카락을 마구 헝클어뜨리며 자신을 탓했다.

"추하다, 추해, 정나미. 어떻게 내가 이 정도로 바닥을 보일 수가 있지?"

서연도 우진도 신희도, 그리고 준호까지. 모두들 다시는 나를 보고 싶어 하지 않겠지. 다시는.

갑자기 눈물이 났다.

그렇게 오랫동안 사람들에게 잘해주고 내가 가진 것들을 나눠주었건만, 사랑도 인간관계도 모두 실패라니.

이 너른 세상에 이렇게나 많은 사람이 사는데 지금 그녀의 곁에 남은 사람이 누가 있나 싶었다. 외롭다, 외롭다, 사람이 이렇게 뼛속까지 사무치게 외로울 수도 있는 걸까.

주책없이 눈물이 솟아 손등으로 코 밑을 북북 문지르던 때, 밖에서 가느다란 목소리와 문 두드리는 소리가 들렸다.

시계를 보니 토요일 점심, 서연이 연주 아르바이트를 하러 오는 시각이었다.

뭔가에 홀린 듯 자리에서 일어난 나미는 비틀비틀 걸어 사무실과 홀을 가로질러 가 잠긴 출입문을 열었다.

문 앞에 서 있는 사람은 예상했으되 예상하지 못했던 서연이었
다.

"안녕하세요."

"아……, 안녕."

나미의 안색과 마찬가지로 서연의 안색도 그리 좋은 편은 아니
었다. 당연한 일이겠지만.

"많이 마셨어요?"

"응."

어색한 침묵 끝에 나미는 한쪽으로 비켜서며 들어갈 길을 터주
었다.

"오늘 영업은 안 할 거지만, 들어올래?"

대답 없이 안으로 들어온 서연은 볕 잘 드는 창가에 자리를 잡고
앉았다.

나미는 주방에서 얼음물 두 잔을 내와 테이블에다 올려놓고 서
연의 맞은편에 털썩 엉덩이를 내려놓았다.

"준호는?"

"회사에 볼일 있어서 잠깐 나갔어요."

"폰은 내가 망가뜨려버렸어. 새로 사준다고 전해줘."

"아니에요, 언니가 신경 안 써도 돼요."

"그래? 그럼 신경 안 쓸게."

"네. 속은 괜찮아요?"

"별로."

"저, 토요일 아르바이트 아무래도 그만두는 게 서로 편할 것 같아요. 다음 사람 구할 때까지만 할게요."

"그냥 바로 그만둬도 괜찮아. 어차피 처음부터 필요했던 것도 아니고. 내 잘못도 반은 있으니 한 달 치 정산해서 줄게."

"그럼 그렇게 해요. 중간에 그만두게 된 건 죄송해요."

"아니야, 그런 말 마."

그 말을 끝으로 둘 사이에 불편한 침묵이 내려앉았다.

오랜 정적을 깨고서 나미가 먼저 말문을 열었다.

"미안해."

서연은 여전히 아무런 대답도 하지 않은 채 얼음물이 담긴 컵을 내려다보고 있었다.

나미는 고개를 숙이고 재차 진심으로 사과했다.

"정말 미안해. 아무리 실수라곤 해도 그딴 거, 용서받긴 어렵겠지."

물 컵에 맺힌 물방울이 주르륵 흘러 바닥에 고이는 걸 물끄러미 바라보며, 서연은 담담하게 답했다.

"여기 오는 동안 계속 생각해봤어요. 내가 그렇게나 오랫동안 누군가를 좋아했는데 그 사람이 나를 봐주지 않았다면, 난 어떤 기분일까."

나미의 표정이 일그러졌다.

"저기, 다른 사람도 아닌 너한테서 동정 받는 건 사절이거든. 그 얘긴 그만두고……."

나미가 말을 돌리려 했지만 서연은 제법 당돌한 어조로 그녀의 말을 막아버렸다.

"어제 언니가 내 기분이랑은 상관없이 멋대로 악질 장난쳐서 기분 나빴으니까, 나도 지금 언니 기분 떠나서 할 말 좀 할게요."

"하⋯⋯."

"나, 솔직히 다 이해는 못 하겠더라고요. 난 내가 좋아하는 준호 오빠에게서 거절당해본 적이 없으니까."

"얘가 기껏 여기까지 찾아와서 확인사살을 하네."

나미가 씁쓸한 표정으로 짓궂게 내뱉었지만 서연은 무척이나 진지하게 다시 말을 이었다.

"내가 만약 언니였다면 아마도 많이 외로웠을 것 같아요. 그리고 오랫동안 고민했겠죠. 왜? 왜 난? 왜 나를?"

딱히 대답할 말도 없고 맞는 말이기도 했기에 나미는 아무 대답도 하지 않은 채 계속해서 경청하고만 있었다.

"내가 언니보다 사회 경험도 적고 지금까지 별로 괜찮지 않은 인생을 살아오긴 했어도, 그거 하난 잘 알아요. 세상에는 내 능력으로는 못 푸는 문제도 있다는 거."

"내 능력으로는 못 푸는 문제⋯⋯?"

"나 스스로는 못 푸는 문제를 계속해서 풀려고 오랫동안 집착하다 보니 다른 문제들을 전혀 풀 수가 없었어요. 준호 오빠가 짠 하고 나타나서 풀어주기 전까지 말이에요."

가만히 건너다보는 나미의 눈을 똑바로 마주하며, 서연은 조용

133

히 말을 이었다.

"인생은 두꺼운 문제집 같은 거라고 생각해요. 밀리지 않기 위해선 계속해서 풀어나갈 수밖에 없는. 그 안에 틀린 답도 있고 맞는 답도 있고. 그렇지만 계속해서 틀리더라도, 누구의 도움을 받아서라도, 끝까지 풀지 않으면 언제까지고 그 장에서 머물러 있게 되는."

"지금 내가 스스로 못 푸는 문제를 계속해서 집착하고 있다는 말이니?"

서연은 잠시 고민하다 어렵게 말을 이었다.

"언니는 언니의 문제를 풀어줄 사람이 준호 오빠라고 생각했겠지만, 준호 오빠는 영원히 언니의 문제를 풀어줄 수 없을 거예요. 아무리 기다려도. 그런 오빨 앞으로도 계속해서 기다리는 건 물론 언니의 자유고 분명 나와는 아무 상관도 없는 일이에요. 하지만, 기약도 없는 그런 기다림이 얼마나 외롭고 절망적인지, 다른 사람은 몰라도 나는 너무 잘 알기 때문에……."

서연은 저도 모르게 눈을 질끈 감았다. 스스로를 가둔 채 매일매일 아픈 시간만 흘려보냈던 과거를 떠올린 그녀는 고통스러운 어조로 덧붙였다.

"난, 언니가 더 이상은 그러지 말았으면 좋겠어요."

오랫동안 서연을 바라보고 있던 나미가 얼떨떨한 표정을 하고 물었다.

"너…… 지금 이 판국에 내 걱정 해주는 거니?"

134

"걱정이라기보다는, 음……, 아니, 걱정인가 보네요."

뭔가, 처음에 의도했던 결론이 이런 거였나 싶었지만 서연은 이제 아무래도 좋았다. 어쨌든 하고 싶은 말은 다 했으니까.

"너……."

나미는 전혀 예상하지 못했던 일에 몹시 당황했다.

그러니까 서연이 나미에게 전하고자 하는 말의 진짜 의미는 '준호 옆에서 알짱거리지 말고 딱 꺼져라.'가 아니라, '안 올 사람 더 기다리다 언니만 아프지 마라.'였다.

같은 의미지만 이 얼마나 다른 말인가.

"서연이 너는 정말이지……, 예뻐. 너무 예쁘다고."

"네……?"

"처음 봤을 때부터 네가 너무너무, 진짜 얄미울 정도로 예뻐서……, 그리고 준호가 너한테서 뭘 봤는지, 왜 너한테 갔는지 너무 잘 알 것 같아서, 그래서 나……, 흑."

나미의 눈망울이 갑자기 말갛게 부풀어 올랐다.

"언니! 울어요? 왜……!"

사람의 마음은 제아무리 오랫동안 노력한다고 해도 얻을 수 있는 게 아니라는 걸 분명 알고 있었다. 그럼에도 준호를 쉽게 놓을 수 없었던 이유.

나미는 그걸 이제야 깨달을 수 있었다.

'불쌍한 준호를 내가 보듬어 안아야지.' 위선 가득한 이 마음으로 준호에게 매달렸던 건, 그녀에게 있어서 딱히 마음 줄 사람이 그밖에 없었기 때문이었다.

결국 나미의 준호에 대한 진심은 그렇게나 이기적이고 얄팍했던 것이다.

"아아……, 나는, 흑!"

이 넓은 세상, 이 많은 사람 중에 누가 내 곁에 있나, 누가 나를 생각해주나 했더니, 내가 가장 미울 사람이라니. 우스운 일이 아닐 수 없었다.

"언니, 울지 말아요."

당황한 서연이 손수건을 들고 건너와 달래주었지만, 나미는 쉽사리 눈물을 그치지 못했다.

깊은 곳에 숨겨두고서 오랫동안 외면하고 있었던 것들을 마주하고 느낀 건 부끄러움과 후련함이었다. 그리고 이제야말로 무거운 짐을 내려놓은 것처럼 가뿐하고 편안한 기분.

"서연아……, 미안해. 그리고 고마워."

"네에?"

어울리지 않게 약한 모습을 보이며 품으로 파고드는 나미를 부드럽게 감싸 안으며 서연은 문득 오래전 그 녀석을 떠올렸다.

좋아하는 여자애의 눈앞에서 뛰어내리게까지 한 그 녀석의 극단적인 사정이 뭔지, 지금도 알 수 없었다. 알고 싶지도 않았고.

다만, 그때 그 애도 이렇게 절박했었구나 하는 걸 뒤늦게 깨달으니 아주 조금이나마 가엾다는 생각이 들었다.

사람들에게 있어서 삶이란 어쩌면 수없이 상처받고 그 상처가 아물어가는 걸 각자 지켜보는 과정인지도 몰랐다.

서연은 기도라도 하듯 눈을 감고 생각했다.

언젠가 하늘에서 내린 수명이 다해 눈을 감을 때, 그때는 모든 상처들이 다 아물고 깨끗해져 있기를. 부디.

약속했던 시간보다 훨씬 더 빨리 도착한 서연은 들고 있던 작은 쇼핑백을 고쳐 쥐었다.

준호에게 선물하기 위해 오래도록 고심해서 고른 향수로, 조금 전 나미에게서 받은 아르바이트비로 산 것이었다.

재단 본관 앞 광장엔 거대한 철골 조형작품만 서 있을 뿐, 그늘이라곤 한 점도 없었다.

아무 생각 없이 멍하니 서 있다 보니 강렬한 햇살에 얼굴이 따끈따끈 달아올랐다.

어딘가 그늘을 찾아가야겠다고 생각하던 순간, 머리 위로 희미한 그림자가 드리워졌다.

"그렇게 햇빛 정통으로 맞고 서 있으면 주근깨 생겨요. 이거 써요."

어디서 많이 들어본 말이다 싶었다.

고개를 들어 머리 위를 본 서연은 아주 오래전, 아직은 어렸던 자신이 직접 건넸던 낡은 우산을 발견했다.

하늘을 가린 자잘한 고양이 무늬들을 가만히 보고 있자니 긴 세월 동안 이걸 소중히 간직해온 준호의 마음이 그대로 와 닿는 듯해 문득 울컥했다.

"오래 기다렸지?"

"응. 아주 오랫동안 기다렸어."

같은 말, 다른 의미.

같은 추억, 다른 시간.

두 사람은 오랫동안 서로의 눈을 들여다보다 조심스럽게 손을 마주 잡았다.

손가락 사이사이로 깍지를 끼고서 걸음을 옮기는 동안에도 둘은 오랜 추억이 깃든 우산을 그대로 쓰고 있었다. 사람들이 쳐다보든 말든 아랑곳 않은 채.

"그건 뭐야? 내 선물?"

"응. 아르바이트비 받았거든."

"오오, 뭘 샀어?"

"비밀."

"흐음. 비밀이라고 하면 더 알고 싶어지는데."

"코끼리 코 열 바퀴 돈 후에 '나는 은서연 거다!' 하고 크게 세 번 외치면 뭔지 알려줄게."

"코끼리 코가 뭐지?"

"이거 몰라, 이거? 뿌우."

"아아, 이렇게 코 잡고……."

"으응. 그 사이로 팔 넣고 숙이면 코끼리 코."

"열 바퀴 돌고 나는 은서연 거다? 오케이."

"어어? 자, 잠깐! 농담이었어! 하지 마, 바보야! 하지 말라고!"

유쾌한 실랑이를 하며 투덕거리는 두 사람 위로, 그리고 실랑이 중에 내던져진 낡은 우산 위로도 투명한 햇살이 소리 없이 부서지고 있었다.

비가 그친 세상은 다시 한창의 봄이었다.

21
/
Be strong

천막 아래 옹기종기 모여 있는 간이테이블들은 이미 손님들로 꽉 차 있었다.

"서연 언니, 이쪽에 쟁반 하나 모자라요!"

"응, 잠깐만. 내가 이것 쓰고 바로 가져다줄게."

축제가 한창인 캠퍼스의 밤.

서연은 음대 학생회가 연 일일카페에서 모자란 일손을 돕고 있는 중이었다. 학생회 소속은 아니었지만 선배의 부탁을 거절할 수가 없었다. 신희 역시 마찬가지였다.

"아냐, 서연아, 여기 하나 남았으니까 이걸로 쓸게."

신희가 명랑한 목소리로 외치며 쏜살같이 곁을 스쳐가자 서연의 머리카락이 바람에 나부꼈다.

서연은 머리카락을 만지작거리며 잠시 생각에 잠겼다.

'조금 길어졌나?'

마지막으로 미용실에 간 건 나미의 카페를 그만둔 직후였다.

그러고 보니 그 사이 꽤 많은 일이 있었던 것 같다.

서연이 그만둔 후 신희 역시 중간고사 전에 그만두겠다는 의사를 조심스럽게 나미에게 전했다. 신희는 다음 연주자를 물색해주겠다고 했지만, 나미는 괜찮다며 카페 안에 있던 그랜드피아노를 아예 내다 팔아버리고 그 자리에 커다란 화분을 들였다.

그리고 신희가 마지막으로 카페에 나갔던 날, 모 패션잡지에 나미의 기사가 나갔다. '멋진 여성'을 주제로 한 기획기사였는데, 나미의 독특한 과거 이력과 시원시원한 입담, 아름다운 행적에 걸맞은 출중한 외모가 인상적이었던지 전혀 예상하지 못했던 결과가 나왔다.

거의 개점휴업 상태였던 카페가 갑자기 잘되기 시작한 것이다!

어디서 위치를 물어물어 찾아온 사람들로 서서히 활기를 띠는가 싶더니, 언제부턴가 가게는 연일 북새통을 이루었다.

나미 혼자서는 일이 버거워 아르바이트생을 구하려 했지만 어째 구인이 영 여의치가 않았다. 그래서 신희와 우진이 틈틈이 나가서 일을 도와주기 시작했는데, 어느 순간 돌아보니 우진은 버젓이 정식 아르바이트생이 되어 있었다.

바쁜 일에 파묻힌 나미는 이전보다 한층 더 밝아졌다.

그 모습이 처음 그녀를 만났던 때로 돌아간 것처럼 보여 서연은 마음이 좀 가벼워졌다.

나미가 마음속에서 준호를 완전히 밀어냈는지 아니면 아직도 일말의 미련을 붙잡고 있는지 서연으로선 알 수 없는 일이었다.

하지만 전보다는 그녀를 대하는 게 확실히 편해졌다. 그저 그걸로 만족이었다. 나머지는 오롯이 나미의 몫이니 더 이상 관여할 이유가 없었다.

"어우, 미쳤나 봐."

신희가 투덜거리는 소리에 서연은 의아한 눈으로 그녀를 돌아봤다.

"왜?"

"어떤 정신 나간 자식이 동동주랑 파전 없다고 나한테 욕하고 갔잖아. 주점이 아니라 카페라고, 카페! 내일 아침에 나이아가라폭포 설사나 해라, 이 진상아."

얼굴이 새빨개진 채 허공에 주먹까지 휘두르며 분해하는 신희의 얼굴을 가만히 바라보던 서연은 저도 모르게 웃음을 터뜨리고 말았다.

요즘 들어 서연은 전혀 우습지 않은 일에도 자꾸만 실없이 웃어 핀잔을 받는 일이 많아졌다. 말수도 전보다 현저히 더 늘었다.

"요즘 서연이 보기 좋다. 진짜."

"뭐가?"

밑도 끝도 없는 말에 서연은 의아한 듯 되물었지만 신희는 대답을 피한 채 그저 웃기만 했다.

"그냥."

"싱겁긴."

"우진 선배는 동아리 애들 구경 갔댔지? 아직도 안 왔어?"

"응. 그쪽이 더 재밌나 봐."

요청도 안 받았는데 자진해서 일일카페 서빙을 돕던 우진은 물 풍선 터뜨리기 코너를 구경하고 오겠다더니 벌써 한 시간째 오리무중이다. 어지간히도 재밌는 모양이었다. 아니, 어쩌면 그 좋은 넉살로 행인들을 끌어들여 성업에 도움 주고 있는 중인지도 모를 일이다.

"하여튼 그쪽은 365일 힘이 펄펄 넘쳐요. 우진 선배 사전에 진지함이란 단어가 있는지 궁금하다니까."

신희가 중얼거리는 말에 서연은 얼마 전 우진의 고백을 떠올렸다.

「물론 안쓰러운 시선으로 널 바라봤던 건 사실이고 그게 실례였다는 것도 깨달았지만, 그래도 널 좋아했던 것 역시 진심이었어. 그것만큼은 알아주라. 언젠가는 내가 그 일로 이불킥하면서 머리 쥐어뜯는 날이 오겠지만 그래도 좋은 추억 만들어줘서 고맙다.」

그렇게 말하던 우진은 평소와는 완전히 달랐다. 그 기운차던 사람은 어디로 갔는지, 한껏 풀이 죽은 모습이었다.

계속해서 좋은 친구로 남자는 서연의 말에 우진은 뒤늦게야 환하게 웃어 보였고, 이후로 지금까지 스스럼없이 그녀를 대하고 있었다.

사람이 사람을 좋아하는 건 노력으로 되는 일이 아니었다. 마찬가지로 누군가를 향한 마음을 갑자기 끊어내는 것 역시 자기 마음대로 되는 게 아님을 알기에, 서연은 우진의 마음씀씀이가 너무도 고맙고 또 미안했다.

"서연아?"

"어……, 응?"

"무슨 생각을 그렇게 골똘히 해?"

"아무것도 아니야."

"흐음."

신희는 의심스러운 눈으로 서연을 건너다보다 이내 짓궂은 표정으로 소곤소곤 물었다.

"아하. 왜 이렇게 안 오시나 하는 거구나?"

"뭐?"

"지지배 내숭은."

신희가 눈을 흘기며 팔꿈치로 툭 치자 서연은 뒤늦게 말뜻을 알아차리고 얼굴을 붉혔다.

"그, 그런 거 아니야."

서연이 손사래를 치며 부인했건만 신희는 전혀 아랑곳 않는 듯했다.

"으음, 그런 거 확실히 맞는 것 같은데?"

신희의 시선이 옮겨간 곳을 무의식적으로 따라 본 서연은 한쪽 구석의 간이테이블로 다가가고 있는 준호를 발견하고서 눈을 동그랗게 떴다.

"헉! 저 인간이 연락도 없이!"

화들짝 놀라는 순간, 간이주방 근처에서 대기 중이던 서빙 담당들이 수군거리는 게 여과 없이 서연의 귀에 들려왔다.

"우와앗, 존잘남!"

"야야, 메뉴판 내놔. 이 주문은 내가 맡는다."

"가만있어봐, 이것들아. 격 떨어지게 왜 이렇게 호들갑이야? 혼자 온 거 보니까 딱 누구 찾아온 사람이구만. 하지만 주문은 내가 받겠다."

"에이, 선배님은 오래 사셨으면서 왜 이러세요? 한 번만 양보해 주시죠?"

"찬물도 위아래가 있는 법. 양보는 없다."

짓궂은 농담들이 한창인 주방을 돌아보며 당황했던지, 서연의 얼굴이 핼쑥해졌다.

"오오, 서연이 대위기."

신희의 장난에도 서연의 표정은 변함이 없었다.

준호가 찾아온 일로 딱히 불편하거나 싫은 건 아니었다. 분명 내놓고 자랑할 만한 애인이긴 했지만, 밝혀진 후 괜한 구설수에 오르게 되는 게 무서웠다.

눈치를 챘던지 신희가 뒤를 돌아보며 명랑하게 소리쳤다.

"서연이 지인분이시래요. 관심 끊으셔요들."

우르르 달려들어 누구냐, 어떻게 아는 사이냐, 애인은 있는 사람이냐 등등 짓궂은 질문을 계속 이어갔지만 신희가 그들을 제지하며 서연에게 메뉴판을 건넸다.

"얼른 가서 주문 받으시길."

신희에게 크게 떠밀린 서연은 주변을 둘러본 후 어색하게 걸음을 옮겼다.

시끌벅적한 테이블들 사이를 지나는 동안 서연의 눈은 줄곧 준호에게 고정되어 있었다.

그건 준호 역시도 마찬가지였다. 그는 싱글싱글 웃는 얼굴과는 전혀 어울리지 않게 노골적인 시선으로 그녀를 바라보고 있었다.

낯선 느낌. 귀에서 두근두근 맥박 뛰는 소리가 울려 어지러울 정도였다.

마침내 그가 앉아 있는 테이블 앞에 도달했을 때, 서연의 입술은 어느새 긴장으로 바싹 말라 있었다.

그녀는 마른 입술을 혀로 축인 후 가까스로 핀잔을 주었다.

"연락이라도 하고 오지 그랬어? 놀랐잖아."

"전화했어. 몇 번이나."

"뭐어? 정말?"

깜짝 놀란 서연은 에이프런 앞 포켓에서 휴대전화를 꺼내 확인했다. 부재중 통화가 다섯 건이나 있었다.

"아아, 진짜네! 미안! 바빠서 진동 울리는 줄 몰랐어."

"겨우 그런 걸로 미안할 것까지야."

느긋하게 웃으며 답하는 준호는 오늘따라 한층 더 매력적으로 보였다. 늘 단정했던 평소 모습과는 달리 캐주얼한 스타일이 왠지 여기에 오기 위해 일부러 신경 쓴 것 같은 느낌이었다.

"뭘 그렇게 쳐다봐?"

"오늘 좀 달라 보여서."

"이상해?"

"아니, 멋있어."

"영광이네. 그보다⋯⋯."

서연을 올려다보는 준호의 그림 같던 눈매가 살짝 일그러졌다. 마음에 안 드는 부분이라도 있었던 걸까.

"그 에이프런은 제일 예쁜 사람이 입는 건가? 미인선발대회 티아라처럼?"

"어머, 미쳤나 봐. 가위바위보 져서 입은 거지."

서연은 검은 원피스에 프릴이 과하게 달린 에이프런과 헤어밴드를 착용하고 있었다. 메이드 복장을 연상케 하는 차림새로, 누군가가 재미삼아 가져온 건데 운 없게도 서연이 입게 된 것이었다.

준호가 바라보는 눈이 왠지 불편해진 서연은 어색하게 몸을 가리며 물었다.

"이, 이상해?"

"아니, 위험할 정도로 잘 어울려서⋯⋯."

"응?"

준호는 섬뜩할 정도로 환한 미소를 지으며 차갑게 내뱉었다.

"갑자기 짜증이 치미는데."

'잘 어울린다면서 짜증이 왜 나?' 하고 물어보려던 서연은 아까부터 티가 날 정도로 저를 힐끔대는 주변 남자들의 시선에 입을 다물어버렸다.

여기서 한마디라도 덧붙이면 준호의 화를 더 돋울 것 같다는 생각이 들었다.

주방 쪽을 돌아보니 학우들은 그새 흥미를 잃었는지 자기들끼리 수다 떨기에 여념이 없었다.

신희와 눈빛을 교환한 서연은 에이프런을 벗어 들고서 준호를 다급히 잡아끌었다.

"오빠, 우리 잠깐 나가자."

색전구들이 알알이 불을 밝힌 도로를 따라 걸으며 서연은 만세를 외쳤다.

"아아, 해방이다!"

"힘들었어?"

"응응! 주문은 계속 밀려들지, 요구는 많지, 이딴 웃기지도 않는 옷차림 때문에 다들 힐끔거리지, 얼마나 힘들었다고! 힘들다 얘기는 들었었지만 이 정도일 줄이야."

서연이 우는소릴 하자 준호는 뜨악한 표정으로 그녀를 내려다보며 되물었다.

"그렇게 힘든 걸 왜 하겠다고 했는데?"

서연은 손에 든 에이프런을 내려다보며 한참이나 생각에 잠겨 있다가 샐쭉 웃으며 답했다.

"'같이 할래?' 소리가 너무 듣기 좋아서."

준호는 부드럽게 웃기만 할 뿐 아무 말도 하지 않았다.

보폭이 작은 서연의 걸음속도를 맞추느라 느릿느릿 걸음을 옮기고 있는 그를 보며, 그녀는 문득 눈물이 날 것처럼 가슴이 벅찼다.

한껏 들뜬 축제 분위기에 섞여 들어간 두 사람은 한동안 말없이 걷기만 했다.

이전까진 번잡함과 요란함이라면 죽도록 싫어했던 두 사람이었지만, 지금은 아무래도 좋았다. 함께 어깨를 나란히 하고 걷는 시간은 아까울 정도로 빠르게 흘러갔다.

"있잖아, 오빠."

"응."

"나, 실은 엊그제 학교에서 한번 왔었어."

"뭐가?"

"점심시간에 신희랑 우진 선배랑 같이 학식 갔다가. 스피커에서 그 왜 이상한 소리 있잖아, 삐익 하고 귀 따가운 소리 나는 거. 그 소리 듣고서 갑자기…… 그랬어."

공황발작을 이야기한다는 것을 뒤늦게 알아챈 준호가 눈을 크게 뜨고 놀란 표정을 하자 서연은 다급하게 손을 내저으며 덧붙였다.

"음, 아니. 별일 없었어. 그냥 눈 감고 계속 심호흡하고…… 그래도 정 힘들면 오빠한테 전화해야지, 그 생각 계속하다 보니까 괜찮아지더라. 정말로 괜찮았어."

며칠이나 지나도록 아무 내색도 하지 않은 채 넘어간 것을 보니 괜찮았다는 서연의 말은 거짓말이 아닌 듯했다.

"그렇게 한번 내 힘만으로 넘기고 보니 왠지, 으음, 뭐랄까……. 내가 지금까지 무서워하고 있던 게 이렇게 아무것도 아니었나 하는 생각도 들고. 남들이 그동안 날 얼마나 한심하게 봤을까 싶어서 조금 웃음이 났어."

준호는 걸음을 멈추고 서연을 내려다보며 담담하게 말했다.

"실체 없는 두려움을 상대하고 그걸 이겨내는 건 쉬운 일이 아니야. 누구도 뭐라고 할 수 없는 일이지."

"정말 그럴까?"

"그래."

준호의 단호한 대답에 서연의 경직됐던 어깨가 기다렸다는 듯 부드럽게 풀렸다.

"다들 걱정할 것 같아서 아무한테도 말 안 하려다가…… 오빠한테만큼은 얘기하고 싶었어."

준호는 다시 미소를 짓더니 불쑥 손을 내밀어 서연의 머리를 가만히 쓰다듬어주었다.

"괜찮아. 잘했어."

부모에게도 아직 털어놓지 못한 일을 준호에게 고백한 건, 그가 이런 반응을 보일 것을 잘 알기 때문인지도 몰랐다.

준호라면 서연이 민망할 정도로 호들갑떨거나 놀라지 않고 담담하게 받아들여줄 것을 알기에. 원래부터 괜찮았던 것처럼 흘러가게 놔둘 것을 잘 알았기에.

빠르게 스쳐가는 사람들 사이에 서 있는 두 사람은 애틋한 눈길로 서로를 바라보고만 있었다. 마치 그곳만 다른 차원인 것처럼 보일 정도로 둘은 한참이나 미동도 없었다.

"오빠."

"서연아, 나는……."

그 말할 수 없이 편안하고 감미로운 분위기를 홀딱 깬 것은 어디서 많이 들어본 목소리였다.

"푸핫, 쿨럭! 거기 닭살커플! 어디서 많이 본 사람들 같은데! 에엣취! 어, 춥다!"

군가라도 부르는 듯 우렁찬 목소리가 준호의 목소리를 완전히 덮어버려, 서연은 준호가 무슨 말을 했는지 전혀 알아들을 수가 없었다.

고개를 돌린 서연과 준호는 멀지 않은 곳에서 목소리의 주인공을 발견하고서 동시에 눈살을 찌푸렸다.

많이 아는 얼굴인데, 모습은 어째 많이 아는 모습과는 달랐다.

"우진 선배!"

"너는 메이드카페는 어쩌고 손님이랑 사랑의 도피 중이냐?"

"메이드카페 아니었거든요! 그나저나 구경하러 간다던 사람이 이게 무슨 꼴이에요?"

우진은 방 문짝만 한 판자에 뚫린 구멍으로 얼굴만 디밀고 있었
는데, 우스꽝스러운 것은 둘째 치고 완전히 물에 젖은 생쥐 꼴이
다.

"아아, 얘네가 통 장사를 못해서 내가 좀 도와주고 있었지. 앗,
저기요! 거기 지나가는 어깨깡패 형님, 스트레스나 한번 풀고 가
시죠!"

우진이 부르자 어깨깡패는커녕 멸치처럼 빼빼 마른 남자는 엄
지손가락을 딱 튕겨 보이더니 그냥 쑥 지나가버렸다.

원래 물풍선 터뜨리기 부스를 맡고 있던 소심한 동아리 부원들
도 배시시 웃기만 할 뿐, 어째 장사 못하는 건 마찬가지인 듯했다.

"형님, 오셨습니까."

"누구시더라?"

"왜 이러십니까, 형님."

"그쪽이 전혀 기억에 없는데, 혹시 나 알아요?"

"에헤이, 형니임!"

우진은 준호가 질색하는 걸 알면서도 줄기차게 그를 형님이라
고 불러댔다. 어쩌면 준호의 노골적인 반응을 즐기고 있는 건지
도.

웃고 있는 준호의 입매가 딱딱하게 굳는 걸 본 서연이 두 사람
사이로 끼어들었다.

"그래서 많이 벌었어요?"

"아니, 별로."

'자선기금 모집 중! 한 판에 삼천 원!'이라고 괴발개발 적어놓은 피켓 아래 돈 통엔 만 원짜리 한 장과 천 원짜리 지폐 몇 장이 쓸쓸하게 굴러다니고 있었다.

서연이 어떡하나, 하고 안타까운 눈으로 바라보는 순간 준호가 느긋하게 지갑을 꺼내 들더니 물었다.

"재밌어 보이네. 물풍선은 넉넉하고?"

"네?"

"아아, 이런. 수표밖에 없네. 곤란하면 가서 다 오만 원 권으로 바꿔 올까?"

"예? 그, 그게 무슨 말씀이신지? 형님? 형님?"

우진이 급 새파래진 안색으로 도망치려 하자 동아리 부원들이 우르르 몰려가 그를 에워싸고서 팔다리를 붙잡으며 소리쳤다.

"수표 대환영! 평생고객으로 모시겠습니다, 고갱님!"

"어어어? 야, 이 자식들아! 이거 안 놔? 너희가 나한테 이럴 수가 있어? 놔!"

진지하게 재킷을 벗으며 소매를 걷는 준호와 판자 뒤에서 벌어지는 실랑이를 보며 서연은 숨이 넘어가도록 웃음을 터뜨리다 사레까지 들리고 말았다.

"오빠가 너무했어."

"뭐가."

돈 앞에서 피도 눈물도 의리도 없어진 동아리 부원들에 의해 결박된 우진은 자신에게 쌓인 게 아주 많았을 남자가 팔뚝까지 야무지게 걷어붙이고 물풍선을 와인드업 하는 장면을 보며 겁에 질려 눈을 질끈 감았다.

그러나 아무리 기다려도 물풍선은 날아오지 않았다. '음, 뭐지?' 하고 눈을 가늘게 뜨면 다시 던지는 시늉, 또 안 와서 또 뜨면 또 던지는 시늉.

준호는 그렇게 꼭 다섯 번 우진을 들었다 놨다 한 후 자선기금으로 꽤 큰돈을 쾌척하고 자리를 떴다.

물풍선은 끝까지 던지지 않았다. 아마 처음부터 던질 생각은 전혀 없었을 것이다.

"결국 안 던질 거면 그렇게 약이나 올리지 말지. 그게 뭐야."

"폭력반대. 나는 평화주의자니까."

"못 살아."

다시 일일카페 천막으로 돌아가는 길, 서연은 느긋하게 걷고 있는 준호를 곁눈질하다 그의 빈손을 내려다봤다.

데이트를 할 때면 항상 손을 꼬옥 잡고 걸었는데, 오늘만큼은 달랐다.

그가 자신을 배려해주고 있는 것을 알면서도 왠지 서운한 기분도 들었다.

그때, 준호가 의미심장한 눈길로 건너다보더니 갑자기 방향을 틀었다.

"어? 저쪽으로 가야 하는데? 오빠!"

서연은 아무 대답 없이 성큼성큼 걸어가버리는 준호를 의아한 눈으로 바라보며 뒤를 따랐다.

　한 단과대학의 건물 뒤쪽으로 간 준호는 주변에 아무도 없는 것을 확인한 후 서연을 부드럽게 이끌어 벽에 기대서게 했다.

　"갑자기 왜……?"

　"쉿."

　"아……, 흡!"

　건물 그림자에 숨은 채 비밀스럽게 나누는 키스가 더없이 달콤했다.

　한참 만에야 뒤로 물러난 준호가 들릴 듯 말 듯 속삭였다.

　"이제 좀 풀렸어?"

　흐릿한 눈으로 그를 올려다보고 있던 서연은 의아한 표정으로 되물었다.

　"뭐가?"

　"이렇게 해주기를 바랐잖아."

　준호가 짓궂게 내놓은 말에 서연은 얼굴을 확 붉히고서 그의 가슴팍을 세게 때렸다.

　"아니야!"

　"거짓말."

　"아니야! 정말 아니라니까!"

　서연은 정색을 하고서 부인했지만, 그녀가 펄펄 뛰면 뛸수록 오히려 준호의 얼굴에는 점점 더 미소가 번져나갔다.

다시 일일카페로 돌아가던 길, 준호의 비서에게서 전화가 걸려왔다.

"이사장님이요? 글쎄요. 할아버지는 별말씀 없으셨는데. 잠깐. 뭐라고 하는지 잘 안 들려서, 잠시만요."

이 시각에 찾는 걸 보니 급한 일인 것 같은데 근처에서 시끄럽게 울려대는 음악 소리 때문에 통화가 여의치 않은 모양이었다.

준호는 휴대전화의 스피커를 손으로 막고서 서연을 돌아보고 말했다.

"잠깐만 여기서 기다려. 통화 좀 하고 올게."

"응. 나 괜찮으니까 천천히 해."

준호는 잠시 주변을 둘러본 후 학내도로 건너편의 가로수 밑으로 자리를 옮겨 대화를 계속했다.

왠지 심각해 보이는 준호를 멀리서 물끄러미 바라보고 있던 서연은 근처를 지나던 여자와 제법 세게 부딪쳤다.

"아앗!"

여자는 자기가 먼저 부딪쳐놓고서 사과는커녕 오히려 씩씩거리며 서연을 돌아봤다.

"아이 씨, 뭐야!"

제법 사나운 태도여서 무슨 일이라도 나는 건 아닌가 싶었더니, 여자가 갑자기 묘한 표정을 지으며 중얼거렸다.

"아아, 너 혹시……."

156

작달막하고 예쁘장하게 생긴 여자는 서연과 비슷한 또래로 보였는데, 그녀의 얼굴은 조금 전 태도와는 정반대로 선한 인상을 풍기고 있었다. 아래로 처진 눈꼬리 덕인지도 몰랐다.

어딘지 모르게 낯이 익은 듯해 얼굴 이곳저곳을 자세히 뜯어보던 서연은 단대건물 안에서 그녀를 몇 번 스쳐 지나갔던 걸 떠올렸다. 마치 일부러 서연을 주시하고 있었던 것처럼, 볼 때마다 눈이 마주쳤던 게 기억에 남아 있었다.

"은서연 맞지?"

이제는 다 괜찮아진 것 같다고 생각했지만 서연은 이런 상황에 맞닥뜨릴 때마다 늘 긴장하지 않을 수 없었다.

난처해진 서연이 대답하지 않은 채 가만히 서 있기만 하자 마주보고 있던 여자의 눈매가 낭창하게 휘었다.

분명 웃는 얼굴이긴 한데 그다지 호감이 가지는 않았다. 그녀의 미소는 어디라고 딱 집어서 말할 순 없지만 부자연스러운 구석이 있었다.

"너희 아빠가 혹시 수성물산 대표 아니셔?"

갑작스러운 부친 이야기에 서연은 의아한 눈으로 그녀를 건너다봤다.

"맞아. 그런데?"

"아아, 역시 너였구나! 피아노과에 수성물산 사장 딸 있다고 해서 누군가 하고 계속 찾아보니까 은씨 한 명 있는 게 너더라고. 반갑다. 난 이영주야."

아무 상관도 없는 아버지 회사 이야기에 이어 밑도 끝도 없이 반갑다는 말에 서연은 도무지 어떻게 반응을 해야 할지 몰랐다. 당장 이 애가 누구인지도 모르는데 덥석 인사를 나누기도 애매하지 않나.

서연의 생각을 눈치 챘던지, 영주라던 아이는 막무가내로 서연의 손을 붙잡아 위아래로 흔들며 덧붙였다.

"어? 너 나 몰랐구나. 거부건설 알지? 울 아빠가 거기 사장이야. 나도 너처럼 외동딸이고."

그 소리를 들어도 당장 서연의 머릿속에 떠오르는 생각이라곤 '그래서 어쩌라고.'였다. 거부건설이 뭐 하는 데인지 잘 알지도 못했고 자기소개에 자기 이야기는 하나도 없이 부친 얘기뿐이라니 이해가 가질 않았다.

"성악과 주성이가 유일그룹 3세인 거 알지? 나 개랑 친해. 소개해줄 테니까 언제 한번 셋이서 밥이나 같이 먹자. 아, 혹시 주성이 이미 알고 있을지도 모르겠네. 그런데……, 와, 너 이 시계 갖고 있구나? 이거 웨이팅 엄청 길던데!"

점점 더 이해하기 힘들어지는 대화가 한없이 늘어지고 있었다. 서연은 시계 따위 아무래도 좋았다. 구하기 힘든 건지도 모른 채 그냥 막 차고 다녔던 것이기 때문이었다.

"그……래? 전혀 몰랐어."

"어느 지점에서 구했어?"

"아빠가 지난달 해외출장 길에 선물로 사다 주신 거라서."

"대애박. 니네 아빠 진짜 완전 대박이다, 야. 거기선 얼마 주고 사셨대?"

"몰라. 그리고 별 차이 없지 않을까? 귀국길에 자진신고하고 세금 냈다고 하셨으니까."

"뭐어? 야야, 바보냐? 그런 짓을 왜 해? 아깝게."

왜인지 이유는 알 수 없었지만 서연은 점점 불쾌해지고 있었다. 혼자 있는 방에 누군가가 노크도 없이 문을 벌컥 열고 들어와 마구 떠드는 듯한 기분이었다.

길 건너편의 준호가 통화를 마치고 자신을 기다리고 있는 걸 확인한 서연은 슬그머니 영주의 손을 뿌리치고 뒤로 물러났다.

"저기, 나 지금 좀 바빠서."

"그래? 그럼 어쩔 수 없지. 우리, 앞으로 친하게 지내자."

영주의 티끌 한 점 없이 밝은 웃음을 마주해도 서연의 기분은 여전히 나아지지 않았다.

'뭐야, 쟤? 완전 이상한 애네.'

그녀는 끝까지 개운치 못한 기분으로 영주와 헤어진 후 곧장 준호에게로 건너갔다.

"오빠."

길 건너편, 인파 속으로 사라지는 영주의 뒷모습을 가만히 관찰하고 있던 준호가 물었다.

"누구야? 친구?"

"몰라."

159

"몰라?"

"응. 전혀 모르는 애."

"전혀 모르는 여자랑 무슨 얘길 그렇게 오래 했는데?"

준호가 의심스러운 표정으로 되묻자 서연은 어깨를 으쓱하며 황당하다는 듯 답했다.

"누군지도 모르겠는데 불쑥 나타나서 친하게 지내자고 하더라고. 엄청 놀랐어."

"인기폭발이군. 곤란한데."

준호가 너스레를 떨자 서연은 눈을 흘기며 그의 팔을 꼬집어버렸다.

"아얏!"

"그런 식으로 놀리지 마."

"놀리는 거 아니야."

"뭐야, 그럼."

"나한테 향할 시선을 이 이상 더 나누는 건 사절이니까."

"부탁이야. 중2도 아니고 제발 그러지 좀 말라고. 이대로 가다간 손발이 남아나질 않을 거야. 오그라들어서."

서연이 화끈거리는 얼굴을 가리며 핀잔을 주자 준호는 소리 없이 웃음을 터뜨렸다.

"그런데 아까 전화는 뭐야? 이 시각에 비서 오빠가 전화했을 정도면 무슨 일 생긴 거 아니야?"

서연의 말이 맞았다. 직접적으로 준호에게 생긴 일은 아니었지만, 골치 아픈 일이 곧 닥칠 조짐이 보였다.

준호의 고숙인 이사장이 재단 공금을 횡령해 비자금을 조성한 정황이 포착된 모양인데, 이 일이 터지면 한동안 주변이 시끄러워질 터였다.

만약 고숙이 이사장직에서 물러난다면 그 후로 또 한 번 집안사람들끼리 아귀다툼이 벌어질 테고, 준호는 그 사이에서 또다시 끔찍한 환멸을 느끼고 싶지 않았다.

이쯤에서 그만둬버릴까. 싸움이 싫으면 아예 그 자리를 멀리하는 게 상책 아닐까.

손가락으로 미간을 문지르며 잠시 생각에 잠겨 있던 준호는 서연을 내려다봤다.

불안하게 올려다보는 얼굴을 보니 또 한 번 장난기가 도졌다.

"비서 '오빠'라니, 어감이 상당히 별로인데."

"아아, 진짜 이 인간이! 알았어! 비서 아저씨! 됐어?"

"훨씬 낫군."

준호의 계속되는 놀림에 두 손 두 발 다 들어버린 서연은 뭐라고 더 말을 하려다 말고 포기한 채 그냥 한숨을 내쉬었다.

"혹시 심각한 일은 아니지?"

아주 간단한 질문이었지만 서연의 말에 담긴 걱정이 오롯이 와닿아, 준호는 더없이 마음이 편해졌다.

"네가 걱정할 일 아니야. 신경 쓰지 마."

소나기가 내리려는지, 어디선가 습기를 머금은 미지근한 바람이 불어왔다.

천막 바깥까지 점유하고 있는 간이테이블을 정리하고 있던 과 동기가 신희를 뚫어져라 쳐다보다 물었다.

"뭐 해? 누굴 기다리기에 그렇게 두리번거려?"

"응? 내가 누굴 기다린다고? 아닌데? 전혀 아닌데?"

손을 내저으며 적극 부인하는 신희에게선 어색한 분위기가 풀 풀 풍겼다. 그녀는 거짓말을 하면 얼굴에 그대로 드러나는 스타일 이었다.

아니라는 사람 더 붙들고 늘어질 이유가 없던 친구는 웃으며 어 딘가로 가버렸고, 혼자 남은 신희는 또다시 주변을 두리번거리기 시작했다.

[고생이 많겠구나. 어쩌면 오늘 저녁에 시간이 나서 한번 들를 수 있을지도 모르겠다.]

'흐음. 안 오시네.'

겨우 문자 한 통이었다.

딱히 약속을 한 것도 아니고, 그저 빈말일 수도 있었는데 그래도 왠지 서운해지는 건 어쩔 수 없었다.

"아저씨는 바쁘신 분이니까 이런 걸로 일일이 귀찮게 굴면 안 되지. 정신 차리자, 이신희."

손바닥으로 자기 양 뺨을 찰싹찰싹 때리며 혼자 파이팅을 외친 신희는 더는 정리할 것도 없는 간이테이블을 닦으며 일부러 부산을 떨었다.

그때, 어디서 많이 보던 사람이 그녀의 눈앞을 스쳐 지나갔다.

"아……."

테이블을 닦는 손이 순간 멈칫했다.

신희와 눈이 마주친 여학생은 관현악과 바이올린 전공이었는데, 이영주와 단짝이었다. 저 애가 여기 있다는 건 영주도 근처에 있다는 뜻.

영주는 학교 행사엔 거의 참여하지 않았기에 마주칠 일이 없을 거라고 마음 놓고 있었는데, 갑자기 가슴이 덜컥 내려앉았다.

조용히 행주를 집어 들고서 자리를 피하려던 순간, 신희의 바로 옆에서 인기척이 느껴지더니 플라스틱 간이의자가 뒤로 끌려갔다.

의자 다리가 드르륵 하고 콘크리트 바닥을 긁는 소리가 더없이 소름 끼쳤다.

"여기서 뭐 하니?"

듣고 싶지 않은 소리를 꼽으라고 하면 주저 없이 1번으로 내세울 목소리가 들려오자 신희는 눈을 질끈 감고서 고개를 돌려버렸다.

"오랜만이다, 거지야."

너무 밝아서 섬뜩할 정도의 목소리에 신희의 팔뚝에 소름이 돋아났다. 예전의 일들이 하나하나씩 떠오르자 반사적으로 치가 떨렸다.

"이영주……."

"너 참 끈질기다, 이신희."

"무슨 소리야, 그게?"

"왜 학교 안 그만두니? 여기 학비 비싸잖아. 너 같은 거지가 뭐 주워 먹을 게 있다고 아직도 붙어 있어? 격 떨어지게."

턱을 괴고 올려다보며 빈정거리는 영주의 말에 신희의 안색이 눈에 띄게 창백해졌다.

입술을 깨물고서 아무 말도 못하고 있던 신희는 한참 만에야 조심스럽게 대꾸했다.

"나 지금 좀 바빠. 다음에 얘기하자."

"바쁘긴 너 따위가 뭐가 바빠, 이 거지야."

계속되는 조롱에 신희의 눈살이 찌푸려졌다.

"자꾸 그런 식으로 부르지 마."

"거지를 거지라고 하지 그럼 뭐라고 불러?"

"유치하긴. 이제 너도 좀 철들 때 되지 않았니?"

신희가 욱해서 내뱉은 말에 이번엔 영주의 눈매가 일그러졌다.

"와, 거지 너 진짜 많이 컸다? 가만. 거지 주제에 제법 오랫동안 학교 다니는 거 보니까 혹시 너……."

이어지는 영주의 말에 신희의 눈에서 불꽃이 탁 튀었다.

"어디서 물주라도 구한 거?"

행주를 쥔 신희의 손등에 힘줄이 확 돋아났다.

신희가 발끈하는 것을 본 영주의 한쪽 입꼬리가 흉하게 비틀려 올라갔다.

"남자 후리는 교육은 잘 받았니? 죽은 니 에미한테서?"

일부러 소리 내어 깔깔 웃는 영주의 태도에 신희는 너무 끔찍해 진 나머지 말문이 딱 막혀버렸다. 뭐라고 마주 대거리라도 하고 싶었지만 그럴 수가 없었다.

"더러워."

영주가 마치 씹던 껌이라도 뱉듯 토해놓은 말에 신희는 더 이상 아무 말도 하지 않은 채 입을 다물고 고개를 숙여버렸다.

준호를 보내고 나니 시간이 제법 흘러 있었다.

다급한 마음에 학내 도로를 달려오던 서연은 음대 학생회 일일 카페 플래카드가 걸려 있는 천막 앞에서 신희를 발견하고서 반갑 게 그녀의 이름을 부르려 했다.

"신희……?"

그런데 분위기가 어째 심상치 않았다.

평소 명랑하고 밝았던 신희가 아니었다. 그녀는 마치 벌이라도 받는 듯 고개를 푹 숙인 채 누군가의 앞에 서 있었다.

'무슨 일이지?'

궁금해진 서연은 조금 더 가까이 다가가보았다.

말소리가 들릴 정도로까지 다가갔건만 신희는 서연이 다가오고 있는 걸 전혀 알아채지 못할 정도로 긴장해 있었다.

그때, 신희와 마주 보고 있던 사람이 하는 말이 바람에 실려 똑똑히 들려왔다.

"하긴. 니 에미 피가 어디로 갔겠니. 보는 눈도 더러워질 것 같아서 무섭다, 정말."

그 소릴 듣는 순간 서연은 뭔가에 세게 얻어맞기라도 한 듯 멍해졌다.

"신희야!"

서연이 이름을 크게 부르자 신희는 눈을 크게 뜨고 그녀를 돌아봤다.

신희의 눈동자는 평소 그녀의 모습을 전혀 찾아볼 수 없을 정도로 불안하게 흔들렸다.

곧장 고개를 돌린 서연은 신희를 괴롭히고 있었음이 틀림없을 사람을 노려봤다.

놀랍게도 그 자리에 앉아 있던 이는 아까 우연히 마주쳤던 이영주였다.

눈꼬리가 아래로 처져 더없이 선량한 이미지를 풍기고 있는 영주였지만, 그녀와 시선이 마주치자마자 서연은 바로 알아차릴 수 있었다. 이게 지금 무슨 상황인지.

서연은 누구보다도 저런 눈동자에 익숙한 사람이었다. 타인을 아프게 하고 거기서 희열을 느끼는, 잔인한 눈동자.

분명했다. 신희는 이영주에게서 계속 괴롭힘 당하고 있었던 거다.

"신희야, 뭐 해?"

영주를 의식하고서 서연이 일부러 크게 묻자 신희는 몹시 당황해하며 쩔쩔맸다.

"서, 서연아. 그게…….."

그때, 영주가 한 박자 빠르게 끼어들어 신희의 말을 막아버렸다.

"어머, 서연아. 또 만났네."

서연은 환하게 웃으며 친한 척하는 영주를 깡그리 무시한 채 신희를 돌아보고 물었다.

"너 얼굴이 왜 그래? 무슨 일 있었어?"

면전에서 무시당했다고 생각했던지, 영주의 표정이 싸늘해졌다.

서연은 뱀처럼 차가운 눈으로 자신을 올려다보는 영주의 시선을 마주하고서 저도 모르게 마른침을 삼키고 말았다.

과거 당했던 집단따돌림은 지금까지도 의식 밑바닥에서 서연을 괴롭히고 있었다.

그때처럼 발작하고 난동부리면 또 따돌림 당하지 않을까 하는 불안감이 발작을 부추기고, 사람들 앞에서 발작하면 다시 따돌림 당할 것이고. 그건 시작도 끝도 알 수 없는 고리처럼 그녀를 옭아

매고 있는 약점이었다.

서연은 이영주의 첫인상이 왜 그렇게 안 좋았는지 이제야 깨달을 수 있었다.

눈을 보면 바로 알 수 있었다. 영주는 그때 서연을 따돌렸던 그 애들과 같은 부류라는 걸.

"서연아. 너 얘랑 친한 거 보니까 되게 착하구나? 그런데 있잖아, 내가 너 생각해서 특별히 해주는 말인데, 아무리 불쌍하다고 이런 애 거둬주면 나중에 분명 후회한다. 너 얘가 어떤 애인지 모르지?"

영주가 눈을 가늘게 뜨며 계속해서 입을 놀리는 동안 신희가 깨문 입술이 하얗게 질려갔다.

그걸 본 서연은 문득 속이 뒤틀렸다.

억울해 죽겠는데 아무 말도 못한 채 꾹꾹 참고만 있는 신희의 모습 위로 자기 과거가 겹쳤다.

왜 괴롭혀? 왜? 무슨 잘못이라도 한 거야? 아니, 백번 양보해서 잘못했다고 쳐. 잘못하면 괴롭혀도 되는 거야? 괴롭혀도 될 만큼 너희는 깨끗해?

맞닿은 어금니 사이로 뿌득 하고 마찰음이 울리자 무슨 일인지, 서연의 머릿속이 갑자기 맑아졌다. 손은 차가워지고 피는 뜨겁게 들끓었다.

명백히 흥분 상태로 영주를 깔아본 서연은 싸늘한 어조로 내뱉었다.

168

"이영주라고 했던가? 네가 이상한 애라는 건 아주 잘 알겠다."

"뭐라고?"

어디서 그런 용기가 났을까. 서연은 신희의 손을 끌어다 꽉 잡고서 영주를 노려보며 물었다.

"주문할 거야?"

"뭐?"

뜬금없는 물음에 영주가 당황해하자 서연은 재차 다그쳤다.

"지금 일일카페 하고 있는 거 안 보여? 뭐 먹으러 손님으로 온거야, 아니면 일 도와주러 온 거야? 이도 저도 다 아니면, 방해되니까…….."

서연은 손가락으로 먼 곳을 가리키며 단호하게 소리쳤다.

"가!"

"하! 뭐야, 이거?"

"얼른 가라고!"

"어이없네. 순 또라이들 둘이서…….."

당황한 영주는 얼굴을 있는 대로 붉히더니 투덜거리며 자리를 떠버렸다.

"서연아, 너…… 괜찮아?"

전혀 의외의 반응에 경악한 것은 신희뿐이 아니었다.

"어……?"

서연은 자기 스스로가 한 행동에 놀라 손을 내릴 생각도 하지 못한 채 한참이나 그렇게 굳어 서 있었다.

22
/
저마다의 사정

　은은한 재즈 선율이 흐르는 실내를 가로지르자 화려한 야경이 그림처럼 비쳐 있는 파노라마 창이 펼쳐졌다.

　창가에 앉아 담소를 나누고 있던 현성과 나미는 뒤늦게 준호를 발견하고서 각기 다른 반응을 보였다.

　현성은 반가운 표정, 나미는 몹시 당황한 듯한 얼굴이었다.

　"더 늦게 올 줄 알았더니."

　"바빠서 안 놀아주더라고요."

　씩 웃고서 자리에 앉는 준호를 건너다본 나미는 쭈뼛거리다 옆에 놓인 핸드백을 집어 들었다.

　"그럼, 나 먼저 가볼게."

　준호는 나미를 마주 보고서 담담하게 말을 건넸다.

　"혹시 나 때문이라면 굳이 그럴 필요 없어요."

　한동안 준호의 눈치를 살핀 나미가 어렵사리 물었다.

　"괜찮겠어?"

"둘이서 다 풀었다면서요."

"그래. 그렇지만 그건 어디까지나 서연이랑 나 사이의 문제고 너랑은……."

"난 서연이가 풀었으면 그걸로 됐어요."

준호는 정말로 아무렇지도 않은 듯 편안해 보였다. 마치 오늘 날씨 좋네요, 하는 듯한 어투였다.

이쪽 아픈 것에 비하면 너무 아무렇지도 않아 얄미워 죽을 것 같고 서운해서 눈물이 날 정도였지만, 나미는 아이러니하게도 준호의 그런 담백한 태도가 고마웠다. 괜스레 과장하거나 서로의 감정을 추스르다 오히려 어색해지지 않아도 됐기에 좋았다.

"그럼 나도…… 됐어."

나미가 어렵사리 한마디를 내놓자 현성이 한마디를 거들었다.

"나미 너는 그렇게 쉽게 됐다고 하면 안 될 텐데. 저지른 죄가 하도 커서."

"아아, 그래, 그래. 내가 잘못했다. 영원히 반성하면서 살겠습니다. 됐냐?"

나미가 으르렁거리자 현성은 피식 웃음을 터뜨리며 그제야 가슴을 쓸어내렸다.

"어우, 너희 싸우면 얼른 도망가려고 했는데 이제 안 가도 되겠다."

"치사한 자식."

웨이터가 잔을 가져다주자 현성은 준호에게 술을 따라주며 물었다.

"아까 그 얘긴 뭐야? 이사장님 비자금 말이야."

"들으신 대로요."

"아니 넘쳐나는 분이 뭘 또 그렇게 빼돌리셨대?"

"욕심이 끝도 없는 사람이니까요. 그 사람뿐 아니라 다들 마찬 가지죠, 뭐."

준호가 씁쓸하게 내뱉은 말에 현성은 한숨을 길게 내쉬며 덧붙였다.

"그래도 밖으로 새어나가기 전에 안에서 먼저 알아서 다행이네. 회장님은 뭐라고 하셔?"

회장님 소리에 준호의 미간이 티 나도록 좁아졌다.

"골치 아프게 됐어요."

"뭐가?"

"은근히 바라시는 것 같더라고요."

"아아, 네가 재단 쪽에 뿌리박고 나중에 이사장직 자리 맡아줬으면 하시는 거구나."

"물론 한참 나중의 일이겠지만, 싫거든요."

'싫거든요.' 대목에 이르러서는 준호의 목소리가 한 톤 높아졌다. 혐오감이 말뿐 아니라 온몸에서 느껴지고 있었다.

준호가 그룹 일에 관여하는 걸 왜 그렇게 싫어하는지 너무도 잘 알았기에 현성과 나미는 아무 말도 하지 않은 채 술만 마시고 있었다.

"당장이라도 그만두고 싶어요."

"내일 아침 출근길에 사표라도 낼 기세네."

나미가 한 말에 현성이 덧붙였다.

"흐음. 사표 내면 다른 의미로 곤란해질걸. 실은 오늘 낮에 은 사장님 만났거든."

뜬금없는 말에 준호가 빤히 건너다보자 나미가 호기심을 이기지 못하고 먼저 물었다.

"은 사장님이라면 서연이 아버님?"

"그래. 행사 끝나고 잠깐 인사 나누는데 대뜸 준호 네 얘길 물어보시더라고."

준호가 다소 놀란 눈으로 건너다보자 현성은 웃음을 터뜨리며 덧붙였다.

"야, 너 그렇게 놀란 표정 처음 본다. 별건 아니었어. 어떤 사람인지 물으시기에 멋진 녀석이라고 대답해드렸지. 고마운 줄 알아."

"헉, 서연이네 부모님 혹시 눈치 챈 거 아니야? 갑자기 준호 얘길 왜 물어보는데?"

"그러게 말이다."

그 말에 준호는 어딘지 모르게 긴장한 듯한 눈으로 현성을 바라봤다.

안주로 나온 캐슈넛을 아작아작 씹어 먹으며 나미가 덧붙였다.

"그런데 뭐, 사실 숨길 이유도 없잖아? 준호가 어디 모자란 사람도 아니고."

"그거야 그렇지. 그런데, 살짝 걱정되는 게 뭐냐면……."

짧은 한숨을 내쉰 준호는 현성이 하려다 멈춘 말을 스스로 이어 붙였다.

"그 집 가훈이 '성실'이라서요."

그 소리에 나미의 입술 사이로 장탄식이 새어나왔다.

"아이고오, 준호의 에고(Ego)하곤 백만 광년 정도 떨어진 단어네."

준호의 미간이 살짝 좁아졌다.

준호가 물려받을 재산이 얼마든, 은 사장은 그런 것 따위 전혀 신경 쓰지 않을 것이다. 하지만 당신 딸이 사귀는 놈이 회사를 그만두고 한량으로 지내는 놈이란 소리를 듣는다면 신경을 쓰겠지. 아주 많이.

준호가 생각에 잠긴 사이 현성과 나미는 무척이나 즐거운 표정으로 건배하며 자기들끼리 숙덕거렸다.

"간만에 좋은 구경하는구나."

"그러게. 처음 보네, 저 녀석 저런 모습."

동물원 원숭이 보는 듯한 두 사람의 태도에 준호의 이마에 힘줄이 불끈 돋아났다.

아무 말도 못한 채 떨떠름한 표정만 하고 있는 준호를 보며 둘은 마침내 크게 웃음을 터뜨리고 말았다.

예전 같으면 상상도 할 수 없는 일이었다.

현성은 오래전 준호의 모습을 떠올려봤다.

서연을 만난 이후로 준호는 이제야 좀 사람 같아졌다.

같은 자리에 있어도 늘 멀렸던 사이가 좁아졌고 흐릿한 안개처럼 알 수 없던 속마음도 이젠 눈에 보일 정도로 선명했다.

나미가 그렇게 오랫동안 바라면서도 이끌어내 주지 못했던 모습이었지만 그걸 서연은 너무도 짧은 시간 안에 이뤄낸 것이다.

인연이란 게 있다면 이런 모습이겠지, 분명.

같은 생각을 했던지, 나미는 아쉬움, 미안함, 만족감 같은 여러 감정들이 복잡하게 뒤섞인 목소리로 중얼거렸다.

"정말 많이 변했다, 준호."

나미를 물끄러미 건너다보던 현성이 말했다.

"너도 곧 좋은 사람 만날 수 있을 거야."

"공연히 한 대 맞기 싫으면 그딴 위로도 뭐도 아닌 소리는 집어치우자, 응?"

나미가 이를 악물고 내뱉은 말에 현성은 사람 좋은 웃음을 보이며 뒤로 물러났다.

그의 빈 잔에다 술을 따라주며 나미가 물었다.

"그나저나 강현성 너는 뭔데?"

"내가 뭘."

"사귀는 사람 정말 없어? 우리한테 숨기는 거 아니고?"

"숨길 이유가 뭐 있는데?"

준호와 나미의 눈이 현성에게로 집중됐다.

현성이 의아한 표정을 짓자 나미는 답답하다는 듯 덧붙였다.

"너 혹시, 신희랑……."

미처 말이 끝나기도 전 현성이 헛웃음을 흘렸다.

"뭐? 여기서 걔 얘기가 왜 나오는데?"

"정말 아무 사이도 아니야?"

"당연하지. 도둑놈도 아니고 그렇게 어린애를……."

말을 하다 뒤늦게 뭔가를 깨달은 현성이 입을 다물자 준호는 섬뜩할 정도로 환한 미소를 보이며 내뱉었다.

"괜찮아요. 인정할 테니까 절도죄로 경찰에 신고하세요."

"그런 뜻은 아니었어. 미안하다. 아무튼, 신희랑은 그런 사이 아니니까 오해하지 마."

현성이 진지하게 못을 박자 나미는 호기심 가득한 눈을 하고 물었다.

"그런데 학비도 대주고 계속 도와주고 있잖아. 보통 사내놈들은 관심 없는 여자한텐 지갑 안 연다고 하지 않나?"

"인마, 그런 거랑은 다르지!"

"뭐가 다른데?"

"힘들게 공부하는 학생 지원해주는 거랑 그런 거랑 어떻게 비교를 해?"

정말로 기분 상한 듯 현성이 인상을 찌푸리자 나미는 손을 내저으며 사과했다.

"아아, 미안, 미안. 그런데…… 접점이라곤 통 없어 보이는데,

너희 어떻게 만난 거니?"

비실비실 걸어간 서연은 천막에서 한참이나 떨어진 곳의 가로수 아래에 풀썩 주저앉았다.

"괜찮아, 서연아?"

"어어? 응. 괜찮은 것 같아. 아마도."

서연에게 있어서 이렇게까지 순수한 분노를 남에게 그대로 표출한 건 처음 있는 일이었다.

그건 아마도 당하고 있던 사람이 신희였기 때문이었을 것이다.

언제나 힘을 주고 서연의 편이 되어 주었던 신희였는데, 그녀가 그렇게 무기력하게 당하고만 있는 걸 보니 너무나 화가 났다.

신희는 서연의 곁에 털썩 자리를 깔고 앉아 조심스럽게 사과했다.

"미안해, 서연아."

사과할 필요 없는 일에도 일일이 사과하는 건 신희의 버릇이다. 서연은 그걸 잘 알고 있음에도 참을 수가 없었다.

"네가 미안하긴 뭐가 미안한데!"

"괜히 너까지 말려들게 해서……."

"아니, 그 계집앤 도대체 뭐야? 너 걔한테 책잡힌 거라도 있어?"

다리에 힘이 풀려 길바닥에 퍼질러 앉은 주제에 서연은 제법 앙칼지게 묻고 있었다.

　그 속마음이 어떤지 알 것 같아 신희는 너무나 고맙고 든든했다.

　그래서 현성 외엔 아무에게도 하지 않았던 자기 이야기를 서연의 앞에 담담히 풀어놓기 시작했다.

　"잘못이라면 내가 태어난 게 잘못이랄까. 이영주는…… 내 배다른 자매야."

　"뭐……?"

　전혀 예상치 못했던 말에 서연의 눈이 휘둥그레졌다.

　지금까지 신희에게서 부모님 얘기가 한 번도 나오질 않았기에 서연은 신희에게 부모가 없는 줄 알았었다.

　"조금 전에 쟤가 자기 외동딸이고 아버지가 무슨 건설사 사장이라고……."

　앞뒤가 안 맞는 상황을 서연은 도무지 이해할 수가 없었다.

　"나는 아버지의 외도로 생긴 사생아야. 엄마는 태어난 아이를 아버지 호적에 올리지 않는 조건으로 양육비를 받아 나를 키웠는데, 그 돈마저도 초등학교 때 엄마 돌아가시고 끊겼어. 이후론 외할머니한테 가서 살다가 중학교 1학년 때 외할머니도 돌아가시고……. 고만고만한 사정의 친척들 집 전전하는 것도 하루 이틀이지, 너무 힘들어서 아버지한테 찾아갔었어."

　예상치 못했던 말에 서연은 입을 딱 벌리고 신희의 이야기를 듣고만 있었다.

　"처음부터, 같이 살 생각은 추호도 없었어. 그저 고등학교 졸업

할 때까지 최소한의 지원만이라도 부탁드리고 싶었던 건데……."

"설마…… 거절당했던 거야?"

서연의 물음에 신희는 어깨를 으쓱하며 어색한 미소를 보이더니 말을 이었다.

"거절당한 정도가 아니었지. 초인종을 누른 후 안에서 누가 나오길 기다리고 있는데, 내 또래 여자애가 대문 밖으로 뛰어나오더라. 손에 길쭉한 막대기 같은 걸 들고 있었는데, 그게 골프채라는 건 나중에 알았어."

무슨 일이 있었는지 눈치 챈 서연의 몸에 소름이 좌악 돋았다.

습관적으로 앞머리를 쓸어 올리는 신희의 이마 위쪽에 선명한 흉터가 남아 있었다.

"병원에서 상처를 다 꿰매기도 전에 금세 통장으로 돈이 입금됐어. 걱정 없이 학교 졸업할 수 있겠구나 생각하니 아프고 화나고 그런 건 다 참아지더라. 이후로도 아버지는 다달이 생활비를 입금해주셨어. 딱 고등학교 졸업할 때까지."

힘든 일을 떠올려서인지, 신희의 인상이 굳었다.

한 템포 쉬며 감정을 추스른 그녀는 다시 한 번 담담하게 말을 이어갔다.

"피아노는 중학교 때부터 쳤었어. 음악선생님 권유로 시작했었는데 치면 칠수록 너무 좋아서…… 선생님이 소개해주신 동네 피아노교습소에서 정말 악착같이 달라붙어서 배우고 연습했는데, 전공을 하려고 하니 한계에 부딪친 거야. 돈이 너무 많이 드는 걸 알면서도 도저히 포기할 수가 없더라. 그래서 유명하다는 레슨 선생님한테 찾아가서 무작정 연습실 청소를 했어. 돈도 받지 않고 정말 열심히, 선생님이 나를 봐줄 때까지 온갖 잡일을 다 했어.”

“세상에…….”

“정확히 한 달째 되던 날, 받아들여주시더라. 청소와 잡일을 하는 대신 레슨을 무상으로 받기로 하고, 그렇게 열심히 매달려서 결국 우리 학교 입시를 통과했지. 얼마나 고맙고 자랑스러웠는지 몰라.”

신희가 항상 존경스럽다고 느껴왔던 서연이었지만, 자세한 얘기를 듣고 보니 그냥 존경스러운 정도가 아니었다.

그런데, 의기양양하게 눈을 빛내던 신희의 태도가 한풀 꺾였다.

“진짜 큰 문제는 거기서 터졌어. 당장 입학금이랑 등록금을 내야 학교를 다닐 텐데 수중에 돈이 한 푼도 없었어. 찾아가서 등록금 얘기를 꺼내지도 못했던 건 이영주가 여기 관현악과에 붙은 걸 뒤늦게 알았기 때문이었어. 아버진 사이 안 좋은 당신 딸들이 같은 학교 다니는 걸 원치 않았는지, 역시나 생활비도 그때 딱 끊겼어. 살던 방을 빼고 보증금을 받아도 등록금이 딱 오십만 원이 부족한 거야. 막막해서 견딜 수가 없었어.”

“아…….”

“막무가내로 아무 데나 찾아가서 아르바이트 채용해달라고 조르고 오십만 원 가불을 부탁했지만, 생판 모르는 애, 그것도 미성년자한테 그런 걸 해줄 사람이 어딨겠니. 그때, 우연히 아저씨를 만났어."

"그런 사정이 있었다니…….

신희는 샐쭉 웃으며 명랑하게 말을 이었다.

"사정을 다 들으신 아저씨는 선뜻 학비를 다 내주셨어. 그리고 열심히 하라면서 이것저것 살뜰하게 돌봐주고 후원해주셨지. 나중에 성공해서 갚으면 된다고. 정말, 말로 표현할 수 없을 만큼 고마운 분이야."

서연 역시 고마웠다. 그저 준호의 무뚝뚝하고 사무적인 지인 정도로만 알고 있던 현성이 그런 사람이었을 줄이야.

"그렇게 학교에 입학한 지 일주일째 되던 날 밤. 환영회 끝나고 기분 좋게 돌아가던 길, 자취방에 앞에서 누군가가 기다리고 있었어. 영주였어."

갑자기 화제가 바뀌자 서연은 불안한 눈으로 신희를 바라봤다.

"자기 엿 먹으라고 같은 학교 입학한 거냐면서, 정말 미친 애처럼 소리를 지르는 거야. 그래서 아니라고 하다 나도 화가 치밀어서 조금 다투었어. 말다툼이 격해지던 중에 또…….

"또?"

"단순한 실수로 그런 건지 아니면 고의로 그런 건지는 지금도 모르겠어. 걔가 휘두른 바이올린케이스에 잘못 맞아서 갈빗대가 부러지는 바람에 한 달이나 입원을 했지 뭐니."

신희는 어이없다는 듯 웃었지만 서연은 도저히 웃을 수가 없었다.

"그리고 나니 아주 지긋지긋해서 더는 얽히기 싫더라. 그래서 계속 피해 다니다 보니까 이젠 익숙해졌다고나 할까."

"뭐……라고?"

"익숙하니까 괜찮아."

서연의 얼굴이 일그러졌다.

"익숙하다고? 익숙하면 안 되잖아! 네 잘못도 아닌데 왜 못 대들고 당하고만 있어? 바보니?"

서연은 자기도 모르게 큰 목소리로 신희를 나무라고서 도리어 미안해졌다.

왜 당하고 있는지는 그녀가 제일 잘 알고 있었다.

무기력해진 거다.

계속 당하다 보면, 아, 나는 당해야 하는구나 하고 무기력해져서 아무것도 할 수 없게 돼버리는 거다. 조개처럼 껍데기를 굳게 닫고 숨은 채 누군가 손 내밀어줬으면 하고 바라지만, 손 내밀어주는 사람이 없으니 그대로 숨죽이고 점점 더 무기력해지다가 결국 망가지는 거다.

서연은 너무도 잘 알고 있었다. 그게 얼마나 잔인한 과정인지.

"내가! 내가 저 계집애 다시는 너 못 괴롭히게 할 거야! 정말로!"

"서연아……."

신희는 놀란 표정으로 서연을 건너다봤다.

씩씩거리던 서연은 뒤늦게 얼굴이 새빨개진 채 부끄러워했고, 한참 동안이나 멍하니 그녀를 쳐다보던 신희는 마침내 피식 웃음을 터뜨렸다.

"고마워. 아저씨에 이어서 서연이까지. 주변에 든든한 사람이 이렇게 둘씩이나 있어서 너무 좋다. 난 정말 행운아인 것 같아."

"어느 동네 행운아가 그렇게 만날 두들겨 맞고 다닌다니?"

다소 흥분이 가라앉은 서연은 신희의 말에 조금 전의 자신을 돌아봤다.

어쩌면 그건 서연이 자기 스스로에게 하고 싶었던 말이었을지도 몰랐다.

신희에게 투영된 자신의 과거 모습에다 바락바락 소리를 지르며 카타르시스를 느낀 것이다.

어쩌면 서연은 그 사이 많이 달라졌는지도 몰랐다. 더는 과거의 외롭고 억눌렸던 날들 따위 곱씹지 않아도 된다는 생각에 용기가 난 것일 수도 있었다.

"아무튼, 한 번만 더 너한테 그딴 짓 하면 진짜 내가 가만 안 둘 거야! 두고 봐!"

주먹까지 쥐고 흔들어 보일 정도로 서연은 대단한 기세를 보였지만, 신희는 다 안다는 듯 끝까지 웃기만 할 뿐이었다.

"잘 먹었습니다!"

밥을 두 그릇이나 비운 신희가 공손하게 인사하자 한 여사는 환하게 웃으며 디저트를 챙겨주었다.

"신희는 사과 좋아한다며?"

"앗, 어떻게 아셨어요?"

"서연이가 네 얘길 하도 많이 해서 귀가 아플 정도야."

예쁘게 깎여 접시 위에 가지런히 놓인 사과를 내려다보던 신희
는 식탁 건너편의 서연을 보고 활짝 웃었다.

"엄마는! 제가 언제 그렇게 말을 많이 했다고."

얼굴이 새빨개진 서연은 괜스레 툴툴거리며 부끄러워했다.

"초대해주셔서 감사해요, 어머님. 정말 너무 맛있게 잘 먹었어
요. 완전 요리사 같으세요!"

"그렇게 말해주니 내가 더 고맙구나."

일주일쯤 전, 한 여사는 서연에게 뜬금없이 신희를 집에 초대하
라고 했다. 딸의 가장 친한 친구니 밥 한 끼 해서 먹이고 싶다는 뜻
으로.

이야기를 들은 신희는 토요일 오전 흔쾌히 서연의 집으로 놀러
왔고, 황송할 정도의 진수성찬 집밥을 대접받았다.

따로 말은 안 했지만, 사실 한 여사는 이 한 끼의 식사를 차리기
위해 어젯밤부터 분주했었다. 급한 일이 있어 회사에 출근한 은
사장 역시 아침까지도 신경을 쓰는 눈치였다.

"종일 놀고 가면 좋겠지만, 1시에 수업이 있다고 했지?"

"네."

"아줌마가 태워다 줄게."

한 여사의 세심한 배려에 신희는 무척 감동한 듯 얼굴을 새빨갛게 물들이며 손을 내저었다.

"아니에요. 괜찮아요. 제가 알아서 갈게요, 신경 써주셔서 고맙습니다."

담소를 나누며 식사하다 보니 어느덧 시간이 꽤 흘러 있었다.

접시에 남은 사과 한 조각을 마저 입에 넣은 신희는 아쉬운 표정으로 자리에서 일어났다.

"가게?"

서연 역시 아쉬운 듯 묻자 신희는 미안한 표정을 하고서 백팩을 집어 들었다.

"이따 끝나면 전화할게."

"그래."

서연이 배웅을 나서는데 한 여사가 뭔가를 들고서 다급하게 뒤따라왔다.

"신희야, 잠깐. 이것 들고 가렴."

제법 묵직한 쇼핑백을 건네받은 신희가 눈을 동그랗게 뜨고 물었다.

"이게 뭔가요?"

"별건 아니고, 반찬 몇 가지 쌌단다. 아이스팩 넣어놓긴 했지만 요즘 날이 따뜻해서 혹시 변할지도 모르니까 수업 끝나면 바로 냉장고에 넣어라. 식혜는 꽁꽁 얼려놨으니 괜찮을 거야."

"세상에……, 고맙습니다."

"솜씨는 없지만 가끔 반찬 만들어서 서연이 편에 보내줄 테니 바빠도 끼니 거르지 말고, 언제든지 놀러 오렴."

놀라고 고마운 마음에 어쩔 줄을 몰라 하던 신희는 몇 번이나 꾸벅꾸벅 인사하고서야 서연의 집을 떠났다.

대문 앞까지 나가 신희를 배웅하고 돌아온 서연은 주방 입구에 서서 한 여사의 뒷모습을 물끄러미 바라봤다.

준호에 이어 신희의 부모에 대한 이야기를 접한 서연은 다소 충격을 받았었다.

그들이 그녀가 아는 부모의 모습과는 전혀 달랐기 때문이었다.

한 여사와 은 사장의 모습은 언제나 한결같았다. 딸 걱정에 자나 깨나 맘 졸이던, 그리고 돌아보면 언제나 그 자리에서 지켜보고 있던, 그런 모습들 말이다.

시간이 지나고 모든 걸 한 발짝 떨어져 볼 수 있게 되자 그제야 깨달을 수 있었다.

준호가 넘어진 서연을 일으킨 존재라면, 부모님은 넘어진 그녀가 다치지 않도록 줄곧 감싸주고 받쳐준 존재였다는 걸.

"엄마."

조리대 앞에서 여전히 분주하게 손을 놀리며, 한 여사는 아직까지도 신희 생각을 하고 있었다.

"음식이 신희 입맛에 맞았는지 모르겠구나."

"원래도 잘 먹는 애였지만, 이렇게까지 많이 먹는 거 처음 봤어요. 걱정 마세요."

"어머, 이런. 잡채를 깜박 잊고 안 넣었네. 아까 보니까 잘 먹던데."

한 여사는 평소와는 달리 무척이나 들떠 있었다.

그녀가 그렇게 즐겁고 행복한 이유를 희미하게나마 알 것 같아서, 서연은 주책없이 눈물이 솟았다.

한 여사의 등 뒤로 다가간 서연은 그녀의 허리를 껴안고 조용히 속삭였다.

"엄마. 고마워요."

그 일이 있던 이후 친구라곤 전혀 없었기에, 서연은 집에 누군가를 데려와 함께 수다를 떨거나 밥을 먹는다거나 했던 일이 전혀 없었다.

남들은 아무렇지도 않게 하는, 아니 오히려 귀찮게 여길 수도 있는 그런 일상적인 일조차 엄마에겐 설레고 즐거운 일이라니, 너무나 서글프고 미안해졌다.

"무슨 소리야. 엄마가 고맙지."

"엄마."

애교라곤 전혀 없던 서연이 등에다 얼굴을 비비며 달라붙자 한 여사는 한참이나 감동을 음미하는 듯 미동도 없었다.

"서연아. 엄만 요즘 세상을 다 얻은 것 같아."

"으으, 오글오글."

서연이 너스레를 떨며 농담까지 던지자 한 여사는 가볍게 웃음을 터뜨리다 보이지 않게 손등으로 눈가를 찍어내고서 다시 손을 놀리기 시작했다.

"뭐 하세요?"

"조금 이따 나간다고 했지? 일부러 좀 넉넉하게 했으니 이건 나중에 우진 학생 가져다줘라. 그리고…….."

한 여사는 커다란 찬합에다 반찬들을 또 옮겨 담고 있었다.

"뭐가 또 있어요? 이건 누구 줄 거예요?"

"외국생활이 길었다지? 잘 먹을지 모르겠네. 일단 매운 건 안 넣었는데, 특별히 좋아하는 반찬 있으면 나중에 귀띔해줘. 엄마가 만들어줄게."

예상치 못했던 말에 서연의 눈이 휘둥그레졌다.

"무슨……?"

당황한 서연이 뭔가 물으려던 찰나, 주방 입구에서 인기척이 났다.

"사모님, 저건 어디다 치워놓을까요?"

"아유, 이놈의 정신머리. 차에다 옮겨놓는다는 걸 깜박했네요."

"차 키 주시면 제가 넣어두고 올게요."

"아니에요. 괜찮아요. 무거운데, 내가 갈게요."

주거니 받거니 하며 두 사람이 주방을 나가자, 서연은 푸짐하게 채우다 만 반찬통을 내려다보다 한 박자 늦게 얼굴을 확 붉혔다.

준호의 집에 들어갔을 때 서연은 드물게 놀랐다.

항상 깔끔했던 그의 집 안은 엉망이었다.

아무렇게나 벗어 던져놓은 옷가지들과 정리 안 된 물건들이 바닥에 널브러져 있었고, 온 방 안엔 달큼한 냄새가 진동을 하고 있었다. 술 냄새였다.

침대로 다가가 내려다보니 그는 평소처럼 웃통을 다 벗고 이불도 덮지 않은 채 깊이 잠들어 있었다.

"밤에 할아버지 댁 다녀온다더니, 무슨 일 있었나……?"

그러고 보니 어젯밤, 자정을 넘긴 시각에 준호에게서 전화가 걸려왔다. 평소 그렇게 늦은 시각에 전화가 오는 건 드문 일이었기에 이상하다 생각은 했었지만, 목소리도 대화 내용도 평소와는 전혀 다른 점이 없었기에 전혀 신경 쓰지 않았는데.

하지만 지금 와서 보니 전화를 끊기 직전 의심스러운 면이 있었던 것도 같다.

주문이라도 외듯 계속해서 서연의 이름을 부르는 것이, 꼭 그녀가 실재한다는 걸 확인하려는 것 같아 보이기까지 했었다.

준호가 괴짜 같은 행동을 하는 것이야 하루 이틀이 아니었기에 별로 대수롭지 않게 여기고 넘어갔었지만, 이렇게 엉망으로 취한 채 사람이 온 줄도 모르고 곯아떨어져 있는 걸 보니 무슨 일이 있긴 한 모양이다.

서연은 무릎을 바닥에 대고 앉아 가만히 그의 얼굴을 관찰했다.

사람이 어떻게 한결같을 수가 있겠냐마는, 준호를 보고 있으면 항상 가슴이 두근거렸다. 괜스레 수줍어지고 설레고, 어떨 땐 그 정도가 심해 긴장감마저 느껴질 때도 있을 정도였다.

하지만 그렇다고 해서 그런 느낌이 싫은 건 아니었다. 매번 새로 만나는 사람인 것 같아 오히려 더 좋은 점도 있었다.

편안함이 계속되어 언젠가 이런 설렘이 사라질지 몰라도, 그땐 또 다른 감정이 기다리고 있겠지. 언제까지고, 언제까지고 함께할 테니까.

다시 한 번 준호를 돌아본 서연은 자리에서 일어나 비장한 얼굴로 손을 풀었다.

"일어나면 깜짝 놀라게 해줘야지."

「네놈 짓이지? 네놈이 나를 끌어내리려고 없는 말을 지어서 한 거지?」

놀부가 울고 갈 정도로 욕심이 덕지덕지 붙은 이사장의 얼굴 근육이 실룩거리자 그렇게 흉할 수가 없었다.

「무슨 말 같지도 않은 소릴 하세요?」

「말 같은지 아닌지는 나중에 캐보면 안다. 나를 밀어내고 내 자리를 차지하려는 네 음흉한 속내를 내가 모를 줄 알고?」

「그러니까 말 같지도 않다는 거예요. 시시한 고모부 자리 따위, 차지하고 싶은 생각 요만큼도 없다고 몇 번 말씀드렸어요?」

「이런 시건방진 자식이!」

철썩 하는 소리와 함께 눈앞에서 불이 번쩍했다.

뒤늦게 응접실에 들어왔다 그 광경을 목격한 최 회장이 대노해 펄펄 날뛰며 이사장과 목소리를 높이는 동안, 그리고 이사장이 주변인들의 제지에도 발악을 하며 다시 준호에게 덤벼들어 붙들고 늘어지는 동안.

준호는 금세 벌겋게 부어오른 뺨을 감싸 쥐고서 무표정하게 서 있기만 했다.

모든 것이 예전과 똑같았다. 변한 거라곤 하나도 없었다.

달라진 건 그때보다 키가 훌쩍 자란 자신과 예전엔 없던 주름들을 달고 있는 저 돼지들의 겉모습뿐.

「아무 짝에도 쓸모없는 녀석! 눈곱만치도 필요치 않은 자식! 아무도 원하지 않는, 너란 놈은 딱 그런 놈이야, 알아?」

역시, 변한 거라곤 전혀 없다니까. 거짓말처럼 하나도.

어디선가 낯선 냄새가 났다.

전혀 맡아본 적 없는, 아주 의심스러운 냄새.

"으음."

천근만근인 눈꺼풀에다 바짝 힘을 주고서 눈을 뜬 준호는 주변을 둘러봤다.

본가에 들렀다 돌아온 뒤 혼자서 술을 마신 것까지는 기억이 나는데, 이후 일이 가물가물했다.

사이드테이블 위의 디지털시계가 오후 3시를 가리키고 있었다.

"일어났어?"

숙취와 현실 사이의 어딘가를 헤매고 있던 정신이 서연의 목소리에 돌아왔다.

"으음. 언제 왔어?"

"한 시간쯤 전에."

"왔으면 깨우지."

"하도 곤히 자기에."

몸을 일으킨 준호는 깨질 듯한 머리를 흔들었다.

"이것 좀 마셔봐. 꿀물이야."

서연이 타준 꿀물은 지나치게 진하고 달았다. 그냥 꿀 아닌가 싶을 정도로.

"고마워."

몇 모금을 더 마시고 컵을 내려둔 준호는 주방 쪽을 바라봤다.

"뭐 하고 있었어?"

준호의 시선을 따라 고개를 돌린 서연은 어깨를 으쓱하며 답했다.

"아아, 아무것도 안 먹었을 것 같아서 죽을 좀 끓여봤어."

"네가?"

"그럼 나 말고 누가 해?"

"음. 그러네."

서연은 한참이나 할 말이 있는 듯한 눈으로 준호를 내려다봤지만 끝까지 아무 말도 하지 않고서 손을 내밀었다.

준호는 서연의 작고 보드라운 손을 가만히 바라보고 있다가 한 박자 늦게 손을 맞잡았다.

그가 손가락 사이사이에다 자기 손가락을 깍지 끼워 넣자 그녀는 온몸에 힘을 주고서 그의 손을 잡아끌었다.

"영차."

줄다리기라도 하듯 힘껏 잡아당기는 힘에 준호는 피식 웃으며 침대에서 일어났다. 별것도 아닌 장난에 괜스레 애틋한 기분마저 들었다.

"씻고 와. 밥 차려줄게."

"내가 알아서 차려 먹을 테니 놔둬."

"아니야, 나 만날 오빠가 차려주는 밥만 먹고 갔잖아. 이번엔 내가 해줄게."

손을 잡아끌어 욕실 문 앞까지 간 서연은 기어코 그를 안에다 밀어 넣고서 의기양양하게 소리쳤다.

"잔뜩 기대하라고, 나의 요리 솜씨를!"

그렇게 의기양양하게 소리쳤을 때부터 알아봤어야 했는데.

"이게…… 뭐지?"

"전복죽."

전복죽이라고 하기엔 뭔가 모양부터 색깔, 냄새와 질감까지 어느 것 하나 빠지는 곳 없이 수상한 음식이었다.

"흐물흐물한 오이……가 들어 있는데."

"오이는 몸에 좋아."

"그건 나도 알아."

준호는 더 이상 아무 말도 하지 않은 채 그냥 입을 다물어버렸다.

"실은 그냥 쌀죽 끓이려다가 전복장이 맛있기에 좀 썰어 넣었어. 넣다 보니 뭔가 채소도 좀 들어가면 좋을 것 같아서 오이랑, 냉장고에 샐러리 있기에 그것도 좀 넣고……, 약간 퓨전 풍이긴 한데 맛은 그럭저럭 괜찮을 거야."

혹시 네가 아는 퓨전과 내가 아는 퓨전의 뜻이 완전히 다른 건 아닐까 하는 생각이 잠시 준호의 머릿속을 스쳐 지나갔다.

"잠깐. '맛은 그럭저럭 괜찮을 거야.'라고? 만들면서 맛도 안 봤어?"

"응. 별로 맛보고 싶지 않아서. 어서 먹어봐."

"으음."

준호는 떨리는 손으로 한 숟갈을 떠 입에 넣었다.

맛이야 말할 것도 없었다. 딱 예상했던 그 맛이었다.

"어때? 먹을 만하지?"

초롱초롱한 눈으로 건너다보는 서연을 외면할 수 없었던 준호는 한참 만에야 입 안의 그것을 목울대 너머로 넘기고서 가까스로 답했다.

"맛……있네."

"와아, 정말?"

"응."

어차피 위에서 섞이면 다 똑같은 건데 맛이 뭐 그리 중요하겠나.
준호는 애써 자신을 달래며 텁텁한 입맛을 없애기 위해 찬합의 나
물무침을 집어 입에다 넣었다.

"반찬은 어디서 난 거야?"

미칠 듯이 수상한 죽과는 정반대로, 반찬 쪽은 또 진수성찬이었
다.

"아⋯⋯, 엄마가."

전혀 예상치 못했던 말에 준호는 씹던 동작을 멈추었다.

"저기. 아무래도 우리 부모님, 나 애인 생긴 거 눈치 채셨나 봐.
그리고 이건 내 느낌이지만, 누군지도 아시는 것 같아."

그 소리에 준호의 눈썹이 움찔했다.

한동안 할 말을 정리하려는 듯 생각에 잠겨 있던 서연이 조심스
럽게 덧붙였다.

"그래서 이제 슬슬 말씀드리려고."

"괜찮겠어?"

준호가 던진 의외의 질문에 서연은 눈을 동그랗게 떴다.

"무슨 뜻이야?"

"넌 아직 학생이잖아. 탐탁지 않아 하실 것 같은데."

서연은 준호의 손등 위에다 자기 손을 덮고서 조심스럽게 덧붙
였다.

"계속 이어진 길을 손 꼭 잡고 걷는 거랑 마찬가지라고 생각하거
든. 지나온 길에 뭐가 있든, 그리고 가는 길에 또 뭐가 있든, 어차

피 같이 가는 건 안 변할 거니까. 그걸 누군가에게서 정식으로 인정받는 것도 괜찮겠지, 하는 생각이 문득 들었어. 그래서 부모님한테 제대로, 자랑스럽게 말씀드리고 싶어."

"계속 이어진 길이라……."

준호는 한 여사가 싸서 보냈다던 반찬을 곁들여, 그 괴이하기 짝이 없는 서연의 죽을 한 그릇 깨끗이 비웠다.

그리고 무척 만족스러운 표정으로 랩톱 앞까지 간 준호는 새벽 술김에 쓰다 만 사직서를 깨끗이 지워버렸다.

새하얀 화면엔 커서 하나만이 규칙적으로 깜박거리고 있었다.

늘 보던 커서인데 새삼스러웠다. 마치 심장이 뛰는 모습을 보는 것 같은 기분이었다.

여전히 바뀐 게 없다고 생각했다. 그러나 그건 그들에게나 해당되는 것일 뿐, 준호 쪽은 전혀 그렇지 않았다.

"뭐 해, 오빠?"

등 뒤로 다가온 서연을 올려다본 준호는 안경을 벗고서 툭 내뱉었다.

"기다리는 중."

"뭘?"

준호가 눈을 감고서 속삭였다.

"키스."

서연은 황당하다는 듯 픽 웃어버렸지만 준호는 알고 있었다.

예상했던 대로, 다가온 서연의 입술은 아주 뜨겁고 달콤했다.

그녀는 새까만 것들이 잔뜩 엉겨 있던 그의 마음속을 깨끗이 지
워주고 있었다. 쓰다 지워버린 사직서처럼.

23
/
시선

단대건물 앞 계단에 앉아 수다를 떨던 중, 서연이 내놓은 말에 신희와 우진의 눈이 휘둥그레졌다.

"전에 왜, 교수님 심부름으로 재단에 서류 전하러 갔었잖아. 그때 교수님 지인 분이 연락이 안 되기에 그 서류를 오빠한테 맡겼었거든. 그게 교수님 귀에까지 들어갔었나 봐. 교수님이랑 우리 엄마랑 고교 동창이라."

"겨우 그 정도로 알아채신 거라고? 촉이 거의 국보급이신데?"

우진이 눈을 동그랗게 뜨고 끼어들자 서연이 어깨를 으쓱하며 덧붙였다.

"그것만 가지고 확신은 못하셨겠죠. 얼마 전에 전화기를 방에다 놔두고 와서 엄마가 가져다주신 적 있었는데, 나중에 보니까 오빠가 전화를 몇 번 걸었더라고요. 부재중 통화에 '준호 오빠' 돼 있으니까……."

"용의자가 범인으로 확정됐구먼."

"그래서?"

잠시 뜸을 들인 서연이 조그맣게 대답했다.

"며칠 전에, 오빠가 우리 집에 와서 부모님께 정식으로 인사드렸어."

"크으, 그럼 이제 국수 먹는 건가."

"뜬금없이 무슨 국수 얘기가 나와요?"

"수순이잖아. 아니, 아니, 그런데 잠깐. 아무리 생각해도 좀 갑작스러운데, 너희 혹시 속도위반 같은 거나 그런……?"

미처 말도 다 끝나기 전, 서연의 손바닥이 풀스윙으로 우진의 등짝에 가 꽂혔다. 차진 마찰음과 함께 우진의 입술 사이로 우스꽝스러운 신음이 새어나왔다.

"캐핵!"

"말 그대로 부모님께 인사드리러 간 거라니까요. 인사."

신희가 호기심 가득한 얼굴을 하고 끼어들어 물었다.

"그래서 어떻게 됐어?"

"어떻게 되긴 뭘 어떻게 돼. 그냥 그랬지, 뭐."

"예비 장모님은 난 이 결혼 반댈세, 하고 예비 장인어른은 밥상을 엎고 뭐 그런?"

더 이상 못 참겠던지 눈을 쭉 찢고 우진을 노려본 서연이 이를 악물고 물었다.

"신희야, 나 이 인간 딱 한 번만 걷어차도 될까?"

"아서라. 걷어차도 꿈쩍이나 하겠니."

약 올라 미치려 하는 서연과 한심한 듯 바라보는 신희를 번갈아 보며 우진은 기분 좋게 웃으며 덧붙였다.

"이렇게 아무렇지도 않게 와서 얘기하는 것 보니까 분위기 되게 좋았던 것 같은데? 아니야?"

"아……."

이제 와 보니 우진의 얼굴 한구석이 어딘지 모르게 애잔해 보였다.

그가 일부러 크게 웃고 실없는 소릴 하는 이유를 희미하게나마 알 것 같았던 서연은 약간 미안해져 또다시 대답을 얼버무리고 말았다.

"그, 그냥 그랬다니까요."

말이야 그랬지만, 한마디로 그냥 그랬다고 넘어갈 수준은 아니었다.

평소보다 훨씬 더 신경 써서 차려입은 준호는 집 앞에서 몇 번이고 머리를 매만지고 안경을 고쳐 쓰며, 평소 느긋했던 태도와는 전혀 다른 모습을 보였다. 어울리지 않게 긴장한 기색이 역력했다.

그런 그를 보며 서연은 '쫄보'라며 놀렸지만, 정작 그녀는 자기 스커트가 120도 돌아가 있다는 걸 전혀 눈치 채지 못했을 정도로 더 바짝 쫄아 있었다.

그렇게 함께 긴장하며 안으로 들어갔건만, 은 사장 내외는 의외로 편안하게 그들을 맞아주었다. 조금 전까지 바짝 긴장했던 게 우스울 정도로 말이다.

이야기는 거의 대부분 은 사장이 준호에게 이런저런 것들을 묻고 준호가 대답하는 쪽으로 흘러갔다. 다행히 중간중간 한 여사가 무슨 취조하시냐며 핀잔을 주어서 그리 심각해지진 않았었고.

다과를 즐기며 그렇게 한 시간 정도 담소를 나눈 후 준호는 자리를 떴다.

한 여사가 준호가 선물로 들고 온 꽃을 거실에서 가장 잘 보이는 곳에 꽂아두는 사이, 은 사장은 준호를 배웅하러 굳이 대문 앞까지 따라나섰다.

그때 은 사장이 '내 딸 눈에서 눈물 뽑으면 내가 직접 자네를 지옥 입구로 끌고 가겠다.'는 희대의 발언을 한 건 나중에 준호에게서 전해 들을 수 있었다.

평소 그런 말을 할 은 사장이 전혀 아니었기에 서연은 몹시 당황해 준호에게 사과했지만, 준호는 오히려 그 말을 들었을 때 기분이 좋았다고 했다. 이렇게 사랑받고 자란 여자구나 싶어서 뿌듯했다고 했다.

훈훈했던 기분은 이어진 신희의 질문에 다소 가라앉았다.

"그럼 이제 너도 이사님 집에 인사드리러 가야겠네?"

"아……, 아마도."

"오올. 수성그룹 회장님 알현인가. 뭔가 드라마 보는 듯한 기분."

우진이 중얼거리자 서연은 나지막이 한숨을 내쉬며 한탄했다.

"좀 무서워. 얘기 들어보니까 집안 친척들 기 싸움 장난 아니던데."

"이사님이 잘 막아주시겠지."

"그렇겠지만 그래도 역시⋯⋯. 음?"

그때, 멀리서 누군가가 이쪽을 똑바로 바라보는 시선이 느껴졌다.

"서연아, 갑자기 왜 그래?"

느낌이 이상했다. 분명히 누군가가 지켜보고 있는 것 같았는데.

"아, 아무것도 아니야. 착각했나 봐."

시계를 본 서연은 자리에서 일어나 옷을 툭툭 털었다.

"어? 우리 같이 저녁 먹는 거 아니었어? 어디 가?"

의아한 표정의 우진을 내려다본 서연은 한동안 우물쭈물하다 미안한 듯 조그맣게 대답했다.

"오빠가 오늘 좀 일찍 퇴근한다고 영화 보자고⋯⋯."

그 소리에 우진이 두 손으로 얼굴을 확 가리더니 신희의 품으로 파고들었다.

"아이고, 아이고, 못 살겠다! 저것이 애인 있다고 저리도 유세를 떠니 내가 도무지 살 수가 없구나, 꺼이꺼이!"

우스꽝스럽게 통곡하는 시늉을 하는 우진을 보며 신희는 웃느라 정신이 없었지만, 그 와중에도 그의 머리를 슬그머니 밀어내며 철벽을 둘렀다.

"선배, 저리 좀 가요. 남들이 오해하겠다."

"아이고, 아이고, 못 살겠다! 이것들이 쌍으로 나를 괄시하네! 꺼이꺼이!"

"미안해요, 선배. 내일 내가 커피 살게요."

"정 가려거든 날 쏘고 가라!"

서연은 기다렸다는 듯 영혼 없는 표정으로 총 쏘는 시늉을 했다.

"탕탕."

"어우야, 아무리 그래도 그렇지 의리 없게 진짜 쏘냐?"

"신희야, 나 먼저 갈게. 내일 봐!"

팔랑팔랑 뛰어가버리는 서연의 뒷모습은 사랑에 빠진 여자의 설레는 모습 그대로였다.

우진은 한참이나 그녀의 뒷모습을 바라보다 중얼거리듯 물었다.

"야, 쟤 요즘 진짜 예뻐지지 않았냐?"

"선배는 참, 무슨 헛소리를."

"응?"

"원래부터 예뻤잖아요."

"그런가."

허탈한 웃음을 짓는 우진을 물끄러미 건너다보던 신희가 그의 어깨를 툭툭 두드리며 말했다.

"나가면서 시원한 생수 사줄게요."

"냉수 마시고 속 차리라고?"

"네."

"핵고맙네."

"별말씀을."

피식 웃으며 일어서던 우진이 문득 묘한 표정을 하더니 서연이 사라진 쪽을 바라봤다.

'어라? 저 아줌마, 뭐지? 아까부터 계속 우리 쳐다보고 있더니⋯⋯.'

10미터쯤 떨어진 곳의 나무 밑에 서 있던 중년 여인이 바쁘게 어딘가로 걸음을 옮기고 있었다. 공교롭게도 서연이 가는 길과 같은 방향이어서, 꼭 그녀의 뒤를 따라가고 있는 것처럼 보였다.

"티켓은 오빠가 끊었으니까 팝콘은 내가 살게."

"코 묻은 용돈으로? 사양하겠습니다."

"코는 안 묻었는데⋯⋯."

준호는 씩 웃으며 팝콘 주문 줄 뒤로 가 섰다.

서연이 한 박자 늦게 그의 옆으로 섰고, 이내 둘은 옆구리를 딱 붙이고서 멍한 표정으로 머리 위의 메뉴판을 바라봤다.

"콤보가 낫겠다. 팝콘 어떤 걸로 할래?"

"캐러멜팝콘은 살찌겠지? 그냥 팝콘 먹을까?"

"넌 좀 더 쪄도 돼. 그냥 먹고 싶은 걸로 먹어."

"그럼 캐러멜! 콜라는 큰 거 하나만 있어도 될 것 같은데."

"나야 좋지. 빨대도 하나면 더 좋고."

"뭐래, 변태가."

눈을 흘기며 핀잔을 주긴 했어도, 서연은 이후 정말로 빨대를 하나만 챙기는 준호를 보고도 아무 잔소리도 하지 않은 채 슬쩍 넘어가주는 센스를 발휘했다.

커다란 팝콘박스를 품에 안고서 상영관 의자에 앉은 서연은 연방 생글생글 웃었다. 꼭 크리스마스 선물을 받은 어린아이 같은 표정이었다.

"아아, 이게 뭐라고 이렇게 좋은지 모르겠네."

"팝콘이?"

"응응."

체온보다 훨씬 더 따뜻한 온도가 좋았고 아찔할 정도로 풀풀 풍기는 달콤하고 고소한 향도 좋았다. 그보다도 특히, 어둠 속에서 반쯤 빈 팝콘박스에 손을 넣다 살짝 스치는 그의 손길이 미치도록 좋았다.

"그렇게 좋다니 더 자주 나와야겠네."

준호는 고개를 돌려 서연의 얼굴을 지그시 바라봤다.

화면을 바라보는 서연의 옆얼굴에 화면이 내뿜는 불빛이 부드럽게 어렸다.

어디서 사람들 몰래 붙이고 온 건 아닐까 싶을 정도로 길고 풍성한 속눈썹은 그녀가 눈을 깜박일 때마다 파르르 떨렸다. 오똑한 코도, 그 좋다는 팝콘을 오물거리는 입술도 참 새삼스럽게 예뻤다.

어디 가서 이야기나 실컷 하다 손잡고 싶고, 숨도 못 쉴 정도로 으스러지게 꼭 끌어안고서 키스도 나누고 싶었다. 잠시 떨어져 있는 동안 그립고 허전했던 마음을 원 없이 채우고 싶었다.

그런데 이 눈치 없는 아가씨는 왜 하필 이럴 때 러닝타임 내내 미친 듯 질주하며 정신없이 몰아친다는 액션영화 따위를 보고 싶은 걸까.

영화가 끝난 뒤 서연의 통금시간까지는 약간의 여유가 있었다.

어디로 갈까. 어디가 좋을까. 어딘가 인적 드물고 조용한…….

앞에서 시끄럽게 떠들어대는 광고와 전혀 어울리지 않게 혼자서 로맨틱한 기대에 부풀어 있던 준호는 안쪽 포켓의 진동을 느끼고 휴대전화를 꺼냈다.

라인 앱에 알림 배지가 떠 있었다. 누군지 알 것 같았다.

아니나 다를까.

회원님의 유우머에 감탄해 무릎을 탁 쳐야 할 것만 같은, 그것도 장황하기 짝이 없는 산악회 개그가 메시지로 도착해 있었다. 발신인은 서연의 부친이었다.

며칠 전 인사를 드린 후로 은 사장은 하루에 한두 번 꼬박꼬박 이렇게 흘러간 유머나 좋은 글귀 같은 것들을 보내주었다. 준호가 답장을 해도 대화는 어김없이 거기서 딱 끊겼지만.

은 사장만이 아니었다.

아침 출근시간만 되면 한 여사에게서 꽃이며 나비며 사진이 몇 장씩 전송되어 왔다. 어디서 예쁘다 싶은 걸 보면 찍어두었다가 보내는 것 같았다.

서연에게도 같은 메시지나 사진들이 오나 눈치를 살펴봤지만, 그런 것 같진 않았다. 일부러 준호에게 신경을 써주고 있는 게 확실했다.

그간 준호가 보아온 서연은 사실 그렇게 살갑거나 애교 철철 넘치는 성격은 아니었다. 툭툭 던지고 가끔은 도도하게 굴기도 하면서도 보이지 않게 정을 쏟는 스타일이랄까.

그래서 서연의 부모님이 보이는 이 노골적인 관심이 처음엔 부담스럽고 적응도 되지 않았었다.

소중한 딸을 어떻게 할까 봐 이러시는 건가 싶기도 하고 어떻게 반응해야 할지 몰라 고민도 했었다.

그러나 같은 상황을 자꾸 맞닥뜨리면서 깨달았다.

그들이 뭔가 반응이 오는 걸 바라거나 따로 요구하는 게 있어서 그러는 게 아니라는 걸.

그저 준호를 그들의 울타리 안으로 받아들였다는 걸 알리고 싶었는지도 몰랐다.

이런 종류의 관심을 이전엔 전혀 받아본 적이 없었던 준호였기에, 조금 얼떨떨하고 신기했다. 고맙고 애틋했다. 그리고 무척…….

"기분 좋아."

저도 모르게 입 밖으로 튀어나온 말에 서연이 눈을 동그랗게 뜨고 그를 돌아봤다.

"뭐가 그렇게 기분이 좋은데?"

"아아, 그냥. 그런 게 있어."

싱거운 사람 다 보겠네, 하는 표정으로 준호를 힐끗 곁눈질한 서연은 다시 고개를 돌려 화면을 바라봤다.

영화가 시작되려는지 조명이 모두 꺼졌다.

사방이 갑자기 깜깜해지자 바로 곁에 앉은 서연의 숨소리까지 느껴지는 듯했다.

팔걸이에 오른 준호의 팔위로 포근한 감각이 내려앉았다.

솜털처럼 내려앉은 뒤 살금살금 팔을 따라 움직인 서연의 손이 준호의 손등을 살며시 덮었다.

무척이나 익숙하고 잠이 올 것처럼 나른한 느낌에 준호는 가만히 눈을 감았다.

며칠 잠이 부족했던 탓이었을까.

시끄러운 영화 상영시간 내내 그는 서연의 손을 꼭 잡고서 얕은 잠에 빠져 있었다.

나풀나풀한 옷을 입은 서연을 무시무시한 차에다 태우고 사막을 종횡무진하며 온갖 개고생을 다 하는 꿈을 꾼 것만 빼면 제법 만족스러운 시간이었다.

"최준호 님께서 나를 보셨어. 곧 나를 발할라로 인도하실 거야."

"그만해."

"V8! V8!"

"은서연. 알았으니까 그만 좀 하라고."

준호가 몹시 한심한 표정으로 내려다보며 내뱉자 서연은 눈을 동그랗게 떴다가 이내 풋 하고 웃음을 터뜨렸다.

"왜 웃어?"

"오빠 짜증내는 거 처음 봐. 되게 안 어울린다."

"짜증 안 냈는데."

"에이, 아닌데? 짜증났는데?"

"정말이라니까."

"날 기억해줘! 오빠한테 대들다 장렬하게…….."

서연이 계속해서 장난을 치자 섬뜩하리만치 환하게 웃은 준호가 그녀를 내려다보며 말을 딱 막았다.

"아. 이제 슬슬 나네. 그 짜증."

그 반응이 뭐가 그렇게 재밌는지 서연은 까르륵 넘어가며 한참이나 웃었다.

눈가에 배어나온 눈물을 손가락으로 찍어낸 서연은 들고 있던 백을 준호에게 건넸다.

"나 화장실 갔다 올게."

"서연아."

갑자기 부르는 목소리에 서연은 화장실 입구에서 뒤를 돌아봤다.

"너 당분간 김우진 근처에 가지 마라. 옮았어."

"옮았다고? 비슷해졌다는 뜻이야? 어떤 부분이?"

"사람 약 올리면서 좋아하는 거."

준호의 말에 서연은 눈을 동그랗게 뜨며 되물었다.

"무슨 소리야? 그걸 왜 우진 선배한테 배웠을 거라고 생각해?"

서연이 말도 안 된다는 듯 웃으며 화장실로 쏙 들어가버리자 덩그러니 남은 준호는 한 박자 늦게 웃음이 터졌다.

그러고 보니 맞는 말이었다. 평소 그녀를 놀려먹으며 잔뜩 즐거워했던 사람은 명백히 준호였으니까.

'아아, 은서연. 이제 따박따박 말대꾸도 다 하고.'

혼자서 헛웃음을 흘리던 그때, 누군가가 스쳐 지나가며 준호의 팔에 가볍게 몸을 부딪쳤다.

"어머, 죄송해요!"

"괜찮습니다."

서연 또래로 보이는 여자였다.

반달 모양으로 눈매를 휘며 웃어 보인 여자는 기분 나쁜 시선으로 한참이나 준호를 관찰하다 이내 서연을 따라 여자화장실 안으로 들어갔다.

어딘지 모르게 인상이 낯익었지만, 어디서 마주쳤는지는 도무지 기억나질 않았다.

"우와. 이런 데서 다 만나네. 안녕?"

손을 씻던 중 서연은 세면대에 나란히 선 사람을 돌아봤다.

거기 서 있는 이영주의 얼굴을 확인하는 순간 서연은 갑자기 몹시 불쾌해졌다.

신희의 이복자매. 안 보는 곳에서 늘 신희를 괴롭히는 돼먹지 못한 계집애를 하필 이렇게 분위기 딱 좋을 때 마주칠 게 뭐란 말인가.

"안녕."

서연은 어색한 표정으로 인사하고 영주를 비켜 지나가려고 했지만, 영주는 눈치 없게도 계속해서 말을 붙였다.

"밖에서 기다리고 있는 남자는 누구야?"

"알 필요 없잖아?"

"데이트? 잘생겼는데 대학생은 아닌 것 같아 보이고. 서연이 혹시, 사회인이랑 사귀는 거야? 오오, 어른인데."

영주가 내놓은 말에 서연의 팔뚝에 소름이 쫙 끼쳤다. 줄곧 지켜보고 있었던 건가? 혹시 낮의 그 시선도?

신희의 문제를 차치하고서라도, 서연은 영주와는 정말 안 맞는다는 걸 다시 한 번 깨닫고서 내뱉었다.

"영화 보러 왔으면 재밌게 보고 가. 나 먼저 갈게."

서연이 답을 피한 채 자리를 뜨려 하자 영주는 별안간 활짝 웃더니 근처에 서 있던 여자에게 뭔가를 소곤거린 후 키득거렸다. 옆사람도 제법 안면이 있는 성악과 입학 동기였다.

'사람을 앞에 두고 무슨 실례람? 뭐 이딴 계집애가 다 있어?'

기가 찬 서연은 그녀들을 무시한 채 일부러 발소리를 크게 내며 화장실을 나가버렸다.

이윽고 준호에게로 간 그녀는 보란 듯이 그와 팔짱을 끼고서 자리를 떴다.

뒤통수가 근질거릴 정도로 노골적인 시선이 느껴졌지만, 딱히 숨길 이유도 없었으니 아무래도 좋았다.

비서가 노크하자 육중한 문의 저 안쪽에서 희미한 대답이 들려왔다.

대답을 들은 비서는 문을 열어주며 준호에게 살갑게 귀띔했다.

"무슨 일인지 몰라도 오늘은 회장님 기분이 무척 좋으세요. 편안하게 말씀 나누세요."

조부인 최 회장의 개인비서는 꽤 예민한 사람이었다. 워낙 성격이 불같은 어르신이라 그날그날 눈치를 살펴 사람들에게 귀띔해주는 비서가 없었다면 최 회장의 일상은 매일이 전쟁이었을 것이다.

"고마워요."

"별말씀을."

쓸데없이 무겁고 크기만 한 문을 밀고 안으로 들어가자 넓다 못해 광활하기까지 한 집무실이 펼쳐졌다.

가진 부와 권력을 과시라도 하려는 건지, 최 회장은 크고 화려한 것에 광적으로 집착했다.

어린 시절부터 이런 걸 봐왔음에도 도무지 적응이 안 되는 건, 준호가 마음속으로 노골적인 거부감을 갖고 있기 때문인지도 몰랐다.

지금 그가 편안한 삶을 살고 배부른 투정을 할 수 있는 건 모두 조부가 일궈낸 부 덕분이었지만, 선택권도 없는 상태로 그 이면에서 지금까지 당해온 고통을 생각하면 마냥 고맙기만 한 것도 아니었다.

"회장님."

"왔구나, 우리 준호."

최 회장은 많은 손자손녀들 중 유독 준호를 아꼈다. 그게 장남에게서 받은 충격에 대한 방어기제인지, 아니면 그저 준호가 예뻐서 그런 것인지 알 수는 없는 일이었다.

"이 매정한 것아. 보고 싶어 눈이 짓무르는 줄 알았다."

"얼마 전에도 봤잖아요. 입술에 침이라도 좀 바르시지 그러세요."

준호가 툭 내뱉은 별로 우습지도 않은 말에 최 회장은 박장대소하며 집무책상 앞에서 접객소파로 자리를 옮겼다.

굳이 옆자리를 가리키며 준호를 앉도록 한 최 회장은 테이블 위의 전통 다구를 직접 챙기며 말을 이었다.

"오늘은 무슨 바람이 불어서 예까지 행차하셨나이까, 우리 도련님?"

장난기 가득한 질문에 준호는 물끄러미 최 회장의 얼굴을 바라봤다.

준호의 기억 속 최 회장은 언제나 잔뜩 화가 나 있거나 울거나, 그 둘 중 하나였다.

세월이 흐르면 거친 바위도 매끄러워지는 것처럼 최 회장의 성격 역시도 이전보다는 한결 무던해져 있었다.

그러나 방황하는 동안 제대로 느긋하게 마주한 적 없던 그의 얼굴은 그새 많이 늙어 있었다. 큰 기업을 운영하며 안팎으로 겪은 세상풍파가 얼굴에 그대로 드러나 있었다.

"죄송해요."

갑작스런 사과에 최 회장의 얼굴에서 웃음기가 사라졌다.

애가 또 무슨 말을 하려나, 하고 긴장하는 분위기가 역력했다.

아니나 다를까, 그는 준호가 고숙인 재단 이사장의 얘기를 하는 줄 알고 미리부터 설레발을 쳤다.

"그놈이 괴롭혀서 그러는 거라면 걱정 마라. 내 곧 저 멀리로 내쳐주마. 회사 돈 빼돌려서 제 주머니 채운 놈 주제에 뭐 그리 잘났다고 주둥이를 나불나불, 얼마 전에 그놈이 너한테 손찌검까지 했을 때는 내가 정말 혈압이 올라서, 아이고, 아이고, 어째 주변에 있는 놈들이 하나같이 다 개차반인지⋯⋯."

최 회장은 그렇게 말수가 많은 편은 아니었다. 하지만 준호의 앞에서는 달랐다.

기분이 좋을 땐 불러다 끝도 없이 일장연설을 하고 술에 취하면 늘 준호에게 전화를 걸어 하소연하며 울기도 했다.

준호는 지금에 와서야 희미하게 깨달을 수 있었다. 그게 최 회장 나름대로의 구조요청 신호였다는 것을.

상처(喪妻)한 후 기댈 곳 없고 달래주는 이도 없었을 텐데, 준호는 단 한 번도 제대로 조부를 돌아봐주지 않았다. 그게 못내 아쉽고 미안했다.

"제가 어린앱니까? 생각하시는 그런 거 아니에요."

"그럼 뭔데?"

"그냥……. 죄송하다는 말씀 드리고 싶었어요."

준호가 재차 담담하게 내놓은 사과에 최 회장은 평소와는 다른 눈치를 챘던지 놀란 눈으로 그를 건너다봤다.

"일 문제 말인데요. 앞으론 좀 더 열심히 할게요. 다음 이사장 선출 전까지 공백기간 동안 현안에 차질 없도록 잘 이어가겠습니다."

"준호야."

준호의 말이 영 빈말은 아닌 것 같았다. 눈빛이 그랬다.

전처럼 흐릿하고 의욕 없어 보이는 눈을 찾아볼 수가 없었다. 짧은 사이, 준호는 완전히 다른 사람이 된 것처럼 보였다.

"너……, 무슨 일 있었니?"

그 물음에 준호가 기다렸다는 듯 고개를 들었다.

"조만간 시간 좀 내주세요."

"왜?"

"지금 만나고 있는 아가씨 소개시켜드리려고요."

"쿨럭!"

차는 정작 한 모금도 마시지 않았음에도 최 회장은 괜스레 사레들려 한참이나 쿨럭거리다 믿을 수 없다는 듯 준호를 건너다봤다.

준호는 최 회장의 부담스러운 시선을 아무렇지도 않게 받아넘기며 담담하게 말을 이었다.

"물산 은 대표님 외동딸이에요. 착하고 예뻐요. 아직 학생이라 결혼은 졸업 후로 생각하고 있지만, 미리 인사는 드리는 게 좋을 것 같아서요."

최 회장은 계속해서 말을 잇지 못한 채 입을 뻐끔거리다 한참 만에야 웃음을 터뜨렸다.

오래도록 껄껄 웃던 그는 이내 실성한 사람처럼 눈물을 글썽거리다 긴 한숨을 내쉬었다.

서로 아무 말도 하지 않은 채 얼마의 시간이 흘렀을까.

준호는 담백하게 한마디를 덧붙이고서 자리에서 일어났다.

"시간 되실 때 연락 주세요."

"이 세상에 말이다……."

돌아서던 준호의 발걸음이 멈추자, 최 회장은 나직이 말을 이었다.

"이 세상에 절대적인 옳고 그름이 어디 있겠니. 당시엔 내가 옳다고 생각했던 것들도 지나고 보면 틀릴 수도 있는 거고, 또 그 반대일 수도 있는 거고. 이미 지난 일들은 후회해봤자 의미 없으니 돌아보지 않으려 했지만, 유독 내가 네 문제에 있어선 그게 안 되더구나. 혹시 내가 네 애비어미한테 너무 심하게 굴어서 오히려 너한테…….”

최 회장이 지금 무슨 얘길 하고 싶어 하는지, 준호는 충분히 알고 있었다.

무슨 일이 있어도 서연과의 미래는 변하지 않을 터였다. 그러니 급하게 인사를 드릴 이유가 없었다.

그럼에도 이렇게 최 회장에게 달려와 고백한 건, 더 이상 그가 자신의 일로 신경을 쓰거나 슬퍼하게 놔두어선 안 된다는 생각 때문이었다.

“저는 이제 괜찮아요. 그러니 할아버지 걱정이나 하세요.”

“그래. 고맙다.”

최 회장은 마음의 짐을 다소 벗었던지 긴 한숨을 내쉬었다. 그리고 뜬금없는 소릴 내놓았다.

“요 며칠 새 밤에 영 잠이 안 온다 했더니만……, 들어와 있다고 하더구나.”

“네? 뭐가요?”

“네 어미 말이다.”

24
/
해묵은 앙금

　다음 교양강의까지 시간이 좀 남아, 서연은 연습실에서 손가락을 풀고 있었다.

　스케일 연습 중 느낌이 이상해 고개를 돌려 보니 누군가가 손바닥만 한 창문을 통해 안을 들여다보며 문을 두드리고 있었다. 학과 조교였다.

　"네?"

　"은서연 맞지? 엄마가 잠깐 좀 나와보라고 하시는데."

　"엄마가요?"

　"현관 앞 벤치에서 기다리고 계셔. 난 분명 전했다."

　서연은 의아한 표정으로 휴대전화를 확인했다.

　부재중 통화나 문자메시지 같은 건 전혀 없었다.

　"이상하다. 엄마가 갑자기 왜 연락도 없이……?"

　악보와 가방을 챙겨 계단을 내려온 서연은 현관을 통해 바깥으로 나갔다.

"뭐지?"

어디에도 한 여사는 없었다.

이상했다. 애초에 볼일이 있어서 딸을 찾아왔다면 전화를 했지 구태여 지나가는 사람을 붙잡아 부탁할 일도 없었을 테니까.

불쾌한 기분에 인상을 찡그리던 순간, 벤치에 앉아 있던 한 여인이 자리에서 일어나 서연을 빤히 쳐다봤다.

며칠 전부터 느껴졌던 바로 그 시선이었다.

그러고 보니 이상한 느낌이 들 때마다 이 사람이 거기 있었던 것 같은 기분도 들었다.

'누구지? 나를 아나?'

정장투피스 차림의 중년 여인은 점잖은 차림새와는 다소 어울리지 않을 정도로 까무잡잡한 피부의 소유자였다.

그 모습이 어딘지 많이 익숙하다 했더니 곧바로 머릿속에 나미가 떠올랐다. 뜨거운 이국 햇빛 아래 오래도록 생활하다 그을린 피부.

서연은 눈을 동그랗게 뜨고서 그 자리에 우뚝 섰고, 이내 여인은 또박또박 발소리를 내며 다가오더니 물었다.

"은서연 양…… 맞죠?"

발음이 몹시 어눌했다. 외국 사람이 억지로 우리나라 말을 흉내 내고 있는 것처럼 말이다.

"네, 그런데요."

"반갑습니다. 나는 에리카 윤입니다."

나미에게서 질리도록 들었던 '윤 선생님'을 떠올린 순간, 서연은 눈앞의 여인이 누군지를 깨닫고 크게 놀랐다.

아니나 다를까, 그녀의 입술 사이로 익히 예상했던 말이 흘러나왔다.

"준호 엄마예요."

서둘러 학교 앞 카페로 자리를 옮겼지만 서연은 무슨 말부터 해야 할지 도무지 감이 안 잡혔다. 그도 그럴 것이, 준호에게서 전혀 언질도 없었기 때문이었다.

알고 얘기 안 한 건 아닌 것 같고, 그 역시도 아직까지 모르고 있는 듯했다.

그렇다면 뭔가 이상했다.

서연이 준호의 애인이란 건 어떻게 알았을까?

답은 윤 여사가 직접 말해주었다.

"이곳에 도착했습니다, 일주일 전에. 그리고 나는 부탁했습니다. 나미가 말하지 않도록."

꼭 영어 독해에 서툰 초등학생이 더듬더듬 책을 읽는 것 같았다.

서연은 그녀가 미국 입양아 출신이었다는 것을 떠올리고서 조심스럽게 영어로 정식 인사를 건넸다.

"준호 오빠랑 정식으로 만난 지는 몇 달 됐어요. 처음 뵙겠습니다."

차마 빈말이라도 '오빠한테서 말씀 많이 들었어요.' 소리는 안 나왔다. 거짓말을 할 순 없었으니까.

제법 유창한 서연의 영어에 윤 여사는 반색을 하더니 말을 이었다. 조금 전과는 달리 무척 자신 있고 쾌활한 어조였다.

"나미한테서 얘기 많이 들었어요. 예쁘단 소린 들었었는데 너무너무 예쁘네, 정말로."

서연은 얼굴을 붉히고 어색한 감사 표시를 한 뒤 물었다.

"그럼, 지금 나미 언니네 집에 계시는 거예요?"

"응. 잠시 거기서 신세 지는 중이에요."

주문한 음료가 나오는 바람에 잠시 대화가 끊겼다.

얼음이 가득 담긴 컵을 각자 내려다보기를 얼마쯤.

서연이 먼저 말문을 열었다.

"오빠가 어머님을 많이 닮았네요."

치아만 눈에 띌 정도로 까만 얼굴이었지만, 짙고 기다란 속눈썹이라든지 부드러운 눈매라든지, 모자(母子)는 확실히 닮은 외모를 하고 있었다.

"그래요? 사실 나는 잘 모르겠네. 헤어진 후로 한 번도 본 적이 없어서……."

충격이었다. 그 정도면 서로 길에 스쳐 지나가도 전혀 못 알아볼 수준 아닌가.

또 한 번 어색하게 대화가 단절되자 서연은 몹시 불편해졌다.

아들에겐 연락도 못한 채 아들의 애인을 먼저 찾아오다니. 확실히 일반적인 상황은 아닌 것 같았다.

"아버님은 같이 안 오셨나 봐요."

"진료소를 비울 수는 없으니까요."

"그렇군요."

"알다시피, 거긴 상황이 여기랑은 달라요. 지금은 많이 좋아진 편이지만 그래도 아직 모든 게 다 열악하죠."

"좋은 일 하신다고 들었어요."

그 소리에 윤 여사의 얼굴에 복잡한 표정이 스쳤다.

"좋은 일이라. 너무 힘들어서 정말 다 때려치우고 귀국하고 싶은 생각이 굴뚝같을 때도 있었지만 대체할 인력이 없어서 그냥 눌러앉은 적도 많아요. 그런 곳에서 그렇게 낭만적인 자세로 임할 수는 없죠. 사람의 생존이 전쟁이나 마찬가지인 곳인데 어떻게 일 일이 좋은 일이라고 자각하면서 일하겠어요? 사실 그래서도 안 되는 일이고."

다 이해할 수는 없었지만, 뭔가 숭고한 사명의식 같은 게 느껴져 절로 고개가 숙여졌다.

"혹시 준호한테서 우리의 얘기를 들은 적 있나요?"

갑작스러운 질문에 서연은 말문이 막히고 말았다.

어떻게 대답해야 하나 고민하던 그녀는 침묵이 길어지면 실토하는 꼴이 될 것 같다는 생각에 입에서 나오는 대로 대충 둘러대고 말았다.

"정말 자상하고 좋은 분들이시고 언젠가 꼭 한번 찾아뵙고 인사드리고 싶다고, 그리고 에 또……."

더 이상은 아무 생각도 떠오르질 않았다. 없는 얘길 지어내는 게 이렇게나 어려운 일일 줄이야.

마주 보고 있던 윤 여사의 얼굴에 애잔한 미소가 떠올랐다.

"정말 착한 아가씨네. 고마워요."

당황한 서연이 입을 다물어버리자 윤 여사는 이내 담담하게 덧붙였다.

"거짓말이라도 참 듣기 좋군요. 준호가 우리 얘기 안 하는 거 다 알아요. 나미가 우리한테 전해준 얘기들도 사실은 다 나미가 지어낸 얘기일 거라고 생각하는데, 내 말이 맞죠?"

한참 동안이나 우물쭈물하던 서연은 짧은 한숨을 내쉬고 솔직하게 대답했다.

"사실은……, 네."

윤 여사의 실망한 표정을 슬쩍 살핀 서연은 항변이라도 하듯 말을 이었다.

"상처 많이 받았을 거란 거 누구보다도 잘 아시잖아요. 물론 그동안 부모님 마음도 힘드셨겠지만, 홀로 남겨진 어린 자식 마음이 편했다면 그건 새빨간 거짓말이겠죠."

"서연 양은 시원시원해서 좋네요. 그럼……."

아이스커피 한 모금을 마신 윤 여사는 이가 시린 듯 한참이나 찡그리고 있다가 조심스럽게 물었다.

"솔직히 대답해주겠어요?"

"뭘 말씀이신가요?"

"준호가 제대로 잘 성장했는지. 그걸 가장 잘 아는 사람이 서연양일 테니까요."

서연은 윤 여사가 던진 질문의 의도를 전혀 이해할 수가 없었다. 착각인지는 몰라도, 제대로 성장하지 못했다는 전제를 깔아둔 것 같아서였다.

서연이 경계심 가득한 눈으로 건너다보기만 할 뿐 아무 대답도 하지 않자 윤 여사는 씁쓸한 표정으로 말을 이었다.

"준호는 우리 예정에 없던, 실수로 생겨난 아이였어요. 알아요. 그건 무슨 변명으로도 절대 이해받을 수 없는 일이었죠."

긴 한숨을 내쉰 윤 여사가 말을 이었다.

"우리가 다시 돌아가야 할 때가 다가왔는데, 어린 준호까지 거기 데리고 갈 수는 없었어요. 물론 시아버님인 회장님의 반대도 있었지만, 거기가 어떤 곳인지 알면서 데려가 그곳 아이들과 똑같이 고생시킬 순 없었거든요."

어깨를 으쓱한 윤 여사가 씁쓸한 어조로 덧붙였다.

"참 속물스럽죠. 하지만 어쩔 수 없었어요. 그 아이가 다름 아닌 우리의 아들이기 때문에."

"이해해요."

"최고의 교육과 탄탄한 미래를 보장해줄 아버님께 준호를 맡기고 가는 게 훨씬 나을 거라 생각했고, 지금도 그 결정에 후회는 없어요."

서운하고 아니고를 떠나, 그 결정이 옳다는 건 서연도 백번 수긍

했다.

"그런데, 의절한 시아버지조차 남편에게 한 번씩은 연락하곤 했었는데 준호는 어린 시절 빼곤 단 한 번도 먼저 연락하지 않았고, 우리 연락에 답을 한 적도 없었어요. 마치 존재하지 않는 사람인 것처럼. 그게 어떤 이유에서일지 대충은 짐작하고 있어요."

이후에 이어질 말을 예상한 서연은 어떻게 해야 할지 한참이나 고민하다 눈을 질끈 감고서 마음을 정했다.

"죄송하지만……."

무릎 위의 손을 끌어 모아 주먹을 단단히 쥔 서연은 용기를 내어 조심스럽게 한마디를 내놓았다.

"결코 서운해하실 일은 아니라고 생각해요."

윤 여사가 눈을 들어 서연을 바라보는 순간, 컵 안의 얼음이 녹아 미끄러지며 카랑, 하는 소리를 냈다.

서연의 말에 윤 여사는 고개를 저으며 답했다.

"그 앤 우리보다 더 많이 서운했겠지. 결코 서운하다고 하는 말이 아니에요."

무슨 뜻인지 묻는 듯한 서연의 눈빛에 윤 여사는 담담하게 말을 이었다.

"만약 그 애가 조금이라도 만족스럽지 못한, 혹은 잘못된 인생을 살게 됐다면…… 그 책임은 아마도 우리에게 있겠죠. 우리가 첫 단추를 잘못 끼워줬기 때문에. 나는……."

이제야 그녀가 하고 싶은 말이 뭔지 알 것 같은 서연은 물끄러미 윤 여사의 눈을 바라보며 말했다.

"사과하고 싶으신 거군요."

"맞아요."

한동안 심각한 표정으로 생각에 잠겨 있던 서연이 내놓은 것은 의외의 대답이었다.

"사과하실 필요도 없을 것 같아요."

가만히 바라보는 윤 여사의 눈길을 피하지 않고서 서연은 나직이 덧붙였다.

"잘못되지 않았으니까요. 전혀. 남한테 해 끼치지도 않고 혼자서 아픈 거 다 참아가면서, 그렇게 지금까지 잘 버텨왔어요. 그리고 저한테 와서 무엇과도 바꿀 수 없는 버팀목이 되어줬고요. 오빠는, 최준호라는 사람은 전혀 잘못되지 않았어요."

잠시 숨을 고른 서연은 진지한 표정으로 말을 이었다.

"공장에서 찍어낸 게 아니니까 모든 사람이 다 똑같을 순 없다고 생각해요. 남보다 조금 더 말수가 없을 수도 있고, 조금 더 우울할 수도 있고, 조금 더 아픈 바람에 그러다 실수할 수도 있고……, 그리고 연락하기 싫은 부모한테 연락 안 할 수도 있는 거잖아요. 그러니, 오빠를 그렇게 잘못된 인생 산 사람처럼 매도하지 말아주세요."

화가 나지도 서운하지도 않은, 지극히 아무렇지도 않은 어조로 서연은 물 흐르듯 조곤조곤 말하고 있었다.

"첫 단추부터 잘못 끼워줬다고 하셨지만 저는 솔직히 그런 줄도 잘 모르겠고……, 설사 그렇다 하더라도 못 입는 옷 아니잖아요. 원래부터 그렇게 생긴 옷일 수도 있는 거고요. 오빠는 절대로 잘못된 인생 산 사람이 아니에요. 그 일로 지금까지 부모님 미워하거나 원망하지도 않아요. 그러니까, 만나더라도 그런 사과는 하지 마세요."

서연에게선 격하거나 과장된 감정을 전혀 찾아볼 수가 없었다.

그녀는 마치 오늘 학교에서 있었던 일을 옆집 아줌마에게 얘기하는 것처럼 지극히 자연스럽게 말을 잇고 있었고, 그 덕에 오히려 윤 여사도 해묵은 감정에 휩쓸리지 않을 수 있었다.

윤 여사의 눈망울이 일순 말갛게 부풀어 올랐다.

눈물을 글썽거리면서도 무슨 일인지 윤 여사는 웃고 있었다.

"고마워요, 서연 양. 우린 오랫동안 준호 일로 괴로웠어요. 그 애는 우리 마음의 짐이자 씻을 수 없는 죄책감이었죠. 그래서 평생 속죄하면서 살자고 약속했었어요. 그런데……."

윤 여사는 말끝을 흐린 채 생각에 잠겼다.

증오도 원망도 없다니.

그래. 헤어질 때 준호는 겨우 일곱 살이었다. 그때 나이의 세 배를 넘긴 세월을 얼굴 한번 보지 않은 채 지나보냈으니 실상 남이나 마찬가지 아닌가.

지금까지 준호가 생판 남인 것처럼 굴어온 것은 어쩌면 부모를 미워하지 않기 위해 무의식적으로 찾은 방편이었는지도 몰랐다.

"주제넘었다면 죄송합니다."

서연이 조심스럽게 내놓은 사과에 윤 여사는 눈가를 닦아내고 말했다.

"아니에요. 서연 양이 우리 상처까지 다 아물게 해준 것 같네요."

피곤해 보이는 윤 여사의 눈을 가만히 들여다보던 서연은 문득 지난 일들을 떠올렸다.

"올해 초까지 저는…… 많이 아팠어요. 물론 지금도 완전히 다 나았다곤 못 하지만. 지금처럼 누군가와 마주 앉아서 차 한잔이라도 하는 건 꿈도 못 꿀 정도로 그땐 완전히 엉망진창이었어요."

"저런……."

"만약 두 분의 오랜 마음의 상처가 이걸로 조금이라도 아물었다면, 어머님, 그건 제가 한 게 아니에요."

이해할 수 없는 말에 윤 여사가 눈을 동그랗게 뜨자 서연은 환하게 웃으며 덧붙였다.

"저를 밖으로 데리고 나와준 사람. 준호 오빠가 한 거예요."

열린 선루프로 쏟아진 햇살이 정수리를 따끈따끈하게 데우고 있었다.

"아아, 이제 완전히 여름이네."

준호는 휴대전화를 집어 들고서 그 사이 온 메시지가 있는지 확인했다.

[사무실 들어가기 전에 잠깐 시간 나는데, 얼굴 좀 볼까?]

마지막으로 메시지를 보낸 지 한참이 되었는데 서연에게선 아직 아무런 소식이 없었다.

그럼에도 준호가 무작정 학교로 차를 몬 것은 그가 그녀의 강의 시간표를 다 꿰고 있기 때문이었다.

다음 교양강의까지는 두 시간이나 비었다. 지금 서연은 아마도 연습실에 있거나 신희와 수다를 떨고 있겠지.

은색 보닛 위로 아른아른 아지랑이가 피어올랐다. 가만히 보고 있으니 잠이 올 것처럼 나른해졌다.

「저는 이제 괜찮아요.」

조부에게 편안한 기분으로 그 말을 할 수 있게 되기까지 너무 오랜 시간이 걸린 것 같다.

그래도 그로 인해 서로 조금은 홀가분해졌으니 나쁘지 않았다.

하지만 그 이후로 지금까지 그는 괜스레 붕 뜬 기분에 시달리고 있었다. 서연의 얼굴을 보고 이야기를 좀 나누면 나아질 것 같았는데 이 아가씨는 대체 언제쯤 나타나주려나.

"왜 이렇게 안 나오……."

혼잣말을 중얼거리던 중, 아지랑이 핀 도로 위의 익숙한 실루엣이 눈에 띄었다.

학교 후문에서부터 음대까지 이어진 내리막을 걸어오고 있는 여자는 분명 서연이었지만 그녀는 혼자가 아니었다. 곁에 누군가가 서서 발 맞춰 걷고 있었다.

단짝인 신희일 거라고 예상했으나 아니었다.

서연의 곁에 있는 여자는 신희보다 키가 약간 더 컸고 피부가 좀더 까맸다. 그리고 훨씬 더 나이 들어 보였다. 어쩌면 학과 교수님인지도.

오래 있지는 못하겠군, 하고 생각하던 찰나 서연이 이쪽을 똑바로 바라봤다.

준호의 차가 주차되어 있는 것을 알아차린 그녀는 평소처럼 반가운 태도로 손을 흔들거나 바로 쪼르르 달려오지 않은 채 한동안 머뭇거렸다.

"음······?"

뭔가 분위기가 이상하다는 것을 깨달았을 때 즈음, 서연이 홀로 발걸음을 옮겨 차로 다가왔다.

반쯤 열린 운전석 창문 옆에 선 그녀는 허리를 숙이고 활짝 웃으며 인사를 건네 왔다.

"안녕, 오빠."

"누구야?"

서연은 물음에 답하지 않은 채 딴소리만 이어가고 있었다.

"미안. 메시지 보낸 거 방금 봤네. 아까 연습실에서 손가락 풀다가 시끄러워서 못 들었나 봐. 점심은 먹었어?"

"지금 시간이 몇 시인데 점심 타령이야. 그보다, 누구지, 저 사람?"

"할아버지 댁엔 다녀왔고? 별일 없었지? 아, 하긴 아무 얘기 없었으면 별일 없는 거겠지."

서연이 계속해서 말을 돌리자 준호는 마침내 수상한 낌새를 알아차리고서 멀리 서 있는 중년 여인을 바라봤다.

눈이 마주치는 순간 이유 없이 가슴 안쪽이 뻐근해졌다.

직감이랄까 본능이랄까.

준호는 그제야 서연이 자꾸만 말을 피한 이유를 알 수 있었다.

「들어와 있다고 하더구나. 네 어미 말이다.」

"오빠."

운전대를 계속 붙잡고 있는 준호를 가만히 내려다보며 서연은 마음이 몹시 복잡했다.

그럴 거라고 희미하게 의심은 했지만, 준호는 자기 어머니를 전혀 알아보지 못했다.

그러다 뒤늦게 눈치 챘던지, 준호는 무표정한 얼굴로 서연을 올려다봤다.

"혹시……."

"맞아. 어머님 오셨어."

아무 말 없이 시동을 끄고 차에서 내린 준호는 차 문을 닫고서 윤 여사가 있는 쪽을 힐끗 곁눈질했다.

"지금까지 같이 있었던 거야?"

"응. 미리 안 알려줘서 미안해, 오빠. 나도 너무 갑작스러워서……."

"곤란한 일은 없었지?"

서연은 이런 상황에서도 그녀의 일부터 걱정해주는 준호가 무척 고마웠다. 평소 숨 쉬듯 자연스러운 일이라 가끔씩 잊고 있던 배려기도 했다.

"그럴 리가 없잖아. 정말 좋은 분이셨어."

"그래?"

"응. 진심으로."

손을 내밀어 준호의 비뚤어진 타이 모양을 바로잡아준 서연은 손목시계를 확인하고서 한 걸음 뒤로 물러났다.

"나, 수업 있어서 이제 가봐야 해."

"그래. 이따 연락해."

"응."

그동안 못했던 이야기도 많이 하고 그러라 얘기해주려던 서연은 그냥 더는 말을 붙이지 않았다.

그간의 관계를 개선할지 아니면 지금처럼 계속해서 이어나갈지, 그 결정은 오직 준호에게 달려 있는 것이었다. 조언을 하거나 강요할 생각은 전혀 없었다. 그럴 깜냥도 안 됐고.

서연은 멀리 서 있는 윤 여사를 향해 허리를 숙여 인사했고, 그녀는 이내 살며시 손을 흔들며 화답해주었다.

"갈게."

장승처럼 그 자리에 우뚝 서 있기만 하는 준호를 남겨둔 채 서연은 교양강의가 있는 타 단과대학 건물로 발걸음을 옮겼다.

이런저런 생각에 잠긴 채 타박타박 걸은 지 얼마나 지났을까.

서연은 궁금증을 이기지 못해 살며시 뒤를 돌아봤다.

그 사이 어느새 준호는 윤 여사 쪽으로 성큼 다가가 있었다.

무슨 대화를 나누고 있는지, 너무 멀어서 알 수는 없었다.

윤 여사가 고개를 숙이며 뭔가를 이야기하는 것 같았고, 준호는 한참이나 그녀의 말을 듣고 있다가 뭐라고 대답하며 포켓에서 손수건을 꺼내 건넸다.

먼발치에서 그 광경을 바라보고 있던 서연의 입술이 부드러운 호를 그렸다.

"아아, 날씨가 벌써부터 푹푹 찌네."

뙤약볕이 내리쬐는 하늘을 올려다보며 기지개를 켠 서연은 다시 걸음을 이어나갔다.

"올 여름방학엔 물놀이에 도전해봐야지."

대형 워터파크도 좋고 해수욕장의 백사장도 좋겠지.

커다란 밀짚모자와 선글라스를 쓰고, 화려한 꽃무늬가 프린트된 아주 야한 비키니를 입고 자신 있게 활보해보는 거다.

"아아, 재밌겠다."

물론, 저 뒤에 있는 누군가가 죽어라 싫어하긴 하겠지만.

모자의 재회는 그리 길지 않았다.

그날 서연의 학교에서 무려 22년 만에 재회한 두 사람은 이후 딱 한 번 더 만났을 뿐이었다.

미리 언질도 없이 호텔 한식당에 끌려가 그 식사자리에 대동된 서연은 점심식사를 하는 동안 중간에서 진땀을 흘려야만 했다.

특별한 대화 없이 계속해서 수저만 놀리는 상황을 견딜 수가 없어 이런저런 얘기를 붙였지만, 어떤 말을 해도 대화는 신기하게도 딱딱 잘려나갔다.

지친 서연마저 입을 다물자 식사자리는 마침내 산중의 절간처럼 고요해졌다.

어색한 침묵 속에서 먹는 밥이 맛있을 리가 없었지만, 윤 여사와 준호는 식사가 끝난 뒤 만족한 듯 웃으며 담백하게 헤어졌다.

헤어지기 전, 윤 여사는 서연의 목에 걸린 펜던트를 유심히 살펴봤다.

그것이 오래전 자신이 준호에게 주고 갔던 반지라는 것을 알아봤을 테지만 그녀는 서연의 손을 꼭 잡아보기만 했을 뿐, 아무 말도 하지는 않았었다.

그리고 마침내 돌아온 윤 여사의 출국일.

나미의 아파트는 이른 아침부터 소란스러웠다.

"선생님, 짐은 이게 다예요?"

"응. 아유, 그런데 어째 짐이 너무 많이 늘었네."

윤 여사는 커다란 화물용 캐리어와 터지기 직전인 보스턴백을 내려다보며 난감한 표정을 지었다.

"죄송해요. 제가 이것저것 챙겨 넣다 보니까 좀 오버한 것 같네요."

"아니야. 정말 고마워, 나미야."

나미는 뒷머리를 벅벅 긁다 갑자기 뭔가가 생각났던지 어딘가로 가버렸다.

거실소파에 덩그러니 남은 윤 여사와 서연은 어색하게 서로를 바라봤다.

조금은 가까워졌지만 그렇다고 해서 완전히 친해지기도 어려운 사이.

"준호는 오늘 안 나온다고 했지?"

"네. 지방 출장 있어서 새벽에 내려갔어요."

"그렇구나. 바쁜 것 같네."

"고모부 이사장님이 내부감사에서 무슨 비리가 걸려서 이사장직 내려놓게 됐다더라고요. 그래서 요즘 좀 정신없는 것 같아요."

"둘째 고모부 얘기구나. 그 양반 아직도 그렇게 욕심이 가득하네."

대화는 거기서 또 한 번 끊겼다.

윤 여사가 실망한 듯 고개를 숙이자 서연은 가방을 뒤져 그 안에서 뭔가를 꺼냈다.

"저희 엄마께서 보내신 거예요."

작은 선물 상자를 건네받은 윤 여사는 놀란 표정으로 물었다.

"이게…… 뭐지?"

"직접 만드신 조각보래요."

상자 안엔 오방색으로 곱게 이어 만든 조각보가 정갈히 개켜져 있었다.

"어머나, 예뻐라. 이렇게 귀한 걸!"

"서둘러 만드는 바람에 좀 미흡할 거라고, 이해해주시라 하셨어요."

윤 여사를 만나 인사를 할지 그 여부를 두고 사실 서연의 부모님은 꽤 고민했다. 결론은 준호 본인이 그렇게 달가워하는 것 같진 않으니 이렇게 하는 게 나을 것 같다는 쪽으로 내려졌다.

"정말 고맙다고 전해드려. 나는 준비해 온 게 없어서 어쩌지?"

"아니에요. 다음번에 오실 땐 저희 집에도 놀러 오세요."

서연이 상냥하게 건네는 말에 윤 여사는 부드러운 미소로 화답했다.

그때, 서연이 다시 가방을 뒤지더니 뭔가 하나를 더 건넸다.

"이건 또 뭐니?"

"이건 오빠가 보낸 거예요."

"뭘까……? 아아."

납작한 봉투 안엔 작은 메시지 카드와 CD 음반 한 장이 들어 있었다.

반으로 접힌 메시지 카드를 열어 그 안의 글자들을 읽어 내려가는 윤 여사의 눈매가 촉촉해지는가 싶더니 이내 부드럽게 휘었다.

음반은 일전에 준호가 깔끔하게 두 조각으로 부러뜨려 부숴버렸던 아쉬케나지의 쇼팽 앨범이었다. 잘은 몰라도, 그 안의 어떤 곡에 모자의 추억이 깃들어 있는 모양이었다.

윤 여사는 한동안 아무 말도 하지 않은 채 조용히 카드와 음반을 쓸어보다, 조금 전 받은 선물들을 모두 백팩에 소중히 집어넣었다.

"이제 슬슬 일어나야겠다."

"공항까지 저도 배웅해드릴게요."

"고맙기도 하지."

그때 나미가 방에서 나오며 잔소리를 시작했다.

"아유우! 선생님! 여권이랑 지갑 안 챙기셨잖아요! 또 이러시네!"

"내 정신이 이렇다."

작은 여행용 전대를 건네받은 윤 여사는 나미의 집을 한번 쭉 둘러본 후 백팩을 멨다.

서연은 보스턴백, 나미는 화물용 트렁크를 들었고, 세 여자는 곧장 현관문으로 향했다.

나미가 쓸데없는 소릴 재잘대기 시작한 건 그때였다.

"서연아, 나중에 준호 늙으면 아마 선생님처럼 건망증 심해질

걸. 지금부터 관리 잘해라."

"에이, 설마요."

"아니, 정말이다, 너. 전에 선생님이 진료소 홀랑 태워먹을 뻔했던 거 얘기 안 해주셨니?"

"나미야."

"어디서 기적적으로 한국 라면 한 개를 입수해가지고 그거 끓인다고 넣어놨다가……."

"그만하렴, 나미야."

"아니, 기왕 시작한 거 끝까지……."

"나미야, 자나 깨나 에이즈 조심하거라. 에이즈."

"꺅! 선생님 무슨 말씀이세요!"

"진지한 조언인데 왜."

윤 여사와 나미의 우스꽝스러운 실랑이는 나미가 짐을 차에 싣는 동안에도 계속되고 있었다.

한 발짝 뒤에서 그 광경을 바라보고 있던 서연은 두 사람이 헤어지기 아쉬워서 오히려 더 과장해 떠들고 있다는 걸 알아차릴 수 있었다.

헤어짐이란 건 누구에게나 공평한 무게를 지닌 것은 아니겠지.

서연은 준호가 지방 출장을 일부러 자원해 내려간 걸 희미하게나마 눈치 채고 있었다.

"서연아, 안 타고 뭐 해?"

"네, 가요."

세 사람을 태운 차는 이내 혼잡한 도로의 차량행렬 사이로 섞여 들어갔다.

　누군가가 멀리서 어렵게 찾아왔다 훌쩍 떠나갔지만, 하늘 위에서 본 조그만 세상은 여전히 그대로였다.

25
/
해프닝

서류철을 책상에다 내려놓은 현성은 어깨와 귀 사이에 끼워져 있던 휴대전화를 다시 제대로 들고서 창가로 다가갔다. 발밑에 펼쳐진 회색 도시는 계절을 가늠할 수 없을 정도로 칙칙했다.

"그래서 회장님은 뭐라고 하시는데?"

전화 저편의 준호 목소리가 미묘하게 한 톤 높아졌다.

– 요즘 집 보러 다니신다니까요.

"집이라니? 설마 너희 신방 차려주시려고?"

한심한 듯 준호가 아무 대꾸도 하지 않은 채 긴 한숨을 내쉬자 현성은 박장대소하다 하마터면 앞으로 고꾸라질 뻔했다.

아직 상견례도 안 했는데 신방 꾸밀 집부터 보고 다닌다니 최 회장의 급한 성질에 번개도 울고 갈 정도였지만, 또 생각해보면 그게 꼭 급한 성질 때문만은 아닐 터였다. 그만큼 준호가 조부에게 각별한 존재라는 방증이 아니겠는가.

– 곧 회의 들어가봐야 하는데, 무슨 할 얘기 있어서 전화하신

거 아니에요?

"아아, 오늘 저녁에 스케줄 하나 취소돼서 한가하거든. 너 시간 되면 얼굴이나 한번 보자."

- 오늘은 힘들겠는데요.

"데이트?"

- 아니요, 디너모임이 있어서요.

"바쁘네, 다들. 나미도 오늘 저녁 아르바이트생이 못 나온다고 해서 꼼짝 마, 던데."

- 그럼 모처럼 신희 학생이랑 식사라도 하시든지요. 얘기 들어 보니까 형님한테서 연락 오면 두 손으로 공손히 전화 받고 허공에 직각으로 절한다던데요.

"뭐? 무슨 소리야, 그게?"

- 그럼 저는 바빠서 이만.

전화는 매정하게도 뚝 끊겼다.

변하긴 개뿔. 말수가 조금 더 많아지고 전보다 살짝 덜 날카로워 보일 뿐, 준호는 줄기차게 마이웨이 일변도에다 여전히 철벽이었다.

"쳇."

휴대전화를 물끄러미 내려다보고 있던 현성은 조금 호기심이 일었다.

"신희가 뭘 어쩐다고? 그럴 리가 있나."

그는 인상까지 찡그리며 생각에 잠겨 있다가 최근통화 리스트를 불러내 그중 한곳을 뚫어져라 바라봤다.

중간고사를 엊그제 친 것 같았는데 눈 깜짝할 새 또 시험기간이 다가오고 있었다.

서양사 시험 범위를 받고 인문대 건물을 나선 서연은 학생회관까지 이어진 내리막길을 타박타박 걸어 내려갔다.

6월로 접어들며 날씨는 점점 더워지기 시작했다.

정오의 햇볕은 그녀의 정수리를 뜨겁게 달구고 있었고, 올봄 화사한 꽃잎을 뽐내던 벚나무들엔 새파란 잎사귀들이 빽빽하게 매달려 있었다.

나무 그늘로 들어가 햇빛을 피한 서연은 이런저런 생각에 잠긴 채 계속해서 걸음을 옮겼다.

얼마나 그렇게 걷고 있었을까. 누군가가 그녀의 옆으로 바짝 따라붙었다.

반사적으로 고개를 돌린 서연은 생전 처음 보는 남자와 어색하게 눈을 마주쳤다.

이 넓은 도로에 갈 길이 천지인데 왜 하필 바로 옆인가 했더니, 남자가 더듬거리며 말을 붙였다.

"저기, 저 혹시 기억하시죠?"

서연의 얼굴에 당혹감이 스쳤다. 지금껏 이렇게 묻는 사람이 별로 없기도 했거니와, 그렇게 물어온 사람들 중 대부분은 기억에 없는 사람들이었기 때문이었다.

"아……, 예."

솔직히 하나도 기억나지 않았다. 어디서 마주쳤는지 전혀 알 수 없는 사람이었다. 제법 멀쑥하게 생기긴 했지만 준호를 매일 보고 사는 서연에게 있어선 그저 '눈, 코, 입 다 제자리에 달려 있는 남자로구나.'에 지나지 않는 인상이었다.

영혼이라곤 1그램도 없어 보이는 리액션을 통해 서연이 자기를 기억하지 못한다는 것을 눈치 챘던지, 남자는 더욱더 어색한 태도로 말을 이었다.

"우리 학기 초부터 서양사 강의 같이 듣고 있잖아요."

"아, 네."

"전에 그쪽이 떨어뜨린 볼펜 주워준 적 있는데."

"그래요?"

"네. 도라에몽 그려진 파란색 볼펜."

서연은 억지로 미소 지으려 노력하고는 있었지만, 입술 끝이 경련하는 것을 막을 수가 없었다. '그래서 어쩌라고?'가 머릿속에 꽉 들어차 있었지만 도저히 그 말을 입 밖으로 내뱉을 수는 없었다.

"아, 네……."

서연이 계속 추임새 같은 반응만 보이고 있자 남자는 땀을 뻘뻘 흘리더니 단도직입적으로 작업멘트를 내놓았다. 귀를 의심케 할 만큼 유치하고 오그라드는 멘트를.

"혹시 범죄자신가요? 지구온난화의 주범."

"네?"

"너무 핫하셔서."

모태 무교조차 저절로 무릎 꿇고 신을 찾게 될 것 같은 멘트에 서연은 경악했지만, 남자는 심지 곧게도 뒷말까지 이었다.

"그쪽 같은 핫걸에게는 역시 나 같은 쿨가이가⋯⋯. 그러니까 저기, 계좌번호, 아니, 전화번호 즘⋯⋯."

서연은 지금껏 우진을 애잔보스, 애잔보스 하며 놀려댔던 것을 몹시 뉘우쳤다. 이런 데서 역대급 진짜배기 애잔보스를 마주칠 줄이야!

"죄송해요."

서연이 진심으로 미안해하자 남자는 울 것 같은 눈으로 그녀를 건너다보며 물었다. 조금 전과는 달리 제법 진지하고 담백한 말투였다.

"아, 애인 있으신가요?"

"네."

"아아, 역시, 그럴 줄 알았죠. 예, 예, 알았어요. 하하. 진작부터 그럴 줄 알았거든요. 옙흔 사랑 나누세요."

웃는 것도 우는 것도 아닌 어색한 표정으로 진땀을 흘리던 남자는 이내 서연에게 뭔가를 건넸다. 작은 선물상자였다.

"이거 백화점에서 산, 되게 비싼 초콜릿이에요. 아까우니까 나눠 드세요."

"고, 고맙습니다. 잘 먹을게요."

남자는 이내 새빨개진 얼굴을 두 손으로 가린 후 쏜살같이 뛰어가버렸다.

부끄러움을 잊기 위해서였을까, 내리막길을 맹렬히 달려가던 그는 스텝이 꼬여 크게 넘어지기까지 했다.

서연은 애써 고개를 돌리며 못 본 척하려 했지만 본의 아니게 시선이 마주치는 바람에 오히려 대놓고 본 것만 못하게 더 어색해지고 말았다.

"뭐어? 헌팅?"

이야기를 들은 신희는 얼굴을 붉히며 "대박!"을 연발하더니 물개박수를 쳤고, 우진은 계속해서 소리를 질러댔다.

"뭐어? 헌티잉?"

"그만들 좀 하지."

"뭐어어어? 헌티이이이잉?"

일부러 놀리려는 게 분명한 우진의 짓궂은 행동에 서연은 들고 있던 박스 모서리로 힘껏 그의 옆구리를 찔러버렸다.

"으악! 아프잖아, 이 바람둥이 계집애!"

"네? 누가 바람둥이인데요?"

우진은 갑자기 휴대전화를 꺼내 들더니 바로 누군가에게 전화하려는 포즈를 취했다. 준호가 분명했다.

두피가 아플 정도로 머리털이 쭈뼛 선 서연은 온몸을 날리다시

피 해 우진의 전화기를 뺏고서 두근거리는 가슴을 진정시켰다.

"누구 초상 치를 일 있어요?"

"커플지옥! 전부 다 불구덩이에 떨어져라!"

"영원히 불구덩이엔 안 떨어지도록 선배는 평생 독거하시기 바랍니다."

우진과 서연이 티격태격하는 사이 신희는 서연이 들고 있는 박스에 시선을 집중했다.

"그런데 그건 뭐야?"

서연이 답하기도 전, 우진이 박스를 달랑 뺏어들더니 마구 흔들어보며 중얼거렸다.

"시한폭탄인가. 솔로부대원의 반격이로군."

"아악, 진짜 짜증나 죽겠어, 저 인간!"

서연이 미치겠다는 듯 히스테릭한 비명을 지르자 우진은 낄낄 웃어대며 물었다.

"안 열어봐?"

"초콜릿이래요. 선배 가져가서 먹을래요?"

"에이, 그래도 준 사람 성의가 있지."

"그렇긴 한데……."

조금 나아졌다 뿐이지, 4년 전의 일을 떠올리면 아직까지도 밤잠을 못 이룰 정도였다. 알지도 못하는 누군가가 뭔가를 주며 고백하는 건 부담스러웠다.

서연은 손바닥 안쪽에 남은 이상한 흔적을 뒤늦게 발견하고서 눈을 크게 떴다.

뭔가 했더니 손톱자국이 선명히 남아 있었다.

애써 웃으며 넘기고는 있었지만 주먹을 이렇게나 꽉 쥐고 있었을 정도로 긴장했었구나.

좋아해주고 선물을 준 사람 성의는 물론 고마웠지만, 역시, 뜯어보거나 먹고 싶지는 않았다.

그렇다고 버릴 수도 없고, 난감해진 찰나.

"그럼 나 줘."

금세 눈치를 챘던지, 신희가 명랑한 어조로 끼어들었다.

"내가 심심할 때 먹을게."

"그럴래?"

역시 신희밖에 없다. 서연은 반색을 하며 얼른 선물상자를 그녀에게로 건넸다.

박스를 받아 주섬주섬 가방에 집어넣는 신희의 얼굴을 가만히 바라보고 있던 서연이 고개를 갸웃거렸다.

"오늘 색조 했어?"

"어어, 티 많이 나?"

신희가 당황하며 얼굴을 붉히자 서연은 가볍게 웃으며 핀잔을 주었다.

"아니. 티가 너무 안 나서 물어본 거야."

"아아, 그렇구나. 내가 어디 화장을 해봤어야 알지."

"무슨 일 있어? 갑자기 왜?"

"실은……."

신희가 서연을 불러 그녀의 귀에다 대고서 소곤소곤 귀엣말을 하자 우진이 발을 동동 굴렀다. 서연이 눈을 동그랗게 뜨고서 "어머, 진짜?" 하며 탄성을 흘리자 더는 참을 수 없어진 우진이 버럭 성을 냈다.

"뭔데!"

"신희 미팅……, 읍!"

"하지 마!"

짓궂게 발설하려는 서연과 막으려는 신희 사이에서 실랑이가 벌어졌지만 이미 중요한 말은 다 나온 뒤였다.

"신희 오늘 미팅 해?"

우진의 질문에 신희는 달아오른 얼굴에 손부채질을 하며 고개를 끄덕였다.

"학생회 언니들이 자리 하나 빈다고 무조건 오라고 해서요."

"으어, 내가 다른 건 몰라도 이신희 네 솔로탈출만큼은 응원하고 싶구나. 꼭 성공해라."

"이상하다. 나 왜 갑자기 왜 화가 나지?"

"기분 탓이다."

가만히 신희를 바라보고 있던 서연이 백 속에서 뭔가를 꺼내 들었다. 화장품파우치였다.

"이리 좀 와봐, 신희야."

"응?"

서연은 잔디밭에 신희를 앉혀놓고서 어색한 화장을 고쳐주었다.

은은한 색의 아이섀도를 덧바르고 볼터치와 선명한 색깔의 립스틱만 더해주었음에도 한결 더 나아 보였다.

"어때요, 선배? 괜찮지?"

"오오, 이신희 이렇게 하니까 훨 예쁜데?"

우진까지도 거들자 신희는 얼굴을 확 붉히며 거울을 들여다봤다.

옆에서 괜찮다, 괜찮다, 하니 정말 괜찮아 보이는 것 같기도 했다.

"그냥 머릿수만 채우고 밥만 먹고 나올 건데 뭐하러 이렇게……."

"그래도 예쁘게 하고 나가면 좋잖아."

립스틱을 신희의 파우치에다 넣어주고 있던 서연은 신희의 가방 속 전화기가 진동하는 걸 발견했다.

"전화 오는데?"

"누구?"

"아저씨네."

"뭐?"

자리에서 벌떡 일어난 신희는 두 손으로 공손히 전화를 받아 들고서 조심스럽게 통화버튼을 눌렀다.

"안녕하세요, 아저씨!"

허공에다 대고 90도로 인사하는 신희를 본 우진은 주먹을 입에 물고서 소리 없이 웃어재꼈다. 매번 보는 광경인데도 매번 새롭게 우스웠다.

그런데, 어째 오늘은 통화하는 분위기가 좀 묘하다.

"네에에? 오늘 저녁이요? 오늘 저녁은……, 아, 아니에요! 시간 많아요! 엄청 많아요! 남아돕니다, 남아돌아요! 어디로 갈까요? 아니에요, 아니에요. 일부러 데리러 오실 필요 없는데……. 네, 알 겠습니다. 그럼 이따 뵈어요."

전화를 끊는 신희의 표정이 무척이나 복잡했다.

"왜 그래?"

"서연아! 나 한 번만 살려줘!"

"뭐? 무슨 소리야, 그게?"

"아저씨가 갑자기 오늘 저녁에 밥 사주신대. 나 꼭 가고 싶은 데……."

"그래서?"

"네가 내 대신 미팅 좀 나가주면 안 될까?"

"뭐어어어?"

벌써 몇 번이나 데려왔던 호텔 내 단골 이태리 식당이었지만, 신 희는 매번 올 때마다 처음 온 사람처럼 눈에 띄게 불편해했다.

시내가 훤히 내려다보이는 넓은 창가 자리에서도 그녀의 눈엔 아무것도 들어오지 않는 것 같았다. 잔뜩 긴장한 듯 먹는 것도 영 시원치 않았다.

"갑자기 불러내서 싫은 모양이구나."

"아, 아니에요! 그럴 리가요!"

"그런데 왜 그렇게 불편해하지?"

"죄송해요. 비싼 밥 사주시는데 적응이 잘 안 돼서…….""

신희는 무릎 위 냅킨을 접었다 폈다, 어쩔 줄을 몰라 하고 있었다.

건너편 자리에서 까르르 웃으며 음식 사진을 찍는 한 무리의 여자들을 힐끗 쳐다본 현성은 미간을 좁혔다.

"부담 갖지 말고 다음엔 네가 사. 그럼 되잖아."

"앗, 네! 이렇게 좋은 데는 아니라도 저희 학교 앞에 맛집 많아요!"

"그래? 그럼 오늘 갈까? 2차는 네가 맥주 쏴라."

"어, 치맥도 좋죠."

"술 잘 마셔?"

"조금요."

"얼마나?"

"소주 두 병 반?"

"애도 보통이 아니네."

마주 보고 피식 웃음을 흘리자 경직된 분위기는 금세 풀렸다.

현성은 신희의 잔에다 샴페인을 더 따라주며 힐끗 그녀의 얼굴을 살폈다.

어쩐지 평소와는 분위기가 좀 달라 보였다.

잔을 들어 입술을 대고 한 모금을 마시는 옆얼굴이 묘하게 낯설었다.

"왜 그렇게 쳐다보세요?"

"너…… 화장했니?"

그 소리에 신희의 뺨이 확 달아올랐다.

얼른 손으로 입을 가린 그녀는 몹시 부끄러워하며 물었다.

"이, 이상해요?"

"아니. 예뻐."

"아아, 빈말이라도 감사합니다."

"빈말 아닌데. 나 만나겠다고 그렇게 예쁘게 하고 나왔다니. 뭐랄까, 영광이다."

"네……?"

"처음 만났을 때 완전히 애기였는데, 어느새 아가씨가 다 됐네."

무슨 일인지 기억도 잘 나질 않는 볼일로 나갔다가 문득 걷고 싶어져 정처 없이 거리를 헤맸던 날이었다.

현성이 처음 발견했던 때 신희는 칼바람이 부는 2월의 거리에 위태롭게 홀로 서 있었다.

아담한 체구에 평범한 인상, 평범한 포니테일, 스쳐 지나가는

252

사람들 안에 섞여 있으면 전혀 눈에 띄지 않을 모습.

누군가를 기다리는 중인지, 그녀는 계속 같은 자리를 맴돌며 하늘을 올려다봤다 땅을 내려다봤다 하며 불안하게 서성거리고 있었다. 그 와중에도 연방 손을 비벼 뺨에 가져가 대는 걸 보니 어지간히도 추운 모양이었다.

한순간, 두 사람의 눈이 우연히 마주쳤다.

현성은 아무렇지도 않게 그녀를 쳐다봤지만 그녀는 쩔쩔매며 그의 눈을 피해버렸다.

다시 서성서성. 또다시 어색한 눈 맞춤, 그리고 또 서성서성.

세 번째 눈이 마주치던 순간, 지하의 바(Bar)로 이어진 계단에서 한 건장한 남자 한 명이 올라왔다.

담배를 물고 불을 붙인 남자는 다짜고짜 신희에게로 다가가 얼굴에 대고 연기를 뿜었고, 그녀는 대번에 기침을 콜록콜록 했다.

조금 떨어진 곳에서 그 광경을 지켜보고 있던 현성은 떨떠름한 표정으로 자기 손에 들린 담배를 비벼 꺼버렸다.

「안 된다니까. 학생 왜 이렇게 귀찮게 굴어.」

「사장님. 한 번만 더 생각해주시면 안 될까요, 네? 이번 달만 사정 봐주시면 다음 달에는 제가 공짜로 연주해드릴게요. 정말요.」

「아, 이 학생 진짜 말 안 통하네. 미자인데도 사정이 딱해서 써주려고 했더니 뭘 첫날부터 가불 타령이야? 안 된다고!」

「사장님…….」

「딴 데 가서 알아봐!」

「사장님! 제발요! 저, 그 오십만 원 꼭 필요해요. 어떻게 붙은 학교인데요! 꼭 이번에 등록해서 다니고 싶어요! 제발 부탁드립니다!」

분위기 묘하게 흘러간다 싶더니, 그녀의 입에서 나오지 않았어야 할 말이 나오고 말았다.

「시키시는 건 뭐든지 다 할게요!」

듣고 있던 남자의 표정이 묘해지는 걸 보는 현성의 머리끝이 쭈뼛 섰다.

대화로 미루어 절박한 심정은 잘 알겠지만, 아무리 급해도 그렇지 어린 여학생이 저렇게 순진한 소리를 해대는 게 아니다.

아니나 다를까, 남자의 얼굴에 수상한 빛이 어렸다.

「시키는 대로 다 한다고?」

「네! 한 달 동안 주방 일이랑 청소랑 서빙까지, 시키시는 건 다 할게요. 다 할 수 있어요. 밤새워서 일하라고 하시면 그렇게 할 테니까 제발요.」

턱을 문지르며 뭔가를 한참 생각하던 남자는 그녀를 위아래로 쭉 훑어보더니 만족스럽게 웃으며 말했다.

「분명 네가 한다고 했다.」

「네.」

「좋아, 그럼 너 나랑 지금 어디 좀 가자.」

「그럼 오십만 원 가불해주시는 거죠?」

「그래. 가게 맡겨놓고 올 테니까 넌 여기서 잠깐 기다리고 있어.」

그 말 속에 담긴 구역질나는 의도를 아는지 모르는지, 그녀는 남자에게 연방 허리를 굽혀 꾸벅꾸벅 인사했다.

현성은 문득 짜증이 치밀었다. 하필이면 저런 장면을 목격하다니.

앞으로 얼마쯤 뒤, 저 멍청할 정도로 순진하기 짝이 없는 여학생은 시커멓게 더럽혀지고 망가져 있겠지.

험한 세상을 헤쳐 나가다 보면 별의별 일이 다 있는 법이지만, 이런 건 가볍게 별일이라 하고 넘어갈 수 없는 일이었다. 인생 공부 같은 게 아니다. 절대로. 무슨 일이 있어도 아닌 건 아닌 거다.

그러나 현성은 어디 사는 히어로가 아니었다. 자기 일이 아니니 아무 상관도 없고, 참견할 이유도 없었다.

그래서 그냥 못 본 척 지나갈 생각이었다.

처음엔 그렇게 생각했었다. 추위에 떨며 길 한쪽에 서 있는 신희를 스쳐 지나가던 때, 그 얼굴을, 그 눈을 마주하기 전까지는.

「흑……, 흑흑.」

그녀는 안쓰러울 정도로 눈물을 뚝뚝 떨어뜨리며 웃고 있었다. 눈은 그렇게 서럽게 울고 있으면서 입으로는 쥐어짜듯 웃고 있었다.

자기가 처한 상황을 모르는 게 아니었다. 멍청할 정도로 순진한 게 아니었다. 그저 무너지지 않기 위해서 모르는 척 외면하고 있었던 것이었다.

두렵고 슬퍼서 어쩔 줄을 몰라 하면서도, 그녀는 고집스럽게 한 곳만 바라보고 있었다.

그녀가 그렇게까지 학교에 가고 싶어 하는 사정이라든지, 이루고 싶은 꿈이 뭔지, 아는 거라곤 하나도 없었다.

하지만 도와주고 싶었다. 그래야 할 것 같았다.

"우리 처음 만났을 때 혹시 기억하니?"

현성이 묻는 말에 신희는 눈을 동그랗게 떴다가 이내 배시시 웃으며 답했다.

"그걸 어떻게 잊어버려요."

"그런가?"

"네. 누군가한테 그렇게 혼나보긴 처음이었는걸요."

"아아, 기억하는 건 그런 쪽으로였어?"

현성은 그다지 창의적이거나 즉흥적인 사람이 아니었다.

그가 그녀를 당장 그 자리에서 벗어나게 할 방편으로 생각한 거라곤 학교 선생님 흉내뿐이었다.

시커먼 속내를 가지고 밖으로 나온 남자에게 현성은 자기가 졸업한 고등학교 이름을 대며 그곳의 학생주임이라고 말했고, 남자는 현성의 말이 미처 다 끝나기도 전에 급한 볼일이 있다면서 꽁무니를 내빼버렸다.

몹시 당황해하는 신희에게 모자란 등록금이 얼마인지 물은 현성은 그 자리에서 수표를 꺼내 그녀의 손에다 쥐여주었다.

딱 거기까지만 했어야 했는데.

그는 저녁도 먹지 못했다던 신희를 데리고 근처 분식집으로 가 거기서 장장 한 시간 동안 훈계를 이었었다. 나중엔 보다 못한 분 식집 주인아주머니가 말릴 정도로까지.

"하긴. 누군가한테 그렇게까지 잔소리를 해본 건 나도 처음이었 으니까. 왜 그랬을까. 지금 생각하면 좀 미안하네."

"아, 아니에요! 미안하다니요!"

얼굴을 붉히며 고개를 숙인 신희는 조그맣게 덧붙였다.

"아저씨는 제 인생 멘토시잖아요. 그런 말씀 하시면 안 돼요."

"멘토……."

신희의 솔직한 심정이 녹아 있는 말을 듣는 순간, 현성은 깨달을 수 있었다.

이미 성인인 신희가 그동안 왜 그렇게 애송이처럼 보였었는지.

그 길다면 긴 기간 동안 신희의 학업을 후원하며 둘 사이는 오히 려 가족들보다도 왕래가 잦았다.

그런데도 두 사람이 그간 이렇게 일정한 거리를 유지할 수 있었 던 건, 그들의 관계가 처음부터 이런 식으로 정립되어 있었기 때 문이었다. 현명하고 성실한 조언자와 그를 따르는 멘티.

그러니 남녀 사이의 감정이란 게 끼어들 여유가 없었다.

아니, 감정은 애초에 현성 쪽에서 일부러 배제했었는지도 몰랐 다. 어린 나이에 혹독한 환경에서도 키워왔던 꿈을 흔들어선 안 됐으니까.

언젠가 신희가 마침내 피울 꽃이 무슨 색인지를 지켜보는 것만
으로도 충분히 의미 있는 일이라고 현성은 생각했었고, 지금도 그
생각에 변함은 없었다.

그런데 오늘은 왠지 모르게 자꾸만 신희의 얼굴에 눈길이 갔다.

갑자기 성숙한 티를 내고 애송이가 아니라고 어필하는 모습이
이유 없이 어색하고 불안하게 느껴졌다.

그때, 묘한 긴장감이 흐르는 테이블 위에서 신희의 휴대전화가
진동을 울리며 움직이기 시작했다.

현성의 눈치를 살핀 신희는 몸을 돌리고 입을 가린 채 재빨리 전
화를 받았다.

"여보세……."

신희가 미처 한마디도 꺼내기 전, 전화 저편에서 귀곡성이 터져
나왔다. 우는 건지 화를 내는 건지 알 수 없는 여자 목소리는 어디
서 많이 들어본 것도 같았다.

"헉, 정말? 어떡하지? 미안, 미안. 진짜 미안해. 내가 내일 아이
스크림 사줄게. 응응. 두 개 사줄게. 그래그래, 꼭 딸기 맛으로 사
줄게."

전화를 끊는 신희는 몹시 미안한 듯한 표정이었다.

"무슨 일 있니?"

한참이나 우물쭈물하던 그녀는 현성의 눈빛에 마침내 항복하고
솔직히 털어놓았다.

"사실은……, 제가 오늘 이 시간에 미팅이 있었어요."

"미팅?"

"네. 학생회 언니가 자리 하나 빈다고 채우라고 하도 성화여서……, 그리고 재미도 있을 것 같았고, 그래서 가겠다고 약속했었거든요."

아아, 평소에 안 하던 화장을 한 건 이쪽에 잘 보이고 싶어서가 아니라 그런 이유였었나.

실망하기라도 한 듯, 일순 현성의 얼굴에 씁쓸한 미소가 어렸다.

"저런. 나 때문에 펑크 낸 모양이구나. 미안해서 어쩌지?"

"아니에요, 아니에요. 그런 거 아니에요, 정말. 저는 아저씨랑 식사하는 게 시시한 미팅보다 천만 배는 더 좋아요."

"그렇게 생각했다면 다행이지만."

"그리고 완전히 펑크 낸 것도 아니라서요."

무슨 뜻인지를 몰라 현성이 가만히 건너다보고 있는 가운데 신희는 충격적인 한마디를 덧붙였다.

"저 대신 서연이가 나갔거든요."

현성은 귀를 의심하며 다시 물었다.

"뭐? 누구?"

"서연이요."

눈을 가늘게 뜬 현성은 미간을 문지르며 심각하게 중얼거렸다.

"준호가 알면 상당히 곤란해질 텐데."

"네. 그래서 비밀로 하고 나갔어요."

"네 그 유쾌하다는 복학생 선배 말인데. 그 학생도 혹시 이 사실 아니?"

"어, 우진 선배요? 네. 부탁할 때 그 자리에 있었어요. 그런데 왜요?"

"입단속은 잘하고 왔겠지?"

신희는 뭘 그런 걸 다 묻느냐는 듯 손을 내저으며 웃었다.

"아유, 당연하죠! 그리고 우진 선배가 아무리 장난기 있어도 그런 걸로 장난할 사람은 절대 아니에요."

예나 지금이나 신희는 꾸준히, 그리고 전혀 변함없이 순진했다.

준호가 무척이나 수상한 문자 하나를 받은 건 디너모임이 있는 시내의 모 호텔 로비에 막 도착했을 때였다.

[형님, 괜찮으십니까?]

발레파킹을 맡긴 후 로비를 가로질러 걷던 중 받은 이 수상하기 짝이 없는 한 줄의 문자.

발신인은 굳이 확인할 필요도 없었다.

중요한 모임이었기에 그냥 가볍게 무시하고서 넘어가려고 문자를 삭제하던 때, 다음 메시지가 이어서 도착했다.

[서연이가 일부러 그런 건 아니니까 이해하세요, 형님.]

이번엔 절대로 가볍게 무시할 수 없는 문자였다.

발걸음을 멈추어 로비 한가운데에 우뚝 선 준호는 휴대전화 화면을 노려봤다.

근처를 지나가던 사람이 준호의 서슬에 흠칫 놀랄 정도로, 그는 섬뜩할 정도로 환한 미소를 짓고 있었다.

"아아, 이 자식은 정말이지⋯⋯."

짧은 한숨을 내쉰 준호는 평소답지 않게 투덜거리며 통화버튼을 터치했다.

신호는 그리 오래가지 않았다.

─ 형니임!

"누가 형님이야?"

─ 앗, 네. 죄송합니다, 형님.

느물느물한 우진의 태도에 준호는 아주 오랜만에 혈압이 오르는 걸 느꼈다.

"바쁘니까 용건만 말해줬으면 하는데."

─ 아아, 이런 시국에도 사회생활에 바쁘신 형님의 마음이 어떨지, 아우 된 자로서 이 어찌 슬프지 않을⋯⋯.

"아무래도 한국말을 전혀 못 알아듣는 것 같은데, 영어로 할까?"

- 아닙니다. 무슨 그런 심한 말씀을. 아무튼 서연이가 좋아서 그런 건 아니니까 넓은 아량으로 이해해주세요. 너무 화내지는 마시고요.

"자꾸 무슨 소리야? 할 말이 있으면 빙글빙글 돌리지 말고 똑바로 말해."

준호의 목소리에 날이 서자 우진은 기다렸다는 듯 되물었다.

　- 어어? 아이고, 이 형님? 모르시는 모양이네? 서연이가 말 안 했어요?

"뭘?"

　- 서연이 지금 미팅 하고 있는 거 모르세요?

이해할 수 없는 말에 준호의 미간이 맞붙을 듯 좁아졌다.

"미팅?"

　- 네. 학교 앞 '반도의 호프집'에서 공대 학생회 사내놈들이랑 5대 5 미팅 하고 있는데요.

전공이 같은 것도 아니고 학생회는 더더욱 아닌데, 서연이 공대 남학생들과 머리를 맞대고 회의를 진행할 일이 뭐가 있단 말인가.

준호의 의문은 이어지는 우진의 말에 해소될 수 있었다.

　- 아아, 해외에서 학교 졸업하셨다고 했죠? 미팅이라고 해서 '우리 서연이가 공대생들이랑 무슨 회의를 한단 말이지?' 하고 생각하셨다면 경기도 오산입니다. 이 미팅이 그 미팅 아닙니다.

그제야 사태를 파악한 준호가 더 이상 아무 말도 하지 않자, 전화 저편의 우진은 장난을 거두고 진지하게 덧붙였다.

– 그래도 너무 화내진 마세요, 형님.

"왜 내가 화를 낼 거라고 생각하지?"

준호가 싸늘한 어조로 물으니 우진은 오히려 당황한 듯 되물었다.

– 네……? 서, 서연이가 다른 남자를 만나고 있는데 형님은 화 안 나세요?

"안 나."

– 어어? 진짜로요?

"그래. 전혀."

– 레알? 대박. 생불이시네요.

준호는 미소 지으며 느긋하게 내뱉었다.

"나를 본인과 동급으로 생각하는 모양인데, 상당히 불쾌하거든? 용건 끝났으면 바쁘니까 이만 끊어.

– 으음. 아……, 진짜 바쁘신가 보네요. 실례했습니다. 그럼.

의도했던 반응이 전혀 아닌지, 우진은 어물어물하다 어색하게 전화를 끊었다.

"후우."

통화종료를 알리는 화면이란 원래 이렇게 오래 떠 있는 걸까.

줄곧 미소를 띠고 있던 준호의 표정이 돌변했다.

그는 미간이 맞붙을 정도로 인상을 쓰고 서 있다가 화면이 깨끗해지자마자 바로 호프집 상호를 검색했다.

지도 상 위치를 기억해둔 그는 곧바로 서연에게 전화를 걸었다.

처음 통화는 실패였다.

바로 이어서 두 번째 전화통화를 시도하려던 순간, 서연에게서 전화가 걸려왔다.

— 오빠.

"응."

평소처럼 부드럽기만 한 준호의 목소리에 서연은 어딘지 모르게 어색하고 부자연스러운 태도로 말을 이었다.

— 저기……, 방금 전화했었지? 시끄러워서 못 받았어.

"어디기에 그렇게 시끄러워?"

스피커 저편에서 잠시 머뭇거리던 서연이 조심스럽게 답했다.

— 선배 언니들이 학교 앞에서 차 한잔 하자고 해서 같이 나와 있거든.

"아아, 그래?"

— 저녁에 모임 있다더니, 아직 안 갔나 봐?

"이제 막 도착했어. 꽤 오래 걸릴 것 같아. 오늘은 못 만나겠네."

— 그렇구나. 그럼, 끝나고 집에 들어가서 통화해.

"통금시간 잘 맞춰서 들어가. 괜히 내가 오해받는다."

준호가 짓궂은 농담을 내놓자 서연은 다소 긴장이 풀린 듯 명랑한 목소리로 대답했다.

— 응. 그럼 이따 전화할게.

"술 조금만 마시고."

— 걱정 마. 많이 마시고 싶어도 못 마시는 거 알잖아.

그래. 거짓말도 아무나 하는 게 아니지.

방금 자기가 자기 입으로 '차 한잔'이라고 해놓고서, 서연은 앞뒤가 전혀 안 맞는 말을 했다는 걸 전혀 못 알아차리고 있었다.

통화시간을 알리는 화면이 깜박거리는 걸 가만히 내려다보고 있던 준호는 조금 전 왔던 길을 다시 돌아가 곧장 발레파킹 요원에게로 다갔다.

"방금 차 맡겼는데요."

"네, 손님. 무슨 문제라도……?"

"일이 생겨서 다시 나가야겠네요."

"저런. 급한 일인 모양이시군요. 잠시만 기다려주시면 출차해드리겠습니다."

"최대한 빨리 부탁합니다. 최근 들어 이렇게 급한 일은 또 처음이라."

준호의 환한 미소를 마주한 직원은 이유 없이 등골이 오싹해짐을 느끼고서 고개를 갸웃거렸다.

초저녁, 안 그래도 시끄러웠던 학교 앞 호프집은 평소보다 훨씬 더 소란스러웠다. 서연의 테이블에서 다섯 명의 남녀가 어색하게 열 맞춰 마주 앉아 목청 높여 떠들고 있기 때문이었다.

'아아, 도대체 언제 끝나는 거지? 지겨워.'

인원이 열 명이나 되어 정신이 하나도 없는 게 다행이라면 다행이었다. 서연이 딴청을 부리고 몇 번이나 화장실을 핑계 삼아 밖으로 나가도 크게 신경 쓰는 이가 없었다.

"어렵네."

신희를 위해선 뭐든지 다 할 수 있을 거라고 생각했었지만, 모르는 사람들 사이에서 억지로 자리만 채우고 앉아 의미 없는 대화를 주고받는 건 쉬운 일이 아니었다. 적당히 분위기 무르익으면 핑계를 대고 자리에서 일어나는 게 좋을 것 같았다.

호프집 옆 골목 모퉁이의 전봇대에 기대앉은 서연은 물끄러미 하늘을 올려다봤다.

모든 일이 다 순조로웠다.

학교생활도, 사람들 사이에서의 관계도 더할 나위 없이 좋았다. 지금 그녀는 그 어느 때보다도 평온했다.

물론 준호가 이 사실을 알게 됐을 때의 문제가 남아 있었지만, 그것도 아까의 통화로 어느 정도는 해결된 것 같았다. 그에게 거짓말을 했다는 게 미안하긴 했으나 나쁜 마음을 먹은 게 아니고 신희를 위해서였으니 어쩔 수 없었다.

"여기서 뭐 해?"

머리 위에서 들린, 준호와 비슷한 목소리에 서연은 경악하며 고개를 번쩍 들었다.

가로등 불빛을 등지고 선 남자의 얼굴은 그림자에 가려 잘 보이질 않았다. 목소리는 준호와 언뜻 닮게 들렸지만, 그림자만으로도

266

준호가 아니란 걸 확실히 알 수 있었다.

"죄지었니? 왜 그렇게 놀라?"

몸을 숙여 서연과 시선을 똑바로 마주친 남자는 조금 전 만났던 공대생 일행 중 한 명이었다.

박수철? 이영철? 김민철? 뭔가 '철'로 끝나는 이름이었다는 것을 빼곤 전혀 기억나지 않지만, 일행 중 가장 키가 크고 몸이 좋았던 사람이라 눈에 띄었던 이였다.

"아, 아무것도 아니……에요."

2학년이라고 했던가? 아니, 3학년? 역시 기억이 애매했다.

"은서연이랬지? 너도 스물한 살이라면서 웬 존댓말?"

"초면이니까……."

"왜 나와 있어? 지루해서?"

서연이 아무 대답도 하지 않자 남자는 물끄러미 그녀를 바라보다 피식 웃으며 물었다.

"야. 너, 남친 있지?"

놀란 서연이 눈을 동그랗게 뜨자 그는 그녀의 왼손 약지를 가리키며 말을 이었다.

"디자인이 딱 커플링인데, 무슨 사정인지는 모르지만 보통 그런 건 빼고 나오는 게 예의지."

"아아."

서연은 준호와의 커플링을 그대로 끼고 있었다. 목욕할 때조차 빼지 않는, 말하자면 몸의 일부 같은 거라 끼고 있는 것조차 잊고 있었던 것이다.

"혹시 남친이랑 싸우고 홧김에 나온 거야?"

"아닌데요."

고집스럽게 존대하는 서연을 보며 남자는 못 말리겠다는 듯 웃음을 티뜨렸다.

"사실은 친구가 갑자기 일이 생기는 바람에 대신 나온 거예요."

"흐음. 바람둥이네."

"아니라니까!"

서연이 발끈하며 화를 내자 남자는 더욱더 크게 웃으며 말했다.

"아아, 미안, 미안. 알았어. 분위기 보니까 곧 자리 옮길 것 같던데, 그때 먼저 가라. 내가 너 일 있다고 얘기해줄게."

"아……."

의외의 말에 서연이 빤히 쳐다보자 남자는 머쓱하게 웃으며 말을 이었다.

"사실 다들 너 찍었어. 나중에 들통 나고 바가지로 욕먹기 전에 얼른 피하는 게 좋을걸. 내가 지금 너 구해주는 거다, 알지?"

"응. 고마……워."

서연이 민망함으로 얼굴을 붉히자 남자는 휴대전화를 꺼내더니 물었다.

"정 고마우면 전번이나 좀 알려주라."

"뭐?"

"나중에 밥 한 끼 사."

아, 결국은 그런 거였어?

서연의 눈매가 가늘어지던 순간이었다.

"으음……?"

갑자기 말로 형용할 수 없는 묘한 느낌이 서연의 온몸을 훑고 지나갔다. 불길함의 척도로만 따진다면 지구 멸망을 눈앞에 둔 수준이랄까. 머리부터 발끝까지 짜릿한 긴장이 흐르고 온몸에 소름이 돋더니 이내 눈앞이 캄캄해졌다.

아아, 이건 그거다. 백 프로 그거다.

"왜 그래? 무슨 일 있어?"

남자의 묻는 말도 귀에 들리지 않았다.

서연은 본능적으로 고개를 돌려 사방을 두리번거리다 호프집 건너편을 바라봤다.

왕복 4차선 도로의 가로수 아래, 누군가가 팔짱을 끼고 기대선 채 똑바로 이쪽을 노려보고 있었다. 멋들어진 슈트에 우아한 자태로 서 있는 남자가 누구인지는 굳이 가서 확인할 필요도 없었다.

"아……, 아악! 난 몰라! 망했어!"

머릿속이 마구 뒤엉켰다.

"누구지? 누가 고자질한 거지? 신희는 아닐 테고. 아아, 우진 선배 그 자식! 절대 말 안 한다고, 사나이로서의 자존심까지 걸겠다고 한 인간이!"

당황해서 어쩔 줄을 몰라 하는 서연을 보고 뭔가를 눈치 챘던지, 옆에 서 있던 아무개철이 고개를 돌려 길 건너편에 눈길을 주었다.

"헉. 남친?"

"어떡하지, 어떡하지!"

순간 준호와 눈을 마주친 아무개철은 몸을 부르르 떨더니 서둘러 꽁무니를 내뺐다.

"아, 뭐, 잘해봐라."

서연이 혼자 남은 후로도 준호는 미동도 하지 않은 채 그 자리에 서서 계속 그녀를 바라보고만 있었다. 아무래도 화가 단단히 난 모양이다.

잠시 머릿속을 정리한 서연은 서둘러 안으로 들어가 가방을 챙긴 후 집안일 핑계를 대고서 자리를 떴다.

보행신호를 기다리는 순간이 마치 지옥 입구에서 입장 순번을 기다리는 것처럼 느껴졌다.

길을 건너 그에게로 다가가는 동안에도 별생각이 다 들었다.

그 와중에 주책없게도 준호가 왜 이렇게 멋져 보이는지. 물론 오늘 나온 공대생들도 다들 훈남에 매너도 좋은 사람들이었지만, 뭐, 이쪽에 비하면 귀여울 정도였다.

마침내 둘 사이의 거리는 두 걸음 정도가 되었다.

준호는 섬뜩한 미소를 짓고서 아무 말도 하지 않은 채 서연을 뚫어져라 바라보고만 있었다.

어색함을 참지 못했던 서연은 눈을 질끈 감고서 그동안 머릿속에서 정리했던 변명들을 한꺼번에 풀어냈다.

"내가 다 설명할게, 오빠. 지금부터 하는 말은 순도 백 프로 진실이니까 의심하면 안 돼, 알았지? 처음에 신희가 오늘 미팅 있다고 해서 내가 걔 화장도 다시 고쳐주고 그랬었어. 그건 직접 전화해서 확인해봐. 정말이야. 그런데 화장 고치고 있는데 갑자기 아저씨한테서 전화가 온 거야. 신희가 아저씨라면 껌벅 죽는 거 알잖아? 당장 거기 가야 하는데 이제 와서 미팅 펑크 내면 주선자는 뭐가 돼? 내가 나간다고 한 게 아니야. 신희가 하도 사정사정하기에 어쩔 수 없이 대신 나가게 된 거라고."

장황하기 짝이 없는 설명에도 준호의 표정은 여전히 변함이 없었다.

서연은 울상을 하고서 아무 의미도 없는 말들을 이어나갔다.

"생각해봐, 오빠. 내가 오빠 놔두고 다른 남자들 만나서 뭐하겠어? 나도 지루해서 죽는 줄 알았단 말이야."

거기까지 들은 준호가 마침내 입을 열고 한마디를 내놓았다.

"걱정 마. 전혀 신경 안 쓰니까."

"뭐?"

"네가 어디서 누굴 만나든, 어쨌든 넌 내 거니까 신경 안 쓴다고."

"어……? 정말?"

뭔가 이상한데? 신경 안 쓰면 여기엔 왜 왔는데?

서연이 고개를 갸웃거리며 의심스러운 표정으로 올려다봤지만, 준호는 여전히 느긋한 태도로 웃으며 다시 못 박았다.

"괜찮아. 여러 사람들과 관계를 맺는 건 좋은 일이지. 터치 안 할 테니까 앞으로도 계속 그렇게 미팅도 하고 그래."

"오빠……?"

이상하다. 뭔가가 이상하다.

그렇게 생각하는 순간, 그가 날카로운 어조로 물었다.

"그런데, 아까 그 녀석은 누구야?"

아아, 그러면 그렇지, 하는 얼굴로 서연이 오만상을 다 찌푸리자 준호는 손을 내저으며 다시 말했다.

"오해하지 마. 그냥 순수하게 궁금해서 물은 거니까."

"아하. 순수하게 궁금해서?"

"그래. 그러니까 솔직히 말해도 돼."

서연은 잠시 고민하다 약간의 과장을 섞어 준호를 떠보았다.

"사실은 저 사람이 오늘 나온 사람들 중에서 제일 잘생긴 사람이었는데, 갑자기 따라 나와서 전화번호를 물어보더라고."

준호는 여전히 표정을 바꾸지 않은 채 웃고 있었지만, 서연은 그의 왼쪽 눈썹이 씰룩거린 것을 놓치지 않았다.

그러고 보니 일전에 준호의 회사에 갔다가 성숙한 여자들을 보고 주눅 들었던 일이 떠올랐다. 그때 준호는 아무렇지도 않았지만 서연은 괜스레 혼자서 위축되고 마음 한구석이 불편했었다.

어쩌면 지금의 준호도 비슷한 상황인지도 몰랐다.

내가 전혀 모르는 상대방의 생활이란 건 역시 불안하기 마련이다. 상대방은 그런 마음이 없다 해도 괜히 나만 초조하고 맘 졸이게 되는 것.

"그래서 전화번호를 순순히 알려줬어?"

이로써 확실히 알 수 있었다. 준호는 눈에 띄지 않게 동요하고 있었다. 서연 때문에 맘을 졸이고 있었다.

자신 때문에 발을 동동 구르는 준호를 보는 건 서연에게 있어선 새로운 기쁨이었다.

그동안 그가 서연이 애태우고 매달리는 걸 보며 즐거워했던 것을 떠올리니 더욱더 그랬다.

그래서 서연은 조금 더 준호를 골려주기로 했다.

"응. 아무 때나 연락하라고 했어."

"정말?"

준호가 믿을 수 없다는 듯 되묻자 서연은 마음속으로 쾌재를 불렀다. 아이고, 세상에나! 이렇게 고소할 수가!

"표정이 왜 그래? 신경 안 쓴다면서."

얇은 안경렌즈 아래 준호의 눈동자가 섬뜩한 빛을 발했지만, 서연은 그의 눈을 애써 피하며 말을 이었다.

"사람이 눈앞에서 부탁하는데 어떻게 매정하게 거절해?"

"아아, 우리 아가씨는 누가 눈앞에서 부탁하면 간도 선뜻 꺼내 주겠구나."

준호가 빈정거리자 서연은 어이없다는 듯 손을 내저으며 되물었다.

"에이, 겨우 전화번호인데 무슨 간 드립까지. 그리고 맘 맞으면 친구로 지낼 수도 있는 거잖아?"

"친구?"

"그렇지. 친구."

준호의 얼굴에서 마침내 웃음기가 사라졌다.

웃지 않는 그의 얼굴이 몹시 낯설고 무서웠다.

서연은 그제야 사태가 생각보다 심각하다는 것을 깨닫고서 조심스럽게 수습을 시도했다.

"저기……, 아니야. 실은 거짓말이었어."

"뭐?"

"전화번호도 안 알려줬고……, 나, 저 사람 이름 뭔지도 몰라."

준호가 아무 말도 하지 않은 채 굳은 표정으로 내려다보자 서연은 그제야 몹시 미안해져서 사과를 이었다.

"미안. 오빠가 신경 쓰는 것 같아서 오버해봤어. 장난이 너무 심했지?"

한동안 생각에 잠겨 있던 준호는 호프집을 건너다보며 담담하게 말했다.

"너하고 같이 있으면 내가 점점 더 바보가 되어가는 것 같아."

이해할 수 없는 말에 서연의 표정도 굳었다.

"무슨 소리야, 그게?"

"전에는 아무 생각도 없었고 그냥 사는 게 무감각하기만 했는데, 점점 더 작은 일에 기뻤다가 서운했다가, 즐거웠다가 화가 났다가……. 꼭 무슨 롤러코스터를 타는 것 같아."

먼 곳을 바라보는 준호의 눈빛은 무척 복잡해 보였다.

"그래서 싫은 거야?"

다시 고개를 돌려 서연을 마주 본 준호는 어깨를 으쓱하더니 답했다.

"아니."

"그럼 됐잖아?"

준호는 조심스럽게 눈치를 살피는 서연을 나무랐다.

"그런 식으로 쉽게 빠져나가려고 하지 마."

"쉽게 빠져나가다니?"

영문을 모르는 듯 눈을 깜박이는 서연을 똑바로 내려다보며 준호는 추궁을 이었다.

"낮에 모르는 남학생한테서 초콜릿 받았지?"

서연은 또 한 번 경악했다.

"그, 그걸 어떻게……?"

아니, 도대체 이 세상에 비밀이란 게 있긴 한 건가? 남의 머리 위에다 무슨 정찰 드론이라도 띄워놓은 건지, 이 인간은 어떻게 모르는 게 없는 거지?

"신희 학생이 그 초콜릿을 가져가서 형님한테 먹으라고 줬는데, 그 안에서 메시지카드가 나왔대. 친구부터 시작하자고 쓰여 있는."

"아니, 신희 걔는 왜 그걸……! 아아, 그만두자. 지친다, 이제."

서연은 허탈한 표정으로 한숨을 내쉬고 항의했다.

"그래서 나더러 뭘 어쩌라고! 이럴 것 같아서 내가 안 먹고 신희 준 거잖아!"

"그냥. 이쯤 되니 여러 가지 생각이 드네."

"무슨 생각이?"

그 말에 준호는 끝까지 아무 대답도 하지 않았다. 뭔가 꿍꿍이라 도 있는 걸까.

"오빠?"

짧은 한숨을 내쉰 준호는 이내 평소의 모습으로 돌아와 화제를 돌려버렸다.

"실은 내가 저녁을 아직 못 먹었는데."

"어머, 아직도? 뭐 하다가?"

"뭐는 뭐야. 여기 쫓아오느라 그랬지. 간단하게 요기라도 할 까?"

서연은 주변을 두리번거리다 물었다.

"여긴 분식집밖에 없는데, 어묵 같은 거라도 좀 사줄까, 오빠?"

"어묵?"

일순, 준호의 눈동자가 빛난 것 같았는데 착각이었나 보다.

"왜? 어묵 싫어?"

"아니. 어묵 하니까 생각나네. 맛있는 집 아는데. 같이 가볼까?"

"거기가 어딘데?"

"따라와 보면 알아."

"어딘데 말을 안 해?"

"가 보면 안다니까."

서연은 아무 생각 없이 덜렁 준호의 차에 올라탔다.

전에 당했던 패턴이 아닌가 하는 걸 깨달았을 때, 서연은 아차 싶어 준호를 제지했지만 이미 완전히 늦은 후였다.

— 우리 딸, 어디?

"아, 아빠……."

— 통금시간이 십 분 남았구나. 집 근처에 다 와가지?

꿀꺽 하고 마른침 삼키는 소리가 차 안에 크게 울리자 준호의 입꼬리가 슬쩍 올라갔다. 그 모습이 더없이 사악했다.

서연은 준호를 사납게 노려보며 한마디라도 **삥긋**하면 죽는다는 시늉을 해 보였다.

"그, 그게, 아빠. 실은 오늘 신희랑 놀다가 시간 가는 줄을 모르고……. 저, 저, 저기, 모처럼 신희 자취방에서 하루만 자고 들어가면…… 아, 안 될까요?"

아, 왜 더듬는 건데!

아니나 다를까, 은 사장은 서연의 어색한 말투를 그대로 흉내 내며 딱 잘라 거부했다.

— 아, 아, 안 될 것 같은데요.

"아빠!"

— 옆에 최 이사 있지? 바꿔라.

부모의 직감이란 이렇게 무서운 건가. 서연은 팔에 돋아난 소름

277

을 파바박 문지르며 설레발을 쳤다.

"아빠는! 여기 오빠가 어디 있어요? 신희랑 같이 있다니까요! 정말이에요."

– 그럼 신희 바꿔.

"화, 화장실 갔는데요. 아빠아, 오늘 하루, 딱 하루만요. 네?"

서연은 거의 울 것 같은 표정으로 전화기를 부여잡고서 통사정을 하고 있었다.

불행인지 다행인지.

한참의 실랑이 끝에 은 사장은 어쩔 수 없다는 듯 길게 한숨을 내쉬더니 이내 너털웃음을 흘리며 귀한 허락을 내렸다.

– 이번 딱 한 번만이다. 알겠지?

"네, 고맙습니다. 내일은 일찍 들어갈게요."

– 그래. 내일 보자꾸나.

전화를 끊는 서연을 지그시 건너다보며, 준호는 빙글빙글 웃기만 할 뿐이었다.

약이 잔뜩 오른 서연은 준호의 팔을 사정없이 꼬집으며 소리쳤다.

"웃지 마! 어묵 먹으러 이 시간에 부산까지 가는 미친 사람이 어딨냐고오오오오!"

"꼬집지는 마. 운전 중에 위험하잖아."

"시끄러워, 이 나쁜 놈아!"

크게 한번 휘청거린 준호의 차는 붉은 미등을 꼬리처럼 길게 남기며 경부고속도로를 질주했다.

　그 시각.
　한 여사가 자른 복숭아 한 조각을 포크로 찍어 은 사장에게 건네며 물었다.
　"세상에. 서연이가 외박을요?"
　"그래. 신희 자취방에서 자고 온다는군."
　"아아, 신희라면 안심이죠."
　그 소리에 은 사장이 코웃음을 쳤다.
　"신희라면 안심?"
　한 여사가 의아한 눈으로 건너다보는 가운데, 은 사장은 키득키득 웃으며 중얼거렸다.
　"세상 차암 좋아졌어. 전방에 과속 단속 카메라 있다고 알려주는 자취방도 있고 말이야."

26
/
폭풍전야

공기 중에 밴, 희미한 소독약 냄새.

아담한 진료실 안에 앉아 있을 때면 서연은 늘 심경이 복잡해졌다.

"정말 많이 좋아진 것 같은데. 네 아버지가 입에 침이 마르도록 자랑해대더니 거짓말이 아니었구나. 얼굴에서 아주 빛이 나는 것 같네."

서연이 한 달에 한 번 꼬박꼬박 상담을 다니는 대학병원의 담당교수는 서연의 부친인 은 사장과 오랜 친구였다.

"살이 쪄서 그런가 봐요."

다른 어느 때보다 더 뽀얗게 살이 오른 손등을 내려다보며 서연은 잠시 미간을 좁혔다.

요즘 너무 잘 먹고 너무 잘 자서인지 몸이 눈에 띄게 불었다. 물론, 아직도 신장 대비 표준체중에는 한참 못 미치는 몸무게지만, 이대로 넋 놓고 앉아 있다간 곧 모든 옷들이 다 작아질지도 몰랐다.

"빼빼 말랐던 사람이 살 붙는 건 좋은 일이지. 훨씬 보기 좋은데?"

"아……, 고맙습니다."

"그건 그렇고. 그동안 약을 많이 줄이긴 했었는데, 어디 보자. 며칠이나 지났지?"

이전엔 떨어지지 않도록 늘 긴장하며 날짜 조절을 잘했었는데, 최근 들어 서연은 자꾸만 약 먹는 것을 잊다 급기야 완전히 떨어뜨리고 말았다. 그것도 한참이나 지나 알아차린 것이었다.

"닷새 정도요."

"그렇구나."

키보드로 뭔가를 타이핑한 담당교수는 모니터를 확인한 후 서연을 바라보며 인자한 미소를 지었다.

"우리 서연이 이제……."

가만히 그의 말을 경청하고 있던 서연의 눈동자가 한번 크게 흔들리다 제자리를 찾았다.

미동도 하지 않고 앉은 채 얼마간의 시간을 더 보낸 그녀는 이내 자리에서 일어나 공손히 인사하고 진료실을 나섰다.

대기의자에 길게 앉은 사람들은 하나같이 가면을 쓴 것처럼 무표정이었다.

얼마 전까지만 해도 같은 곳에 앉아 비슷한 모습으로 차례를 기다렸던 자신을 떠올리자 왠지 모를 씁쓸함이 밀려왔다.

병원 정문을 나선 서연은 바깥 공기를 깊이 들이마셨다.

여름의 초입, 공기는 산뜻했고 바람은 미지근했으며 햇빛은 눈을 뜰 수 없을 정도로 강렬했다.

"후."

심호흡을 한 후 내려다보니 그림자가 발밑에 바싹 붙어 있었다.

"숏다리."

별로 우습지도 않은 일로 키득키득 한참이나 웃던 서연은 경쾌하게 발걸음을 옮겼다.

「우리 서연이, 이제 약을 좀 중단해볼까.」

눈 뜨는 아침은 매일 새로웠고, 내딛는 걸음은 점점 더 가벼워지고 있었다.

괜찮다. 나는 괜찮다.

이제 나는 괜찮다.

쉴 새 없이 되뇌며, 서연은 눈을 감고서 온몸으로 세상을 느껴보았다.

"아아, 다들 무슨 생각인지 도무지 알 수가 없다니까."

혼잡한 학생식당에서 식판을 앞에 둔 서연이 포크를 들고서 핏대를 올리자 신희는 심각한 표정으로 건너다봤고, 우진은 창피할 정도로 크게 웃어댔다.

"왜 웃어요! 따지고 보면 이게 다 선배 때문이라고요!"

"아, 그래. 껄껄껄."

영혼 없는, 그것도 사과 같은 건 눈 씻고 찾아도 없는 우진의 대답에 서연은 잔뜩 약이 올라 그를 흘겨봤다.

"그래서 통금이 한 시간 더 당겨졌단 말이지?"

"레슨 끝나면 자유시간이라고는 딱 한 시간 남는데 그 시간 동안 차 한잔도 못 마실 거 아니에요!"

"엽기구먼. 외박한 거 들켜서 엄빠한테 혼난 주제에 어디다 화풀이야?"

"진짜 문제는 그게 아니라……."

설마 내비게이션 때문에 들킬 거라곤 생각도 못하고 있었다.

준호와 부산에서 하룻밤을 보내고 돌아온 다음 날 저녁, 은 사장은 서연을 훈계하는 자리에 준호까지 호출했다.

그대로 나란히 앉아 남김없이 영혼을 탈곡 당할 거라고 생각했지만, 의외로 충격은 다른 곳에서 터졌다.

「아빠는 신경 안 쓴다. 정말 안 쓴다. 그렇게 서로가 좋아 죽겠으면 어쩌겠니. 다만 사람들 눈이 있으니 아무래도 결혼 전엔 몸가짐을 조심히 하는 게 좋겠지. 그래도 정 못 참겠으면, 나는 결혼 시기 같은 건 굳이 따지지 않아도 된다고 생각한다. 엄마도 아빠한테 시집올 때 재학 중이었으니까 말이다.」

서연은 뭐든지 한발 늦게 알아차리는 스타일이어서, 그 말이 떨어졌을 때 준호의 표정을 보고서 뒤늦게 깨달았다.

그 밤에 부산까지 내려가 문 닫은 가게들을 순례하다 결국 해운대 바닷가의 포장마차에서 다 불어터진 어묵을 먹고 호텔에서 잠깐 눈 붙인 후 올라왔던, 아무 의미도 없다고 생각했던 그 모든 과정들이 전부 계산된 행동이었음을.

은 사장이 내린 통금시간 단축령과 준호의 기행, 그리고 무슨 일인지 갑자기 요리학원을 알아보러 다니는 한 여사를 보고 있으면 벽이 조여 오는 것 같은 기분이었다.

이것은 명백한 압박이었다.

"이러다 졸업 전에 강제로 유부녀 될 판이라고."

서연이 울상을 하자 신희와 우진이 눈을 휘둥그레 뜨고서 놀랐다.

"으악. 그 정도야?"

"응. 오빠네 집에 인사드리러 가면 바로 상견례 날 잡을 것 같은 느낌적인 느낌."

서연이 여전히 울상을 하고 있으니 신희가 조심스레 물었다.

"혹시…… 결혼하기 싫은 거야?"

너무 직격으로 건너온 물음에 서연은 얼굴을 확 붉히고서 당황해했다.

284

"아, 아니, 뭐, 그런 건 아니지만."

다시 제자리로 돌아오기까지 너무 긴 시간이 걸렸다. 이제야 다시 세상에 적응하고 조금씩 즐거워지고 있는데, 또 한 번 환경이 바뀌는 것에 잘 적응할 수 있을지 자신이 없었다.

그리고 졸업 전에 좀 더 많은 경험을 하고 즐겨보고도 싶은 생각도 있었다.

이번 미팅 사건으로도 알 수 있듯, 서연의 일거수일투족에 다 예민하게 신경을 곤두세우고 있는 준호는 함께 살기 시작하면 지금과는 비교할 수 없을 정도로 전방위 압박을 가할 것이 분명했다. 아니, 어쩌면 애초에 결혼을 압박의 한 방편으로 생각한 건지도!

준호를 사랑하고 영원히 함께하고 싶은 마음이야 변함없지만, 그래도 역시 재학 중의 결혼은 좀 부담스러웠다.

"싫은 게 아니면 그냥 하면 되잖아. 뭐가 문제야?"

우진이 툭 던지는 소리에 서연은 눈을 쭉 찢으며 한심한 듯 답했다.

"선배는 인생이 단순해서 좋겠어요."

"인생은 단순한 거야, 인마. 복잡하게 생각해봤자 돌아오는 건 두통, 치통, 생리통뿐이라고."

"으음. 듣고 보니 그것도 그러네요. 뒤에 이상한 게 붙은 것만 빼고."

포크를 잘근잘근 씹으며 생각에 잠긴 서연은 문득 이상한 느낌에 뒤를 돌아봤다.

"왜 그래?"

"어……, 아니. 아무것도 아니에요."

서연은 고개를 갸웃거리며 잠시 인상을 찡그리다 다시 몸을 돌려 앉았다.

한 시간 앞으로 당겨진 통금 때문에 짧아진 데이트가 더없이 감질났다.

차 안에서 쉽사리 내리지 못하고 우물쭈물하는 서연을 건너다보며 준호는 빙글빙글 웃고 있었다.

"웃지 마. 정들어."

서연이 핀잔을 주었지만 준호는 여전히 아랑곳 않은 채 웃기만 할 뿐이었다.

"들어가봐. 아버님한테 또 혼날라."

"부산만 안 갔어도 이 고생 안 했잖아."

통금 커트라인이 거의 다 되자 준호는 운전석에서 내려 차를 크게 한 바퀴 돌아 조수석 문을 열어주었다.

미적거리다 벨트를 풀고 차에서 내린 서연은 준호를 한번 흘겨봤다.

그때, 그가 성큼 한 걸음 앞으로 다가왔다.

물러날 곳이 없는 바람에 서연은 준호와 온몸을 딱 붙인 자세가 되고 말았고, 이내 그의 따스한 숨결이 뺨으로 쏟아졌다.

어둑한 골목에서 나눈 키스는 아주 짧았지만, 그 어느 때보다도 더 깊고 진했다. 혼까지 쏙 빠지는 듯한 느낌에 서연은 한동안 눈을 감은 채 그대로 서서 호흡만 다스리고 있었다.

"잘 생각해봐. 이런 걸, 그리고 이것보다 더한 걸 매일 아무 때나 누구의 눈치도 보지 않고 할 수 있단 말이야."

들릴 듯 말 듯 귓가를 스치는 준호의 속삭임에 서연의 온몸 솜털이 바짝 일어났다.

"벼, 변태니?"

키득키득 웃던 준호는 몸을 일으키더니 덧붙였다.

"곧 시간 내신대."

"응? 누가?"

"할아버지."

서연은 평소처럼 앓는 소릴 하지는 않았다. 마음을 정리하려는 듯 가만히 고개만 끄덕일 뿐.

"알았어. 조심히 들어가, 오빠."

"그래. 이따 전화해."

"응."

서연이 대문 앞에서 계속 손을 흔드는 동안 준호는 천천히 차를 돌려 골목을 빠져나갔다.

그가 사라진 골목에 짙은 아쉬움과 쓸쓸한 어둠만이 내려앉았다.

그래. 결혼을 하게 된다면 이렇게 매일 헤어지느라 감정을 소모할 필요도 없겠지.

"어쩌면 그렇게 나쁘지만은 않을지도……."

어깨를 으쓱하고서 대문으로 돌아서는 순간, 서연은 저도 모르게 발걸음을 멈추었다.

준호가 사라진 반대편 골목에서 누군가가 으슥한 어둠을 뚫고 나타나서 빤히 그녀를 바라보았다.

"아……!"

"되게 오랜만이다, 서연아."

「서연아, 정말 사랑해.」

「은서연, 이 나쁜 년!」

이제는 다 괜찮아졌다고, 아무렇지도 않다고, 그 애도 힘들었을 거라고, 나랑 똑같이 가엾은 애였을 거라고, 그렇게 숱하게 되뇌었던 생각과 말들은 막상 이 상황이 닥치니 하나도 떠오르질 않았다.

"송……성진……?"

순식간에 바싹 말라버린 입술로 그 이름을 중얼거리자 온몸에 소름이 돋아났다. 숨이 저절로 가빠지고 있었다.

한 걸음 더 앞으로 다가온 성진은 아련한 눈으로 서연을 바라보며 말했다.

"잘 지냈니? 전보다 더 예뻐졌다."

서연이 저도 모르게 한 걸음 뒤로 물러나자 성진은 놀란 듯 똑같이 뒤로 물러나며 해명했다.

"아, 결코 놀라게 하거나 위협하려고 온 건 아니야. 미안해."

지금의 성진은 서연의 기억 속에 남아 있는 모습과는 많이 달랐다.

짧은 스포츠머리는 어느새 길어 있었고, 음침했던 눈동자에는 생기가 돌고 있었다. 단정한 인상과 평범한 외모는 지나가다 흔히 볼 수 있는 착한 청년의 모습, 그것이었다. 지난 4년 동안 누군가를 나락으로 떨어뜨렸던 자라고는 도저히 생각할 수 없었다.

"소식 들었어. 내가 나가 있는 동안 너…… 많이 안 좋았었다고. 계속 학교 옮겨 다니고 왕따 당하고, 아파서 대학교도 휴학했었다면서?"

언젠가 눈앞에 나타나면 나는 이제 괜찮으니 너도 괜찮아지라고 얘기해주겠다고, 그렇게 생각했던 서연이었지만 아무 말도 나오질 않았다.

상대방이 너무도 멀쩡해서였다.

기가 막히고 화가 나고 억울하고 슬펐다. 머릿속이 온갖 감정으로 뒤엉켜 지금까지 뭘 하고 있었던 건지, 더 이상은 아무 생각도 들지 않았다.

"그때 내가 네 눈앞에서 뛰어내려서 그런 게 아닌가 하는 생각에 오랫동안 미안했어. 죄책감 때문에 너무 괴로워서…… 그래서 일부러 사과하러 온 거야."

서연의 가슴속에서 갑자기 뭔가가 치솟았다. 불덩어리처럼 화끈한 것이 목구멍으로 치솟았다.

그녀는 애써 감정을 누르며 꽉 막힌 목소리로 말했다.

"아, 그때 그런 식으로 거절해서 나도 미안했어. 그리고 다 지난 일이니까 이제 잊자."

"서연아……."

"나는 다 잊었어. 하나도 남김없이 다. 그러니까 너도 잊어. 서로 사과할 것도 없고, 그냥 이렇게 묻자. 인생은 길잖아? 긴 인생 중 겨우 한순간, 겨우 몇 년이야. 그러니까 골치 아프게 서로 용서 구하고 뭐 하고 할 것 없이 아주 지워버리자고."

서연은 속사포처럼 할 말을 쏟아내고 있었다. 그 모습이 꼭 이 상황을 회피하려는 것처럼 보였다.

아니나 다를까.

서연은 눈을 질끈 감고서 악에 받친 말을 덧붙였다.

"미안해! 나는 속이 좁아서 못 견디겠어! 더는 너하고 아무 얘기도 하고 싶지 않아! 같은 장소에서 숨도 쉬고 싶지 않다고! 제발 부탁이니까 가줄래?"

"서연아."

"가라고!"

"서연……."

성진이 안타까운 표정으로 한 걸음 다가서자 서연은 몸서리를 치며 비명을 내질렀다.

"아아! 싫어어어!"

그때, 골목 안쪽이 눈부시게 환해졌다.

하이빔을 쏘며 급정차한 차에서 누군가가 내려 다가왔다.

그 누군가는 눈을 꼭 감고 온몸을 웅크린 채 덜덜 떨고 있는 서연의 바로 곁을 뚜벅뚜벅 스쳐 지나갔다.

바람결에 실려 온 향기가 무척이나 익숙하다 싶었더니, 이내 어디서 많이 들어본 목소리가 울렸다.

"뭐 하는 놈이야?"

어떻게 알고 돌아왔는지는 몰라도 준호였다.

성진이 아무 대답도 못한 채 뒤로 한 걸음 물러나자 준호는 한 걸음 더 앞으로 다가섰다.

그를 싸늘하게 내려다본 준호가 재차 물었다.

"뭐 하는 새끼냐고 묻잖아!"

지금껏 무슨 일이 있더라도 단 한 번도 보이지 않았던 준호의 거칠고 섬뜩한 모습에 서연은 놀란 나머지 고개를 들고 그들을 바라봤다.

성진은 준호의 큰 키와 넓은 어깨에 다 가려 아예 눈에 띄지도 않고 있었다.

잔뜩 경직된 준호의 뒷모습에서는 불길이 이는 것만 같았다.

"대답 안 해?"

"아……, 저, 서연이 고교 동창인데요."

"동창이 왜 미리 연락도 안 하고 남의 집 앞에 불쑥 찾아와서 기다리고 있어? 제정신이야?"

"말씀이 심하시네요. 할 말이 있어서 찾아온 것뿐이에요."

"할 말이 있거든 여기서 나한테 직접 해."

"네……?"

"서연이 본인이 대화하기 싫어하잖아. 내가 전해준다고."

안 되겠던지, 성진은 물러나며 서연을 향해 소리쳤다.

"미안해, 서연아. 나 정말 사과하려고 온 거야. 다른 뜻은 전혀 없어. 믿어줘. 다음에 다시 제대로 용서 구하러 올 테니까……."

말이 끝나기도 전, 준호가 성진의 멱살을 틀어쥐고서 나직이 뇌까렸다.

"누구 맘대로 또 찾아와?"

"크윽, 이거 놔……, 으윽!"

"싫다는 사람한테 자기 편하자고 용서를 강요하는 건 어느 나라 풍습이야?"

"으윽!"

"한 번만 더 찾아오면 너 그땐……."

숨이 막힌 성진이 버둥거렸지만, 준호는 끝까지 손아귀를 풀지 않은 채 살기 어린 위협을 가했다.

"죽여버린다."

그때, 대문 안쪽에서 다급한 발소리가 들리며 은 사장 부부가 뛰쳐나왔다.

"무슨 일이야!"

은 사장과 눈이 마주친 성진은 울상을 하더니 준호를 밀치고 도 망쳐버렸다.

"여보! 방금 그 녀석……, 전에 그놈 맞지?"

"그런 것 같아요."

"그 녀석이 왜 갑자기!"

서연은 멍하니 서서 은 사장 내외와 준호를 바라보다 다리에 힘 이 풀린 나머지 흐늘흐늘 자리에 주저앉고 말았다.

"서연아!"

다급하게 달려간 준호는 서연의 상태를 면밀히 살폈다.

의외로 그녀는 괜찮아 보였다. 전처럼 패닉에 시달리거나 이성 을 잃거나 하지 않고서 제법 심호흡을 잘 하고 있었다.

"괜찮아?"

더듬거리다 준호의 손을 찾아 꽉 잡은 서연은 한마디를 계속 되 뇌고 있었다. 마치 강박증에 시달리는 사람처럼 계속해서.

"응. 괜찮아. 나 괜찮아. 괜찮아……."

나미의 카페에서 주문한 음료를 기다리던 중 근처 테이블의 누 군가가 가방을 떨어뜨렸다.

쿵!

묵직한 뭔가가 떨어지는 소리에 서연은 비정상적으로 화들짝 놀라며 어깨를 움츠렸다.

"서연아?"

"아아……."

서연은 다급하게 주머니를 뒤졌지만 이미 끊은 약이 있을 리 만무했다.

식은땀 한 줄기가 등줄기를 따라 주르륵 흘러내렸다.

"어디 아파? 왜 그래? 안색이 엉망이야."

"아, 아무것도 아니야."

걱정스러운 눈으로 그녀를 살핀 신희가 다시 물었다.

"너, 며칠 사이에 무슨 일 있었지?"

서연은 아무 대답도 하지 않았지만 신희는 다 안다는 듯 덧붙였다.

"전엔 안 그랬는데 며칠 전부터 학교 올 때 꼬박꼬박 어머님이 태워다 주시고 집에 갈 때도 이사님 차로 가잖아. 매 쉬는 시간마다 사방에서 걸려오는 전화 받느라 바쁘고……. 왠지 철통방어 되는 느낌?"

신희에겐 숨길 수도, 굳이 숨길 이유도 없었다.

잠시 고민하던 서연은 솔직히 고백했다.

"다 말하자면 너무 길고……, 고등학교 때 나 스토킹했던 애가 엊그제 집 앞에 또 나타났어. 외국 나가서 살고 있다고 들었는데……."

294

정말로 싫은지 서연이 몸서리를 치던 순간 머리 위에서 갑자기 우렁찬 목소리가 울렸다.

"뭐어? 어떤 새끼야, 그 새끼가! 주소 쨰워! 내가 가서 반 죽여버린다!"

서빙하다 말고서 대흥분하는 우진을 안타깝게 올려다보던 서연이 중얼거렸다.

"이쪽은 그래도 양심적이시네. 반만 죽인다고 하는 거 보니."

그날 준호는 정말이지 무서웠다. 곧 무슨 일이라도 낼 것처럼 위태로워 보일 정도였다.

"어떤 놈이냐고! 이름 대! 내가 당장 레이더망 펼친다."

"선배 지금 아르바이트 중이잖아요? 저기 사장님이 보고 계시는데?"

신희가 한심한 듯 올려다보자 우진은 뒤를 돌아봤다. 정말, 나미가 주방에서 우진을 노려보며 섬뜩하게 웃고 있었다.

뭔가 더 할 말이 있는 듯한 눈으로 서연을 내려다보던 우진은 어쩔 수 없이 씩씩거리며 자리를 떴다.

신희는 한참이나 서연을 보며 말을 할까 말까 고민하다 가까스로 한마디를 덧붙여 물었다.

"너 지금까지 약 먹고 그랬던 거……, 그 애 때문이었던 거지?"

테이블 위에 올라 있던 서연의 손이 가늘게 떨리더니 이내 주먹으로 움츠러들었다.

"그렇다면 그 녀석 이름이 뭔지, 어떻게 생겼는지 알려줘. 혹시 학교에도 찾아오면 나랑 우진 선배가 쫓아줄 수 있게."

바로 그때, 주방 쪽에서 앙칼진 목소리가 터져 나왔다.

"뭐야아아? 누가 우리 서연이를 괴롭힌다고? 어떤 새끼야? 당장 끌고 와! 내가 찍소리도 못하게 묵사발 만들어버릴 테니까!"

나미까지도 똑같은 소릴 하자, 서연은 그제야 풋 하고 웃음을 터뜨렸다.

"아, 뭐야. 이 사람들."

입을 가리고 웃는 동안 서연은 괜스레 코끝까지 시큰해졌다.

그래.

시간은 흘렀고 모든 게 그때와는 다르다.

무섭고 싫은 감정이야 어쩔 수 없지만 적어도 지금은 상황을 내뜻대로 컨트롤할 수 있다는 자신감이 있었다.

서연은 며칠 동안 내내 머릿속으로 주문처럼 외었던 '괜찮다, 괜찮다.'를 다시 한 번 되뇌고서 눈을 감았다.

"통금 늦을 텐데."

"괜찮아. 내가 아버님께 미리 전화 드렸으니까."

"흐음. 어쩐지 의심이."

"못 믿겠으면 확인해봐."

휴대전화를 꺼낸 서연은 통금시간을 겨우 30분 앞둔 시각을 확인하고서 잠시 고민하다 다시 전화기를 백에 집어넣어버렸다.

"뭐, 오빠가 그렇게까지 얘기하는데 맞겠지."

준호의 차는 어느덧 특급호텔의 진입로에 들어서 있었다.

"그런데 여긴 갑자기 왜?"

스티어링휠을 돌리는 준호의 눈매가 부드럽게 휘었다.

"네가 좋아할 것 같아서."

"뜬금없이 무슨 소리야?"

"아아, 어제 점심때 손님을 여기서 접대했었는데 식당 분위기가 꽤 좋더라고."

이럴 때 서연이 준호에게서 항상 감동받는 건 고급스러운 분위기의 식당이나 값비싼 요리가 아니었다.

준호가 뭔가 즐겁고 행복한 상황을 마주했을 때 곧바로 서연을 떠올렸다는 것.

그것만으로도 서연은 당시의 그가 느꼈을 즐거움과 행복함을 고스란히 전해 받을 수 있었다.

"거기 그대로 있을 거야?"

"응?"

생각에 잠긴 채 멍하니 앉아 있던 서연은 어느새 조수석 문이 활짝 열려 있다는 것을 깨달았다.

준호의 살뜰한 에스코트를 받아 차에서 내린 그녀는 공주라도 된 듯한 기분으로 로비를 가로질러 엘리베이터에 올랐다.

반질반질한 엘리베이터의 벽면은 거울처럼 실내를 반사시키고 있었다.

　벽에 비친 준호를 가만히 바라보며, 서연은 담담히 고백을 시작했다.

　"엊그제 약이 떨어져서 병원에 갔다가⋯⋯."

　"응."

　"그냥 돌아왔어."

　"왜?"

　"선생님이 이제 끊어도 될 것 같다고 하셔서."

　"그랬구나."

　아담하고 네모진 공간 안은 정지되기라도 한 듯 적막했지만 차례로 불이 들어오는 숫자판은 그들이 어딘가로 쉴 새 없이 이동하고 있다는 것을 알리고 있었다.

　"상관없어. 약을 먹든 안 먹든."

　준호가 덧붙인 말에 벽을 바라보고 있던 서연의 입가엔 희미한 미소가 떠올랐다.

　딱 예상했던 답이었다. 이젠 이 얘기를 하면 그가 무슨 말을 할지, 어떤 행동을 보일지 머릿속에 그대로 그려지는 것 같았다.

　"괜찮아."

　"응."

　"오늘도 별일 없었지?"

　또 한 번 습관처럼 이어진 준호의 질문에 서연은 괜스레 가슴이 먹먹해졌다.

신희의 말이 맞았다.

강의 사이사이 쉬는 시간마다 서연은 부모님과 준호의 전화나 문자공세에 시달려야만 했다.

그 녀석 일로 모두들 신경이 예민해져 있었다. 온종일 다들 서연만 쳐다보고 있는 것 같았다.

이젠 거기에 더해 신희나 우진, 나미의 시선까지도 독차지한 꼴이 되지 않았나.

전처럼 또 한 번 무기력하게 눈치만 살피고 안으로 움츠러들면 안 됐다. 그녀를 생각하는 모든 사람들을 더 이상 슬프게 해선, 실망시켜선 안 됐다.

"응. 아무 일도 없었어."

괜찮은 정도로는 모자랐다. 좀 더 확실하게, 믿음직한 사람이 되어야 했다.

"걱정하지 마."

야경이 훤히 내려다보이는 창가에 앉은 서연은 뭐가 그리 좋은지 연방 생글생글 웃었다.

언제 봐도 보기 좋은 미소에 준호의 얼굴에도 똑같은 미소가 어렸다.

올겨울, 서연의 얼굴에 가득했던 수심과 절망은 어느새 눈에 띄지 않을 정도로 엷어져 있었다.

점점 더 누구에게도 기대거나 매달리지 않고 제 스스로 뭔가를

해결하려는 서연을 보고 있으면 준호의 마음속에선 상반된 감정
이 교차했다.

조금 더 자신만 바라보며 매달리기를 바라는 마음과 그런 모습
도 예뻐서 어째야 할지를 모르겠는 기분.

어쩌면 서연을 만나 함께 시간을 보내며 준호 역시도 많이 변한
건지도 몰랐다.

마음가짐이라든지 생활습관이라든지 주변인들과의 관계라든
지, 그런 여러 가지의 것들이 조금씩 변해 있었다. 마치 서로 다른
색의 물이 서서히 하나로 섞여 다른 색으로 변한 것처럼 말이다.

준호는 기본적으로 익숙한 것이 변하는 게 싫은 사람이었지만,
상대가 서연이라면 이야기가 또 달랐다.

"무슨 생각을 그렇게 깊이 해?"

"그냥."

애피타이저의 샐러드를 뒤적이던 서연은 싱겁다는 듯 픽 웃어
버렸다.

그때, 준호는 그녀의 어깨 너머로 누군가와 시선을 마주쳤다.

자리에 앉은 이후로 이번이 벌써 세 번째였다.

'어디서 본 사람 같은데……?'

그렇게 생각하던 순간 그의 머릿속에 뭔가가 스쳤다.

확실히 본 적이 있었다. 서연의 학교 축제 때 멀리서 언뜻 본, 그
리고 얼마 전 극장 화장실 앞에서 부딪쳤던 바로 그 여학생이었
다.

"오빠, 왜 그래……?"

준호의 묘한 표정에 눈을 동그랗게 뜬 서연은 몸을 뒤로 돌려 그가 보고 있는 방향을 슬쩍 바라봤다.

재빠르게 다시 앞을 보는 서연의 표정이 눈에 띄게 우거지상이었다.

"으윽, 쟤 또 마주치게 생겼네. 아니, 왜 이렇게 자주 만나는 거야?"

준호가 의아한 눈으로 건너다보자 서연은 미간을 잔뜩 좁힌 채 해명을 이었다.

"잘 알지도 못하는 사람 웬만하면 안 싫어하고 싶은데, 쟤는 진짜 아니야. 나 정말 쟤 너무너무 싫어."

"친구 아니었어?"

"친구는 누가 친구!"

서연이 몸서리를 치며 발끈하자 준호는 조심스럽게 물었다.

"싸우기라도 한 거야?"

"싸울 것도 없다고. 쟨 나보다도 더 정신적으로 문제 있는 애니까."

그 소리에 준호의 표정이 굳었다.

그는 꽤 오랫동안 서연의 얼굴을 들여다보다 이내 한숨을 내쉬고 나직이 말했다.

"그런 식으로 말하지 마."

부드럽게 나무라는 말에 서연이 일순 움찔했다.

준호는 미간을 문지르며 담담한 어조로 그녀를 달랬다.

"그런 눈으로 보지도 말고. 저 여자야 전혀 내 알 바 아니니까."

"그럼 뭔데?"

"넌 아무 문제도 없어. 그러니까 '나보다도 더 정신적으로 문제'라는 둥 그런 말은 함부로 하는 게 아니야."

"아……."

서연이 얼굴을 확 붉혔다.

자기 일이었기에 아무렇지도 않게 생각하고 내뱉은 말이었지만, 그 아무것도 아닌 말조차도 준호에게는 큰 의미였던 모양이다.

"미안."

"네가 미안할 일은 아니지. 그나저나, 누구야?"

이어지는 서연의 말로 준호의 얼굴에 놀란 기색이 역력해졌다.

"이영주. 신희 이복자매래."

준호는 믿을 수 없다는 듯 다시 영주의 쪽을 곁눈질하며 되물었다.

"쟤가…… 걔였어?"

왠지 아는 것 같은 뉘앙스.

준호가 영주를 알고 있다니, 다소 의외였다.

"쟤 알아?"

"아아. 안다고 해야 하나."

"뭐야, 그 애매한 대답은? 아무튼 살다가 저렇게 비뚤어진 애 보

302

는 건 또 처음이라니까. 쟤가 자꾸만 안 보이는 데서 신희 괴롭혀서 미워 죽겠어. 언젠가 한번 내가 제대로…….”

잠시 생각에 잠긴 듯하던 준호가 심각한 표정으로 서연의 말허리를 잘랐다.

“그냥 무시해버리고, 앞으로 신경 쓰지 마.”

“무슨 소리야? 단짝친구가 이유 없이 괴롭힘 당하는데 그냥 보고만 있으라고? 신희는 착해서 만날 당하고도 찍소리도 못하니까 나라도 대신…….”

“무시하라면 그렇게 해. 긴말하지 말고.”

준호가 단호하게 말을 막자 서연은 그제야 뭔가를 깨닫고 물었다.

“전에 무슨 일이라도 있었어?”

“그래.”

작년 3월 초, 조부의 성화를 못 이겨 잠시 들어와 있던 중 준호는 현성에게서 다급한 부탁 전화 한 통을 받았다.

평소 현성은 웬만한 일이 아니고서야 누군가에게 부탁을 하는 사람이 아니었기에 다소 놀란 준호는 무슨 일인가 하고 그를 찾아갔고, 거기서 놀라운 걸 목격했다.

“그때 형님한테 연락 받고 신희 학생을 우리 재단 쪽 병원에 연계시켜준 사람이 바로 나였어. 사람이 사람에게 맞아서, 그것도 여학생이 그런 꼴을 당해 누워 있는 건 처음 봤어. 악기 케이스에 부딪쳤다고 했는데, 절대 실수로 그런 게 아니란 건 확실히 알겠더군."

"아아……!"

놀란 서연은 눈을 크게 뜨고서 입을 딱 벌렸다.

신희가 하도 담담하게 말하기에 생각도 못하고 있던 일이었다.

하긴. 깊이 생각해보니 그랬다. 사람이 외상으로 병원에 한 달이나 입원을 했을 정도면 그게 그렇게 담담한 일은 아니었을 텐데 말이다.

자기 잘못도 아닌데, 그저 열심히 살고자 했던 것뿐인데, 아무 말도 못한 채 혼자서 아픔을 참고만 있었을 신희를 떠올리자 서연의 가슴에 불길이 치솟고 손끝이 차갑게 식었다.

'이영주가 그렇게 독한 계집애였구나. 나를 따돌리고 괴롭혔던 그 애들보다도 훨씬 더 나쁘고 무서운 계집애였어!'

"서연아."

오랜만에 마주한 격한 감정에 서연의 온몸이 벌벌 떨리기 시작했다. 준호가 부르는 소리조차 들리질 않을 정도였다.

준호는 차갑고 단호한 목소리로 말을 이었다.

"네가 그런 일에 휘말리는 거, 상상하는 것만으로도 소름 끼치게 싫어. 날 생각해서라도 저 애랑 앞으로 절대 엮이지 마. 그냥 무시해버려."

"오빠……."

서연이 미적거리자 준호는 또 한 번 목소리에 힘을 줬다.

"은서연. 내 눈 봐."

304

서연이 마지못해 살며시 고개를 들고 눈을 마주하자 준호는 나직이 그녀를 달랬다.

"신희 일은 신희가 해결하도록 놔둬."

"오빤 내가 이런 일 당해도 그렇게 말할 수 있어?"

"아니. 네가 이런 일에 휘말렸으면 절대 가만히 안 있지."

"그게 뭐야!"

서연이 어이없다는 듯 쳐다봤지만 준호는 지극히 느긋한 태도로 답했다.

"나는 그래. 하지만 넌 그러면 안 돼."

"무슨 소리야, 이 사람이?"

서연이 씩씩거리자 준호는 그녀의 손을 꽉 잡고서 덧붙였다.

"명령처럼 들려서 싫으면 부탁할게. 그냥 가만히 있어."

준호의 간절한 눈빛을 마주한 서연은 몹시 난감해졌다.

신희는 그녀에게 있어서 유일한, 그리고 가장 소중한 친구였다. 지금 준호는 그런 신희가 괴롭힘 당하는 걸 그냥 구경만 하고 외면하라고 부탁하는 것이다.

걱정하는 그 마음을 왜 모르겠나.

며칠 전 송성진이 나타난 일로 놀라고 예민해진 건 서연뿐이 아니었다.

더는 준호를 걱정시킬 순 없던 서연은 마지못해 고개를 끄덕이며 답했다.

"응. 알았어. 그렇게 할게."

대답을 듣고도 안심이 되질 않던지, 준호는 서연의 눈을 똑바로 들여다보며 재차 확인했다.

"정말이지?"

"응. 약속."

서연은 준호에게 새끼손가락까지 내밀어 보였다.

유치함을 참고서 손가락을 걸고 흔들던 그는 그제야 부드럽게 웃으며 말했다.

"그래. 그래야지."

세상 일이 마음먹는 대로 다 흘러가는 건 아니란 걸 알지만, 그렇게라도 해야 안심이 되는 모양이었다.

곧 태풍이 온다고 하더니, 어두워진 하늘에 먹구름이 드리워지기 시작했다.

27
/
불씨

"그렇게 대놓고 싫은 티 내지 마라, 좀."

현성이 난처한 듯 건너다보며 하는 말에 준호는 좀 더 환하게 웃어 보이며 싸늘하게 내뱉었다.

"죄송해요. 정직한 스타일이라 어쩔 수가 없네요."

"아아, 재수 없는 자식."

인상을 찌푸리며 투덜거리는 현성의 눈앞에 다른 디자인의 가방이 나타났다.

"선물 받으시는 분이 대학생이시면, 포코노 제품도 꾸준히 잘 나가요."

여자 물건이라곤 사본 적이 없었던 현성에게 있어서 아까의 그 크로스백이나 지금 이 백팩이나 다 그놈이 그놈으로 보였다.

"보기보다 소지품도 많이 들어가고 튼튼하거든요."

매장 직원이 덧붙인 말에 현성의 눈이 빛났다.

신희는 항상 가방을 묵직하게 메고 다니는 편이었다. 아침에 집을 나와 학교와 아르바이트를 돈 후 늦게 귀가하기 때문에 그녀의 가방에는 온갖 잡동사니들이 다 들어 있었다. 언젠가 현성이 담뱃불을 찾을 때 그 안에서 작은 성냥갑까지 나와 경악한 적도 있을 정도였다.

"네가 보기엔 어떠니?"

"눈물 나게 무난하네요."

"역시 좀 그렇지?"

"한창 나이 여대생이 메고 다니기엔 좀 투박한 스타일이지 않아요? 더 눈에 띄는 것도 많은데요."

"서연 씨야 워낙 꾸미기 좋아하니까 그렇겠지만, 신희는 튼튼한 거 좋아할 애라……."

스물한 살.

여자로 인생을 살아본 적이 없어 다 알 수는 없지만, 꽃으로 치자면 막 싱싱하게 피어오르는 시기가 아닌가.

항상 웃고는 있지만 신희를 보면 현성은 늘 안쓰러운 마음이 들었다. 이유는 잘 모르겠지만 요즘 들어선 그 마음이 더했다.

며칠 전 현성은 아르바이트가 끝날 시간에 미리 가 기다리고 있다가 신희를 식당에 데려갔다. 그 늦은 시각까지 그녀는 바빠서 저녁도 못 먹었다고 했다.

식사를 잘 마치고 나오던 길, 한 무리의 또래 여학생들이 그들을 스쳐 지나갔다.

그녀들의 짙은 향수 향기와 한껏 치장한 차림새에 비하니 신희는 어린애처럼 보일 정도였다.

평소 그녀가 교복처럼 늘 입고 다니는 비슷한 티셔츠와 청바지, 그리고 모서리가 다 낡아 일어난 백팩이 그날따라 왜 그렇게 눈에 밟혔는지 모르겠다.

"마음에 들어야 할 텐데 걱정이네."

매장 직원이 선물포장을 하는 동안 현성이 한숨을 내쉬며 중얼거리자 준호는 의아한 듯 물었다.

"차라리 신용카드를 주고 마음에 드는 걸로 사서 쓰라고 하지 그러셨어요?"

"그러면 극구 사양할 애야. 그리고……."

현성의 대답을 듣는 둥 마는 둥 쇼케이스 안을 들여다보고 있던 준호는 그 안의 키 링을 하나 가리키며 직원을 불렀다.

"이거 선물포장 해주세요."

언뜻 보기에도 본인이 쓸 것 같지 않은 디자인이었다.

준호는 기념일이 아니어도 평소 서연에게 어울릴 만한 것이나 예쁜 것들을 보면 아무렇지도 않게 사서 불쑥 선물을 하곤 했다.

서연이 그런 선물을 받을 때마다 신희는 어떤 생각을 했을까. 혹시 내심 부럽지는 않았을까.

그런 생각이 이제야 들자 현성은 조금 미안해졌다.

직원이 새 키 링을 꺼내러 간 사이 준호는 현성을 돌아보며 끊어졌던 대화를 다시 이으려 했다.

"그리고요?"

"응? 뭐가?"

"아까 무슨 얘기 하려다 말았잖아요."

"아아……."

현성은 뭔가 말을 하려다 생각에 잠겼다.

특별한 이유는 없어도, 그저 신희를 위해서 한 번쯤은 직접 뭔가를 사서 선물하고 싶었다. 선물을 받고서 뛸 듯이 좋아할 그녀를 떠올리니 괜스레 기분도 좋아졌다.

"아무것도 아니야."

"흐음."

준호가 의아한 눈으로 건너다보는 가운데 현성은 여전히 이유 없이 웃기만 할 뿐이었다.

"와아, 예쁘다!"

옷장을 열어보면 이런 것들이 수도 없이 많을 서연이었지만, 그녀는 신희의 새 가방을 보면서 대흥분을 해댔다.

"그, 그래?"

"응! 진짜 예뻐! 아저씨 센스 되게 좋다!"

전면에 브랜드 로고만 하나 박혀 있을 뿐 심플한 디자인인데도 서연은 계속해서 침이 마르도록 칭찬을 이어갔다. 자기 기분 좋으라고 일부러 더 과장하고 있다는 걸 눈치 챈 신희는 그 장단에 맞췄 어깨를 으쓱거렸다.

"어우 야, 근데 무슨 날도 아닌데 받는 것 치고 되게 비싼 거 아니냐?"

우진이 걱정스러운 듯 묻자 신희의 안색이 급격히 어두워졌다.

서연이 우진의 옆구리를 쿡 찔렀지만 우진은 눈치가 없는 건지 없는 척하는 건지 오히려 버럭 하며 성질을 냈다.

"왜 찔러! 아프잖아!"

조금 전까지만 해도 그렇게 좋아하던 신희가 몹시 부담스러운 듯 어쩔 줄을 몰라 하자 서연은 애써 명랑하게 말을 이었다.

"기왕 선물하는 거, 튼튼하고 좋은 걸로 오래 쓰기 바라시는 거겠지. 너무 부담 갖지 말고 고맙게 들면 오히려 더 기뻐하지 않으실까?"

"그, 그렇겠지?"

"당연하지. 괜히 아낀다고 썩히지 말고 매일매일 메고 다녀."

서연이 기운을 북돋워주자 신희는 그제야 배시시 웃으며 자리에서 일어났다.

"어? 어디 가게? 강의 빈 시간 아니야?"

"도서관에 책 반납할 게 있어서요. 이따 점심시간에 학식에서 만나요."

"야, 좋은 선물도 받았겠다, 오늘은 네가 쏴라."

우진이 느물느물 던진 말에 서연은 못 말린다는 듯 한숨을 내쉬고 핀잔을 주었다.

"참 별 핑계가 다 있네. 내일은 쾌변 했으니 네가 쏘라고 할 기세셔요."

"어우 은서연, 신성한 학문의 전당에서 똥 얘기 따위를 하다니, 즈질."

"저질은 누가 저질이라는 거예요?"

"은서연 똥쟁이."

"어머, 미쳤나 봐!"

신희는 우진과 서연이 또 한 번 티격태격하는 걸 내려다보다 가볍게 웃음을 터뜨리고서 자리를 떴다.

"이따 전화할게, 서연아."

"응. 이따 봐."

중앙도서관으로 향하는 길을 내려가는 동안 신희는 몇 번이고 걸음을 멈추고서 등 뒤를 돌아봤다.

늘 메던 낡은 백팩과는 달리 자꾸만 몸에서 겉도는 새 가방.

선물을 받던 순간 밀려오는 부담에 '아, 이렇게 비싼 건 받을 수 없어. 돌려드려야지.' 하는 생각을 하긴 했었다.

그러나 한편으론 죽어도 돌려주고 싶지 않았다. 그런 말도 할 수가 없었다. 얘기하는 순간 '그래? 필요 없으면 말고.' 하며 그가 도로 가져가버릴까 봐.

비싸고 좋은 가방이어서 욕심이 난 건 결코 아니었다.

이 가방이 그에게서 처음으로 받은, 그가 자신을 위해 직접 가서 고른 선물이기 때문이었다.

몇 번을 보고 질리도록 어루만져보아도 좋았다. 너무 좋아서 어쩔 줄을 몰랐다.

"나중에 돈 많이 벌어서 더 좋은 걸로 갚아야지. 꼭."

다짐을 하며 다시 걸음을 떼던 순간.

뒤에서 익숙한 목소리가 들려왔다. 익숙하고도 아주 소름 끼치는 목소리가.

"킁킁, 어디서 이상한 시궁창 냄새가 나는 것 같은데?"

신희가 찬물을 뒤집어쓴 듯 움찔하자 목소리가 한 톤 더 높아졌다.

"아아! 어디서 나는 냄새인가 했더니, 여기였네."

천천히 뒤를 돌아본 신희는 커피를 마시며 자신을 위아래로 훑어보고 있는 영주를 마주하고서 치를 떨었다.

"왜 또 시비야?"

질린다는 듯 묻는 신희의 말에 영주는 코웃음을 치며 중얼거렸다.

"어쭈, 말대답도 하고? 많이 컸네. 거지년."

신희의 얼굴이 울상이 되었다.

작년 초에 그 일이 있은 후 한동안 서로 잘 피해 다녔는데 요즘 들어 왜 이러는지 알 수가 없었다.

"내가 그때 신고했으면 너 정말 잡혀갔을 거야. 더는 얽히기 싫어서 그냥 넘어갔던 거고, 너도 그 조건으로 다시는 나 괴롭히지 않겠다고 그때 약속했었잖아. 그런데 왜 자꾸 시비 걸어?"

"시비 안 걸었는데? 괴롭히지도 않았는데? 나 너 반가워서 그냥 말만 걸었을 뿐인데, 혹시 뭐 켕기는 거라도 있니?"

지금 이렇게 하는 게 괴롭히는 게 아니면 뭐란 말인가.

신희가 소심하게 항의하려던 때, 영주의 시선이 그녀의 어깨 너머로 향했다.

"뭐야, 이건? 프라다잖아? 어디서 짝퉁 주웠니?"

신희가 몸을 움츠리는데도 영주는 오히려 신희의 주변을 반 바퀴 돌아 그녀의 등 뒤 백팩에다 얼굴을 바싹 들이댔다.

"어라? 짝퉁 아닌 것 같네?"

영주가 좋은 장난감이라도 발견한 듯한 눈으로 쳐다보자 신희는 억지로 몸을 비틀어 그녀에게서 멀어졌다.

"뭐야, 너 이제 도둑질도 하냐?"

"도둑질이라니! 미쳤어?"

발끈하는 신희를 쳐다보며 영주는 손에 들고 있던 아이스커피 한 모금을 쪽 빨아 마시고 덧붙였다.

"그럼 뭔데? 역시 물주? 아니, 진짜 궁금해서 그러는데, 너 같이 촌빨 날리고 볼품없는 애 좋다고 데리고 노는 물주가 있긴 해? 아무리 취존 세상이라지만 차암 노이해다."

모욕적인 말에 신희의 얼굴이 새빨갛게 달아올랐다. 하지만 거기서 끝이 아니었다.

"그게 아니라면……, 아아. 혹시 은서연인가?"

314

갑작스럽게 나온 서연의 이름에 신희는 영문을 몰라 눈을 크게 뜨고서 영주를 바라봤다.

"은서연이 쓰다 준 거야? 걔는 생긴 건 그렇게 안 생겼는데 이거 뭐 병신도 아니고, 어떻게 이 정도로 레벨 안 맞는 애랑 어울려 다니는지. 걔 혹시 어디 모자라는 애 아니냐?"

자기 얘기할 때보다 서연의 얘기를 하니 더 참을 수가 없었다. 신희는 인상을 찡그리고서 까칠하게 내뱉었다.

"서연이에 대해서 그딴 식으로 말하지 마."

"아이고, 발끈하는 거 보니까 맞네. 병신이었구나, 은서연."

일부러 도발하는 게 눈에 훤히 보이자 신희는 한심한 표정으로 되물었다.

"너는 어쩜 그렇게 하나도 안 변하니?"

"뭐?"

"솔직히 말해봐. 너, 요새 집에 무슨 일 있지?"

생글생글 웃고 있던 영주의 얼굴 표정이 그 소리를 듣자마자 미묘하게 굳었다.

"처음에 내가 너희 집에 갔을 때. 그래. 그때도 그랬고 작년 3월에 나한테 득달같이 쫓아와서 그 난리 쳤을 때도 그랬지."

"무슨 개소리야?"

영주가 당황하자 신희는 자신감을 얻고서 몰아붙였다.

"너희 엄마 아버지 또 싸우기라도 한 거야? 왜?"

"이게 뵈는 게 없나 진짜……."

315

"왜? 뭐야? 이번에도 기필코 이혼한대?"

순간 영주의 눈에서 불꽃이 튀었다.

소름 끼치는 시선으로 신희를 노려보던 영주는 이내 씩 웃더니 엉뚱한 말을 시작했다.

"너, 내가 좋은 거 하나 알려줄까?"

영문을 몰라 멀뚱히 바라보는 신희에게서 시선을 떼지 않은 채 영주는 능글능글 웃으며 말을 이었다.

"사람을 제일 쉽고 확실하게 망가뜨리는 방법 말이야."

"뭐?"

"누군가가 미워서, 정말 죽도록 미워서 못 견디겠거든 말이야. 그 사람을 괴롭히지 말고……."

이윽고 신희 쪽으로 몸을 숙인 영주는 그녀의 귀에다 입술을 바짝 대고서 속삭였다.

"그 사람이 제일 소중하게 여기는 사람을 괴롭히면 돼."

신희의 낯빛이 바로 사색이 되었다.

핏기 가신 얼굴로 굳어 있는 신희를 보며 잔인한 미소를 지은 영주는 마시고 있던 테이크아웃 컵의 뚜껑을 열며 말을 이었다.

"팔랑팔랑 나대지 마, 거지년아. 한 번만 더 나대는 꼴 보이면 네가 그렇게 좋아 죽는 은서연이 년 학교 자퇴하고 너라면 아주 치를 떨게 만들어버릴 테니까."

"이영주 너…… 진짜 나한테 왜 이래?"

"몰라서 물어?"

음료컵 안의 액체를 한번 흔들어본 영주는 씩 웃으며 덧붙였다.

"거지 주제에 무슨 명품가방."

뭔가를 깨달은 신희는 반사적으로 몸을 돌렸고, 영주가 끼얹은 얼음과 커피는 신희의 머리부터 발끝까지를 엉망으로 적셨다.

"꺄악!"

"쳇."

가방을 노렸던 애초의 목적을 달성하지 못하자 영주는 낮게 혀를 차며 자리를 떠버렸다.

"내 가방!"

시럽이 잔뜩 들어 끈적끈적하고 차가운 커피로 온몸이 흠뻑 젖었지만 신희는 아랑곳하지 않은 채 다급하게 가방을 벗어 상태를 확인했다.

"아저씨가 준 건데……!"

매끄러운 천 소재의 가방은 끈만 조금 젖었을 뿐이고 몇 방울 튄 커피도 물티슈를 꺼내 쓱쓱 문지르니 도로 깨끗해졌다. 잔뜩 긴장했던 몸이 다소 풀렸다.

"다행이다, 다행이다……."

계속해서 되뇌는 동안 차가운 커피는 어느새 체온과 동화되어 있었다. 미지근한 온도의 젖은 옷이 몸에 휘감기자 한발 늦게 불쾌함과 굴욕감이 밀려왔다.

"도대체 왜 나한테……."

서럽고 억울한 마음에 울컥하는 순간, 멀리서 누군가가 부르는 목소리가 들려왔다.

"신희야!"

눈물로 흐릿해진 시야에 서연과 우진이 사력을 다해 달려오는 게 보였다.

둘 다 넘어져 나동그라지지 않은 게 다행일 정도로 미친 듯이 달려오더니 숨도 돌리지 않은 채 마구 질문을 던지기 시작했다.

"이게 무슨 일이야? 신희야, 뭘 뒤집어쓴 거야?"

"킁킁. 커피네, 커피! 뭐야, 인마? 어쩌다 이렇게 됐어? 바보같이 커피 들고 가다 자빠진 거냐?"

"아니에요, 선배. 이거 분명 누가 끼얹은 거야. 누가 이런 짓을!"

"뭐어? 어떤 새끼가! 누구야? 말해봐!"

"말 좀 해봐, 신희야! 뭐야, 이게! 이게 대체 무슨 꼴이냐고!"

자기 일처럼 화를 내고 안타까워하는 두 사람을 가만히 보고 있으니 뒤늦게 서러움이 밀려왔다. 살아오면서 별일을 다 겪어도 이런 적이 없었는데 갑자기 어딘가에 기대어 후련하게 울고 싶은 마음이 들었다.

"신희야!"

신희는 어쩔 줄을 몰라 하며 물티슈로 얼굴을 닦아주는 서연을 물끄러미 올려다봤다.

「그 사람이 제일 소중하게 여기는 사람을 괴롭히면 돼.」

318

"개지? 이영주. 맞지? 말 좀 해봐!"

답답하다는 듯 인상을 찡그리며 다그치는 서연의 얼굴 위로 이영주의 소름 끼치는 웃음이 겹쳤다. 그리고 그 음성도.

「네가 그렇게 좋아 죽는 은서연이 년 학교 자퇴하고 너라면 아주 치를 떨게 만들어버릴 테니까.」

서연을 잃고 싶지 않은 마음도 컸지만 그녀가 자신 때문에 괴롭힘 당하게 놔둘 순 없었다.

"아니야. 지나가던 사람이랑 실수로 부딪쳐서……."

"야, 인마, 어디서 구라치고 있어? 실수로 부딪쳤다고 어떻게 이렇게 되냐? 사람이 가만있으니 물로 보여?"

우진이 버럭 성을 냈지만 신희는 끝까지 고집을 부렸다.

"부딪쳤어요. 정말."

"이신희!"

의미심장한 시선으로 한참이나 신희를 바라보고 있던 서연은 손을 내밀어 우진을 제지했다.

"뭐, 신희가 그렇다면 그런 거겠죠. 일단 화장실 가서 씻어야겠어요. 선배, 어디서 수건 같은 거 구할 데 없는지 좀 봐줘요."

이해할 수 없다는 듯 입만 뻐끔거리던 우진이 수건을 구하기 위해 어딘가로 가버리자 서연은 신희를 일으켜주며 조용히 말했다.

"말하기 싫으면 안 해도 돼. 그치만……."

신희가 멀거니 바라보자 서연은 짐짓 사납게 눈을 치켜뜨며 되뇌었다.

"그 계집애, 너한테 이렇게 하고서 얼마나 잘사는지 내가 딱 두고 볼 거야."

모처럼 준호가 일찍 퇴근하는 날이었다.

그의 집에서 데이트를 즐기는 건 꽤나 오랜만의 일이었다.

서연은 시끄러운 바깥에서 남들 눈을 의식하며 만나는 것보다 그의 집이나 차 안에서 편안하고 조용하게 쉬는 게 훨씬 좋았다. 그래서 기분이 무척 좋았었다.

강의를 마치고 가던 길, 화장을 고치려고 화장실에 들어갔던 서연은 문득 생리 날짜가 다 되지 않았나 하는 생각이 들었다.

화장실 칸에 들어가 문을 잠근 지 얼마 되지 않았을 때였다.

어느 과인지, 몇 학년인지 알 수 없는 여자 두 명이 요란한 발소리를 내며 들어오더니 이상한 소릴 했다.

"야, 너 그 소문 들었어?"

"무슨 소문?"

"1학년 피아노과에 은서연 있잖아."

"누구?"

"왜, 작년에 학기 초에 휴학했다가 이번에 복학한, 그 얼굴 하얀고 예쁜 애."

"아아! 알아. 걔네 아빠가 수성 쪽 어디 대표이사라던데 진짜야?"

"그렇다고 하더라."

"오우, 금수저구나. 그런데 걔가 왜?"

"걔가 있지."

그 부분에 가서는 목소리가 들리지 않을 정도로 낮아졌다.

서연은 저도 모르게 문에 기대 바깥에다 청각을 집중시켰다.

"걔가 그렇게 문란하다네. 누가 봤는데, 아버지뻘 되는 늙은 남자랑 밤낮없이 모텔 드나든다던데?"

"히익, 진짜? 누가 그래?"

"나도 건너서 들은 얘기라. 아무튼 누가 얼마 전에 직접 봤대."

"집도 부자인 애가 뭐가 부족해서?"

"그러게. 취향 특이하다."

서연의 얼굴에서 핏기가 가셨다.

시작은 어디였을까.

기억을 되짚을 것도, 고민할 것도 없었다. 너무도 잘 알고 있었으니까.

며칠 전, 연습실 복도를 걷던 서연은 누군가에게 세게 부딪치고서 뒤를 돌아봤다.

결코 실수로 부딪쳐 왔다고는 할 수 없을 강도였다. 나를 좀 봐

달라는 신호가 아닐까 싶었는데 아니나 다를까, 의심이 맞았다.

「어머, 너 보기보다 힘 좋다? 어깨 부러지는 줄 알았네.」

생글생글 웃는 이영주의 처진 눈을 본 서연의 불쾌감이 극에 달했다.

「네가 먼저 부딪쳤잖아. 사과 안 해?」

서연이 까칠하게 묻는 말에 영주는 또 한 번 소름 끼치는 미소를 보이더니 성의 없이 내뱉었다.

「어, 미안.」

어울리지 않게 손을 들어 입을 슬쩍 가리는 영주의 행동을 보는 순간 서연은 머리끝까지 화가 났다.

그건 신희의 버릇이었다. 미안하거나 부끄러울 때 항상 입을 가리고 어깨를 움츠리며 웃는 버릇.

도발인 것을 바로 알아차렸지만, 대놓고 신희를 조롱하는 걸 가만히 구경하고만 있을 수가 없었다.

준호와 약속했던 건 잠시 미뤄놓고서 서연은 그간 벼르고 별렀던 말을 꺼내고 말았다.

「너 대체 언제까지 신희 괴롭힐 거야?」

「무슨 소리야?」

「순진한 척하지 마. 얼마 전 길가에서 신희한테 커피 부은 거, 너지?」

「어머? 누가 그래? 얘가 생사람 잡네?」

「신희가 잘못한 것도 없는데 왜 자꾸 해코지해?」

그 소리에 영주가 본색을 드러냈다.

「해코지라니. 내가 왜 걔를 해코지하겠니? 그럴 급도 안 되는 애를.」

서연이 사납게 노려보자 영주는 생글생글 웃으며 덧붙였다.

「나, 너랑은 좀 친해보고 싶었는데. 취향도 잘 맞는 것 같고 사는 급도 비슷해서 좋은 친구가 될 수 있을 줄 알았거든.」

「미안한데, 나는 너랑 친하고 싶지 않아. 전혀.」

「안타깝네.」

「신희도 좀 그만 건드려줬으면 좋겠어.」

「걔는 건드려봤자 반응이 없어서 이제 재미도 없는걸.」

서연이 또 한 번 욱하는 걸 보며, 영주는 소름 끼치도록 의미심장한 미소를 지었다.

「걱정 마. 이제 신희는 안 괴롭힐 거니까.」

그 말을 믿을 정도로 서연은 순진하진 않았다.

언젠가는, 그리고 앞으로도 계속 그녀가 집요하게 못된 짓을 일삼을 거란 건 알고 있었다.

하지만 그게 이런 쪽으로 흘러가게 될 거란 생각은 전혀 못했었다.

"그런 거 아닐까? 뭐, 어린 시절에 아버지한테서 못 받은 사랑을 갈구한다든지."

"어우, 영화 너무 많이 봤다, 너. 깔깔깔."

"아무튼 그 얘기 듣고 보니까 애가 좀 이상해 보이기도 하고."

"작년엔 왜 휴학한 거지?"

"몰라. 듣기로는 몸 안 좋아서 그랬다던데."

"아! 혹시 임신했던 거 아니야?"

"어우, 그럴 수도 있겠다. 걔 고등학교 때도 소문 완전 안 좋았다더라."

"어머, 뭐니? 싫다."

문밖의 수다가 점점 더 위험수위로 치달아가는 동안 서연은 손톱을 깨물며 서 있기만 할 뿐 꼼짝도 할 수가 없었다.

"그리고 걔랑 같이 다니는 애 하나 있잖아. 피아노과 2학년."

"어, 나 누군지 알 것 같아. 만날 같이 어울려 다니던데."

"걔는 무려 스폰서가 있으시단다. 스폰서한테 몸 대주고 학비랑 생활비 얻어 쓴대."

"어우! 야! 더러워! 걔네 뭐야?"

"그게 끝이 아니야."

"뭐가 또 있어?"

"피아노과의 그 목소리 큰 예비역 복학생 말이야."

"그 사람은 또 뭔데?"

"글쎄, 이신희랑 은서연이 전에 그 복학생을 사이에 두고 머리채를 잡았었다네."

"얼씨구."

"그런데 요즘은 합의 하에 사이좋게 나눠 가진다나. 깔깔깔!"

"미친! 무슨 막장이야? 와, 진짜 완전 걸레들이잖아!"

"장난 아니지? 나도 듣고 엄청 놀랐어."

그들의 소름 끼치는 웃음소리가 화장실 타일에 부딪쳐 메아리 쳤다.

서연을 둘러싼 사방이 빙글빙글 돌기 시작했다. 어지럽고 속이 메스꺼워 견딜 수가 없었다.

예전의 그때와 똑같았다. 소름 끼칠 정도로 똑같이 반복되고 있었다.

그때도 그랬었다.

여자 화장실의 좁고 냄새나고 어두운 칸막이 안에서 서연은 온갖 탈을 다 뒤집어써야만 했다. 오래전엔 정신병자에다 괴물이 되었고, 오늘은 마침내 냄새나는 걸레까지.

서연의 머릿속이 온갖 생각들로 새카맣게 엉켜들었다.

내가 무슨 잘못을 했지?

아니, 나야 어찌 됐든 내 주변 사람들은 무슨 죄가 있어서?

부모님, 준호 오빠, 신희, 신희네 아저씨, 우진 선배까지. 우리가 대체 무슨 죄를 지어서 이런 비겁한 짓을 당해야 하는 거지?

원하는 게 뭐야?

전처럼 내가 너희들 앞에서 울고 약한 모습 보이고 혼자 구석에 처박혀주길 바라는 거야?

생각이 거기까지 닿자 갑자기 오기가 생겼다.

천만에. 이제는 안 당해.

그녀는 더 이상 예전의 은서연이 아니었다.

콰앙.

문이 거칠게 열리는 소리에 세면대 앞에 서 있던 두 사람의 시선이 서연에게로 향했다.

"헉."

"어머, 어떡해."

그들은 놀라서 입을 딱 벌리며 자기들끼리 수군거리다 입을 다물었다. 민망하긴 한 모양이다.

두 명 모두 생판 모르는 아이들이었다. 전혀 안 중에도 없던, 지나가다 몇 번을 스쳐도 신경 쓰지 않았을 그런 애들.

서연은 한심한 듯 두 사람을 빤히 바라보다 그중 키가 작고 화장이 진한 쪽을 바라보며 물었다.

"너 나 알아?"

영문을 모른 상대 여학생은 고개를 도리도리 저었다.

"너는? 너 나 알아? 나는 너 전혀 모르겠는데."

키가 크고 투박한 인상의 여학생은 얼굴을 붉히더니 중얼거렸다.

"저기, 좀 전의 그거…… 들었다면 미안해."

"미안해하지 마."

두 사람이 놀란 듯 바라보는 순간, 서연은 독하게 한마디를 덧붙였다.

326

"그런 얘기 하면 꼭 내가 용서해줘야 할 것 같잖아."

두 사람은 울상을 하고서 서연의 눈치를 살살 살폈다.

서연은 오래전부터 마음속에 차곡차곡 쌓아두고 살았던 말을 마침내 한마디 한마디 토해냈다.

"사실여부 같은 건 확인하지도 않고 그냥 마음대로 씹다 얼토당토않은 소문이 나더라도, 그래서 상대방이 어떻게 되더라도, 그건 내 일이 아니니까 상관없다고 생각하지? 그 사람이 그럴 만하니까 그런 소문이 돌았겠지, 하고 생각하지? 당해도 싼 사람이니까 무슨 말을 해도 괜찮다고 생각하지?"

할 수만 있다면 눈앞의 이 아이들 말고, 온 학교 안에다 방송이라도 하고 싶은 심정이었다.

"나는, 너희들이 내가 당했던 만큼 똑같이 당했으면 좋겠어. 진심으로. 부디 그러길 빌어. 언젠가 너희가 하는 그런 짓들이 그대로 다 되돌아갈 때까지 하고, 또 하고, 계속해. 마음대로 씹어. 단물 다 빠질 때까지 아주 꼭꼭."

두 사람은 얼굴이 파랗게 질린 채 입만 빠끔거리고 있었다.

그들을 내버려둔 채 서연은 세면대로 가 피부에 벌겋게 자국이 남을 정도로 손을 씻었다. 뽀득뽀득 소리가 나도록 손을 닦은 후 일부러 한마디를 내뱉고 그들에게서 등을 돌렸다.

"아, 개운해."

그러나 학교를 벗어나는 길도 그 말처럼 개운하지는 않았다.

물론 그럴 거라고 희미하게 예상은 하고 있었지만, 생각보다 진행 속도가 빨랐다.

그 짧은 사이 끔찍한 루머가 도대체 어디까지, 얼마만큼 퍼진 건지 알 수가 없었다.

계단을 내려와 현관으로 향하던 길엔 큰소리가 나고 있었다.

누군가가 마구 소리를 지르는 중이었고, 그 누군가는 서연이 익히 알고 있는 사람이었다.

분노로 떨리는 우진의 목소리가 온 건물에 쩌렁쩌렁 울리고 있었다.

"잘 알지도 못하면서 남 뒷다마를 까냐, 이 찌질한 새끼들아! 너희들 중에 누구 하나라도 눈으로 본 사람 있어? 아니, 백번 양보해서 그게 사실이라고 치자. 그게 너희들이랑 뭔 상관이냐? 누가 피해 줬어? 걔네가 너희한테 돈 빌려다 안 갚았냐고! 뭔 오지랖이 그렇게 항공모함급이야? 너희들 그러고도 성인이냐? 하는 짓이 딱 초딩인데? 아니, 요즘 초딩도 그렇겐 안 하겠다!"

물끄러미 그들을 바라보는 동안 서연은 이상하게도 아무런 느낌도 들지 않았다.

익숙한 일이어서 그런지, 슬프지도 속상하지도 않았고 더 이상 화도 나지 않았다.

정말이지 이런 관심 같지도 않은 관심은 이제 지긋지긋했다.

오래전 그때는 사람들이 무섭고 야속했지만, 한 발 물러서서 바라보니 그저 다들 한심하게 보이기만 할 뿐이었다.

"서, 서연아!"

뒤에서 바라보고 있는 서연을 발견한 우진이 몹시 당황하며 어쩔 줄을 몰라 했지만, 서연은 지극히 담담한 태도로 물었다.

"선배. 신희는요?"

"어? 어어……, 신희가 뭘?"

"신희는 어쩌고 있어요? 괜찮아요?"

"그런 것 같던데……."

"그럼 됐어요. 이제 그만해요."

우진도, 그리고 조금 전까지 끔찍한 루머에 대해 떠들던 과 학생들도 모두 놀란 눈으로 바라봤지만 서연은 여전히 아무렇지도 않아 보였다.

"서연아……."

"편들어줘서 고마워요, 선배. 먼저 갈게요."

그렇게 말하는 서연은 지극히 무덤덤했지만, 그 모습이 그다지 편안하거나 자연스럽지는 않았다. 마치 어딘가에 잔뜩 눌린 스프링처럼 위태로워 보였다.

"무슨 일 있어?"

"응?"

"기분이 안 좋아 보이는데."

오랜만에 준호의 집으로 놀러 온 서연은 소파에 길게 드러누워 뒹굴기만 할 뿐 영 힘이 없다.

"아니, 기분 괜찮아. 그냥 조금 피곤할 뿐."

엎드린 채 웅얼거리는 서연을 물끄러미 내려다보던 준호는 손을 들어 그녀의 어깨를 부드럽게 어루만졌다.

딱딱하게 긴장돼 있는 근육을 부드럽게 풀어주며, 그가 물었다.

"왜 피곤하지?"

솜사탕보다도 더 부드럽고 달콤한 목소리에, 서연은 하마터면 울음을 터뜨릴 뻔했다. 가끔 그가 이런 식으로 무심한 듯 찔러 오면 도무지 이겨낼 수가 없다.

"그냥."

"아아. 그냥?"

뭔가를 눈치 챈 듯, 준호의 눈매가 가늘어졌다.

"그렇다면……."

부드럽게 서연의 블라우스를 들춘 준호는 천천히 몸을 숙이더니 그녀의 척추를 따라 살며시 입을 맞춰 올라오기 시작했다.

"얼마 만에 실토하는지 볼까?"

"꺄악!"

참을 수 없는 간지럼 고문에 온몸을 비비 꼬던 서연은 자리에서 벌떡 일어나 소리쳤다.

"알았어! 말할게! 말할게!"

"진작 그렇게 나왔어야지."

준호는 사악한 미소를 짓더니 서연의 옷매무새를 정리해주고

등을 부드럽게 쓸어주었다.

언제나처럼 편안하고 따스한 손길을 음미하며, 서연은 잠시 머릿속을 정리한 후 솔직히 털어놓았다.

"실은 학교에서…… 내가 문란하다는 둥 어쩐다는 둥, 말하자면 내 입이 더러워질 것 같은 소릴 들었어. 게다가 나뿐 아니라 신희랑 우진 선배까지 싸잡혀서 이상한 루머에 휘말렸어. 이영주 짓이 분명해."

준호는 아무 대꾸도 하지 않은 채 손을 놀려 서연의 등을 마사지해주었다.

아무렇지도 않다고 생각했지만 계속 긴장하고 있었던 모양인지, 그의 손길에 서서히 풀리는 등 근육이 더없이 시원했다.

"그래서 분해?"

"아니. 분하다기보단……."

"그럼?"

"모르겠어."

"전엔 어땠어?"

"으음. 예전에 당했을 땐 정말 말도 못하게 분하고 억울하고 슬프고 막…… 가슴이 터질 것 같고 그랬는데, 지금은 뭐랄까."

서연이 표현할 말을 찾고 있자, 준호는 그녀의 눈을 들여다보며 적절한 단어를 제시했다.

"씁쓸해?"

"어! 맞아. 씁쓸해. 그거 맞는 것 같아."

서연이 주먹으로 손바닥을 톡 치자 준호는 부드럽게 미소 지으며 나직이 말했다.

"그럼 전보다는 나아진 거네."

"아아."

그 한마디에 서연의 복잡했던 머릿속이 하얗게 지워졌다.

"그래, 맞아. 전보다 훨씬 나아졌고, 훨씬 더 괜찮아졌어."

소파 밑으로 자리를 옮긴 준호는 바닥에 편하게 앉아 고개를 들고 서연의 얼굴을 가만히 올려다봤다.

"서연아."

"응."

"그 이상한 소문이 더 돌지 못하게 할 좋은 방법이 있는데."

"그게…… 뭔데?"

"졸업 전도 괜찮지 않을까?"

"뭐가?"

"우리 결혼 말이야."

서연은 갑자기 말문이 막혔다.

단순히 변태라서 집착하는 게 아니었다.

그녀가 지나온 시간과 현재에 몰두해 있는 동안, 어쩌면 그는 한 발 앞서서 그녀가 디딜 자리를 찾고 있었던 거다.

그래.

지나간 건 그냥 이미 지나간 것일 뿐, 중요한 건 앞으로의 일이다.

다른 누구도 아닌, 두 사람의 미래 말이다.

촉촉해진 눈길로 준호를 내려다본 서연은 그의 이마에다 부드럽게 키스하며 답했다.

"어디서 얼렁뚱땅 이런 식으로 프러포즈를 하려고? 못 들은 걸로 하겠어."

동시에 웃음을 터뜨린 두 사람은 누가 먼저랄 것도 없이 서로의 목덜미를 끌어당기고서 깊고도 긴 키스를 나누었다.

28
/
물거품

"준호야. 이 할애비가 말이지, 양평에다 땅을 봐둔 데가 있는데 거기 터가 아주 기가 막혀서, 응? 너도 한번 보면 아마 무릎을 탁! 칠 것이다. 아무래도 처음 시작하기에는 거기가 딱인 것 같은 생각이 드는데."

잔뜩 흥분한 최 회장의 목소리가 높아질수록 준호의 웃는 얼굴이 점점 더 우거지상이 되어갔다.

"뭐가 딱인데요?"

"뭐는 뭐야, 요것아. 거기다 신방을 차리면 아주 떠억!"

그 순간, 최 회장의 목과 준호의 이마에 동시에 핏대가 솟구쳤다.

"두꺼비 같은……!"

"그쯤 해두시죠."

준호가 생글생글 웃으며 말허리를 딱 잘라버리자 최 회장은 실망한 듯 되물었다.

334

"아니, 네가 할애비 성의를 이렇게 무시할 수가 있냐?"

"성의를 무시하는 게 아니고요. 들뜨신 건 이해하겠는데 너무 멀리 가셨어요. 오늘은 인사드리러 온 거잖아요."

핀잔을 들은 최 회장의 시선이 이번엔 서연에게로 향했다.

보통 사람보다 한 다섯 배는 더 기가 세 보이는 최 회장의 서슬에 놀란 서연은 저도 모르게 어깨를 움츠리고 말았다.

그런 그녀를 가만히 건너다보던 최 회장의 얼굴에 만족스러운 미소가 번졌다.

"아이고, 보면 볼수록 곱고 예쁘다. 하이고, 이것 참. 은 사장이 어쩌다 이런 딸을."

처음 대면한 이후로 지금까지 백만 스물한 번쯤은 들었을 것 같은 칭찬에 서연은 귓불까지 붉힌 채 어쩔 줄을 몰라 했다.

그러나 최 회장은 서연의 반응은 전혀 아랑곳 않고서 계속해서 감탄사를 연발했다.

보다 못했던지 준호가 끼어들었다.

"할아버지."

"어? 응. 아, 그래."

"준비는 시간 두고 차차 하기로 하고, 집도 제가 알아서 할게요. 학교 문제도 있고 당분간은 안 움직일 생각이에요."

"아아, 참. 아직 졸업 전이라고 했지?"

한참 전이지요, 하고 속으로 대답한 서연은 시선이 마주친 최 회장을 향해 살며시 눈웃음을 지어 보였다. 그러자 최 회장이 또 한

번 껌벅 넘어갔다.

"아이고, 예쁘다."

서연은 벌써부터 희미하게 눈치 채고 있었다.

최 회장이 저렇게 '예쁘다, 예쁘다.' 연발하는 건 그녀가 다른 이가 아닌 준호의 여자기 때문이라는 것을.

"그래, 일단 부모님께 말씀드려서 빠른 시일 내에 자리 한번 마련하기로 하고. 어차피 언젠가 하게 될 거, 굳이 시간 끌지 말고 후딱 식 올려버리……."

최 회장은 소풍을 앞둔 어린애처럼 잔뜩 들떠 있었다.

평소답지 않은 그의 기행(奇行)에 준호는 오랜만에 난처한 표정을 했고, 서연은 그런 준호의 반응이 재밌어서 입술을 깨물며 웃음을 참아야 했다.

그때, 최 회장의 개인비서가 노크하고 들어와 그의 귀에다 뭔가를 소곤거렸다.

"아니, 이 사람 참. 나도 지금 바쁜데……."

난감한 듯 준호와 서연을 돌아본 최 회장은 자리에서 일어서며 말했다.

"잠시 일 좀 보고 금방 돌아올 테니 잠깐 앉아들 있거라."

"네."

최 회장과 비서가 응접실을 나가자 일어서 있던 준호와 서연은 다시 자리에 앉아 각자 긴 한숨을 내쉬었다.

"아아, 이것도 그리 쉬운 일은 아니구나."

서연이 중얼거리자 준호가 피식 웃으며 맞장구를 쳤다.

"누가 아니래."

말은 안 해도 역시 긴장하고 있었는지, 준호는 소파에 몸을 묻고서 피곤한 표정으로 천장을 올려다보고 있었다.

그런 그의 모습을 구경하며 웃던 서연은 최 회장의 소파 사이드 테이블로 시선을 돌렸다.

아까부터 그녀의 눈에 띄었던 것은 갈색 통가죽 소재의 사진 앨범이었다. 최 회장이 곁에 두고서 자꾸 만지작거리는 걸로 봐서, 서연이나 준호에게 보여주기 위해 일부러 가져온 것인 듯했다.

"이거, 좀 봐도 돼?"

앨범을 가슴에 안고서 준호의 옆으로 간 서연은 털썩 앉아 앨범을 펼쳐보았다.

예상했던 대로, 준호의 어린 시절 사진이 정리되어 있는 앨범이었다.

"꺄악!"

우스꽝스러운 비명을 지른 서연이 주먹을 쥐고서 바들바들 떨며 소리쳤다.

"뭐야, 이거! 너무 귀엽잖아! 예뻐라!"

지금 모습 그대로 몸만 작아진 듯한 준호의 역사를 구경하는 동안 서연은 몇 번이나 하이 톤의 탄성을 지르며 물개박수를 쳤다.

준호도 오랜만에 보는 자신의 예전 모습이 신기한 듯 앨범 구경에 동참했고, 그렇게 둘은 한동안 과거로 돌아가 시간의 흐름에 몸을 맡겼다.

그러던 중, 서연의 표정이 일순 미묘해졌다.

"어어……?"

한 유치원을 배경으로 한 크리스마스 단체사진을 내려다본 준호의 눈매가 부드럽게 휘어졌다.

"열너덧 살 때였던가, 아마. 그때 몸이 좀 안 좋아서 잠깐 들어와 있을 때였어. 할아버지가 새로 설립된 재단 유치원에서 성탄절 행사가 있으니 같이 가자고 나를 끌고 나가셨는데, 무슨 일인지, 그날 불렀던 키 작은 대학생 산타가 이벤트 준비 중에 갑자기 복통으로 실려가버렸어. 다들 난감해하고 있던 차에, 할아버지 등쌀을 못 이기고 결국 내가 강제부역을 하게 됐지. 수염도 붙이고 복장도 갖춰 입고 학부모들이 가져온 선물들을 몽땅 자루에 담아서 나갔어."

준호가 나직이 말을 잇는 동안, 서연은 단체사진 상단의 '수성유치원' 플래카드를 뚫어지게 들여다봤다. 나란히 열 맞춰 서 있는 아이들 중 1열 오른쪽 세 번째에 선 코 빨간 여자애가 어딘지 모르게 눈에 익은 것은 기분 탓일까.

"하기 싫어 죽겠는데, 그래도 내 딴에는 최대한 친절하게 애들 이름 차례차례 부르고 선물을 안겨줬지. 그런데 마지막 한명이 아무리 불러도 오질 않는 거야."

"그, 그래서?"

"엄마가 거의 질질 끌다시피 해가지고 간신히 데려왔는데, 애가 저 멀리서부터 오열을 하고 오면서 '저거 아무리 봐도 젊은 사람이 잖아!' 하더라고."

아아, 어딘가 많이, 어째 소름 끼치게 익숙한 내용이다. 서연은 저도 모르게 얼굴을 확 붉히며 입을 딱 벌리고 말았다.

준호는 빙글빙글, 의미심장한 웃음을 흘리며 계속 말을 이어나 갔다.

"게다가 옆에 있는 애들한테 저건 산타 아니라고 소리를 지르고 선동까지 하더라니까. 웅성거리던 애들이 갑자기 울기 시작하는 데, 얼마나 난감했던지."

"벼, 별로 재미없는 얘기네. 나 잠깐 화장실 좀……."

서연이 도망치려고 슬쩍 몸을 일으키려던 순간, 준호는 그녀의 손을 꽉 붙잡아 자리에 앉힌 후 말을 이었다.

"아니, 지금부터가 재밌어. 들어봐. 그래서 내가 걜 잡고서 억지 로 선물을 건네니까, 얘가……."

"그, 그만."

"얘가 갑자기 받은 선물을 바닥에 패대기치더니 냅다 내 정강이 를 걷어차는데, 아아! 그게 또 얼마나 아팠던지! 하하, 하하하!"

"그만 좀 하라고!"

준호가 마침내 폭소를 터뜨리자 서연은 창피해진 나머지 쥐구 멍에라도 숨고 싶었다. 하지만 그는 팔에 힘을 주고서 여전히 그 녀를 움직이지 못하도록 했다.

그렇게 한참이나 웃다가 숨을 고른 준호는 나직이 중얼거렸다.

"신기하지?"

서연 역시도 뭔가에 홀린 듯 중얼거렸다.

"응. 정말. 혹시, 이런 게 어딘가에 또 있으려나?"

"어쩌면."

"부디 흑역사는 아니어야 할 텐데."

나란히 옆구리를 붙이고 앉아 서로 전혀 기억하지 못했던 공통의 추억을 되새기며, 둘은 다시 한 번 힘주어 손을 꼭 잡아보았다.

일요일 점심, 신희는 뜬금없이 삼계탕을 사주겠다는 현성에 의해 교외의 한식당으로 끌려나왔다.

단둘이서 마주 앉아 식사를 기다리는 동안 개별 룸 안에는 어색한 정적이 내려앉아 있었다.

"피곤하실 텐데 집에서 쉬지 그러셨어요?"

신희가 조심스럽게 묻자 현성은 어깨를 으쓱하고 웃어 보이더니 알 수 없는 대답을 했다.

"이런 게 쉬는 거지."

"아, 저번에 주신 가방 너무 좋아서 매일매일 잘 들고 다니고 있어요. 고맙습니다."

"마음에 든다니 다행이다."

"다들 부러워해요!"

"누가? 친구들이?"

"어······? 아아, 에, 뭐, 네."

갑자기 얼버무리다 풀이 죽는 신희를 물끄러미 건너다보던 현성은 저도 모르게 헛웃음을 흘리고 말았다.

표정을 못 숨기는 신희의 버릇은 여전했다.

"요즘 무슨 일 있니?"

"네? 그게 무슨 말씀이세요?"

"영 힘이 없어 보여서."

"어? 아닌데요? 힘 완전 넘치는데요?"

신희는 우스꽝스럽게 양팔을 들어올리고서 있지도 않은 팔 근육을 자랑했지만, 그녀의 얼굴은 아닌 게 아니라 부쩍 핼쑥해져 있었다. 눈 밑 그늘이 며칠간의 불면을 대변하는 듯했다.

"고민 있으면 얘기해. 편하게."

바닥을 드리운 컵에다 물을 따라주는 현성을 가만히 건너다보던 신희는 얼굴을 붉히고 수줍게 웃으며 답했다.

"고민 없어요."

"무슨 일 있었던 거지? 학교 일?"

"아, 아니요. 전혀."

그렇게 뜨끔한 얼굴로 아니라고 해봤자.

현성은 부드럽지만 거역할 수 없는 눈길로 똑바로 바라보며 무언의 추궁을 했지만, 신희는 끝까지 조개처럼 입을 다물어버렸다.

과 학생들 사이에서 돌고 있는 끔찍한 루머는 어느새 서연과 신희 사이에서 손톱 거스러미 같은 게 되어 있었다. 계속해서 거슬리는데 그렇다고 해서 뜯어내면 피가 많이 날 것 같은, 그런 것 말이다.

서로 거기에 대해 일절 아무 말도 하지 않은 채 평소처럼 웃고 지내고는 있었지만, 그동안 서연은 얼굴이 반쪽이 되었다. 그간 보기 좋게 올랐던 살이 도로 쭉 빠지는 데는 며칠도 걸리지 않았다.

그런 루머를 퍼뜨리고 악의적으로 사람을 괴롭혀대는 장본인이 이영주라는 것을 신희는 잘 알고 있었다.

그래서 더 서연에게 미안했다. 안 당해도 될 고통을 자신 때문에 또 맞닥뜨리게 된 게 너무 미안하고 슬펐다.

그리고 이 일로 서연이 자신에게 거리를 두게 될까 봐 불안했다. 싫어하게 될까 봐 두려워졌다.

쉴 새 없이 흐르는 시간은 사방에서 다가오는 벽처럼 느껴졌다. 이러다 좁은 공간 안에 홀로 갇힌 채 곧 꼼짝달싹도 못하게 될 것 같은데, 당장 할 수 있는 일이 아무것도 없어서 마음이 무거웠다.

이대로는 안 된다. 뭔가 결단이 필요하다는 생각이 들었다.

"신희야."

"네……."

현성이 뭔가를 말하려던 순간, 장지문 밖에서 노크 소리가 들리더니 종업원들이 나타나 요리를 나르기 시작했다.

각종 반찬이 거하게 차려진 상 위의 삼계탕은 아직도 보글보글

끓으며 맛있는 향기를 풍겼지만 신희는 전혀 식욕을 느끼지 못했다.

요란한 상차림이 끝나고 직원들이 자리를 비운 후로도 그녀는 계속해서 멍하니 무릎만 내려다보고 있었다. 평소의 활기찬 모습이라곤 전혀 찾아볼 수 없는 태도였다.

"들지 그러니."

"앗, 네. 잘 먹겠습니다."

신희가 억지로 숟가락을 드는 순간 현성이 뜬금없는 질문을 던졌다.

"전에 부친께서 거부건설 대표시라고 했었지?"

한참이나 머뭇거리던 신희는 가까스로 고개를 끄덕였다.

현성은 더는 아무 말도 않은 채 식사를 시작했지만 신희는 이후로도 유기 숟가락을 몇 번이나 국물에 담갔다 뺐다 하며 깨작거리기만 했다.

"입맛에 안 맞아서 그래?"

"아, 아니에요."

현성은 그새 스마트폰으로 검색한 거부건설의 홈페이지 메인 화면을 물끄러미 내려다봤다.

회사 소개란에는 CEO의 사진이 올라 있었다. 근엄한 표정과 절도 있는 자세로 테이블 앞에 앉아 있는 중년 남자는 신희와 입매가 꼭 닮아 있었다.

볼드체로 꽝꽝 박혀 있는 경영철학을 본 현성은 저도 모르게 피식 웃음을 터뜨리고 말았다.

'끝까지 책임지는 자세'라니, 개가 웃을 노릇이 아닌가.

경영 마인드와 인생 히스토리 사이에 이 정도까지 괴리를 보이는 사람도 드물 것 같았다.

아내, 상간녀, 동갑내기 배다른 딸들. 그는 그들 중 어느 한 명도 끝까지 책임지지 않은 사람이었다.

현성은 몇 장 볼 것도 없이 다소 초라한 홈페이지를 손가락으로 휙휙 넘겨보다가 담담하게 물었다.

"아버지가 원망스럽지는 않니?"

어찌어찌 한 술 떠서 넣은 삼계탕 국물에 입천장을 데였는지, 신희는 인상을 찡그리며 대답했다.

"음. 원망스럽지 않다면 거짓말이겠죠."

평소답지 않은 대답에 현성이 흥미로운 눈길로 건너다보자 신희는 머쓱한 듯 혀를 쏙 빼물고서 말을 이었다.

"왜 그랬을까. 왜 무책임하게 바람 같은 걸 피우고 나를 낳도록 뒀을까. 하루에도 몇 번씩 원망스러워요. 돌아가신 엄마도 원망스럽고 또……."

영주를 떠올린 신희는 벌레라도 마주한 듯 몸서리를 치다 길게 한숨을 내쉬었다.

상에다 턱을 괴고서 지그시 신희를 바라보고 있던 현성이 의미심장한 질문을 던졌다.

"복수하고 싶어?"

"네?"

신희가 눈을 동그랗게 뜨자 현성은 또 한 번 아무렇지도 않게 덧붙였다.

"원한다면 내가 도와줄 수 있는데."

그 말을 듣자마자 신희의 머리끝부터 발끝까지 전류가 주욱 흘렀다.

복수라니. 그렇게 살벌하면서도 달콤하게 들리는 단어가 또 있을까.

자신과 똑같이 그들도 괴로움에 떨고 좌절에 눈물 흘리며, 치 떨리도록 잔인한 현실에 몸부림치는 모습을 상상하니 그렇게 후련할 수가 없었다.

그러나 그것도 잠시.

한참이나 입술을 잘근잘근 깨물고 있던 신희는 한심한 듯 웃음을 터뜨리며 핀잔을 주었다.

"에이, 아저씨. 그런 장난 안 어울려요."

"장난 아니야."

빙그레 웃고 있는 현성의 얼굴에서 범접할 수 없는 카리스마가 느껴졌다.

하긴. 우리나라 10대 기업 명단에서 단 한 번도 내려온 적이 없는 대호그룹 후계자 중 한 명인 현성이었다. 그 정도면 시원찮은 부실 중견기업 대표인 신희의 부친에게 뭔가 영향을 끼칠 수도 있을 테지.

"이런 말 하면 안 되는 거 알지만……, 재밌네요."

신희는 짐짓 무서운 표정으로 닭다리를 뜯어내 들더니 다소 들뜬 어조로 말을 이었다.

"오오, 진짜. 생각해보니까 짱이다. 아버지랑 그 부인은 빚에 쫓겨 다니고 영주는 내가 그랬던 것처럼 엄동설한 차디찬 방에서 식은 밥에 간장만 놓고 먹는 거예요. 그러면 기다렸다가 찾아가서 '그러게 나한테 그러지 말지.' 하고 약 올리고요. 와, 이거 대박 사이다인데요!"

현성이 피식 웃자 신희는 배를 붙잡고 계속 키득키득 웃다가 숨을 몰아쉬고 말했다.

"하지만 그만둘래요. 그냥 상상만으로 대만족."

현성이 그럴 줄 알았다는 눈으로 바라보는 가운데, 신희는 담담하게 말을 이었다.

"그 사람들이 힘들어진다고 해서 제가 더 행복해지는 것도 아니잖아요."

그럴 줄 알았다. 착한 신희라면 당연히 이런 식으로 대답할 걸 현성은 잘 알고 있었다.

"며칠 후 그룹에서 주최하는 자선파티가 있는데, 거기 널 데려갈 생각이야."

신희가 눈을 동그랗게 뜨고 이해할 수 없다는 듯 바라보자 현성은 진지한 어조로 말을 이었다.

"수성재단을 비롯해서 유명 예술계 인사들도 많이 참석할 예정이거든. 거기서 널 내가 직접 후원하고 있는 학생이라고 소개할 거다. 물론 성공에 있어서 실력과 커리어가 가장 중요하지만, 미리부터 좋은 인맥을 쌓아두는 것도 나쁘지 않다고 생각해.”

사실 현성이 그 파티에 신희를 데려가려 하는 데는 또 다른 이유가 있었다.

전혀 연도 닿지 않아 있는 건설사였지만, 현성은 자기 이름으로 직접 신희의 부친에게 초청장을 보냈다.

제대로 보려 하지도 않은 채 고통만 주었던 당신 딸이 얼마나 훌륭하게 잘 성장했는지, 그리고 앞으로 누구의 비호 아래 꿈을 펼쳐갈지 두 눈으로 직접 보시라고 말해주고 싶었다. 그게 그 나름대로의 복수라고 생각했기에.

“인맥이요?”

“그래. 그건 네가 나중에 자립해서 사회에 나갈 때 많은 도움이 될 테니까.”

현성의 이야기를 다 들은 신희의 얼굴 표정이 미묘하게 굳었다.

“자립…….”

맞는 말이다. 언제까지나 그에게 신세를 질 순 없는 일이었다.

어서 자립하고 성공해 그에게서 받았던 은혜를 갚아야만 했다.

늘 머릿속으로 생각했던 다짐을 다시 한 번 되새기던 때, 오늘은 의문 한 가지가 섞여들었다.

언젠가 금전적으로든 다른 어떤 방식으로든 그가 ‘이만하면 됐다.’ 하고 말하는 때가 온다면.

그땐 어떻게 되는 걸까.

빼기 하나 더하기 하나 하면 영이 되는 것처럼, 둘 사이엔 이제 아무것도 없어지는 걸까.

수저를 아예 내려놔 버린 신희의 손이 가늘게 떨리기 시작했다.

자선파티가 열리는 호텔 주변으론 빙 둘러 산책로가 나 있었다. 예정시간보다 다소 일찍 도착한 준호는 출발할 때부터 비 때문에 기분이 좋지 않은 서연을 위해 드라이브를 시켜주려 했지만, 어쩐지 오늘의 그녀는 계속해서 기분이 별로인 것 같았다.

오전부터 내리기 시작한 비는 오후가 되자 세찬 폭우로 변해 있었다.

와이퍼가 차창을 닦아내도 딱 그때뿐이었다. 너른 전면창은 금세 들이붓다시피 쏟아지는 비로 흐릿해졌다.

비에 젖은 세상은 온통 실루엣이 희미했다. 경계선도 색도 모두 뭉그러져 한데 섞인 세상은 원래 모습을 알 수 없을 정도였다.

와이퍼가 최대 속도로 유리창의 비를 밀어내는 걸 물끄러미 바라보고 있던 서연은 나무라고 생각했던 것이 실은 철골 조형물이라는 것을 깨닫고 조금 놀랐다.

"비 싫어."

"아직도?"

"응. 좋아해보려고 했는데 역시 마음대로 되는 건 아닌가 봐."

"싫은 걸 굳이 좋아하려고 노력할 필요는 없지."

"하필 이런 날 비가 올 게 뭐람."

오늘을 위해 산 원피스가 아주 오랜만에 마음에 쏙 든다며 좋아하던 서연이 울상을 하고서 중얼거리자 준호는 비상등을 켜고 차를 한쪽으로 댔다.

임시주차장이 마련되어 있는 곳이었지만 폭우 때문인지 서 있는 차들은 없었다.

"괜히 한 바퀴 돌자고 했나?"

주차한 후 정신 사나운 와이퍼까지 멈추자 앞 차창은 말 그대로 커튼을 드리운 듯 완벽하게 비로 가려졌다.

"시원하게 퍼붓네."

중얼거리던 준호는 조수석에 경직된 자세로 앉아 입술을 깨물고 있는 서연을 물끄러미 바라보며 물었다.

"아침에 무슨 일 있었어?"

"아니. 아무 일도."

"기분이 안 좋아 보이는데."

서연은 자꾸만 앞으로 흘러내리는 머리카락을 신경질적으로 귀 뒤로 넘겼다.

"그런 거 없어. 정말."

말은 그렇게 했어도, 그녀는 확실히 예민해져 있었다.

입술을 잘근잘근 깨물던 서연은 화장을 고치려 백을 열고 그 안에서 립스틱을 꺼내며 뜬금없는 질문을 던졌다.

"오빠는 혹시…… 이유 없이 불안한 날 없어? 아무 일도 없는데 꼭 무슨 일이 생길 것처럼 불길하고 안절부절못하게 되는 그런 날."

얼마 전 서연이 약을 끊었다고 했을 때, 준호는 한 번쯤은 이런 때가 올 거라고 생각했었다.

뭔가를 중단하는 게 자를 대고 칼로 자르듯 쉬운 일이라면 얼마나 좋겠나. 하지만, 사는 건 그렇게 간단하지가 않은 법이었다.

"당연히 있지. 누구나 마찬가지일 테고."

서연이 빤히 쳐다보는 가운데 손을 내민 준호는 오디오 동작버튼을 눌렀다.

스피커에서 희미한 잡음이 감지되더니 이윽고 영롱한 피아노 선율이 흘러나오기 시작했다. 프리드리히 굴다가 연주하는 슈베르트의 즉흥곡 Op. 90-2였다. 또랑또랑 굴러 내려오는 프레이즈가 빗방울이 차창에 부딪치는 소리에 섞여들어 경쾌한 분위기를 자아냈다.

준호는 운전석에서 몸을 일으키더니 불쑥 립스틱을 빼앗고 서연의 코앞에다 얼굴을 바싹 들이대더니 나직이 속삭였다.

"전에도 한번 비슷한 얘길 했던 것 같은데."

"무슨?"

"생각이 복잡해질 때는 기분 좋은 일을 떠올리라고. 기억 안 나?"

"아아."

서연이 픽 웃자 준호는 의미심장한 미소를 지으며 덧붙였다.

"그래도 잘 안 될 때는 나한테 다 맡기라고 했지?"

"말 내용이랑은 달리 태도가 너무 변태 같아서 믿음이 안 간다니까."

서연의 핀잔에 준호는 씩 웃더니 그녀의 뒷목을 손으로 단단히 붙잡고서 부드럽게 입술을 겹쳤다.

서연은 못 이기는 척 눈을 감고서 그에게 몸을 맡겨버렸다.

퍼붓는 빗소리, 귓가를 내달리는 피아노선율, 준호의 몸이 발하는 시원한 향기와 뜨거운 체온.

깊고 진하고 아찔한 키스에 정신을 뺏긴 이 순간, 서연은 그가 말했던 대로 더는 아무 생각도 들지 않았다. 예민한 감각도 불안한 기분도 모두 그에게 뺏긴 듯 희미해지고 있었다. 차창에 비친 풍경처럼 흐릿하게 번져가고 있었다.

긴 키스가 끝나고 뒤로 물러난 준호는 손에 쥐고 있던 립스틱을 서연의 입술에다 정성껏 발라주었다. 처음부터 그럴 생각으로 가져간 모양이었다.

얌전한 고양이처럼 웅크리고 앉은 채 그의 손길을 즐기고 있던 서연은 준호가 립스틱을 다시 건네주자 그것을 받아 백에다 넣고서 손수건을 꺼내며 말했다.

"솔직히 말해봐, 오빠."

"뭘?"

손수건을 손가락에다 감은 서연은 별안간 준호의 턱을 꽉 잡더니 한심하다는 듯 되물었다.

"머릿속에 온종일 내 생각밖에 없지?"

서연이 손을 내밀어 입술을 정성껏 닦아주자 준호는 조금 전의 키스로 자기 입술이 온통 립스틱 범벅이 되었다는 것을 뒤늦게 깨닫고서 웃음을 터뜨렸다.

"어떻게 알았지?"

준호의 대답에 서연은 굳어 있던 표정을 풀고서 그제야 환하게 웃어 보였다.

고급스러운 호텔 연회장 안에 서 있는 신희는 꿈을 꾸고 있는 듯한 기분이 들었다. 기쁘거나 즐거워서가 아니라 서 있는 이곳이 전혀 현실적으로 느껴지지 않아서였다.

어느 곳 하나 예사롭지 않아 보이는 내빈들이 제각기 뿜어내는 기에 짓눌린 신희는 본능적으로 구석자리를 찾았지만 현성이 그렇게 하도록 내버려두지를 않았다.

그는 직접 얘기했던 것처럼 파티 시작도 전부터 신희를 이 사람 저 사람에게 데려가 열심히 인사를 시켰다.

소개를 받은 사람들은 모두 신희가 친분을 쌓을 접점이라곤 단하나도 없던, 대단한 사람들이었다. 그들 중 그녀에게 관심을 가지고 이것저것 물어오는 사람들도 있었다.

이런 상황이 몹시 부담스럽기도 했지만 현성이 직접 신경 써서 마련해준 자리였기에 바보처럼 굴 수는 없었다. 그래서 신희는 더욱더 열심히 인사하고 예의 바르게 굴기 위해 애를 썼다.

"너무 그렇게 파이팅 넘치게 할 건 없어."

"앗, 네!"

어깨에 힘이 잔뜩 들어간 신희를 보며 너털웃음을 흘린 현성은 부드러운 눈으로 그녀를 바라보다 아무렇지도 않게 한마디를 건넸다.

"예쁘다, 오늘."

빈말일지도 모르는 말인데 신희는 당황한 나머지 온 얼굴을 다 새빨갛게 물들이고 말았다. 귓불과 목덜미까지 화끈해졌다.

"그, 그, 그럴 리가요."

"옷도 맞춘 것처럼 잘 어울리고."

정장 투피스는 그냥 딱 단정한 스타일 그 이상도 이하도 아니었다. 칭찬인지 뭔지 모를 것에 어떻게 반응해야 할지 몰랐던 신희는 안 해도 될 말을 던지며 어쩔 줄을 몰라 했다.

"이, 이거 학교 앞 보세옷집 세일할 때 완전 싸게 산 건데요!"

"뭐가 어떻든지 간에, 예쁘다고. 진짜."

"아, 아닌데요!"

신희가 계속해서 당황하며 손을 내젓자 현성은 한심한 표정으로 피식 웃어버렸다.

"사람이 말을 하면 좀 곧이곧대로 들어라."

"그런……."

그때 현성의 시선이 어딘가로 향했다. 기다리던 누군가를 발견한 듯 눈을 가늘게 뜬 그는 가볍게 신희의 어깨를 두드리고서 자리를 떴다.

"잠깐 갔다 올 테니 여기서 기다리고 있어."

인파 사이로 사라지는 그의 뒷모습을 가만히 바라보고 있던 신희는 뒤늦게 긴장이 풀려 긴 한숨을 내쉬고 어깨를 늘어뜨렸다.

"아아, 이런 것도 쉬운 일은 아니구나."

주변을 두리번거리던 순간 익숙한 얼굴이 눈에 띄었다.

저 멀리, 연회장 입구에서 서연이 준호와 팔짱을 끼고서 안으로 들어서는 게 눈에 띄었다.

아이보리색 원피스를 입은 서연과 클래식한 슈트 차림의 준호 커플은 꼭 신랑신부 같아 보였다. 양가 어르신들 사이에 순조롭게 결혼 이야기가 진행되고 있다더니, 겉으로만 보면 이미 완성형이 아닌가 싶었다.

두 사람이 서로를 바라보는 눈빛이 어찌나 애틋하고 사랑이 넘쳐흐르는지, 보고만 있어도 절로 흐뭇해졌다.

서연이 자신을 알아봐주길 기다리던 중 갈증을 느낀 신희는 들고 있던 과일펀치를 한 모금 머금었다. 그러나 달콤하고 향긋한 액체는 갈증을 달래주기도 전, 명치끝에 딱 얹혀버리고 말았다.

"쯧쯧. 대호에서 주최한 파티라기에 수준이 좀 되겠거니 하고 나왔더니, 이건 뭐, 완전히 바닥이네. 한복판에 걸레가 널브러져 있을 줄이야."

이영주였다.

"네가 어떻게 여기에……!"

"아빠 따라왔지."

신희는 멀리서 현성이 누군가와 심각한 대화를 나누고 있는 것을 발견했다. 상대의 뒤통수가 어딘지 모르게 낯익다 했더니, 역시나 생부였다.

신희가 아는 한 생부의 회사는 이름만 들으면 누구나 아는 대기업이 아니었다. 하물며 그는 이런 곳에 직접 초대받을 정도로 잘나가는 기업가도 아니었고.

얼마 전, 복수하고 싶은지 물었던 현성이었다. 그런 현성이 이런 자리에 직접 신희의 부친을 초대한 이유로 생각할 수 있는 건 단 하나였다.

생각해주는 마음은 너무도 고마웠지만 그가 간과한 게 하나 있었으니, 진짜 문제는 그쪽에 있는 게 아니라는 것이었다.

"이런 데 와 있을 정도면 좀 괜찮은 스폰서 문 것 같은데, 그동안 차림새는 왜 그렇게 거지 같았다니? 도대체 얼마나 짠돌이를 문거야? 자린고비 낯짝이나 좀 보자."

여기서 문제를 일으킨다면 현성의 얼굴에 정통으로 먹칠하는 꼴이었다. 게다가 잘못 보이면 서연을 죽도록 괴롭히겠다는 영주의 협박도 올가미처럼 신희를 옥죄어왔다.

"오늘은 여기까지만 하고 나중에 따로 얘기하자, 응?"

"어? 이것 봐라? 따박따박 말대꾸도 하고, 너 많이 컸다?"

"영주야."

"이름 부르지 마, 정들어."

"제발 좀……."

"왜 말을 못해? 네 스폰서 얼굴이나 한번 보자고. 누구야? 응? 왜, 창피해? 창피할 거 뭐 있니?"

그때, 신희의 등 뒤에서 익숙한 목소리가 울렸다.

"내가 이럴 줄 알았지."

아니기를 빌고 또 빌었지만, 절대 일어나지 않았으면 했던 일이 결국 터지고 만 것이다.

연회장에 들어서자마자 준호는 누군가에게 붙잡히고 말았다. 여기저기 아는 사람들이 천지인 곳이라 처음에 서연이 예상했던 대로였다.

어색한 친목 다짐에 끼고 싶지 않았던 서연은 먼저 와 있을 신희를 찾기 위해 사방을 두리번거렸고, 어렵지 않게 그녀를 발견할 수 있었다.

그러나 신희의 얼굴을 보는 순간 반가움 대신 불쾌한 느낌이 그녀를 덮쳤다.

하얗게 질린 신희의 안색을 보는 순간 짐작했던 대로, 그녀가 마주 보고 있는 상대는 이영주였다.

저 돼먹지 못한 계집애가 무슨 권리로 여기에서까지 신희를 괴롭히고 있나 생각한 서연은 갑작스럽게 솟구치는 화를 누를 수가

356

없었다. 그간 학교에서 당했던 괴롭힘까지 더해 이성을 찾을 수가 없었다.

준호와 했던 약속을 순간 까맣게 잊은 서연은 대단한 기세로 그들을 향해 돌진했다.

그럼 그렇지. 가까이 다가가서 보니 아주 가관이었다.

이영주가 듣기도 힘든 말을 내뱉는데도 신희는 고개만 숙인 채 쩔쩔매고만 있었다. 신희가 바보같이 착하기만 해서, 계속해서 당하기만 해서 점점 더 화가 치밀었다.

"창피할 거 뭐 있니? 너도 네 에미랑 똑같은 인생 살고 있잖아, 뭘 새삼스럽게 체면 따지고 그……."

"내가 이럴 줄 알았지. 야! 너!"

서연이 날카롭게 소리쳐 부르자 영주는 눈을 게슴츠레 뜨고서 그녀를 돌아봤다.

"어머, 서연이네. 안녕?"

서연은 아무렇지도 않게 뻔뻔스레 웃으며 인사를 건네는 영주의 얼굴에다 대고 시원하게 물이라도 끼얹어버리고 싶은 심정이었다.

"너 진짜 저질이구나."

서연의 말에 영주가 움찔하더니 흥미로운 눈으로 시선을 맞췄다.

"저질?"

"그래. 정말이지, 너 같은 저질은 살다 살다 처음 본다! 너는 신희 괴롭히는 재미로 살지? 사람 괴롭히는 게 그렇게 좋아?"

서연이 짐짓 무섭게 노려보며 내뱉는 말을 가만히 듣고 있던 영주는 씩 웃더니 머리를 쓸어 올리며 물었다.

"얘기하는 거 보면 꼭 내가 무슨 문제 있는 사람인 것처럼 들리는데?"

"네가 스스로 문제가 없다고 생각하면 그게 제일 큰 문제지."

서연이 빈정거리자 영주의 표정이 묘해졌다.

한동안 서연을 빤히 쳐다보던 영주가 뜬금없는 소릴 했다.

"문제라고 하니 떠오르네. 내가 좀 궁금한 게 있어서 여기저기 수소문을 해봤었는데……, 너 예전에 제법 유명했더라?"

"뭐?"

"고등학교 때 전학 꽤 많이 다녔던데, 이사를 간 것도 아니고 뭘 그렇게 옮겨 다녔나 싶었거든. 너 제일 처음에 다녔던 데가 인성고였지? 거기 나온 애가 있어서 물어봤더니 뭐가 아주 막 줄줄줄 나오데?"

서연의 얼굴색이 돌연 하얗게 질렸다.

'아아, 나, 아까 집에서 나올 때 약 먹었었던가? 약봉지를 꺼내서 뜯고, 물을 따라서 식탁에다 올려놓고, 그리고…….'

"이영주! 너 그만두지 못해?"

신희가 다급하게 끼어들어 막으려 했지만 영주는 그녀를 확 떠밀고서 말을 이었다.

"얼마 전에 송성진이 너희 집 찾아갔었지? 어우, 걔 찾고 너한테 가보라고 설득하느라 내가 얼마나 고생을 했는지 알아? 그런데 네가 그런 식으로 나오면 안 되지."

송성진의 이름이 나오자 서연의 눈동자에서 초점이 사라졌다.

어두운 창가가 번쩍 밝아지더니 제법 가까운 곳에서 엄청난 천둥소리가 울렸다.

'아아, 안 먹은 것 같아. 약을 안 먹고 테이블에 그냥 놔두고 나온 것 같아. 어떡하지? 괜찮아. 괜찮을 거야. 지금이라도 꺼내서 다시 먹자. 백 속에 약병이 들었으니까 그거라도. 아니, 약병도 놔두고 온 것 같아. 식탁 위에. 아니, 백에 넣었던가? 아니면 오빠 차 안에? 아아. 도대체 어디 있는 거지, 내 약?'

"아, 뭐, 송성진은 그렇다 치고. 서연이 너 계속 왕따 당했었다면서? 너 같은 애가 무슨 일로 따돌림을 당했나 했더니, 어우, 야, 너 진짜 아주 대단했더라?"

"이영주, 너 닥치지 못해? 서연아, 내가 해결할 테니까 넌 저리 가 있어."

'없어. 약이 없다. 왜 없지? 아아, 있을 리가 없지. 이미 끊었으니까.'

"은서연 너, 수업시간에 갑자기 헐크 됐었다면서? 깔깔깔!"

영주의 마귀할멈 같은 웃음소리에 갑자기 서연의 눈앞이 새하얘졌다. 그동안 한쪽에다 꽁꽁 묶어 잘 숨겨두었던 기억들이 일시에 개방돼 머릿속을 가득 채웠다.

그날은 며칠째 생리가 곧 터질 듯 말 듯, 아침부터 몹시 기분이 나쁜 날이었다.

오늘처럼 무슨 일이 생길 것 같은 불길한 예감. 이유 없이 불안한 기분으로 하루를 보냈던 날.

5교시가 끝나갈 무렵이었다.

고장 난 벽시계의 거슬리는 초침 소리, 화이트보드와 보드마카가 마찰하며 삑삑거리는 소리가 쉴 새 없이 고막을 긁어댔다. 옆자리의 짝은 감기 기운인지 연방 불규칙하게 코를 훌쩍대고 있었고, 근처의 누군가는 정신없이 볼펜을 똑딱거리고 있었다.

똑딱똑딱, 끼이익끼익, 훌쩍, 달칵달칵, 훌쩍.

'아아, 시끄러워. 다들 조용히 좀.'

갑자기 터질 듯 가슴이 뛰고 눈앞이 캄캄해졌다.

서연은 이상한 기분을 애써 참아내느라 주먹을 꼭 쥐고 눈을 감았지만, 오히려 온갖 소음들이 한데 뒤섞여 예민한 신경을 더욱더 맹렬히 휘저어댔다.

똑딱, 끼익, 똑딱, 끼익끼익, 달칵달칵, 훌쩍훌쩍, 달칵달칵.

'그만해, 제발.'

똑딱똑딱, 끼익, 훌쩍훌쩍, 달칵달칵.

'그만! 제발 그만! 부탁이야! 누가 저 소리들 좀 멈춰줘! 미칠 것 같아!'

일순, 정전이라도 된 것처럼 눈앞이 까맣게 어두워졌다. 고막이 터져버리기라도 한 듯 더 이상 아무 소리도 들리지 않았다.

아무것도 보이지도 들리지도 않는, 편안한 상태로 얼마나 시간을 흘려보냈을까.

핀 포인트처럼 좁아진 시야가 점점 넓어지며 서연의 눈에 들어온 것은 원래의 교실이 아닌 아수라장이었다.

발밑에는 엎어진 책상, 낱장으로 다 찢긴 교과서와 필기구들이 어지러이 흩어져 있었고 커튼레일째 몽땅 뜯겨져 나온 때 묻은 커튼엔 핏자국이 선명했다. 서연의 손끝은 스스로 물어뜯은 건지 아니면 어디서 긁힌 건지 알 수 없는 상처들로 완전히 피투성이였다.

벌레라도 보는 것 같은, 실수로 혹시 닿기라도 할까 봐 벌벌 떠는 친구들의 차가운 눈동자를 마주한 순간.

그녀의 즐거운 학교 놀이는 거기서 영영 끝나고 말았다.

"서연아! 은서연! 괜찮아! 이제 괜찮으니까 그만해!"

준호가 부르는 목소리에 과거의 기억에서 돌아온 서연은 천천히 주위를 둘러보았다.

'여긴 어디지? 아, 그래. 나 오늘 파티에 왔었지. 오빠랑 잠시 헤어져서 신희를 만나러 갔고, 그리고……!'

믿을 수가 없었다.

잠시였다. 정말로, 아주 잠시.

그저 과거의 싫은 기억을 떠올린 것만으로 이렇게 돼버리는 건 너무하지 않나.

서서히 밝아지는 서연의 눈앞에 그때와 똑같은 살풍경이 펼쳐져 있었다.

붉은 카펫 바닥에는 깨진 유리조각과 물품들이 어지러이 널려 있었고, 그 한가운데에 머리카락이 온통 헝클어지고 한쪽 뺨이 벌겋게 부어오른 이영주가 씩씩거리며 주저앉아 울고 있었다.

눈을 동그랗게 뜨고서 안타까운 눈으로 바라보는 신희를 발견한 서연은 한 발짝 앞으로 나가려고 했지만, 몸이 말을 듣지 않았다. 누군가가 움직이지 못하도록 뒤에서 그녀의 어깨를 꽉 끌어안고 있었다.

그 누군가가 준호라는 것은 돌아보지 않아도 알 수 있었다. 그러나.

"오빠⋯⋯, 나 괜찮⋯⋯?"

천천히 아래를 내려다본 서연의 동공이 커다랗게 벌어졌다.

준호의 손등은 완전히 엉망이었다. 필시 서연이 냈을 손톱자국에서 흘러나오는 핏방울들을 본 순간, 그녀는 그대로 그 자리에 못 박혀 서버렸다.

'내가⋯⋯, 내가 또 이런 거야? 천지분간 못하고 미쳐서, 여기가 어딘지, 오빠가 누군지도 못 알아보고, 내가 이런 거야? 내가 또⋯⋯?'

연회장 안의 차가운 시선들이 온통 서연에게로 집중되어 있었다.

돌아보면 준호도 같은 눈을 하고 내려다보고 있을까 무서워진 서연은 끝까지 뒤를 돌아볼 수가 없었다.

"아아, 미안해. 미안해……, 미안해……."

눈을 감은 뒤 다시는 깨어나고 싶지 않았다.

그대로 정신을 잃은 서연은 건전지가 빠진 장난감처럼 준호의
품 안에서 힘없이 무너지고 말았다.

29
/
폭풍이 지나간 자리

서연은 천천히 주위를 돌아봤다.

눈을 떴을 땐 연회장이 아니라 병원이었는데, 다시 잠들었다 깨어보니 방이었다.

창밖엔 여전히 비가 내리고 있었다.

잠시 악몽을 꾼 거라 생각하고 싶었지만, 그러기엔 난동을 부리던 중 여기저기 생긴 생채기들과 손톱 밑에 말라붙어 있는 준호의 핏자국이 너무도 선명했다.

창틀 위의 탁상시계가 7시 반을 알리고 있었지만, 지금이 오전인지 오후인지 알 수도 없었다.

사이드테이블 위엔 부피가 꽤 큰 약봉투가 올라 있었다.

변했다는 건 그녀 혼자의 착각이었을 뿐, 모든 게 다 그대로였다.

천천히 자리에서 일어난 서연은 두꺼운 암막커튼 자락을 붙잡았다.

아프도록 아랫입술을 깨문 그녀는 눈을 질끈 감고서 커튼을 쳐 버렸다. 그리고 어둠 속에 홀로 웅크리고 앉았다.

"하, 하하……."

그저 웃음만 났다.

서연은 무릎을 끌어안고서 웅크린 채 미친 사람처럼 한참이나 키득거렸다.

각계각층 인사들이 다 모인 자리였다. 게다가…….

준호가 그 광경을 지켜봤다. 하나도 빠짐없이 전부 다.

이런 자신이 얼마나 징그럽고 끔찍해 보였을까. 말로 전해 듣는 것과 그것을 직접 눈으로 보는 건 전혀 다른 일이다.

지금 곁에 그가 없다는 것만으로도 현실을 간단히 파악할 수 있었다.

"결국…… 이렇게 끝나는구나."

조금 괜찮아졌다고 우쭐거리다 이 꼴이라니.

더욱더 작게 몸을 웅크린 서연은 고통스러운 표정으로 쉴 새 없이 자신을 향해 저주를 퍼부었다.

이대로 땅속으로 흡수돼버려. 다시는 헛된 꿈 따위 꾸지 않도록 그 싹마저 지근지근 밟아버려. 음침하고 음습한 그늘에서 시들시들 말라 죽어버려. 아무한테도 상처 받지 않고, 아무에게도 상처 주지 않고 나 혼자서 계속 그렇게.

괜찮아. 넘치도록 사랑받았으니까. 남은 인생, 그 추억만 곱씹어도 될 만큼 많은 사랑받았으니까, 그걸로 괜찮아. 충분해.

괜찮다고?

괜찮은 걸까?

정말 괜찮은 건가. 그 사람이 없어도?

"나는……."

그때, 노크 소리가 들렸다.

살짝 문을 열고 안을 들여다보며, 은 사장이 걱정스러운 목소리로 물었다.

"깼구나. 기분은 좀 어떠니?"

서연은 아무 대답도 하지 못한 채 고개만 숙이고 있었다.

은 사장은 죄지은 사람처럼 눈도 마주치지 못하는 딸을 안쓰러운 눈으로 바라보며 부드럽게 달랬다.

"어제보다 안색이 훨씬 낫다. 다행이야."

그 많은 사람들 앞에서 부모 얼굴에도 먹칠해버렸다. 계속해서 한마디 원망조차 하지 않는 그들이 너무도 불쌍하고 미안해 서연은 어떻게 해야 할지 도무지 알 수가 없었다.

"아빠랑 같이 내려가자. 준호 와 있어."

준호의 이름을 들은 서연의 어깨가 크게 움찔했다.

입술이 붙어 쉽게 말이 나오질 않았던 서연은 한참 만에야 쥐어짜는 목소리로 대꾸했다.

"그냥 가라고 하세요."

"서연아."

"부탁이에요."

"서연아, 그러지 말고……."

"도저히 못 보겠어요. 죄송해요."

한동안 서연을 바라보며 주저하던 은 사장은 이내 문을 닫고 1층으로 내려갔다.

멍하니 허공 어딘가를 바라보며 시간을 흘려보낸 지 얼마나 됐을까, 다시 문 두드리는 소리가 들려왔다.

더 이상 대답할 기운도 없을 정도로 지친 서연은 무릎에 얼굴을 묻은 채 그대로 눈을 감아버렸다.

달칵 하고 문 열리는 소리에 이어 옷깃 스치는 소리가 나더니, 무척이나 익숙한 향기가 훅 끼쳤다.

"잘 잤어?"

서연은 갈피를 잡을 수가 없었다. 그가 와주어서 기쁜 건지, 아니면 두려운 건지.

대답이 없자 준호는 서연의 앞에 한쪽 무릎을 굽히고 앉아 덧붙였다.

"어제 저녁도 못 먹었잖아. 죽이라도 한술 떠야지."

준호는 아무 일도 없었다는 듯 말을 걸고 있었지만, 서연은 도저히 아무렇지 않게 그를 대할 수가 없었다.

"이러지 마, 오빠."

서연이 여전히 고개를 숙인 채 웅얼거리자 준호는 의아한 어조로 되물었다.

"뭘?"

"괜찮아. 정말 괜찮으니까……."

준호는 부드럽게 서연의 말허리를 자르고서 엉뚱한 말로 화제를 돌려버렸다.

"오랜만에 무단결근하고 같이 바람 쐬러 갈까? 흑돼지 먹으러 제주도는 어때?"

평소 같으면 말도 안 되는 소리라며 펄펄 뛰었을 서연이었지만 오늘 그녀는 쉽사리 고개를 들지 못하고 있었다.

"서연……."

서연이 말을 가로챘다.

"다치게 해서 미안해, 오빠. 신희한테도 미안하다고 전해주고, 혹시 연락할 수 있거든 이영주한테도 때려서 미안하다고 전해줘. 그리고 난 괜찮으니까…… 돌아가."

"기억 못하는구나. 그 애를 때린 건 네가 아니라 신희야. 아주 대단했어. 사정없이 달려들더니 마구 주먹을 휘두르고 머리채까지 잡더라고. 형님이 뜯어말리느라고 아주 고생했지."

"신희가……?"

"그래."

"그거 다행이네. 신희도 이제 당하고 있지만은 않겠구나."

서연이 안도한 듯 중얼거리자 준호는 제법 단호한 어조로 말했다.

"그러니 신희 일은 신희가 알아서 하게 내버려두고. 자, 이제 우리 얘길 좀 해볼까."

그제야 고개를 든 서연은 준호의 손을 쳐다봤다.

준호는 얼른 손을 등 뒤로 슬쩍 숨겼지만, 양쪽 손등을 다 뒤덮은 드레싱은 이미 그녀의 눈에 띈 뒤였다.

"많이 아팠지?"

"신경 쓰지 마. 별것 아니니까. 병원에선 원래 조금만 다쳐도 칭칭 감아주잖아."

손만 그런 게 아니었다. 늘 쓰고 있던 준호의 안경도 어느새 사라져 있었다.

"안경은 어쨌어?"

"슬슬 스타일을 좀 바꿔볼까 싶어서."

거짓말. 어제 서연이 부렸던 난동에 망가진 게 분명했다.

"미안해, 정말…… 미안해."

"나한테 매달리고 애원하는 모습 보고 싶어서 밤새 참다 참다 왔는데, 생각했던 거랑 반응이 달라서 실망스러운데."

준호가 너스레를 떨며 머리를 쓰다듬으려고 하는 순간, 서연은 몸을 잔뜩 움츠려 그의 손을 피해버렸다. 그에게 조금이라도 닿으면 모처럼 결심한 게 무너질 것 같아서였다.

"만지지 마."

서연이 자기 손길을 대놓고 피하자, 준호의 인상이 바로 변했다.

미소가 사라진 그의 얼굴이 종잇장 구겨지듯 일그러졌다.

"오빠가 좋은 사람인 거 나, 누구보다도 잘 알고 있어. 그동안 오빠가 얼마나 노력했는지도 알아. 그러니까 더는 무리하지 마. 죄책감 가질 필요도 없고 미안해할 필요도 없어."

"무슨 소리야?"

서연은 준호의 시선을 피해 땅바닥을 내려다보며 덧붙였다.

"나한텐 너무 과분한 사람이야. 안 어울린다고 생각해."

준호는 앞머리를 쓸어 올리더니 갑자기 귀를 후벼 파며 되물었다.

"내가 지금 귀가 좀 안 좋은지, 무슨 말인지 잘 알아듣지를 못하겠는데? 뭐라고?"

입술을 한번 꾸욱 깨문 후 서연은 단호하게 내뱉었다.

"그동안 고마웠어. 잊지 않을게."

그 말을 기점으로 방 안엔 무섭도록 서늘한 정적이 내려앉았다.

불편한 침묵을 견딜 수 없던 서연이 다시 무릎에 얼굴을 묻는 순간, 준호가 엉뚱한 소릴 했다.

"혹시 나를 떨치고 싶은 거라면, 좀 더 쇼킹한 걸로 준비해서 다시 도전해. 이 정도로는 약해."

갑자기 서연의 속에서 뭔가가 울컥 치밀었다.

"오빤 이런 내가 이상하지도 않아? 잘 보라고! 나 완전히 괴물이잖아! 이런 여자를 누가 좋아하겠어?"

이번엔 준호가 발끈해서 맞받아쳤다.

"그래! 너처럼 예고 없이 발작해서 난동 부리고 발악하는 여자, 좋아해줄 남자는 아무도 없겠지!"

알고 있는 사실이지만 그것이 준호의 입을 통해 나왔다는 게 충격이었다.

역시나. 결국 그런 거였구나.

서연은 말을 잇지 못한 채 위를 올려다봤다. 거기엔 지금껏 단 한 번도 마주한 적 없던 준호의 얼굴이 있었다.

무어라 말할 수 없는 고통, 자괴감, 절박함 같은 것들이 온통 뒤섞여 혼란스러운 표정으로, 그는 힘겹게 말을 이었다.

"그러니 다행이잖아? 그건, 내가 널 독차지할 수 있다는 뜻일 테니까."

전혀 예상치 못했던 말에 서연은 할 말을 잃고 말았다.

"멋대로 날 과대평가하지 마. 나는 네가 생각하는 것처럼 좋은 놈 아니야. 나란 놈은…… 네가 가장 아파하는 상처조차 널 독점하는 구실로 받아들이는, 이기적이고 근본부터 썩어빠진 쓰레기라고."

말을 이어가면 이어갈수록 준호의 눈시울은 점점 더 붉어졌다. 목소리는 내장을 쥐어짜듯 아프게 느껴졌다.

"잘 봐. 너하고 나 둘 중 누가 더 괴물인지 아직도 모르겠어?"

준호의 고백에는 간밤 그가 자학하며 괴로워했을 심정이 그대로 녹아 있었다.

"어제, 아픈 널 붙잡아 품에 가두고서 무의식중에 그런 생각을 했던 내가 얼마나 끔찍했는지 알아? 밤새 후회하고 나를 저주했어. 그러면서도 난, 한 번도, 단 한 번도 널 놔주겠다는 생각은 못했지."

서연이 놀란 눈으로 바라보자, 준호는 그녀의 손목을 아프게 휘어잡고서 말을 이었다.

"네가 믿었던 내 사랑이란 게 이렇게 추하게 생겨먹어서 역겨워? 안타깝지만, 이제 와서 후회해봤자 늦었어. 절대 놓치지 않을 테니까."

"오빠⋯⋯."

"네가 나를 사랑하는 마음이 다 사라지기 전에는⋯⋯."

잠시 말을 끊은 준호는 이내 서연의 어깨를 꽉 붙잡고서 단호하게 내뱉었다.

"넌 반드시 날 선택해야 해."

서연의 눈앞이 흐릿해지더니 뿌옇게 변한 준호의 얼굴이 크게 일렁거리기 시작했다.

준호는 서연의 오른손을 잡아다 자기 가슴에다 대주었다. 손바닥 아래 그의 심장은 아주 세차고 빠르게, 그리고 규칙적으로 뛰고 있었다.

"말했잖아. 계속 얘기했잖아. 겁낼 것 없다고. 스트레스 받으면 참지 마. 나한테 다 던지고 소리 지르고 걷어 차. 그러고도 안 풀리면 까짓거 발작해버려! 몇천 번이든 몇만 번이든, 내가 지겹도록 다 받아줄 테니까!"

"아아, 도대체 오빠 나한테 왜 이래⋯⋯. 왜 이렇게까지, 왜 이렇게까지 날⋯⋯."

"아직도 모르겠어?"

"몰라! 모른다고!"

"너는 날 살게 하는 유일한 존재야."

"흑!"

"그리고 나 역시도. 네가 살아갈 이유가 오직 나였으면 해."

"아아……."

"사랑해, 은서연."

"흑! 흐흑! 으흐흑!"

참고, 참고, 그동안 꾹꾹 밟아 억눌러놓았던 울음이 서연의 목구멍 안에서 터져 나왔다.

힘없이 무너진 서연은 바닥에 모로 누운 채 어린아이처럼 크게 목 놓아 울기 시작했다.

그런 그녀를 가만히 내려다보고 있던 준호가 돌연 자세를 바꾸었다.

"그래. 달리고 싶으면 달리고, 다리가 아파 쉬고 싶으면 멈춰. 앉아 있기도 귀찮으면 네 맘대로 이렇게 아무 데나 드러누워 쉬어도 괜찮아. 언제든, 어디든, 손 내미는 곳에 내가 있어줄 테니까."

삐딱하게 고개를 기울여 올려다봐도 그대로인 세상은 여전했다. 그러나 이 세상에 삐딱한 건 자신뿐이라고 생각했던 건 바뀌어 있었다.

서연의 곁에는 어느새 준호가 나란히 누워 있었다.

"괜찮아. 괜찮아. 서연아."

조금 전까지만 해도 서연은 그 어떤 일로도 다시는 괜찮아질 수 없을 거란 생각을 했었다.

그러나 준호가 괜찮다고 하는 걸 듣고 있으니 있었던 일마저도 없는 일이 돼버린 것 같았다. 아무렇지도 않은 것처럼, 정말 괜찮은 것처럼 느껴졌다.

"오빠……, 미안해! 미안해! 흑흑."

서연의 머리를 끌어당겨 가슴에 안은 준호는 가만히 고개를 저으며 지적했다.

"틀렸어. 다시."

참으려고 했지만, 서연의 입술 사이로는 계속 울음이 터져 나왔다.

"흑흑, 고마워……."

그는 짐짓 엄한 표정으로 다시 고개를 저으며 계속해서 대답을 강요했다.

"그것도 아니야. 다시."

"사랑해! 나 버리지 마! 버리면 안 돼!"

서연이 허리를 껴안고 통곡을 하자, 준호는 약간 아쉬운 듯 덧붙였다.

"'제발'이 빠진 것 같은데."

"흑흑. 제발……."

서연의 어깨를 안은 준호의 손에 부드럽게 힘이 실렸다.

"이제야 좀 마음에 드네."

준호가 등을 토닥여주는 동안, 서연은 누구의 눈치도 보지 않은 채 더 이상 감정이 남아 있지 않을 만큼 시원하게 울어버렸다.

밖에서 초조한 얼굴로 기다리던 은 사장과 한 여사는 문 안쪽에서 서연의 울음소리가 터져 나오자 동시에 서로를 바라봤다.

딸의 울음소리가 점점 더 커져 나직이 달래는 준호의 목소리가 들리지 않을 정도가 되자 한 여사의 눈에서도 비 오듯 눈물이 쏟아졌다.

늘 꾹꾹 눌러 참기만 하던 서연이었다. 그날 이후 서연이 저렇게 시원하게 우는 걸 보는 건 처음이었다.

"괜찮아, 여보. 이제 괜찮아."

한 여사를 달래며 서연의 방문을 바라보는 은 사장의 눈시울도 붉게 달아올라 있었다.

응접실 소파에 앉아 훌쩍훌쩍 울음을 추스르는 서연의 눈은 퉁퉁 부어 있었다.

그렇지만 그녀의 얼굴은 지난 어느 때보다도 후련해 보였다.

"저, 다시 처음부터 시작할게요."

준호가 건넨 컵을 받아 따뜻한 차를 한 모금 마신 서연은 다시 한 번 감정을 추스르고 말했다.

"학교는…… 조금 더 고민해보고 다시 휴학할지 말지 결정할게요. 당분간은 치료받고 쉬면서 운동 같은 것도 좀 해보고, 앞으로 어떻게 살아갈지 진지하게 고민해보려고 해요."

작년 봄, 학교를 떠날 때 서연은 누가 봐도 도망치는 사람처럼 보였었다. 상처 입은 짐승이 불안에 떨며 구석으로 숨는 것과 마찬가지였다.

안 좋은 상황에 마주칠 때마다 그녀의 머릿속엔 온통 과거의 일뿐이었다. 생각하고 말하는 모든 것들의 초점이 다 지나간 일에 맞춰져 있었다.

그러나 지금은 달랐다.

아직은 힘들어 보이긴 해도, '앞으로의 일'에 대해 이야기하는 서연은 더 이상 불안하거나 위태로워 보이지 않았다.

"그리고……."

서연이 뜸을 들이며 쉽게 말하지 못하자 준호가 나서서 고백했다.

"저희, 결혼하겠습니다."

익히 예상했던 말인 듯, 은 사장 내외는 그다지 놀라거나 호들갑을 떨지는 않았다.

그 말을 듣고 한참이나 생각에 잠겨 있던 한 여사가 담담하게 말했다.

"올해 초, 서연이가 갑자기 다시 서울로 올라오겠다고 했을 때, 그리고 그 이후로 지금까지. 매일매일 밝아지는 모습을 보면

376

서…… 실은 엄마도 아빠도 많은 생각을 했었어. 지금껏 노력하긴 했지만 결과적으로는 우리가 우리 힘으로 널 일으켜 세워주지 못했다는 게 너무도 안타깝고 미안했지."

생각지도 못했던 말에 서연은 놀라서 손을 내저었다.

"그런 거 아니에요, 엄마! 왜 그런 생각을……!"

"서연아. 너도 아팠겠지만, 그동안 엄마도 너만큼 아팠어. 4년 전 그날 이후 하루하루가 살얼음판 딛는 것처럼 불안했지. 내가 내 배로 낳아 애지중지 키운 딸이 저 멀리에 넘어져 있는데 손도 못 대고 그저 바라봐야만 하는 심정, 그건, 안 당해본 사람은 모를 거야. 매일 아침 눈 뜨는 게 얼마나 고통스럽고 죄스러웠는지 몰라."

"엄마……."

"솔직히 엄만, 최 이사에 대해서 잘 몰라. 그렇지만, 다른 거 다 떠나서 너를 이만큼이나 우리 곁에 데려와준 사람이기 때문에, 엄마는 죽어서도 지금의 고마운 마음 잊지 못할 거야. 부디 둘 다 앞으로도 지금처럼 사랑하면서 잘 지냈으면 좋겠어."

한 여사의 말에 서연은 고개를 끄덕였다.

지금껏 듣고만 있던 은 사장이 준호를 바라보며 말했다.

"두 사람 앞으로 살면서 많은 일을 겪을 테고, 그중엔 물론 힘든 일도 많을 거야, 현실은 현실이니까. 아주 솔직히 말해서, 서연이 상태를 알고서도 받아준 준호에게도 많이 미안해."

"그런 말씀 마십시오."

준호가 곤란한 듯 말하자 은 사장은 다시 서연을 보며 덧붙였다.

"그렇지만, 만약 내 딸에게 무슨 일이 생겼는데도 준호가 지켜주지 않는다면, 지금의 이 고마움과 미안함 때문에 그냥 지켜보고만 있지는 않을 거야. 아빠는 다른 누구 편도 아닌 서연이 편이니까."

서연의 눈은 금세 눈물로 그렁그렁해졌다.

하지만 그녀는 끝까지 울지 않았다. 준호에게 한 손을 꼭 붙잡힌 채, 그녀는 씩씩하게 웃어 보였다.

"고마워요, 엄마, 아빠."

"걱정하시지 않도록 제가 잘하겠습니다."

준호의 믿음직스러운 말에 은 사장 내외는 흐뭇한 표정으로 고개를 끄덕였다.

그때, 은 사장이 갑자기 뜬금없는 소리를 했다.

"천만에. 내 눈에 흙이 들어가도 우리 서연이는 못 줘."

갑자기 썰렁하게 얼어붙은 분위기 속에서 은 사장은 씩 웃더니 덧붙였다.

"그 소리 한번 해보는 게 로망이었는데, 아아, 틀렸군."

표정은 전혀 변하지 않았지만 그 짧은 순간 잔뜩 긴장했던지, 준호는 저도 모르게 한숨을 내쉬고 말았다.

"아빠아!"

"아니, 당신은 이럴 때 꼭 그렇게 말 같지도 않은 농담을!"

약이 오른 서연은 울상을 하고서 빽 소리를 질렀고 한 여사는 참다못해 은 사장의 허벅지를 세게 꼬집어버렸다.

갑작스러운 따끔함에 은 사장이 내뱉은 외마디 고함이 집 밖으로까지 크게 울렸다.

비 갠 하늘엔 구름 한 점 없어, 이른 아침부터 햇볕이 쨍쨍 내리쬐고 있었다.

"앉으렴."

점심시간, 현성의 회사 집무실로 호출된 신희는 저지른 죄가 있다 보니 고개를 푹 숙인 채 쩔쩔맸다.

"죄송합니다. 일부러 신경 써서 데려가주셨는데 제가 그런 식으로……. 정말 드릴 말씀이 없어서……."

어쩔 줄을 몰라 손톱만 만지작거리며, 신희는 어제의 일을 회상했다.

이성을 잃고 날뛰는 서연은 꼭 다른 사람인 것만 같았다.

정신없이 물건을 집어 던지고 손톱을 물어뜯으며 자해하는 그녀를 보고 있으니, 그제야 서연이 자기 병에 대해 말하려 하지 않는 이유를 알 수 있었다. 그동안 얼마나 괴롭고 무서웠을까.

뒤늦게 달려온 준호와 함께 급박하게 서연을 뜯어말리고 있던 그때, 그녀의 귓가에 믿을 수 없는 소리가 들려왔다.

379

「어머, 뭐야, 왜 왕따를 당했나 했더니, 미친년이어서 그랬구나.」

영주가 벌레라도 보는 눈으로 서연을 보며 중얼거리는 소리에 저도 모르게 눈에서 시퍼런 불꽃이 탁 튀었다.

그와 동시에 온갖 생각들로 복잡했던 머릿속이 갑자기 깨끗해지더니 딱 한 가지 생각만 남았다. 내가 오늘도 참고 넘어가면 죽을 때 눈을 못 감겠구나, 하는.

그래서 시원하게 영주의 뺨을 후려갈겼다.

때리는 손에 얼마나 힘이 실렸던지, 차진 마찰음이 울리는 동시에 영주의 몸이 홱 돌아갔다.

「이, 이게 미쳤나? 네가 감히 내 얼굴에 손을 대……?」

당황하는 영주의 얼굴이 그렇게 예뻐 보일 수가 없었다. 그래서 그 예쁜 얼굴 한 번 더 보겠다고 몇 차례 더 몰아붙였다. 아주 후련하게.

시시할 정도였다. 평소의 표독스럽고 악랄했던 이복자매는 어디로 가고, 놀라서 반격 한번 못해본 채 두들겨 맞기만 하던 영주는 머리채를 붙잡히고선 마침내 어린애처럼 빽빽 울어댔다.

"처음이었지? 그렇게 맞서 싸운 거."

현성의 물음에 상념에서 깨어난 신희는 혼란스러운 표정으로 고개를 주억거렸다.

"네."

"기분이 어때?"

"뭔가…… 좀 씁쓸하네요."

"그렇겠지."

그간 당했던 정신적, 물리적 폭력에 길들여져 있어서였을까. 신희에게 있어서 영주는 오랫동안 공포의 존재였었다. 그런 영주가 이렇게 쉽게 무너질 줄이야 상상도 못했었다.

그간 자기가 부렸던 패악에 비교할 수도 없는, 겨우 뺨 몇 대 맞고 머리채 잡힌 정도로도 영주는 온갖 엄살을 다 떨며 울고불고 발악을 했다.

뻔했다. 아버지더러 들으란 소리다. 빨리 뛰어와서 이 더러운 계집애를 자신에게서 떼어달라는 구조요청 신호였다.

그러나 안타깝게도 아버지란 작자는 멀리서 뻣뻣한 얼굴을 하고서 그들을 쳐다보고만 있었다. 사람들 앞에서 곤란한 입장에 처하고 싶지 않은 심정은 이해가 갔지만, 한심함에 만감이 교차했다. 오죽했으면 영주가 불쌍할 정도였다.

생각을 하면 할수록 목구멍 안에 불덩이 하나가 들어가 있는 것 같았다. 삼키지도 못하고, 그렇다고 뱉어지지도 않는 커다랗고 뜨거운 불덩이가.

"내 눈치 안 봐도 돼. 네가 거기서 그런 일 벌였다고 해서 누가 나한테 뭐라고 할 것도 아니고, 설사 뭐라고 한다 해도 그냥 넘겨버릴 정도의 위치는 되니까."

현성의 말에도 신희는 미안한 기분이 가시질 않아 계속해서 고개를 숙이고 있었다.

"죄송해요."

"아니. 오히려 미안한 건 나지. 내가 괜히 네 부친을 초대해서 안 내도 될 사달을 낸 것 같아서 계속 마음이 불편했어."

"아니에요. 그런 말씀 마세요."

신희는 그제야 고개를 들고 현성의 얼굴을 바라봤다.

부드럽게 미소 지은 현성이 담담히 말을 이었다.

"잘했어. 솔직히 나는 좀 시원하더라."

"뭐가요?"

"너, 늘 참고만 살아왔잖아. 지금도 그렇게 억지로 웃을 필요 없어."

"제가…… 억지로 웃고 있다고요?"

"그래. 그동안 어쩐지 이상할 정도로 밝고 너무 착하다고 생각했었지. 지금껏 그렇게 꾹꾹 눌러놓고 참고 있었구나."

현성은 어색한 표정으로 입만 뻐끔거리고 있는 신희를 보며 편안한 어조로 말을 이었다.

"성인이고 네 인생이기도 하니까, 앞으로는 누구 눈치도 보지 말고 네가 하고 싶은 대로 해. 지금껏 네 앞길 가로막기만 했던 혈연 같은 것도 신경 쓰지 말고, 그게 뭐가 됐든지, 네가 하고 싶은 걸 하라고. 나를 만난 것도 어떻게 보면 기회잖아. 기회를 활용하란 말이야. 정 불편하면 네 말버릇대로 나중에 갚으면 되는 거니까. 안 그래?"

눈을 동그랗게 뜨고 있던 신희는 어쩔 줄을 몰라 하더니 이내 두 손으로 얼굴을 가렸다.

한동안은 아무 소리도 들리지 않았다. 그러나 잠시 후, 그녀의 손바닥 사이로 처량한 흐느낌이 새어나왔다.

"흐, 흐으……. 흑……. 으흑흑."

천천히 자리에서 일어난 현성은 신희의 옆으로 가 앉아 손수건을 건넸다.

"울지 말……, 아니, 울고 싶으면 실컷 울어라. 그래야 시원하지."

"흑흑, 흑! 아저씨!"

큰 소리로 울음을 터뜨린 신희는 기다렸다는 듯 현성의 품으로 뛰어들었다.

자신의 가슴팍에 매달려 목구멍 안의 불덩이를 다 토해내듯 소리 높여 우는 신희를 내려다본 현성은 한참이나 주저하다 양팔로 조심스럽게 그녀를 감싸 안아주었다.

해질 무렵, 수성아트홀 메인 홀의 로비는 연주회 시작도 전부터 벌써 인산인해를 이루고 있었다.

미리부터 모여 웅성거리는 관객들의 대부분은 서연과 마찬가지로 지도교수의 연주를 보러 온 음대생들이었다.

서연이 멀찍이 떨어진 곳에서 들어가길 주저하며 서 있기만 하자 보다 못한 준호가 말했다.

"들어가기 싫으면 굳이 무리하지 마. 내가 전해드리고 올게."

"아, 아니야."

말은 그렇게 하면서 두리번거리기만 할 뿐 서연은 쉽게 발걸음을 떼지 않았다. 꼭 누군가를 찾기라도 하는 것처럼 말이다.

다 안다는 표정으로 씩 웃은 준호는 로비를 쭉 둘러보더니 몸을 숙여 서연의 귓가에다 대고 소곤거렸다.

"동편 출입구."

준호가 말한 위치로 시선을 돌린 서연은 얼굴을 확 붉혔다. 거기엔 그녀가 지금까지 찾고 있던 신희가 서 있었다. 서연과 똑같이 사방을 두리번거리며 말이다.

한 여사가 직접 만들어준 꽃다발을 꼭 쥐자 포장이 바스락 소리를 냈다.

"어서 가봐."

준호가 부드럽게 떠밀자 서연은 뒤를 돌아보며 주저했다.

"오빠는?"

"나도 따로 인사할 데 많아서. 이따 얘기 다 끝나면 전화해."

"으응."

부드럽게 웃으며 손을 흔드는 준호를 뒤에 남겨둔 채, 서연은 조심스럽게 발걸음을 옮겼다.

손을 내밀면 닿을 정도로 가까이 다가갔는데도 신희는 계속해서 다른 방향만 바라볼 뿐 쉽게 그녀의 존재를 알아차리지 못했다.

어떻게 하나 망설이던 순간, 서연은 갑작스럽게 돌아선 신희와 정통으로 눈을 마주쳤다.

"아……."

"서연아."

인파 사이에서 서먹서먹하게 서로만 바라보고 있던 중, 신희가 먼저 말을 붙였다.

"더 쉬어야 하는 거 아니야? 몸은 좀 괜찮아?"

며칠 전 그 일 이후 라인 메시지를 통해서 한 차례 안부만 주고받았을 뿐, 직접 만나서 이야기하는 건 이번이 처음이었다.

"괜찮아."

"다행이다. 교수님 꽃다발 드리러 온 거야?"

"으음."

한 여사가 직접 만든 꽃다발을 전하러 온 것도 있지만, 사실 진짜 목적은 신희를 만나고 싶어서였다. 이대로 어물어물하다 서로 어색해진 채 영영 멀어지게 될까 봐.

말없이 한참이나 서연의 꽃다발만 내려다보고 있던 신희가 돌연 울먹거리기 시작했다.

"서연아 나……."

신희가 갑자기 눈물을 주르륵 흘리자 서연은 깜짝 놀라 펄쩍 뛰었다.

"신희야! 왜? 왜 울어?"

"미안해. 나 때문에 무리하다 네가……, 흑!"

손수건을 꺼내 신희의 눈물을 닦아주던 서연 역시 눈시울이 붉어졌다.

그 일 이후, 그리고 여기 오는 동안 내내 서연은 계속해서 의심하고 있었다. 그런 걸 봤으니 신희도 이제 다른 사람들처럼 자신을 피하지 않을까 하고 말이다.

서연은 그렇게 생각했던 자신이 어리석게 느껴졌다. 혼자서 괜한 겁을 집어먹고 오히려 신희에게 더 걱정을 끼치다니. 스스로가 바보 같았다.

"내가 더 미안해, 신희야."

가슴에 손을 얹고, 서연은 이제 영주가 진심으로 무서워졌다.

앞으로 괴롭히지 못하도록 영주에게서 신희를 지켜주겠다고 다짐했었지만, 그건 지금의 서연에겐 도저히 무리였다.

하지만 언젠가 신희에게 도움이 필요한 순간이 오면, 그때 가서 힘이 될 수 있는 사람이 되고 싶었다.

서연이 할 수 있는 것은 두 가지였다.

자신의 문제를 완전히 극복하는 것, 그리고 그때까지 신희와 계속해서 좋은 친구로 지내는 것.

"나는 신희 편이야. 언제나. 너는 내 친구니까."

서연의 말에 신희는 눈물을 닦아내더니 제법 독한 어조로 화답했다.

"그동안 내가 당하는 건 참았는데. 네가 그렇게 된 걸 보니까 갑자기 눈이 뒤집히더라. 나도 더 이상 참고 있지만은 않을 거야. 이제 내가, 영주 그 계집애 절대 너 못 건드리게 할 거야. 영주 아니라 그 누구라도."

신희가 꽤나 비장한 각오로 쏟아내는 말을 듣고 있던 서연의 얼굴에 희미한 미소가 떠올랐다.

언제나 꿋꿋하고 강한 게 매력인 신희였다.

"넌 정말 대단해. 나, 네 친구라는 게 너무 고맙고 자랑스러워."

마주 보고 한참이나 눈물을 글썽거리던 두 사람은 동시에 서로를 끌어당겨 포옹했다.

꽤 오랫동안 레이더망을 펼친 끝에 목표를 발견한 준호는 천천히 걸음을 옮겼다.

이영주는 담당교수에게 잘 보이기 위해 바리바리 싸가지고 온 간식과 선물들을 지키고 서 있었다.

이신희와 이영주 자매가 알아서 해결해야 할 문제에 서연이 끼어들어 원치 않은 소동에 휘말리는 일은 그 한 번으로 족했다.

다행히 서연은 이번 일로 어떻게든 이영주와 마주치지 않겠다고 마음먹은 모양이지만, 이영주 쪽에서도 그런 마음을 먹었는지는 아무도 알 수 없는 일이었다.

누군가를 힘으로 누르는 건 비겁한 일이었다. 하지만, 준호에게 있어서 그런 건 문제가 되지 않았다. 그에게 있어서 중요한 건 오직 서연뿐이었다.

뚜벅뚜벅 걸음을 옮기는 준호를 발견한 이영주는 어색하게 시선을 돌렸다.

거리가 좁혀지는 동안 계속해서 힐끔힐끔 그를 곁눈질하던 그녀는 그가 똑바로 자신을 향해 걸어오고 있다는 것을 뒤늦게 알아차리고 어쩔 줄을 몰라 했다.

"이영주 학생?"

"아아……, 에."

"전에 우리 만난 적 있죠?"

일전의 소동 때 준호가 서연을 감싸고 말리는 것을 똑똑히 목격했던 영주는 불안한 표정으로 그의 얼굴을 살피며 고개를 끄덕였다.

"에에."

잔뜩 주눅이 든 영주는 대답조차 똑바로 하지 못하고 있었다.

"반가워요. 서연이 약혼자 최준호라고 합니다."

명함을 건네받은 영주는 놀란 표정으로 '수성퍼시픽 문화재단 상임이사 최준호' 문구를 뚫어져라 바라봤다. 예술 전공하는 사람이라면 누구나 알고 있는, 국내 최대이자 최고 유력 문화재단.

"아, 안녕하세요."

영주의 목소리가 점점 기어들어갔다.

그녀를 가까이에서 대면하는 순간 준호는 바로 파악할 수 있었다.

이런 부류들을 그는 잘 알고 있었다.

강자에겐 한없이 약하고 약자에겐 한없이 강한, 전형적 비열한 (卑劣漢) 부류들 말이다.

"지난번에 그런 소동이 있어서 서로 많이 놀랐을 거라고 생각해요."

직격으로 꼬집을 거라곤 생각도 못했는지, 영주의 얼굴이 확 붉어졌다.

"아……."

"앞으로 우리 아가씨 잘 부탁해요. 어려운 일이 있으면 언제든지 나한테 연락하고요."

얼굴이 새빨개져서 얌전히 고개를 숙이는 이영주를 내려다본 준호는, 어린애라는 느낌을 강하게 받았다.

그녀는 서연이나 이신희보다 훨씬 더 어린, 그냥 애였다.

비뚤어지고 상처받았는데 어떻게 풀어야 하는지를 몰라서, 자신이 그런 만큼 남도 아프길 원한 건지도 몰랐다.

하지만 그렇다고 해서 동정하고픈 마음은 전혀 들지 않았다.

눈앞의 이 여자가 어떻든 간에 그와는 상관없는 일이었다. 그가 할 일은 이 사람 덜 된 어린애가 서연을 더 이상 괴롭히지 못하게 못을 박아두는 것이었다.

"바이올린을 전공하고 있다고 들었어요."

"네. 그런데요……?"

"만약, 영주 학생이 한 번이라도 더 우리 아가씨를 불편하게 만든다면."

본론에 들어가자마자 준호가 말을 끊자 영주는 조심스럽게 위를 올려다봤다.

안경을 쓰지 않은 준호의 눈동자에 시퍼렇게 날이 서 있었다.

살기마저 어린 준호의 시선에 압도된 영주는 겁에 질려 한 걸음 뒤로 물러났지만, 그는 다시 거리를 좁히며 부드럽지만 단호하게 말을 이었다.

"내가 가진 모든 것을 남김없이 다 걸어서, 이영주 학생이 우리나라는 물론 해외에서도 바이올린 가지고는 절대 발붙일 곳 없게 만들 생각이에요."

"네……?"

"조언하자면, 본인의 미래를 위해서라도 은서연 근처에도 가지 않는 게 좋을 거예요. 혹시라도 지금 이 상황에 의심을 품고서 조금이라도 서연이를 귀찮게 군다면, 남은 평생을 후회하면서 살게 해줄 자신이 있습니다. 용기 있으면 시도해보세요."

"그, 그런……."

"이해했죠?"

몸을 숙인 준호가 차갑게 웃으며 시선을 맞추자 영주의 얼굴이 대번에 새하얗게 질렸다. 역겨울 정도로 노골적인 반응이었다. 남에게 아무렇지도 않게 상처 주었으면서 제 상처엔 이토록 민감하다니.

"네."

"남은 시간 즐겁게 보내요."

준호가 돌아서서 가버리자 영주는 뒤늦게 덮쳐온 굴욕감에 몸을 부들부들 떨다 손에 들고 있던 물건을 바닥에다 패대기쳐버렸다.

서연은 빌딩 바깥에서 하늘을 올려다보며 서 있었다.

미지근한 바람에 그녀의 머리카락이 흩날리는 것을 느긋하게 감상하던 준호는 느릿느릿 걸음을 옮겨 그녀의 바로 옆에 섰다.

"신희랑 얘기는 잘 했어?"

"응."

무슨 좋은 일이라도 있었는지, 서연은 배시시 웃었다.

"나, 휴학하지 말고 그냥 계속 가볼까?"

"그것도 좋지."

"어차피 돌아오면 또 적응하는 데 시간만 걸릴 것 같고, 곧 방학이니까……."

확실하게 마음을 정하지 못하는 이유가 뭔지 아는 준호는 나직하지만 단호한 목소리로 말했다.

"이제 그 애는 널 못 건드려. 절대로."

그 말을 들은 서연의 눈동자가 살짝 흔들렸다. 준호가 이영주에게 뭔가를 해두었다는 걸 금세 눈치 챈 모양이었다.

"으응."

"그러니까 넌, 앞으로도 지금처럼 그대로 편하게 생활하면 돼. 알겠지?"

한동안 아무 대답도 하지 않은 채 생각에 잠겨 있던 서연은 먹먹한 목소리로 중얼거렸다.

"나, 혹시 전생에 나라라도 구했던 걸까."

"무슨 소리야?"

"고마워, 오빠."

"고마우면 여기서 딥키스 해줘. 오 분간."

"악! 이 변태가 진짜!"

가자미눈을 하고서 준호를 흘겨보던 서연의 표정이 묘해졌다.

"안경 새로 안 맞춰?"

"응."

"렌즈? 수술?"

"아니. 나, 실은 눈 별로 안 나빠."

"뭐? 그럼 지금까지 안경은 왜 쓰고 다닌 건데?"

서연이 이해할 수 없는 눈으로 올려다보자 준호는 어깨를 으쓱하며 답했다.

"그러게."

"에엑, 그게 뭐야?"

준호는 세상과 자신과의 사이를 단단히 차단하고 있던 유리막을 걷어내 준 서연의 손을 꼭 잡고서 중얼거렸다.

"이제는 필요 없을 것 같아서."

여전히 알 수 없는 대답이었지만 서연은 더 이상 캐묻거나 핀잔을 주지 않았다.

그저 그의 따스한 손을 꼬옥 맞잡기만 했을 뿐.

30
/
그리고

발단은 방학이 시작되자마자 나미가 했던 한마디였다.

「그나저나 서연이 곧 아줌마 되는데 불타는 밤 한번 보내줘야
지. 다 같이 바다로 놀러 가자!」

처음엔 그저 하는 말이라고만 생각했는데, 나미가 그 계획을 하
필 현성과의 술자리까지 끌고 가서 풀어놓는 바람에 빈말이 실체
화가 되고 말았다.

마침 휴가계획이 있었던 현성은 남해에 위치한 계열사 초특급
리조트의 독채 빌라를 진지하게 수배했고 법인 소유의 마이크로
밴도 빌렸다. 게다가 동선과 여행계획 짜놓은 것을 보니 살뜰하기
가 주부 뺨칠 정도였다.

운전기사로는 애꿎은 준호가 소환되었다.

단체여행이란 소리를 듣자마자 준호는 우거지상을 하고서 관자

놀이를 문질렀지만 서연이 어렵게 부모님께 허락을 받아내자 군말 없이 동행을 약속하고 스케줄을 조정했다.

신희와 우진이 아르바이트 일정을 바꾸는 것까지 성공해 여행 준비는 착실히 끝났는데, 나미 말로는 아직도 한 가지가 부족하다고 했다.

출발 전날 오전, 나미는 카페를 다른 사람에게 맡기고서 신희와 서연을 쇼핑몰로 불러냈다.

"오, 죽인다. 이건 어때?"

나미가 자랑스럽게 흔들어 보이는 수영복을 바라보고 있던 신희의 눈동자가 심하게 요동쳤다.

"그, 그게 정녕 수영복인가요? 속옷세트 아닌가요?"

신희의 물음에 나미는 어이없다는 듯 웃으며 서연을 돌아봤다.

"너한테 물어본 내 잘못이다. 이거 어때, 서연아?"

"언니 분위기랑 잘 어울리네요. 입어보세요."

"무슨 소리야?"

"네?"

"어머, 얘들 좀 봐? 이 몸께서 친히 너희들의 수영복 골라주고 계시잖아."

그 소리에 서연이 격한 기침을 내뿜으며 얼굴을 붉혔다.

나미가 보여준 흰색 수영복은 말이 수영복이지 거의 천 쪼가리나 다름없었다. 체표면의 약 15퍼센트 정도를 제외한 온몸을 그대로 다 노출시킨 비키니 수영복 말이다.

"서연이는 피부가 하얘서 흰색도 잘 소화할 것 같은데."

"아니, 언니, 색깔이 문제가 아니라……."

"왜애? 부끄러워서? 에이. 이럴 때 아니면 언제 입어봐? 그리고 어차피 신혼여행 가면 입을 거 아니야? 예행연습 한다고 생각하면 되지."

나미는 이런 쪽으로는 참 타고난 사람인 것 같았다. 나미와 얘기하다 보면 속으론 어딘지 모르게 불편하면서도 어느새 자기도 모르게 설득되어 있곤 했다.

"그치만……."

"내가 너 같은 몸매로 단 하루만 살 수 있다면 그날은 다 벗고 다니겠어."

서연은 손으로 얼굴을 가리며 난처해했지만, 어쩐지 싫지만은 않은 듯 신희를 힐끗 곁눈질하며 물었다.

"너는 어떻게 생각해?"

"예쁠 것 같아. 입어봐, 서연아."

"우리 같이 입자."

"딱 잘라 거절하겠습니다."

"신희야."

"차라리 날 죽여."

"베프잖아. 같이 죽자."

"뭐래? 베프를 어디다가 들이대는 거야? 싫어어어."

둘의 실랑이가 투덕투덕 계속되는 동안 나미는 한껏 들떠 콧노

래까지 부르며 신희의 비키니를 고르고 있었다.

고속도로를 달린 지 얼마나 됐을까, 뒷좌석에서 까르르 웃음소리가 크게 울리자 조수석의 현성이 뒤를 돌아봤다.

무슨 게임의 벌칙인지, 우진이 엎드린 상태에서 여자 세 명에게 등짝을 폭행당하고 있었다. 평소 쌓인 게 얼마나 많았던지, "인디안 밥!" 하며 우진의 등을 마구 두들겨 패는 신희와 서연의 눈에선 레이저빔이 나오는 듯했다.

"아이고, 나 죽네!"

저런 게 정말 재밌나 싶어 한참이나 뒤를 돌아보고 있던 현성은 얼굴이 시뻘게져서 몸을 일으킨 우진과 눈을 마주쳤다.

"형님도 끼실래요?"

"사양할게요."

현성이 피식 웃으며 다시 몸을 돌리자 뒤에선 "공공칠빵!" 하더니 또 한 번 까르르 숨넘어가는 소리가 울렸다.

"피곤하면 교대할까?"

운전대를 잡은 준호의 미간은 눈썹이 딱 붙을 정도로 좁아져 있었다. 원래도 떠들썩한 분위기를 즐기지 않던 녀석이 시끄러운 상태에서 장거리 운전까지 하고 있으려니 충분히 힘들 터였다.

"교대는 됐고, 조금 쉬었다 갈게요."

그때 서연이 우스꽝스러운 비명을 질렀다. 룸미러로 힐끗 뒤를 살핀 준호는 오만상을 다 찌푸리며 중얼거렸다.

"저 중 한 명 정도는 휴게소에 버리고 가도 괜찮을 것 같은데."

룸미러에는 우진이 솥뚜껑만 한 손으로 서연의 등을 철썩철썩 내리치며 복수하는 광경이 비쳐 있었다.

다들 우르르 내리고 차 안은 마침내 조용해졌다.

좌석 등받이를 뒤로 완전히 젖힌 채 편히 쉬고 있던 준호는 조수석 문이 열리고 누군가가 올라타자 눈을 뜨고 위를 올려다봤다.

서연이 걱정스러운 눈으로 그를 내려다보고 있었다.

"괜찮아, 오빠?"

"응. 왜 혼자 와?"

"그냥."

"같이 군것질도 하고 더 놀다 오지 왜 벌써?"

서연은 대답 없이 웃기만 하더니 손에 들고 있던 음료 캔을 불쑥 내밀어 준호의 뺨에다 대주었다.

한여름 땡볕 아래 느껴지는 시원함도 좋았지만, 그 사이로 언뜻언뜻 스치는 서연의 손길이 말로 표현할 수 없을 정도로 매혹적이었다.

"다들 뭐 하고 있어?"

"소시지 먹겠다고 그 더운 데 줄 서 있어. 대단하다, 정말."

"전부 여기다 버려놓고 우리 둘이서만 출발할까."

준호가 내놓는 농담 같지 않은 농담에 서연은 뭐가 그렇게 우스운지 빵 터져서 한참이나 깔깔거리고 웃어댔다.

이른 아침, 출발할 때부터 서연은 무척이나 들떠 있었다. 편안한 사람들과 하는 여행이라 그런지 아무 걱정근심도 없이 그저 즐거워 보일 뿐이었다. '잘해야지. 실수하지 말아야지.' 계속해서 되뇌며 스스로를 짓누르던 모습은 어느새 말끔히 사라져 있었다.

선글라스를 벗어 손에 쥔 준호는 갑자기 차 문을 잠그더니 뭔가 긴히 할 말이라도 있는 사람처럼 서연에게 손짓했다.

"잠깐 이쪽으로."

"응?"

귓속말을 예상하고 몸을 기울였던 서연은 뺨에 와 닿는 부드러운 입술의 촉감에 화들짝 놀라 어깨를 들썩였지만 굳이 피하지는 않았다.

창밖으로 지나가는 사람들을 구경하며, 서연은 안 들키게 키스하려면 어떻게 해야 하나 고민했지만 그런 생각은 조수석 창문에서 일어난 소동에 저 멀리 날아가고 말았다.

"야, 이 양심리스들아! 방을 잡아라, 방을!"

"잡아라, 잡아라!"

나미와 우진이 창문을 쾅쾅 두들겨대며 온갖 호들갑을 다 떠는 것을 느긋하게 바라보고 있던 준호는 섬뜩한 미소를 짓더니 또 한 번 전혀 농담처럼 들리지 않는 말을 되뇌었다.

"도착하면 저 사람들 꼭 물에 빠뜨려버릴 거야."

그렇게 몇 시간을 내리 달려, 그들은 리조트에 도착했다.

현성이 준비해준 리조트 내 초호화 독채 빌라는 큰 방이 다섯 개나 되는 화려한 인테리어의 복층 구조였고 넓은 프라이빗 풀까지 딸려 있었다.

"와아, 역시 대호그룹 만세! 형님, 사랑합니다!"

짐을 풀고 내려오자마자 우진이 큰소리를 내며 달려들었다. 기겁을 한 현성은 한 발 뒤로 물러나며 물었다.

"아까부터 궁금한 게 있는데, 내가 언제부터 학생 형님이 됐죠?"

"아이, 왜 이러실까. 편하게 말씀 놓으십시오, 형님."

우진의 너스레에 현성이 당황한 표정을 하자 짐을 옮기던 준호가 툭 내뱉었다.

"포기하세요. 원래부터 저런 캐릭터라."

"역시! 오래 봤다고 그래도 준호 형님이 정확히 아시네요."

"누가 우리 애긔 뭐라고 했쩡? 우쭈쭈, 우리 분위기 메이커."

나미가 끼어들어 우진을 둥개둥개 해주자 준호는 피식 코웃음을 치며 내뱉었다.

"과연 민폐커플."

발끈한 나미와 우진은 동시에 항의했다.

"누구랑 누가 커플이라는 거야? 취소해!"

"커플이라뇨! 영어사전에 사과하세요!"

그 광경을 뒤에서 지켜보고 있던 서연과 신희는 어째서 두 사람 다 '민폐' 쪽은 부인하지 않는 건지 의아해 고개를 갸웃거렸다.

"꺄! 시워어어언하다!"

비키니를 입은 나미가 늘씬한 몸을 뽐내며 거실을 가로질러 곧장 풀장으로 뛰어들자 뜨거운 햇살 아래 사방으로 물이 튀었다.

"얘들아, 뭐 하니! 얼른 들어와!"

나미가 고래고래 소리를 지르자 어디선가 신희가 쭈뼛쭈뼛 걸어 나왔다. 어디서 구해 온 건지 그녀는 상어 모양 튜브를 품에 안고 있었다.

얼굴이 새빨개진 데다 어딘지 모르게 걸음이 엉거주춤하다 했더니, 신희는 몸매가 훤히 다 드러난 래시가드 수영복과 워터레깅스를 입고 있었다. 꼼꼼히 가린다고 다 가리긴 했는데, 그래도 평소 옷차림을 떠올리면 파격에 가까운 차림새였다.

그 장면을 바라보고 있던 우진이 배시시 웃으며 현성을 돌아봤다.

"아유, 우리 신희는 언제 봐도 참 훈훈해요."

샴페인병을 들고 있던 현성의 표정이 미묘해졌다.

조금 전까지만 해도 상냥한 미소를 짓고 있던 그가 싸늘한 눈으로 노려보자 우진은 등골이 오싹해졌다.

뭔가 실수라도 한 건가 고개를 갸웃거리던 우진은 애써 신희 쪽으로 시선을 주지 않으려고 노력하는 현성을 보며 뒤늦게 의미심장한 미소를 지었다.

손이 미끄러운지 현성이 계속해서 샴페인 뚜껑과 씨름을 하자, 준호는 업무로 통화를 하던 중 다가와 병을 건네받았다.

준호가 휴대전화를 귀와 어깨 사이에 끼고서 병을 따기 시작하던 순간, 서연이 총총 거실을 가로질렀다. 가운을 입고서 남자들 쪽을 힐끗 곁눈질한 그녀는 준호의 눈길을 애써 피하더니 풀로 이어진 발코니로 나갔다.

서연이 그들을 등진 채 조심스럽게 가운을 벗고서 물에 발을 담그자 소파에 앉아 있던 우진이 압력솥 바람 빠지는 소리를 냈다.

"후아아……, 우와아, 이런 바람직한…….”

일순, 똑바로 서연의 뒷모습을 바라보고 있던 준호의 웃는 얼굴이 벌겋게 달아올랐다. 이마엔 힘줄이 불끈 돋아나는가 싶더니, 그가 갑자기 사정없이 병을 흔들어대기 시작했다.

"최준호? 안 돼! 그거 비싼 술……!”

뭔가를 눈치 챈 현성이 다급하게 손을 들어 제지했지만 소용없었다.

뻥, 하는 소리와 함께 뚜껑이 허공을 가르더니 병이 분수처럼 샴페인을 토해냈다. 그리고 그 분수 줄기가 곧바로 우진에게로 향했다.

"아앗, 푸학! 앗 따가워! 눈! 눈에 들어갔……! 푸흡!”

우진이 엄살을 떨며 굴러다니는 사이 준호는 전화를 끊고서 어딘가로 가더니 커다란 면 티셔츠를 들고 돌아와 서연에게 뒤집어

씌워 주었다.

처음부터 끝까지 웃는 얼굴이었지만 다른 어느 때보다도 더 무시무시한 준호의 기세에 누구도 한마디 하지 못했다.

요리사가 직접 찾아와 거하게 차려주는 저녁을 먹고 나니 벌써 해가 진 뒤였다.

야외 목재 데크의 테이블에 다 함께 둘러앉아 맥주 한잔을 하던 중, 나미가 심심하다며 게임을 하자고 했다.

"아아, 수련회라면 역시 야자죠. 야자타임 한번 할까요?"

우진이 짓궂은 눈으로 준호를 건너다보며 던지자 준호가 후련하게 맞받아쳤다.

"우리들 중 누구 한 명은 아마 지속적으로 공격을 받을 것 같은데."

서연과 신희가 눈을 빛내며 군침을 삼키자 우진은 아까의 집단 폭행을 떠올리고서 몸서리를 쳤다.

"어우, 생각해보니 큰형님들도 계신데 야자는 좀 그러네요. 그럼 진실게임?"

"앗, 진실게임 좋다! 대답 못하면 딱밤 맞기."

나미가 부추기고 다들 고개를 끄덕이자 우진은 기다렸다는 듯 볼펜을 가져와 테이블 위에다 놓고서 룰렛 대신 돌렸다.

처음으로 볼펜 끝이 가리킨 사람은 서연이었다.

우진은 누가 질문할지 의견을 물어보지도 않은 채 자기가 먼저 냉큼 질문을 던졌다.

"성인이 된 이후 바지에 똥 싼 적이 있나요?"

마침내 인내심의 끈이 끊어진 준호가 자리에서 벌떡 일어나더니 싱글싱글 웃으며 우진의 멱살을 잡았다.

"잠깐 저기 가서 나랑 얘기 좀 하지?"

"캑, 캑, 형님, 죄송합니다, 장난이었어요, 장난."

"안타깝게도 나는 장난이 아니라서."

우진이 파닥거리며 질질 끌려간 후로도 자리에 남은 사람들은 한참이나 폭소했다.

"계속해야지. 내가 돌린다. 어라?"

다음 타자는 볼펜을 돌린 당사자인 나미였다.

"자아. 뭐든지 물어봐. 솔직히 대답할게."

딱히 질문할 게 없었던 신희와 서연이 고민하는 사이, 현성이 먼저 물었다.

"최근에 네 사촌한테서 좀 이상한 소릴 들었는데, 그거 무슨 얘기야?"

이해할 수 없는 현성의 물음에 시선이 집중되자 나미는 다소 난처한 듯 어깨를 으쓱하며 웃어 보이더니 답했다.

"아아. 그거, 실은……. 나, 다시 돌아갈 생각이야."

"르완다로?"

"응. 몸도 얼추 다 추슬렀고, 무엇보다 카페가 바빠지면서 점점 더 사는 게 뭐랄까……, 마음이 답답하다고 해야 하나. 이렇게 바쁘게 사는데 아무 의미도 없는 삶은 좀 잘못되지 않았나 싶어서."

전혀 예상치 못했던 말에 서연과 신희가 눈을 크게 뜨고 바라보자 나미는 싱긋 웃으며 덧붙였다.

"갑작스럽지? 올 때도 갑자기 오고 갈 때고 갑자기 가고. 미리 말 안 해서 미안."

"네 인생이니 네가 알아서 결정하는 거지, 뭐. 준호 결혼식은 보고 갈 수 있는 거지?"

"음. 글쎄. 잘 모르겠어."

현성과 나미가 이런저런 담소를 주고받는 동안 서연은 생각에 잠겼다.

나미의 준호에 대한 연심이 지금은 어떤 상태인지 알 수는 없었다. 완전히 내려놓은 건지 아니면 일말의 미련이 남았는지, 나미가 굳이 내색을 하지 않는 한은 모를 일이니까.

"가더라도 종종 들어올 거야. 서운하다고 앙앙 울지는 말 것."

나미가 맥주잔을 부딪쳐 오자 서연은 다소 복잡한 표정으로 그녀를 마주 보며 고개를 끄덕였다.

"준호랑 행복하게 잘 살아야 해. 내 몫까지. 알았지?"

"고마워요, 언니."

서연과 담담하게 눈빛을 주고받은 뒤, 나미는 다시 한 번 볼펜을 돌렸다.

이번에 지목된 이는 신희였다.

잔뜩 긴장해서 어깨를 움츠리는 그녀를 물끄러미 건너다보던 현성이 물었다.

"너도 할 말 있지? 기회 왔을 때 해라."

'할 말'이라는 단어에 스민 뉘앙스가 왠지 신경 끝에 걸린 서연은 신희를 돌아보며 물었다.

"무슨 일 있어?"

"아……, 으응. 실은…… 나, 독일 가기로 했어."

놀란 서연이 입만 딱 벌리고 아무 말도 하지 못하자 신희는 그녀의 눈치를 보며 어렵게 한마디씩을 이어갔다.

"계속 용기를 못 내고 미루고만 있었는데…… 지난번에 그 일 있고 나서 뭔가 갑자기 내 안에서 무너진 기분이더라고."

살기 위해 앞만 보고 뛰기만 했던 시절 신희는 잡념을 잊기 위해 오직 피아노에만 집중해왔었고, 그러는 동안 단 한 번도 자신의 연주에 대해 의심을 품어본 적이 없었다. 연습하고 곡을 완성하며 삶을 증명해왔을 뿐, 자기 연주가 어떤지에 대해 돌아본 적이 없었다.

그런데 그 일이 있은 후 모든 게 달라졌다. 전과 달리 참지 않으며 여러 가지 감정과 생각들을 얻은 대신 절박함을 잃고 말았다. 그리고 절박함이 사라진 자리에 남은 허무함은 그녀를 깊은 슬럼프로 인도했다.

"아저씨가 만들어주신 소중한 기회니까, 거기 가서 많이 배우고 열심히 해서 다시 차근차근 뭔가 쌓아볼 생각이야."

서연은 놀란 나머지 아무 말도 못하고 있다가 뒤늦게야 더듬더듬 덕담을 내놓았다.

"아아, 응, 그래. 잘됐다. 신희 너는 어딜 가서도 잘할 거야. 꼭."

"서연아……."

서연을 두고 가는 게 미안했던지, 신희는 계속해서 코 밑을 문질러대며 고개를 숙여버렸다.

분위기가 무겁게 가라앉자 나미가 다시 나서서 명랑하게 목소리를 높였다.

"에이, 분위기 왜 이래? 오늘은 즐기는 날이잖아. 맘껏 즐기자고. 게임 계속할까? 귀찮게 볼펜 돌리고 할 것 없이 너로 가자. 강현성, 너 신희 만난 지 꽤 됐잖아. 물론 전에도 몇 번이나 물어본 거지만, 너 진짜 애 봐도 아무 생각 안 들어?"

갑작스럽게 건너온 짓궂은 질문에 현성도 신희도 당황한 표정을 지었다.

"진실게임이니까 거짓말하면 안 된다, 너."

신희의 복잡한 눈을 가만히 바라보고 있던 현성이 천천히 입술을 뗐다.

"나는……."

현성은 말을 끊고서 신희의 바로 코앞에다 얼굴을 바싹 들이댔다.

잔뜩 긴장한 신희가 마른침을 꿀꺽 삼키며 현성의 입술에 주의를 집중하는 순간, 그가 진지하게 말을 이었다.

"쿨하게 딱밤 맞을게."

술자리는 자정이 가까운 밤까지 이어졌고 다들 자러 들어간 후 준호와 서연은 둘만의 밤 산책에 나섰다.

밤이 되니 산책로 수풀에서 풀벌레 소리가 시끄럽게 울렸다.

찌르르, 찌르르 하는 소리에 가만히 귀를 기울이며 걸음만 옮기던 서연이 물었다.

"아까 우진 선배랑 가서 무슨 얘기 했어?"

"다시는 깐죽거리지 못하도록 몇 대 쥐어패줬지."

"장난하치 말고."

서연이 눈을 흘기자 준호는 부드럽게 미소 지으며 솔직히 답했다.

"전에 장학금 물어보기에 그런 얘기 좀 나누다가, 들어보니 러시아 쪽 유학 생각하고 있는 것 같더라고."

"그래서?"

"마음 정해지면 내가 개인적으로 지원해주겠다고 했어."

항상 얄밉니 어쩌니 했지만 그동안 미운 정이라도 들었던 모양이다.

"고마워, 오빠."

"그게 왜 네가 고마울 일인데?"

대답은 하지 않은 채 서연은 밤하늘을 올려다봤다.

구름 한 점 없는 하늘에 별 몇 개가 점점이 박혀 있었다.

"나미 언니는 다시 아프리카로, 신희는 독일로, 그리고 우진 선배는 러시아로……. 다들 떠나가버리는구나."

"서운해?"

"음. 아니."

"거짓말은 여전히 안 느네."

"아니야, 정말로. 안 서운해. 다들 자기 인생 찾아 떠나는 거잖아. 좋아 보여."

가느다란 한숨을 뱉는 서연의 곁으로 바짝 붙은 준호는 한 팔로 그녀의 어깨를 감싸 안고서 꽉 끌어안았다.

"괜찮아."

한결같이 크고 넓고 따스한 준호의 품 안에서 서연은 활짝 웃고서 습관처럼 그의 말을 되뇌었다.

"응. 괜찮아. 내 인생, 아니, 우리 인생은 여기 있으니까."

만족스러운 듯 미소 지으며 서연의 고개를 들게 한 준호는 천천히 고개를 숙여 그녀의 입술에 키스했다.

하나로 합쳐진 두 사람의 그림자가 드리운 풀숲 위로 달빛이 하얗게 부서졌다.

풀벌레 우는 소리만 들릴 뿐, 세상은 그저 평화롭고 고요하기만 했다.

31
/
내 나무

잠자리 날개처럼 얇은 인도산 실크 커튼은 물감이라도 칠해놓은 듯 파르란 새벽빛에 물들어 있었다.

모로 누운 채 바람에 흔들리는 커튼을 가만히 바라보고 있던 서연은 저도 모르게 중얼거렸다.

"예쁘다."

새벽빛이란 게 이렇게나 예뻤구나, 하고 한참이나 창가를 구경하던 서연은 발아래 쪽으로 고개를 돌렸다.

탁 트인 공간 한가운데 놓인 새까만 그랜드 피아노가 유난히도 새삼스러웠다.

준호의 집.

아니, 이제는 두 사람의 집이었다.

결혼한 지 벌써 열흘이 지났지만 신혼여행지에서 돌아온 지 겨우 이틀째였기에 서연은 아직 집의 구석구석이 어색했다.

서연은 천천히 오른쪽으로 돌아누웠다.

상의를 입지 않고 엎드려 자는 준호의 잠버릇은 여전했다.

벗은 어깨가 추워 보였던 서연이 시트를 끌어다 덮어주자 준호는 낮은 신음 소리를 내며 돌아눕더니 하늘을 본 채 다시 잠들었다.

손을 내민 서연은 좁아진 준호의 미간을 손가락으로 살살 펴주었다. 까치집이 된 머리카락도 잘 정리해주고 잘생긴 귀도 어루만져봤지만, 그는 얼마나 깊이 잠들었는지 전혀 알아차리지 못한 채 계속 깊은 잠에 빠져 있었다.

"얼굴에 낙서라도……?"

멀리, 화장대 위의 립스틱을 힐끗 쳐다본 서연은 후환이 두려운 나머지 그만두고 말았다.

침대에서 내려서서 바닥에 떨어져 있는 파자마를 주워 입은 서연은 맨발로 주방까지 건너갔다.

주방 오디오의 전원을 켜고 플레이 버튼을 누르자 알도 치콜리니의 짐노페디 1번이 흘러나왔다.

초가을 새벽의 짐노페디는 참 영롱하고 투명했다.

눈을 감고 선율을 음미하고 있자니 문득 배가 고팠다.

천천히 일어선 서연은 커피머신의 전원 버튼을 누르고서 어제 사놓았던 빵을 찾았다.

빵 봉투를 부스럭거리던 그녀의 머릿속에 갑자기 좋은 생각이 떠올랐다.

냉장고 앞으로 달려간 서연은 문을 열고서 베이컨과 달걀을 꺼냈다.

깜짝선물이다.

오랫동안 혼자 살았던 덕인지 준호는 요리를 꽤 잘했다. 그래서 앞으로 아침식사는 매일 그가 만들어주겠다고 했지만, 서연은 앉아서 남편이 차려주는 밥만 먹을 생각은 전혀 없었다.

팬을 꺼낸 서연은 에이프런을 두른 후 온갖 허세를 다 부리며 조리대 앞에 섰다.

왠지 전문가가 된 것 같은 기분이 들어 으쓱거리던 서연은 가위를 집어 들고 베이컨 포장을 뜯으려 했다.

"음……, 이거 어째……, 잘 안 되네. 웃차."

한참이나 실랑이하던 그녀는 간신히 포장을 풀고서 베이컨 몇 장을 떼어내 팬에 올렸다.

달군 팬 위에서 파르르 떨던 베이컨이 맹렬히 기름을 뿜어대기 시작했다.

"꺅!"

튀는 기름을 피해 주방 입구까지 도망쳤던 서연은 팬 위가 잠잠해지자 다시 가까이 다가가 달걀 하나를 집어 들었다.

팬 가장자리에 달걀을 탁 치는 순간, 어머나, 실수. 힘이 너무 셌나 보다.

박살이 난 달걀이 껍질째 팬 위의 베이컨과 뒤섞이고 말았다. 걷어내야 한다고 생각은 했는데 또 한 번 튀는 기름이 무서워진 서연은 아예 사태를 외면하는 쪽을 택했다.

주방 입구에 엉거주춤 선 채 또 한 번 팬이 잠잠해지기를 기다리던 순간.

언제 일어났는지, 준호가 서연의 바로 곁을 스쳐 지나가 레인지 불을 꺼버렸다.

레인지 위의 참사를 내려다보는 그의 어깨는 단단히 경직되어 있었다.

"저기 나, 평소엔 되게 잘하는데……."

천천히 뒤로 돌아선 준호는 이른 새벽부터 가슴 떨리도록 매력적인 미소를 지었다.

이윽고 서연에게 한 걸음 다가온 준호는 그녀를 꼭 안아주며 속삭였다.

"잘 잤어?"

"으응. 오빠는?"

포옹을 푼 준호는 장식장에서 똑같은 머그 잔 두 개를 꺼내며 말했다.

"나도 잘 잤어. 커피 마실 거지?"

"응, 나는 연하게."

준호가 바쁘게 손을 움직이는 동안 서연은 팬을 슬쩍 내려다보며 변명했다.

"다시 해줄게. 정말 드문 실수였어."

준호는 레인지 앞의 서연을 슬쩍 밀어내며 정색했다.

"요리는, 나중에 내가 해달라고 하면 그때 해줘. 제발 부탁이야."

"'제발 부탁'이라고?"

의심스럽게 올려다보는 서연의 눈을 어색하게 피하며 준호가 덧붙였다.

"너 고생시키고 싶지 않단 말이야."

"으음, 별로 고생은 아닌 것 같은데……."

"우리 아가씨, 손끝에 물 한 방울도 묻지 않게 해줄게."

준호가 한 팔로 목을 꼭 끌어안으며 속삭이자 서연은 속도 모른 채 얼굴을 새빨갛게 물들이며 부끄러워했다. 결혼해서도 이렇게 느끼한 대사를 읊다니, 역시 원단 변태답다.

"결혼했는데 아직도 아가씨 소리야?"

"우리 아줌마, 손끝에 물 한 방울도……."

"으윽! 하지 마!"

준호의 짓궂은 장난에 서연은 펄펄 뛰며 뒤로 물러났다.

씩 웃으며 새 팬을 꺼낸 그는 익숙한 솜씨로 팬을 달구고 베이컨과 달걀, 그리고 구운 빵으로 뚝딱 간단한 아침상을 차려냈다.

미안하기도 하고 부끄럽기도 했던 서연은 애써 그의 눈을 피하며 밤새 꺼두었던 휴대전화를 켰다.

읽지 않은 라인 메시지가 수십 개였다.

화면을 힐끗 본 준호가 물었다.

"누구?"

"아아, 누군 누구야, 신희지."

414

신희가 보내온 것은 대부분 현지 사진들과 일상 메시지들이었다.

독일에 잘 정착한 신희는 매일매일 바쁘게 지내는 눈치였다.

"잘 지내고 있대?"

"응."

타국에서의 생활이 무척 외롭고 힘들겠지만, 그래도 신희는 현성과 계속해서 연락을 주고받으며 제법 잘 버티고 있는 것 같았다.

신희가 한국을 떠난 건 서연의 결혼식이 있던 날 저녁이었다.

공항까지 배웅을 나갔을 때, 현성은 애써 다정한 미소를 지으며 신희의 어깨를 토닥여주었다. 조곤조곤 말을 이으며 용기를 북돋아주는 그의 눈엔 신희와 똑같이 진한 아쉬움이 배어 있었다.

"아저씨는 어쩌고 있어?"

"뭐가?"

"신희 없어서 허전하고 우울하고 그런 눈치 안 보여?"

서연의 물음에 준호는 뜨악한 표정을 하더니 답했다.

"내가 아는 형님은 그런 일에 휘둘릴 정도로 한가한 사람이 아닌데."

"음, 아니, 전부터 두 사람 서로 바라보는 눈빛이 왠지 좀⋯⋯."

"그런 거 아니야. 전혀. 형님도 그런 사이 아니라고 했고."

서연이 고개를 갸웃거리며 되물었다.

"말이란 건 부수적인 거잖아. 우리도 마찬가지였고."

415

처음 준호와 서연의 관계도 그랬었다.

서로에 대해 아무것도 모른 채 이끌리듯 나눈 첫 키스처럼, 누군가가 옆에서 명쾌하게 정의 내려주기 이전부터 둘은 이미 무의식적으로 서로를 받아들이고 있었다.

"굳이 말로 표현하지 않아도, 애써 확인하지 않아도 이어져 있는 그런 관계도 있는 법이라고 생각해. 아직은 깨닫지 못한 것뿐."

잠시 생각에 잠겼던 준호는 한 박자 늦게 고개를 끄덕이며 서연의 말에 수긍했다.

"그럴 수도 있겠네."

"물론 자기들이 알아서 할 문제겠지만."

커피 한 모금을 마시고서 지그시 서연을 바라보던 준호가 뜬금없는 소릴 중얼거렸다.

"그건 그렇고, 어제보다 더 예뻐졌다."

"눈곱도 아직 안 뗐습니다만."

"눈곱도 예뻐."

"미쳤구나."

"그럴지도."

서연이 피식 웃음을 터뜨리자 준호는 자리에서 일어나 그녀의 앞으로 다가가 몸을 숙이고 물었다.

"배 많이 고파?"

"응?"

"잠깐 내 허기부터 달래도 될까?"

416

"무슨……?"

짓궂은 미소를 지은 준호는 막을 새도 없이 서연의 겨드랑이 아래에 손을 넣고 허벅지 밑을 받치고서 그녀를 안아 올렸다.

"꺅! 뭐야!"

서연은 반사적으로 준호의 목을 껴안고 매달렸고, 그는 성큼성큼 걸어가 다시 침대로 향했다.

소중한 조각작품을 대하듯 살며시 침대에 서연을 눕힌 준호는 똑바로 그녀의 눈을 들여다보았다.

서연의 왼손을 끌어다 결혼반지 위에 가볍게 키스한 준호는 천천히 자세를 낮춰 그녀의 위로 몸을 겹쳤다.

머리카락 한 올 한 올부터 시작해 손톱 아래까지 그는 그녀의 온몸 구석구석을, 마치 캔버스에 붓으로 그림을 그리듯 정성스럽고 꼼꼼하게 입 맞춰 내려갔다.

"가끔……, 이런 거 되게 새삼스러워."

언제나 그랬다.

준호의 앞에 설 때마다 서연은 다시 태어나는 기분이었다.

과거에 어떤 일이 있었든, 현재 무슨 생각을 하든, 미래에 어떻게 되어 있든, 준호만 곁에 있으면 서연은 언제나 세상에서 가장 소중한 존재로 거듭났다.

준호 역시 마찬가지였다.

준호의 안에서 매번 다시 태어나는 서연을 보고 있으면 그 역시도 살아 있음을, 여기 존재함을 실감할 수 있는 것이다.

"다른 사람들도 우리처럼 이렇게 사는 걸까?"

"글쎄. 다른 사람이 안 되어봐서 모르겠는데."

"궁금하다."

"다시 태어나면 내가 확인해줄게."

"미안하지만, 마찬가지일 것 같아."

"무슨 소리야?"

"다음 세상에서도 내 남자는 오빠로 예약이라."

"아아, 그거 최근 들은 말 중에서 제일 마음에 드는데."

때로는 부드럽게, 때로는 격정적으로, 두 사람은 각자의 존재를 다시 한 번 확인했다.

양 손가락을 모두 얽어 단단히 깍지를 끼고, 서로의 눈을 들여다보며 뜨겁게 입 맞추고, 열렬한 몸짓으로 온기를, 위안을, 사랑을 나누었다.

준호는 서연의 아픈 상처를, 서연은 준호의 깊은 흉터를 서로 부드럽게 핥아주었다.

이렇게 살다 보면, 언젠가는 상처와 흉터 아래로 깨끗한 새살이 차오를까.

준호의 시선이 지나간 자리, 서연의 온몸에서 보이지 않는 가지가 자라났다.

그의 손길이 지나간 자리마다 연두색 잎이 돋아났고, 입술이 닿은 곳마다 보드라운 꽃봉오리가 맺혔다.

작고 소중한 서연의 꽃봉오리가 살며시 기지개를 켜는 순간, 마침내 절정에 오른 그녀를 내려다보는 준호의 눈동자에서 꽃잎이 만개했다.

"사랑해."

아아.

두 사람이 활짝 피워낸 꽃은 눈이 멀어버릴 만큼 아름답고, 취해버릴 것처럼 향기로웠다.

눈을 감고 여운을 음미하는 서연과 준호의 앞에 선명한 풍경이 펼쳐졌다.

시리도록 파란 하늘. 보들보들한 흰 구름. 그 아래 끝없이 펼쳐진 푸른 들판.

땅에다 튼튼하게 뿌리박은 아름드리나무가 커다란 그늘을 드리우고 서 있었다.

사랑해.

사랑해, 내 나무야.

.
/
Epilogue

초가을 매미들이 귀가 아플 정도로 시끄럽게 울어대는데도 준호는 아랑곳 않은 채 서연의 무릎을 베고 누워 책을 읽고 있었다.

벼들이 누렇게 익은 논 한가운데, 애매하게 생긴 허수아비가 삐딱하게 붙은 눈으로 두 사람을 바라보고 있었다.

"무슨 일이라도 생긴 것처럼 갑자기 오자더니, 겨우 이러려고 온 거야?"

서연이 핀잔을 주었지만 준호는 꿋꿋이 책장을 넘기며 답했다.

"응."

"못 살아."

한낮의 더위는 아직 가시질 않았지만 나무그늘 덕분인지, 두 사람이 있는 곳은 무척 시원했다.

문득 고개를 든 서연은 하늘을 올려다봤다.

"와아."

나뭇잎이 어찌나 빽빽한지, 바로 위의 하늘이 한 점도 보이질 않앞다.

다시 시선을 돌려 멀리 바라보니 높고 파란 하늘에 양떼구름이 천천히 흘러가고 있었다. 구름이 지나가지 않으면 꼭 멈춰 있는 것처럼 느껴질 한가로운 풍경이었다.

처음 이곳에서 만났을 때는 사방이 다 눈이었는데, 마치 다른 곳에 뚝 떨어진 것 같은 느낌이었다.

꼭 얼어 죽으려는 사람처럼 눈밭에 대자로 드러누워 있던 준호와 패닉을 참으려고 안간힘을 쓰던 자신의 모습을 떠올리자 서연은 조금 우스워졌다.

그녀가 피식피식 웃음을 터뜨리자 준호는 책을 가슴 위에다 엎어놓고서 물었다.

"무슨 생각 해?"

손을 내밀어 뺨을 어루만져주는 준호의 온기는 그때 그대로였지만, 그 사이 변한 건 아주 많았다.

"아무 생각도."

"거짓말. 야한 생각 했지?"

"이 변태가!"

서연이 발끈하자 준호는 그 반응을 기다렸다는 듯 부드러운 미소를 지었다. 바라보고 있으면 잠이 올 정도로 평온한 미소를.

"아아, 좋다."

"응."

두 사람의 몸을 감싸고 올라간 9월의 바람은 이파리들을 사락사락 흔든 뒤 공중으로 흩어졌다.

－完.

외전
/
Another day

산중의 별장이 오랜만에 시끌벅적했다.

아침부터 차례차례 도착한 차량들이 오솔길 옆에 빽빽하게 주차되어 있었고, 연못가의 잔디밭엔 새하얀 리넨 포로 덮인 원형 테이블과 의자들이 정렬되었다. 테이블이 마련된 사이로는 탐스러운 꽃들로 장식된 아치 아래 흰색 꽃길이 나 있었다.

"이상하다. 왜 내가 떨리는 거지?"

핑크색 들러리 원피스를 입은 신희는 다시 한 번 옷매무새를 가다듬고서 주변을 둘러봤다.

정장 차림이 어색한지 아까부터 계속해서 타이를 매만지고 있던 우진 역시 긴장된 표정으로 신희를 거들었다.

"네가 결혼식 올리는 것도 아닌데 왜 떨리냐고 묻고 싶지만, 나 역시 그러하므로 잔소리는 패스하겠다."

그때, 스냅 촬영기사가 지나가다 두 사람을 향해 카메라를 들이대며 소리쳤다.

"웃으세요."

어색하게 거리를 둔 두 사람은 약속이라도 한 듯 노골적인 브이를 그리며 "김치!"를 외쳤다.

촬영기사가 웃음을 터뜨리며 자리를 뜨자 우진과 신희는 서로를 노려보며 이게 다 촌스러운 네 탓이라고 투덕거리기 시작했다.

서연을 배려해 처음부터 조용한 예식을 원했던 준호는 조부의 별장에서 소박한 가든 웨딩을 선택했다. 결혼식은 양가의 가까운 친척들과 지인들만을 초청해 소규모로 진행할 예정이었기에 축의금도 화환도 모두 거절하겠다고 했지만, 그러거나 말거나 별장 입구는 새벽부터 각계각층 인사들이 보낸 화환들로 장사진을 치고 있었다.

그중 눈에 확 띄는 화환이 하나 있었다.

[이것들아, 아들딸 구별 말고 힘닿는 대로 낳고 천년만년 잘 먹고 잘 살아라. 내가 두 눈 시퍼렇게 뜨고 두고 보겠다. – 정나미]

지난주 르완다로 돌아간 나미가 미리 주문해둔 화환이었다.

"이거…… 덕담 맞지요?"

"아마도?"

화환 앞에서 심각한 표정으로 턱을 어루만지던 두 사람은 산 아래 진입로로 들어서는 관광버스를 발견하고서 반색했다. 결혼식에 초청된 학과 친구들을 태운 버스였다.

"앗, 드디어 도착했구나."

"연주할 애들 악기 내리는 것 좀 도와줘요, 선배. 나는 서연이한테 가볼게요."

"그래."

신부대기실을 마련해둔 다락방 안이 환했다.

나비 날개처럼 가볍고 새하얀 웨딩드레스를 입고 들꽃을 엮어 만든 화관을 쓴 서연은 아침이슬처럼 순결해 보였다. 흰 커튼을 통과한 햇살을 등지고 있어서인지, 이 세상 존재가 아닌 것처럼 고결해 보이기도 했다.

팔짱을 낀 채 문에 기대어 거울 앞에 서 있는 서연을 바라보고 있던 준호의 눈동자에 찬탄의 빛이 어렸다.

"너무 예쁘다, 은서연."

"정말?"

"요정 같아."

서연은 다른 때처럼 느끼하다며 펄펄 뛰거나 핀잔을 주지 않은 채 조용히 얼굴을 붉혔다.

준호의 모습도 평소와는 사뭇 달랐다.

원래도 준수했던 그였지만, 티끌이나 주름 하나 없이 반듯한 턱시도 차림에 평소보다 한껏 힘을 더 준 모습이 너무나 멋졌다. 어쩌다 눈이라도 마주치면 숨이 멎을 것 같을 정도로, 눈물이 날 정도로 설렜다.

"어디 닦을 것 없나."

한 여사가 너스레를 떨며 방으로 들어섰다.

"너희들 눈에서 떨어진 꿀 좀 닦아야겠구나."

"엄마!"

준호는 드물게 얼굴을 붉히고 서연은 손을 내저으며 당황해했다.

"식 끝나면 원 없이 붙어 살 건데도 벌써부터 그렇게 좋으면 어떡하니?"

그렇게 말하는 한 여사의 얼굴에도 웃음이 떠나질 않고 있었다. 밖에서 손님맞이에 여념이 없는 은 사장도, 최 회장 역시도 마찬가지였다.

바야흐로 인생 최고의 순간을 맞은 모두의 얼굴에 행복이 가득했다.

"부케 도착했어요."

자잘한 꽃들로 소박하게 지어진 부케를 들고 올라온 신희는 서연을 보자마자 말을 잇지 못하고 울먹거렸다.

코끝이 빨개진 채 어쩔 줄을 몰라 하는 신희를 보며 한 여사는 웃음을 터뜨렸다.

"어머? 친정엄마도 안 우는데 신희가 우네."

"아아, 갑자기 왜 이렇게 가슴이 먹먹한지 모르겠어요."

"좋은 날이니 웃어야지. 하긴, 이렇게 말해도 나중에 신희 시집 갈 땐 아줌마가 울 것 같다."

한 여사가 뺨을 어루만져주자 신희는 코를 훌쩍거리며 손등으로 눈물을 찍어내고 서연에게 부케를 건넸다.

"행복하게 잘 살아야 해, 서연아."

"고마워, 신희야."

부케를 받아 들고서 활짝 웃은 서연은 앤티크 스툴 위에 얌전히 올라 있는 웨딩슈즈를 집어 들었다.

흰색 동백 코사지가 달린 높은 굽의 구두가 더없이 탐스러웠다. 웨딩드레스와 함께 서연이 무척 마음에 들어 하던 구두였다.

한동안 벅찬 표정으로 바라보던 서연이 구두를 바닥에 내려놓고서 조심스럽게 신던 중이었다.

누구도 전혀 예상치 못했던 일이 벌어졌다.

"아앗!"

서연이 별안간 휘청거리다 중심을 잃고 한쪽으로 쓰러졌다. 구두에 문제가 생긴 모양이었다.

득달같이 달려 나온 준호가 품에 안아 받아주지 않았더라면 서연은 하마터면 바닥에 나동그라질 뻔했다.

"아아, 고마워, 오빠."

"갑자기 무슨 일이야?"

"으응, 그러게."

몸을 일으킨 서연은 드레스 자락을 살며시 들어 올리고 발을 내려다봤다.

함께 아래를 내려다보는 준호와 한 여사, 그리고 신희의 얼굴이 동시에 굳었다.

"아니, 세상에."

"굽이 부러졌잖아요! 어떻게 이런 일이!"

한 여사와 신희가 당황해 어쩔 줄을 몰라 하는 동안 서연의 안색은 한층 더 어두워졌다.

아무 문제도 없던 웨딩슈즈가 하필이면 결혼식 당일에 망가지다니. 보통 이런 경우엔 좋은 징조가 아닐 거란 생각이 들기 마련이었다.

"어떡하죠, 아줌마?"

"일단 지금은 급하니 다른 흰색 구두라도 구해서 신어야지."

"아아, 드레스랑 맞춰서 디자인한 구두였는데……. 다른 구두는 싫어요."

"그럼 어떡하니? 이걸 어떻게 고치지?"

서연이 막 울상을 지으려던 찰나였다.

"고칠 필요 없을 것 같은데요."

스툴을 가져온 준호는 서연을 앉히고서 몸을 굽히더니 그녀의 발에서 조심스럽게 구두를 벗겨냈다.

"무슨……?"

모두가 의아하게 바라보는 가운데, 준호는 씩 웃더니 뜬금없는 소릴 했다.

"날씨가 아주 좋아요. 땅바닥도 잘 말라 있고."

이해할 수 없는 눈으로 바라보는 사람들을 아랑곳 않은 채, 그는 천천히 자기 구두를 벗었다. 양말도.

턱시도 차림에 마침내 맨발로 일어선 준호가 불쑥 손을 내밀자 서연은 눈을 동그랗게 뜨고서 준호를 올려다봤다.

"망가진 구두 대신 마음에 안 드는 구두를 억지로 신느니, 아예 함께 맨발로 하는 시작도 좋지 않겠어?"

딱 그다운 해답이었다.

지금껏 그래왔듯, 살아가는 동안 두 사람에겐 아주 많은 일들이 일어날 것이다. 예상했던 일도, 지금의 이 망가진 구두처럼 전혀 예상하지 못했던 일들도.

하지만 불안해할 것이라곤 아무도 없었다.

이렇게 서로의 손이 이어져 있는 한, 극복하지 못할 일이라곤 없을 테니까.

"어때?"

"그것도 좋겠다."

손을 꼭 맞잡은 채 마주 보는 두 사람 사이로 아침 햇살이 눈부시게 쏟아져 내렸다.

"아래쪽은 다 끝났어요. 이제 신랑신부 입장 준비하세요."

밑에서 들려오는 소리에 서연은 활짝 웃고서 준호의 팔짱을 끼었다.

"가자."

"응."

나란히 내딛는 발밑에 와 닿은 감촉은 솜털처럼 부드럽고 꿈결처럼 달콤했다. 눈앞에 펼쳐진 두 사람의 앞날처럼.

화면 속 녹음이 우거진 산중의 콘서트가 클라이맥스에 다다르고 있었다.

결혼식 날 신부를 위해 신랑이 직접 준비한 축가는 슈만의 Widmung이었다. 다른 누구도 아닌, 서연만을 위한 찬가.

그랜드피아노 앞에 앉아 그으한 눈으로 서연을 바라보며 연주하고 있는 준호는 맨발이었다.

2년이나 지난 지금에도 가끔씩 그때의 동영상을 보면 서연의 마음속 깊은 곳에서 뭔가 울컥하고 솟아올랐다.

결혼 후 지금까지 행복하고 가슴 벅찬 날들이 한결같이 계속되고 있었다.

"일어나자마자 그걸 또 봐? 질리지도 않아?"

준호가 피식 웃으며 잔을 건넸다.

소파에 앉은 채 건강에 좋다는 녹즙이 찰랑찰랑한 잔을 받아 든 서연은 위를 올려다보며 아무렇지도 않게 대꾸했다.

"응. 안 질려."

못 말린다는 듯 피식 웃어버린 준호는 이내 지그시 서연의 눈동자를 들여다보다 가볍게 그녀의 이마에 키스했다.

"잘 잤어?"

"응."

달콤하고 부드러운 감촉을 한참이나 만끽하던 서연이 눈을 반짝 뜨고서 밑도 끝도 없는 소릴 했다.

"결혼식 동영상을 볼 때마다 항상 드는 생각인데, 부모가 된다는 건 어떤 기분일까."

"갑자기 그게 무슨 소리야?"

"그냥. 궁금해. 오빠가 아들 바보, 딸 바보가 될지 안 될지 여부가."

"아들이든 딸이든, 바보가 되는 건 사절인데."

아무렇지도 않게 툭 내뱉는 준호를 보며 서연은 가볍게 웃음을 터뜨렸다.

"오빠는 좋은 아빠가 될 것 같아. 약간 괴짜지만 다정하고 자상한 아빠."

"으음. 나는 잘 모르겠는데. 애들이 빽빽 울고 시끄럽게 굴어서 널 귀찮게 한다면 오히려 화가 날지도."

"애들? 왜 벌써 복수형?"

"말이 그렇다는 거지."

"우와. 은근히 바라고 있구나? 엉큼해."

"무슨 헛소리야? 녹즙 남기지 말고 다 마시기나 해."

"고마워."

잔에 입술을 대고 한 모금을 마시던 서연이 돌연 인상을 찌푸리며 입을 뗐다.

"으음."

"왜? 입맛에 안 맞아?"

"아아, 샐러리 냄새 때문에."

"샐러리 좋아했잖아."

"응, 그렇긴 한데……."

서연이 말끝을 흐리자 준호는 걱정스러운 표정으로 소파를 돌아 그녀의 옆자리에 털썩 앉아 물었다.

"너 요즘 계속 소화 안 된다고 하지 않았어?"

"그랬지."

"병원 가볼까?"

"으음, 그 문제 말인데."

서연이 약물치료를 중단한 지 어느새 6개월이나 지나 있었다. 그건 그동안 두 사람이 피임을 하지 않았다는 뜻이기도 했다.

"할 얘기가 있어."

"할 얘기……?"

서연은 잠시 고민하다 어딘가로 가 다이어리를 들고 돌아왔다.

의아한 눈으로 다이어리를 내려다보며 페이지를 넘기던 준호의 표정이 묘해졌다.

"건너뛰었네."

"응. 두 달째 안 나와."

준호의 당혹감 어린 눈을 피하며, 서연은 등 뒤에 숨기고 있던 무언가를 꺼내 그에게 건넸다.

432

"어제 약국에 가서 사왔는데, 좀 떨려서 아직 못해봤거든."

"아아."

임신테스터를 내려다보던 준호가 크게 심호흡을 했다.

한참이나 아무 말도 없이 작고 길쭉한 박스만 내려다보던 두 사람은 이내 손을 잡고 자리에서 일어섰다.

욕실을 향해 걸어가는 동안, 서연은 준호의 어깨에 기대며 중얼거렸다.

"막상 맞다고 해도 어떤 기분이 들지 모르겠어. 좋을지, 불안할지, 무서울지."

"한 번도 맞닥뜨려본 적 없는 상황이니 당연하지."

"으음. 역시 그렇겠지?"

두 사람의 실루엣이 욕실 문 사이로 빨려 들어가듯 사라졌다.

두꺼운 목재 문 너머로 도란도란 이야기 나누는 소리가 들리더니 어느 순간 말소리가 조용히 잦아들었다.

그렇게 얼마의 시간이 흘렀을까.

"아앗!"

"꺄악! 난 몰라!"

안에서 축제라도 벌어진 듯 요란한 환호가 터져 나왔다.

두 사람이 뛸 듯이 기뻐하며 내지르는 환호성은 아늑한 보금자리를 맴돌고 열린 창문을 통해 새어나오더니 이내 넓고 푸른 하늘로 멀리멀리 퍼져나갔다.

매일이 하루 같은 또 한 번의 봄날이 그들의 앞에 선명히 펼쳐져
있었다.

– fin.

/
작가 후기

숨 막히던 고교시절 머릿속에 떠올렸던, 한창 방황하던 대학시절 노트에 끼적였던, 틈날 때마다 조제실에 앉아 타닥타닥 한글창에 옮겨봤던.

그렇게 제 인생의 반 이상을 함께했던 첫사랑 같은 작품이 드디어 종이 위에 활자로 옮겨지네요. 감개무량합니다.

'내 나무'는 제가 쓴 소설들 중 가장 오랫동안 쓴 작품이고 가장 버전이 많은 작품이며 또한 가장 사랑하는 작품이기도 합니다. 물론 아직도 어설프고 군데군데 어색한 부분도 많지만 그동안 찍지 못했던 마지막 마침표를 찍게 되어 뿌듯합니다.

모두 여러분들의 덕입니다.

사실 두 번째 버전까지만 해도 '내 나무'는 지금과 제목도 달랐고, 그땐 신희와 현성이 주인공이었습니다.

서연이와 준호는 조연인데도 유독 눈에 밟히더라고요. 그래서 원작에서 두 사람을 주인공으로 한 새로운 작품을 분리했고, 그게 '내 나무'의 시작이었습니다.

이번 '내 나무'는 2009년 이북으로 출간했던 원고를 베이스로 해 처음부터 완전히 다시 설정하고 집필한 작품입니다. 하다 보니 전혀 다른 작품으로 바뀌어 있지만, 개인적으로는 이번 작업에 아주 만족하고 있습니다.

많은 분들께서 궁금해하셨던 신희와 현성의 이야기는 조만간 다른 작품을 통해서 보여드리겠습니다.

처음 '내 나무'를 네이버 웹소설로 선보이겠다고 마음먹었을 때, 주변 분들께서 걱정을 많이 해주셨어요. 저 역시도 걱정했고 힘들기도 했지만, 후회는 없습니다. 제가 가장 사랑하는 작품을 많은 분들께 보여드릴 수 있어서 즐겁고 행복했습니다. 늘 머릿속으로 떠올리기만 했던 은서연과 최준호를 아름다운 일러스트를 통해 볼 수 있었던 것도 가슴 뭉클했고요.

한 작품으로 이렇게나 많은 작업을 하고 여러 경험을 할 수 있다는 건 정말 행운인 것 같습니다.

여러모로 고마운 '내 나무'입니다.

사실, 이 작업을 하는 동안 심적으로 많은 방황을 했습니다.

정신적으로도 너무 힘들기도 했고 사랑하는 사람이 험한 산을 넘는 것을 지켜보느라 함께 맘 졸인 시기이기도 했는데, 작품 출간 즈음엔 모든 것들이 다 제자리로 돌아오고 있네요. 너무나 다행이고 감사한 일입니다.

책 본문 중에 '지나가는 비'라는 구절이 나오지요. 그걸 쓰면서 인생을 표현하는 데 있어서 이만큼 적절한 문구가 또 있을까 하는 생각을 했습니다.

긴 인생에 그저 몇 번 지나갈 뿐인 비. 편안한 마음으로 흘려보내며 살아가고 싶습니다.

서연이와 준호가 그랬던 것처럼, 소중한 사람과 손 맞잡고 말이죠.

지난겨울부터 시작했던 이번 여정의 마무리를 짓는 순간, 가슴속에 많은 감정이 교차합니다.

읽어주신 모든 독자님들께 무한한 감사와 사랑을 전합니다.

그간 이 못난 작가와 함께 고생해주신 도서출판 가하 가족분들과 탈우주급섹시퀸 지영 과장님, 네이버 웹소설 담당자님, 그리고 동료 작가님들께도 이 기쁨과 영광을 돌립니다. 아름다운 삽화로 소설 분위기를 200% 살려주신 미모종결자, 센스폭발 DK 작가님께도 다시 한 번 감사인사 드립니다.

마지막으로, 정신적 지주이신 제 1호 팬 수진 언니, 그리고 또

다른 정신적 지주이자 내 소중한 친구인 승진 씨에게 사랑과 감사
와 축복과 그리고 백만 번의 손키스를 날립니다.
　영원히 잊지 못할, 눈물 나게 소중하고 행복한 작업이었습니다.

　다시 한 번 감사합니다.

2015. 9.
차향 정경윤